Roland Weis

Raubritterblut

Ein Kriminalroman

 **rombach** verlag

Auf dem Umschlag: Der Burgfelsen aus Richtung
Hirschsprung. © Joachim Haller 2009

© 2016. Rombach Verlag KG, Freiburg i.Br./Berlin/Wien
1. Auflage. Alle Rechte vorbehalten
Umschlag: Rombach Verlag KG, Freiburg i.Br./Berlin/Wien
Satz: Rombach Druck- und Verlagshaus GmbH & Co. KG, Freiburg i.Br.
Herstellung: Rombach Druck- und Verlagshaus GmbH & Co. KG, Freiburg i.Br.
ISBN 978-3-7930-5152-7

INHALT

DUNKLES ENDE

Er keuchte. Die Lunge rasselte vor Anstrengung. Er spuckte galligen Speichel in die Dunkelheit. Seine linke Hand tastete nach der Wand. Er spürte feuchten Fels. Es tropfte. Die Luft war kalt wie im Kühlschrank. Er zitterte. War es die Anstrengung? War es die Kälte? Das eiskalte Wasser, das am Fels herabtropfte, lief an Gerds Unterarm hinab und in die Armbeuge. Draußen schien jetzt vielleicht schon die Sonne. Draußen war es vermutlich heiß. Die Menschen lagen möglicherweise bereits in den Schwimmbädern oder saßen in den Eisdielen. Sie hätten eine solche Abkühlung willkommen geheißen. Gerd hatte jegliches Zeitgefühl verloren. Wie lange war er unterwegs gewesen? Zwei Stunden? Fünf Stunden? Vielleicht war ja auch noch finstere Nacht?

Gerd lauschte in die Finsternis hinein. Hörte er Schritte? Ein fernes Schnaufen? Was war das für ein Rauschen? Konnte das der nahe Rotbach sein? Einen Moment hielt Gerd den Atem an und lauschte in die Schwärze hinein, die ihn umgab. Hirngespinste. Er litt unter Hirngespinsten. Da war nichts. Nur dieses Rauschen, wie von einem fernen Wasserfall. Aber ja, das musste der Bach sein. Der Bach, der von Hinterzarten herunter kam, das ganze Höllental durchfloss und dann irgendwo oberhalb von Kirchzarten zur Dreisam wurde.

Er war so nahe am Ziel. Und alles, alles fügte sich jetzt. All seine Vermutungen, all seine Theorien, all seine Annahmen – jetzt waren sie belegt. Er schnaufte entschlossen. Noch das letzte Stück. Der Aufstieg durch den engen Schacht. Nur noch wenige Meter, die er in dieser Dunkelheit zurücklegen musste. Kurz überlegte er, ob er vielleicht doch die Taschenlampe einschalten sollte, die er mit sich führte. Er hatte es bisher nicht gewagt. Ganz traute er dem Frieden nicht. Vorsicht bis zur letzten Sekunde. Ein Lichtschein hätte ihn natürlich sofort verraten. Falls diese Geräusche doch keine Hirngespinste waren. Falls da doch jemand in der Dunkelheit lauerte. Ein Verfolger. Manchmal war es ihm erschienen, als sei er nicht alleine in diesem feuchtschwarzen Untergrund. Als sei da noch jemand. Hinter ihm. War es möglich? Hätte man ihm auf die Schliche kommen können? Gerd schwitzte bei dem Gedanken, trotz der Kühle. Nein, das war unmöglich. Kein Fremder konnte von seinem Vorhaben wissen. Niemand wusste, was er alles gesehen, was er herausgefunden, was er entdeckt hatte. Niemand kannte die ganze Geschichte. Das konnte nicht sein.

Aber ein Restzweifel blieb. Darum wagte er es auch jetzt noch nicht, die Taschenlampe in Betrieb zu nehmen. So wie er sich schon die ganze Zeit durch die absolute unterirdische Finsternis getastet hatte, schob er sich jetzt wieder weiter voran. Er war nass bis zur Hüfte und schlotterte. Ja, zwischendurch war es schwer gewesen, manchmal fast unmöglich. Einmal hätte er fast aufgegeben. Doch er hatte sich vorwärts gekämpft. Schritt für Schritt. Den linken Arm von sich gestreckt, mit den Fingern die Felswand abtastend, erkundete er jetzt die Dunkelheit vor sich. Ein Zurück gab es sowieso nicht mehr. Dann setzte er einen Fuß vor den anderen, bewegt sich in Trippelschritten wieder vorwärts. Es konnte nicht mehr weit sein. Wenn er den Bach hören konnte, dann konnte es insgesamt nicht mehr weit sein.

Und wie auf Kommando setzte in diesem Moment ein Dröhnen und anschwellendes Rattern ein, als wären die Geister der Unterwelt unsanft aus ihrem Schlaf geweckt worden. Der Zug! „Der Zug kommt", dachte Gerd zufrieden. Also hatte er richtig spekuliert. Die Höllentalbahn. Gleich rauscht sie am Hirschsprung vorbei. Die Felsen erzitterten. Das Dröhnen schwoll zum monströsen Lärm an. Aber Gerd lächelte selig. Das war es, was er gewollt hatte, was er erhofft hatte. Die Höllental-bahn. Der Falkenstein Tunnel. Die Felsen. Oben drüber die Burg Falkenstein. Alles so, wie es sein sollte. Fantastisch! Sein Name würde bald in der Zeitung stehen, dessen war Gerd sich gewiss. Welch ein Triumph!

Nun spürte er auch, wie sich über und neben ihm der Durchgang verengte. Eine Stufe. Nun ging es aufwärts.

Und dann traf ihn der Schlag! Er kam völlig aus dem Nichts. Irgendwo aus der Dunkelheit, ein Keulenschlag, der Hieb eines Schmiedehammers. Von vorne, von oben, aus dem Nichts? Gerd realisierte es nicht mehr. Sein letzter Gedanke war Schmerz. Schmerz, der explosionsartig seinen Schädel durchzuckte. Er sackte zu Boden. Den zweiten Hammerschlag, der seinen Schädel endgültig zertrümmerte, spürte er schon nicht mehr.

Die Felsen zitterten noch. Der Zug verließ den Falkensteintunnel wieder. Das Dröhnen verlor sich in der Ferne. Davon bekam Gerd Gonnenfeld nichts mehr mit. Sein Leben war zu Ende.

IM HÖRSAAL

„Namenskunde! Namenskunde! Mein Gott, konzentrieren
Sie sich doch einfach auf die Namenskunde. Kann denn das
so schwierig sein?" Professor Hugott schwitzte wie ein Bergmann. Dem akademischen Nachwuchs das logische Denken
beizubringen war so eine Sache. „Toter Mann! Der Berg heißt
Toter Mann! Was sagt Ihnen das?" Der Professor förderte aus
seiner buntsandsteinfarbenen Cordhose ein Stofftaschentuch,
groß wie eine Zeltplane. Er wischte sich den Schweiß von der
Stirn. Im Hörsal 1015 im Kollegiengebäude I. der Freiburger
Albert-Ludwigs-Universität stand die heiße Luft wie in einem
Backofen. Der Sommer brütete über ganz Freiburg und aalte
sich an seinen Lieblingsplätzen in der Breisgaumetropole. Das
waren die Zelte des ZMF, die Industriecontainer im Gewer-
begebiet Haid und eben die nichtklimatisierten Hörsäle der
Albert-Ludwigs-Universität.
Professor Hugott, den seine Studenten nur „Otti" nannten,
glänzte auf der blanken Stirn wie eine polierte Kühlerhaube.
Schweißtropfen perlten ihm an den Schläfen und im weißen
Haarkranz, der wie eine Mönchstonsur seinen kugelrunden
Kokosnussschädel umgab. Er hob resignieren die dürren
Arme, so dass ihm die hochgekrempelten Hemdsärmel bis
über die Ellbogen zurück rutschten. Alfred, der Otti aus mü-
den Sehschlitzen beobachtete, fand, dass der Professor aussah
wie ein Apostel bei der Predigt.
„Toter Mann! Denken sie nach! Der Berg heißt Toter Mann.
Warum wohl?"
Einer aus der ersten Reihe meldete sich. Die Streberreihe.
Alfred saß in der letzten Reihe. Beziehungsweise, er lag dort.
Den Kopf hatte er in die aufgelegten Arme gebettet. Hin und
wieder öffnete er wie ein Chamäleon ein Auge, um zu sehen,

ob der Professor in der Hitze schon weggeschmolzen war. Bei Alfred war es nicht so, dass er faul, unmotiviert oder desinteressiert gewesen wäre. Er war einfach nur müde. Am Montag war er immer müde. Das hatte etwas mit Sonntagnacht zu tun. Deshalb versteckte er sich montags immer in der letzten Reihe. Der Streber kam zu Wort: „Da findet immer der Berglauf statt. Das Ziel ist oben auf dem Gipfel", so gab der junge Mann zum Besten. „Meistens gewinnt der Charly Doll aus Breitnau. Aber die anderen, die nicht gewinnen, die sind oben platt. Und deshalb heißt der Berg Toter Mann. Weil man sich oben fühlt wie eine Leiche."

Ein undefinierbares Prusten stieg zwei Plätze neben Alfred auf. Das war Vanessa. Dürr wie ein Brett. Drittes Semester, eines mehr als Alfred. Alfred hatte sie in Gedanken „Burgfräulein" getauft. Keineswegs wegen ihres Aussehens. Sie war zwar dünn wie die Gewinnerin einer Castingshow, aber so stellte niemand sich ein Burgfräulein vor. Burgfräuleins hatten mindestens einen üppigen Busen. Davon konnte bei Vanessa keine Rede sein. Sie hieß bei Alfred „Burgfräulein", weil sie ihm das spannendste Referatsthema des Seminars weggeschnappt hatte. Das Falkensteiner-Thema. Das Burgthema.

Alfred fand, dass er selbst so ziemlich das langweiligste Thema erwischt hatte. Professor Hugott, Wirtschafts- und Sozialgeschichte, quälte seine Studenten in diesem Semester durch nichts Geringeres als „Ein Jahrtausend Verkehrs- und Wirtschaftsgeschichte des Höllentals". Untertitel: „Von den mittelalterlichen Raubrittern bis zu den Pionieren des Eisenbahnbaus." Die Raubritter hatten Alfred in dieses Seminar gelockt. Aber bei der Vergabe der Referate war er zu kurz gekommen. Genauer: Eigentlich war er zu spät gekommen. Am ersten Seminartag, als die Referatsthemen vergeben wurden, hatte er gefehlt. Er hatte sich im Hörsaal geirrt. Das Raubritterthema „Die Herrschaftsfamilie derer zu Falkenstein und ihr Absinken in den Stand gewöhnlicher Raubritter", war also schon an die dürre Vanessa vergeben, als Alfred beim zweiten Seminartermin aus den noch verbliebenen Resten ein Referatsthema auswählen durfte. Es blieben nur noch „Die Talvogtei Kirchzarten als zentrales Herrschaftszentrum" und „Der mittelalterliche Bergbau zwischen Schauinsland und Feldberg". Alfred wurde von Otti zum Bergbau zwangsrekrutiert. Und da saß er nun.

Der Streber mit der Berglauf-Theorie wartete noch immer auf die lobende Zustimmung des Professors. Aber die blieb aus. Stattdessen färbte sich Ottis Schädel rot wie ein Hühnerkamm. Seine buschigen weißen Augenbrauen stellten sich auf und bildeten einen dichten Abwehrzaun. Seine Augen blitzten entrüstet. Die gesamte Körpersprache von Professor Hugott ließ unmissverständlich erkennen, dass der Streber eine Banausenantwort geliefert hatte, die ihn bei Otti um drei Semester zurückwerfen würde.

Alfred streckte müde die Glieder. Das interpretierte Otti als Wortmeldung. „Ja, der Herr da hinten. Aufgewacht? Schön! Haben Sie einen Vorschlag?"

Eigentlich hatte Alfred keinen Vorschlag. Er begann überhaupt erst zu denken, als der Professor ihn jetzt so direkt ansprach. Toter Mann? Was könnte das bedeuten? Name eines Berges? „Vielleicht so ähnlich wie tote Hose", schlug Alfred vor. „Da ist nichts los."

Ottis Gesicht leuchtete vor Entzücken: „So ist es! Bravo, junger Mann!" Er deutete mit dem gichtkrummen Finger auf Alfred. „Ihr Kommilitone hat es erfasst", belehrte er die übrigen im Hörsaal versammelten Studenten. „Der Tote Mann heißt Toter Mann, weil nichts drin ist, in diesem Berg. Jedenfalls aus Sicht des Bergbaus ist nichts drin. Kein Erz. Kein Silber. Eine einzige Enttäuschung. Deshalb haben die Altvorderen diesen Berg Toter Mann genannt."

Otti setzte seine Vorlesung mit der Aufzählung einer imponierenden Liste weiterer an den mittelalterlichen Bergbau erinnernder Flur- und Gewannnamen fort. „Da gibt es den Stollenbach, die Stollenmatte, den Reichenbach …"

Alfred stieß das Burgfräulein Vanessa, das zwei Plätze neben ihm saß, mit dem Ellbogen an. Er musste sich dazu über den leeren Platz zwischen ihnen beiden hinwegbeugen. Gonni fehlte, fiel ihm bei dieser Gelegenheit auf. Gonni, der ansonsten zwischen ihm und Vanessa saß. Gerd „Gonni" Gonnfeld. Der Überflieger. Ein Klugscheißer! Alfred machte mit seinem Ellbogenstubser das Burgfräulein auf Sven aufmerksam, den Vordermann eine Reihe unter sich. Dieser kritzelte eine Strichmännchenfigur auf sein ansonsten unbeschriebenes Blatt und versah es mit einem sichtlich erschlafften Penis. Darunter notierte er: „Toter Mann!"

Vanessa kicherte.

Professor Hugott machte unterdessen Ausführungen zur Beschaffenheit der diversen Bergeshöhen rund um Dreisamtal und Höllental. „Ein silberhaltiger Erzzug erstreckt sich vom Ausgang des kleinen Wiesentals über den Belchen, Todtnau, den Schauinsland, den Freiburger Schlossberg bis hinauf ins Kinzigtal. Im Jahre 1303 spricht eine Urkunde von ‚Silberberge ze Oberried', was nichts anderes heißt, als dass man damals ganz genau um diese Erzadern wusste." Der Professor sah sich suchend im Hörsaal um: „Wer von Ihnen hat das Bergbau-Referat?"

Alfred zuckte zusammen. Das war er. Er war gemeint. Zaghaft hob er die Hand. Seit er sich im gesegneten Alter von 28 Jahren entschlossen hatte, sein einstmals abgebrochenes Geschichtsstudium wieder aufzunehmen, erstens um seinen Rauswurf bei der Wochenzeitung „Hochschwarzwald-Kurier" zu kaschieren, zweitens, um seiner ins Stocken geratenen journalistischen Karriere vielleicht doch noch einen neuen Schub zu verleihen, fühlte er sich inmitten der um etliche Jahre jüngeren Kommilitonen immer wie eine Fehlbesetzung. Zu alt, nicht locker genug, Fremdkörper im Studium, immer einen leichten Minderwertigkeitskomplex mit sich schleppend wie eine eiserne Häftlingskugel. Er wusste nicht so recht, wie er sich verhalten sollte, um als völlig normaler Student angesehen zu werden. Die anderen studierten mit einer solchen Selbstverständlichkeit, als habe man es ihnen mit Garantiezertifikat in die Wiege gelegt. Bei den meisten war es wohl auch so. Aber Alfred studierte verkrampft. Er kam nicht so recht ins Rollen, wenngleich er als ausgelernter Lokalredakteur mit abgeschlossenem Volontariat zumindest eines konnte: Referate schreiben. Er rotzte sie herunter wie einst die Aufmacher im Hochschwarzwald-Kurier.

„Sie sollten in ihrem Referat einige Gedanken diesem Thema widmen", hörte Alfred jetzt von Ferne die Stimme des Professors. „Die vergeblichen Abbauversuche an den Bergen zwischen Sankt Wilhelmer-Tal und Höllental sind zahlreich. Wie hat man im vierzehnten Jahrhundert ergiebige Erzadern gefunden? Was geschah, wenn man nichts fand? Greifen Sie diese Themen auf ..." Professor Hugott verteilte unverdrossen weiter Ratschläge und Informationen, obwohl er einer Front scheinbaren Desinteresses gegenübersaß. Die Studenten in den hinteren Reihen schliefen oder dösten vor sich hin, die Übrigen verschanzten sich hinter aufgeklappten Laptops oder wischten mit hektischen Fingern Banalitäten durch ihre Smartphones. Nur ein paar wenige zeigten volle Aufmerksamkeit und hörten dem Professor auch wirklich zu. Unter diesen wenigen vermisste Professor Hugott nun einen ganz bestimmten. Suchend wanderten seine Blicke durch die Reihen. „Wo ist eigentlich Gonnfeld?", fragte er schließlich, als er den Vermissten nicht ausfindig machen konnte. „Gerd Gonnfeld?"
Niemand rührte sich zu einer Antwort.

Alfred und Vanessa sahen sich fragend an. Normalerweise besetzte Gonni den Sitzplatz zwischen ihnen beiden. Heute fehlte er. Gute Frage, wo war Gonni?

Dem Professor war es normalerweise egal, wenn einzelne Studenten nicht erschienen. Vermutlich merkte er es überhaupt nicht. Er hatte aber zwei oder drei Lieblinge, mit denen er Kolloquien abzuhalten pflegte, während alle anderen Seminarteilnehmer dösten. Und wenn aus diesem Kreis einer fehlte, dann fiel es dem Professor auf.

Alfred erinnerte sich an etwas. Er zog sein Smartphone aus der Tasche und prüfte es nach. Ja, tatsächlich. Gonni hatte ihm gestern Abend noch eine WhatsApp-Nachricht geschickt. Er zeigte sie Vanessa, die ebenfalls zur WhatsApp-Gruppe „Höllental" gehörte. Sie hatten diese Gruppe noch mit einigen anderen aus dem Seminar gegründet, um sich gemeinsam über Referate, Themen und Rechercheergebnisse auf dem Laufenden zu halten. Gonni hatte geschrieben: „Licht am Ende des Tunnels. Es ist der goldene Marti!". Und dazu hatte er ein Foto vom Falkenstein Tunnel im Höllental gepostet.

„Hier!" Alfred hielt Vanessa das Display vor die Nase. „Ziemlich kryptisch!", kommentierte er.

„Na ja, das ist sein Thema. Die Höllentalbahn", kommentierte Vanessa. „Das erklärt den Tunnel."

Alfred machte ein Fragezeichengesicht. Also erklärte Vanessa: „Sein Referatsthema. Seine Hausarbeit. Der Bau der Höllentalbahn!"

„Aha!" Nach kurzem Rätseln: „Und was ist der goldene Marti?"

„Keine Ahnung. Musst du ihn selber fragen."

Sie bildeten eine bunte Mischung in ihrem kleinen studentischen Arbeitskreis: Alfred mit dem Thema „Bergbau zwischen Oberried und Höllental", Vanessa mit dem „Aufstieg und Fall der Falkensteiner", Gonni mit der „Baugeschichte der Höllentalbahn" und noch zwei andere, Rita und Sven, die die Themen „Waldwirtschaft im Wandel der Jahrhunderte" und „Die Nutzung der Wasserkraft" bearbeiteten. Gonni war der Streber in dieser Gruppe. Ein Obergescheiter. Meistens wusste er mehr als der Professor. Dass er eine Seminarsitzung verpasste, war noch nie vorgekommen. Die Frage von Professor Hugott war also berechtigt: „Wo ist Gonnfeld?"

Sie sollten es am Nachmittag erfahren. Da machte die Neuigkeit nämlich die Runde durch alle sozialen und auch unsozialen Netzwerke: „Schon gehört? Der Gonni hat sich vor den Zug geschmissen. Er ist tot!"

Das war ja ein Ding!

Alfred saß auf einem Mäuerchen am Platz der Alten Synagoge, schwitzte, rauchte Selbstgedrehte und hörte Vanessa zu, wie sie mit tränenfeuchten Augen Nachrichten aus Twitter, Facebook, WhatsApp und anderen Tratschkanälen laut vorlas: „Hier, gepostet von Rita: Hab's in der Mensa erfahren. Gonni vom Zug überfahren. Im Höllental. Direkt vor dem Tunnel."

„Was schreibt Sven?"

Vanessa scrollte auf ihrem Smartphone: „Sven schreibt: Suizid! Der arme Kerl. Was ist bloß in ihn gefahren?"

Alfred nahm einen gründlichen Zug aus seiner Selbstgedrehten, so tief, dass der Qualm sich in der Lunge verirrte und schier nicht mehr herausfand. Er reichte Vanessa die Kippe und tauschte im Gegenzug ihr Smartphone ein, damit er sich die Einträge selbst durchlesen konnte. Das mochte er an Vanessa, obwohl sie eine dürre Krähe war: Sie rauchte mit ihm, sie hing abends mit ihm im Schlappen ab, sie war so unkompliziert, wie ein Mädchen nur sein konnte. Jetzt saß sie im Schneidersitz auf dem Mäuerchen, die knubbligen Knie schräg angewinkelt, und sie hatte den Flatterrock so weit hochgekrempelt, dass ihre mageren Schenkelchen offenlagen. Besonders zu genieren schien sie sich auch nicht. Sie trug ohne einen BH darunter eine luftige Bluse, die vorne weit geöffnet war, nur dass es nichts zu sehen gab. Ihre Brüste glichen mehr einem misslungenen Dr. Oetker-Pudding als dem, was Alfred unter Brüsten verstand. Aber Alfred wollte ja auch nichts von ihr. Wie gesagt, sie war zu dünn. Irgendwie unterernährt, obwohl sie futtern konnte wie ein Bauarbeiter. Und direkt hübsch hätte man auch ihr Gesicht nicht genannt. Es war eher bübisch. Eine Frisur gab es schon gar nicht, sondern nur irgendwie zu einem Knoten nach hinten gewickelte braune Haarsträhnen.

Mehr oder weniger war Vanessa ein androgynes Neutrum. Das war gut so. Alfred kam in ihrer Gegenwart nicht auf dumme Gedanken. Er nahm sie als Kumpel, und er mochte ihre Gegenwart, weil sie sich benahm wie ein Kumpel.

„Ich möchte mal wissen, wieso der Idiot sich vor den Zug wirft?", sinnierte Alfred. „Er hatte doch keinerlei Sorgen oder Nöte. Geld bekam er von zu Hause. Im Studium gehörte er zu den Besten. Er war beliebt. Das Leben machte ihm Spaß. Was ist bloß in den gefahren?"

„Man kann nie ganz in einen Menschen hineinschauen", sagte Vanessa nachdenklich. Sie biss sich auf die Lippen. Alfred hatte den Eindruck, dass sie etwas mit sich herumtrug. „Vielleicht hat er uns nur etwas vorgespielt", sagte sie mit brüchiger Stimme.

„Wenn einer Grund hätte, sich vor die Höllentalbahn zu werfen, dann bin ich es", hielt Alfred fest. Zwar verriet sein Tonfall, dass er es nicht ernst meinte, aber die Aufzählung entsprach den Tatsachen: „Ich bin pleite! Ich habe keinen Führerschein! Ich habe meinen Job verloren! Ich bin ein alter Sack zwischen lauter jungen Studenten! Ich wohne in einer WG, in der niemand die Küche putzt! Ich hocke hier in Freiburg, während sich mein bester Kumpel und meine Stammkneipe oben im Hochschwarzwald befinden." Am liebsten hätte er noch hinzugefügt: „Und dort lebt auch die Frau in die ich verknallt bin, die aber partout nichts von mir wissen will." Aber das verkniff er sich. Stattdessen sagte er: „Alles läuft irgendwie Scheiße in meinem Leben. Ich hätte also allen Grund, mich vor einen Zug zu schmeißen."

„Du würdest es vermasseln!", spottete Vanessa neckisch. Sie gab ihm einen freundlichen Rempler: „Komm mit. Wir radeln raus zum Seepark. Man stirbt ja bei der Hitze. Lass uns baden gehen."

WOHNGEMEINSCHAFT

Alfred kam früh nach Hause. Es war zu heiß, um in der Stadt abzuhängen. In seinem Zimmer in der WG war es kühl. Jugendstilvilla in der Wiehre. Vier Etagen. Die WG belegte die dritte Etage. Oben drüber wohnte noch ein einsamer Geiger vom abgeschafften SWR-Sinfonieorchester. Wie immer war von den WG-Mitbewohnern nur Tim zu Hause. Der unglaublich fette Tim Joy. Er war immer zu Hause. Er saß in seinem abgedunkelten Zimmer vor einem Cockpit von Bildschirmen und Rechnern und überwachte die Welt. Formal war er Informatikstudent. Er erledigte sein Studium vom Bildschirm aus. Nebenbei hackte er geschützte Netzwerke, plünderte geheime Datenbanken, manipulierte Foren, Blogs und Internetplattformen und durchschnüffelte die digitalen Abraumhalden von Behörden, Firmen und Ministerien.

„Hi Tim! Was machen meine Versicherungen?", fragte Alfred durch die geöffnete Zimmertür. Tims bleicher Mondkopf hob sich kurz, zum Zeichen, dass er Alfreds Ankunft registriert hatte. Mit angenehm schmelziger Cremestimme, die so gar nicht zu seiner äußeren Erscheinung passen wollte, gab Tim Auskunft: „Alles läuft bestens. Ich habe den Algorithmus geändert. Von dir kommt jetzt jedes siebte Posting. Das ist noch nicht auffällig. Niemand wird Verdacht schöpfen. Du brauchst aber noch zwei oder drei weitere Avatare. Und dann musst du noch ein paar Textbausteine produzieren. Sonst wiederholen sich deine Argumente eines Tages."

Tim schnaufte wie ein Seelöwe, wenn er sprach. Aber es klang bei ihm immer angenehm. Seine Töne kamen cremig aus den Tiefen eines monströsen Leibes, so als gäbe es dort im Innern dieses fleischigen Berges ein biologisches Tonstudio, das stetig diesen angenehmen Wohlklang erzeugte. Wie immer verstand

Alfred nur die Hälfte von dem, was ihm der Mitbewohner erklärte. Immerhin wusste er: Tim programmierte eine Software, die es möglich machte, dass Alfred, ohne dass er etwas tun musste, in allen sozialen Netzwerken mit stetigen Postings präsent war, in denen es um jene Versicherungen ging, bei denen Alfred unter Vertrag stand. Alfred lebte nämlich davon, dass er für garantierte 800 Euro im Monat diesen Versicherungen den Rücken frei hielt, wenn über sie im Netz gelästert und gescholten wurde. Den Job hatte ihm sein Kumpel Linus verschafft, der Versicherungsmakler aus dem Hochschwarzwald. Anfangs hatte Alfred sich jeden Abend vor den Bildschirm gesetzt und mühsam Argumente eingehackt, bis ihn Tim eines Tages darauf gebracht hatte, dass man sich die Arbeit sparen könne, wenn man stattdessen eine clevere Software programmiere, die – ähnlich einer Suchmaschine – auf bestimmte Schlüsselworte reagiere und automatische Postings erzeuge. Alfred hatte nur noch ein langes Wochenende investieren müssen, um zu jedem denkbaren Beschwerdethema einen Fundus an Textbausteinen zu formulieren, aus denen sich seither Tims Software nach dem Zufallsprinzip bediente. Hin und wieder fügte er diesem Fundus ein paar neue Ideen und Formulierungen hinzu, bisweilen auch ein paar Beschimpfungen und Formulierungen unter der Gürtellinie. Es sollte ja schließlich lebendig im Netz zugehen. Unter dem Avatar „Don Alfredo" argumentierte die Software rational und besonnen, als „Versicherungsalf" schlug sie einen eher defensiven, entschuldigenden Tonfall an, und als „Alfred Hitchcock" verbreitete sie verbal Angst und Schrecken. Manchmal unterhielten sich auch diese drei Avatare miteinander, wenn sonst niemand im Netz sich für ein Thema interessierte. Aber gegenüber den Versicherungen, die lediglich von „Don Alfredo" wussten, galten auch solche Gespräche als überzeugender Arbeitsnachweis. Alfred wusste von Linus, dass man in den Kommunikationszentralen der Versicherungen höchst zufrieden mit ihm war. Und so überwiesen sie Monat für Monat 800 Euro auf Alfreds Konto, was ihm leidlich zum Überleben reichte.

Ansonsten waren seine Einnahmen nämlich ziemlich überschaubar. Von Vater Staat kassierte Alfred einen monatlichen BAFÖG-Satz von 39,80 Euro. Gelegentlich schanzte ihm im Hochschwarzwald Anna einen Schreibauftrag für die Badische Zeitung zu. Das brachte hin und wieder noch ein bescheidenes Honorar ein. Anna war Lokalredakteurin bei der BZ in Titisee-Neustadt. Den Job hatte sie einst Alfred weggeschnappt. Nun revanchierte sie sich, indem sie Alfred als freien Mitarbeiter mit gelegentlichen Aufträgen über Wasser hielt.

Null Einkommen erzielte Alfred mit seinem Gewerbe als Privatdetektiv. Zwar stand er als solcher im Telefonbuch und es gab auch eine Homepage „Detektei A.L.F. Red – Recherche – Überwachung – Ermittlungen", aber noch nie hatte sich ein Kunde gemeldet.

„Es hat ein Polizist nach dir gefragt", meldete beiläufig Tims sonorer Bass.

Alfred, der auf dem Weg zu seinem eigenen Zimmer bereits an Tims Zimmertür vorbei war, blieb abrupt stehen. „Wie bitte? Was hast du gerade gesagt?"

„Es hat ein Polizist nach dir gefragt?", kam es aus dem flimmernden Halbdunkel zurück. „Irgend so ein Oberkommissar."

Was war nun schon wieder los? „Habe ich etwas ausgefressen?", überlegte Alfred. Es fiel ihm nichts ein. Als er vor einigen Monaten das letzte Mal illegal trotz seines Führerscheinentzugs mit dem nicht angemeldeten roten Flitzer von der Polizei erwischt worden war, hatten die Beamten alle Augen zugedrückt. Schließlich hatte er damals dazu beigetragen, einen Mord in der Rothaus-Brauerei aufzuklären. Und sonst war Alfred sich keines Vergehens bewusst. Seither hatte er seinen roten Sportwagen nicht mehr angerührt. Er stand wohl verwahrt oben im Hochschwarzwald bei Linus in der Garage. Noch zwei Monate! Dann bekam Alfred den Führerschein zurück. Was also wollte die Polizei von ihm?

„Hat er gesagt, was er von mir will?", fragte Alfred.

„Nein! Nur angekündigt, dass er sich wieder meldet. Hier, seine Karte!" Tim hielt Alfred mit seinen fleischigen Fingern ein Visitenkärtchen entgegen, bewegte sich aber keinen Millimeter in Alfreds Richtung. Tim saß in einem großen ledernen Bürosessel, der normalerweise als kleines Besuchersofa durchgegangen wäre. Von diesem Sessel aus dirigierte er seine Bits und Bytes. Die Bildschirmfront, vor der er dabei saß, hatte die Dimensionen eines Dispatcher-Arbeitsplatzes in der Verbundleitwarte des örtlichen Energieversorgers Badenova. Die Weltschaltzentrale eines Marvel-Bösewichts hätte nicht anders ausgesehen. Tim lebte hier stationär. Er ernährte sich von Pizzen, Döner, Burgern und Chicken-Nuggets, die er sich regelmäßig von Bringdiensten anliefern ließ und zusammen mit Unmengen von Coca Cola vertilgte. Eigentlich war er ein einziges lebendes Klischee, ein Nerd, wie er im Buche stand. Was er den ganzen Tag trieb entzog sich Alfreds Vorstellung. Nur hin und wieder gewährte Tim Einblicke. So entwickelte er unter anderem auch Computerspiele für namhafte Konsolenbetreiber. Sein Bestseller war ein galaktischer „Krieg der Welten", den es mittlerweile in allen Media-Märkten zu kaufen gab. „Was verdient man damit?", wollte Alfred einmal wissen.

Tim zuckte nur mit seinem Atlasgebirge von Oberkörper und antwortete lakonisch: „Konto füllt sich ganz gut." Mehr war von ihm nicht zu erfahren.

Tim war die Konstante in der studentischen Wohngemeinschaft in der Wiehre, der Alfred nunmehr seit mehr als einem Semester angehörte. Zur Wohnung gehörten neben dem langen Flur, von dem mehrere Zimmer abgingen, der nie geputzten Küche und dem selten genutzten Bad, in dem ein antiquarisches Monstrum von Boiler jeden Bewohner vor der Inbetriebnahme der Badewanne abschreckte, auch noch zwei weitere Mitbewohner. Einer davon war Jochen Schiller, ein ebenso mustergültiger wie blendend aussehender Jurastudent, dessen Vater das ganze Haus und damit auch diese Wohnung gehörte. Jochen Schiller wohnte aber nicht wirklich hier in der WG, er leistete sich seine Bude eher aus sozialromantischen Gründen. In Wahrheit hatte er seinen Lebensmittelpunkt in einer noblen Penthouse-Wohnung im Villenviertel im Stadtteil Herdern, von wo man sowohl aus topgrafischen als auch aus soziologischen und ökonomischen Gründen auf den Rest von Freiburg herabblickte.

Den dritten WG-Bewohner hatte Alfred in den Monaten, in denen er jetzt schon hier hauste, noch kein einziges Mal zu Gesicht bekommen. Es handelte sich um einen gewissen Hugo, von dem Tim nur wusste, dass er sich in einem Auslandssemester befinde. Deshalb war Hugos Zimmertür verschlossen – Alfred hatte es ausprobiert – und niemand wusste, wann und ob er jemals zurückkehren würde.

Der rätselhafte Polizeibesuch ließ Alfred keine Ruhe. Er griff sich die Visitenkarte, die Tim ihm hinstreckte. „Kriminalpolizei Freiburg", so stand dort. „Polizeioberkommissar Siegfried Junkel, Morddezernat".

Siegfried Junkel? Den kannte er doch. War das nicht der frustrierte ältere Kommissar gewesen, der im Rothaus-Fall ermittelt hatte? Alfred erinnerte sich an den Mann vor allem deshalb, weil sie zusammen selbstgedrehte Zigaretten geraucht hatten. Siegfried Junkel? Ja, so ein desillusionierter und vom Job aufgefressener Mitfünfziger mit Raucherhusten, tränenden Augen und kaum noch Haaren auf dem Kopf.

Er drehte die Visitenkarte nachdenklich hin und her. Wollte Junkel vielleicht noch einmal über den längst schon aufgeklärten Mordfall in der Rothaus-Brauerei mit ihm sprechen?

Gab es da noch irgendwelche offenen Fragen? Anders konnte Alfred sich die Visitenkarte nicht erklären.

Alfred verzog sich in sein Zimmer. Vierzig Quadratmeter Chaos. Ein Raum so hoch wie breit. Ein Matratzenlager, ein Stuhl, ein Schreibtisch mit aufgeklapptem Laptop. Der Bildschirm flimmerte. Hatte Alfred beim Weggang am Morgen vergessen auszumachen! Eine Wand, vollgestellt mit überquellenden Umzugskartons. Alfreds gesammelte Habseligkeiten. Ein raumhohes Riesenfenster in Hufeisenform ließ großzügig Licht ein. Staubkörnchen tanzten durch die Sonnenstrahlen. Ein noch nie gegossenes Palmengewächs kämpfte vor der Fensterfront ums Überleben. Was fiel noch ins Auge? Von der Decke hing eine schmucklose Glühbirne an einem schwarzen Kabel, das herunter hing wie eine Baumnatter. Mitten im Raum stand auf dem schönen Holzparkett-Fußboden ein altersschwacher CD-Player und gab alarmierende Quietschtöne von sich. Noch so ein Gerät, das Alfred am Morgen vergessen hatte auszuschalten. An der Tür hing ein gelbes Schneidermaßband, daneben an einer Kordel eine Schere. Alfred nahm die Schere und schnitt einen Zentimeter am Maßband ab. Jetzt war es nur noch 62 Zentimeter lang. Jeden Tag musste ein Zentimeter dran glauben. Der Count Down, bis Alfred endlich seinen Führerschein zurückbekam. Jetzt noch 62 Tage.

Das Handy klingelte. Anna war dran!

„Ich bin morgen in Freiburg. Treffen wir uns?"

Alfred schwankte. Auf der einen Seite empfand er ein beinahe schon verklärtes Begehren, andererseits wollte er gegenüber Anna den Beleidigten, Gleichgültigen, Überlegenen, Hartgesottenen spielen. Meistens gelang das nicht, stattdessen brachte er es immer fertig, sie genau dann vor den Kopf zu stoßen, wenn sie selbst ihre zaghaften Annäherungsversuche startete. Anna war empfindlich wie ein Schmetterling. Ein falsches Wort konnte genügen, um sie für zwei Wochen in ihr

Schneckenhaus zu vertreiben. Sie stritten sich nie, Alfred und Anna, aber sie kränkten sich häufig. Und sie missverstanden sich in den unglücklichsten Momenten. Selbstverständlich wollte Alfred Anna verführen, daran arbeitete er schon seit drei Jahren, solange, wie er Anna schon kannte. Höchstwahrscheinlich hätte Anna sich verführen lassen, aber Alfred stellte es bei ihr so dumm und so falsch an, wie man es dümmer nicht anstellen konnte. Alfred war ja ein begnadeter Herzensbrecher, solange er oberflächlich bleiben konnte. Mit seinem entwaffnenden Jungencharme beglückte er Schwiegermütter und machte leichte Beute in Singletreffs, Discotheken, auf dem Campus, in Straßencafés und auf Studentenpartys. Sobald es aber Ernst wurde, und bei Anna war es immer Ernst, versagten all seine Rezepte.

„Weiß noch nicht", antwortete Alfred. „Hab' morgen einen extrem vollen Terminkalender", log er.

„Oh, schade", seufzte Anna, und Alfred sah ihr Gesicht vor sich, die großen Rehaugen und den Schmollmund, die roten Bäckchen, die Stupsnase. „Wir können ja nochmal telefonieren. Gegen vier Uhr nachmittags bin ich morgen in der BZ-Stadtredaktion am Bertoldsbrunnen. Vielleicht klappt's ja danach irgendwie."

„Vielleicht. Irgendwie!" Dämlich wie immer bekam Alfred die Kurve nicht rechtzeitig. „Sonst, was Neues?"

Seit er in die WG nach Freiburg umgezogen war, fehlte Alfred der Hochschwarzwald. Titisee-Neustadt war ihm doch in den letzten Jahren sehr ans Herz gewachsen. Seine Stammkneipen, die ‚Spritz' und das ‚Dennenbergstüble' vermisste er, seinen Kumpel Linus, die Saufkumpane Max und Harry, selbst sein ehemaliger Chef beim Hochschwarzwaldkurier, der alte Spießer Leuchter, dieser Armleuchter, selbst der fehlte ihm. Einmal die Woche schaffte Alfred es noch, mit dem Zug von Freiburg hinauf in den Hochschwarzwald zu fahren und dort herumzulungern. Meistens am Wochenende, wenn er mit Linus auf die Pirsch gehen konnte. Manchmal traf er sich auch mit Anna, die er immer noch um ihren Job in der Lokalredaktion der BZ beneidete. Sie umgaben diese Treffen mit einem dienstlichen Anstrich: „Hast du einen Auftrag? - Könntest du die Generalversammlung des FC Neustadt wahrnehmen, ich brauche 90 Zeilen?" So vermieden sie es, private Zuneigung zuzugeben. Alles verkorkst. Und auch jetzt wieder: „Na ja, dann passt es halt Morgen nicht. Vielleicht das nächste Mal." Immer noch hätte Alfred sagen können: „Halt! Ich richte es mir ein. Ja, ja, ja, wir treffen uns. Ich freue mich!" Alles wäre in die richtigen Bahnen gekommen. Aber solche Sätze konnte Alfred nicht sagen. Stattdessen sagte er großmütig: „Ich schaue mal!"

Dann tauschten sie Neuigkeiten aus. „Was ist euer Aufmacher morgen?", wollte Alfred wissen.

„Chaos auf der Höllentalbahn", erklärte Anna. „Acht Stunden lang ist der Zugverkehr ausgefallen. Irgend so eine Leiche im Falkenstein Tunnel. Die Polizei hat alles abgesperrt und die Strecke ewig lang nicht mehr freigegeben."

„Es war ein Suizid!", sagte Alfred. Er berichtete vom Selbstmord des Kommilitonen Gerd „Gonni" Gonnfeld. „Er hat sich im Höllental vor den Zug geschmissen. Völlig rätselhaft. Niemals hätte ich ihn für selbstmordgefährdet gehalten. Im Seminar war er einer der Besten. Alle mochten ihn. Die Mädchen flogen auf ihn. Irgendetwas muss ihn völlig aus der Bahn geworfen haben."

Anna schwieg für einen Moment. Dann sagte sie nachdenklich: „Komisch! Die Polizei hat nichts von einem Suizid gesagt. Normalerweise ist das die erste Auskunft, die sie geben. Im Polizeibericht war von einem Leichenfund auf den Gleisen die Rede."

„Halt mich auf dem Laufenden", bat Alfred. „Ich habe den Gonni gut gekannt. Wir studieren zus …, wir haben zusammen studiert. Höllentalgeschichte …" Bei diesen letzten Sätzen fiel Alfreds Blick auf eine speckige Aktentasche, die bei ihm im Zimmer neben den Umzugskartons stand. Das war Gonnis Tasche. Er hatte sie zuletzt hier zurück gelassen, als sie sich vor einigen Tagen in ihrem Arbeitskreis „Höllental" zur Vorbereitung ihrer Referate bei Alfred getroffen hatten. Danach waren sie gemeinsam zu einer Kneipentour losgezogen und Gonni hatte gefragt: „Kann ich meine Tasche bei dir stehen lassen? Sonst muss ich sie den ganzen Abend mit mir herumtragen." Seither stand die Tasche bei Alfred.

Immerhin endete das Telefonat mit Anna mit einer unverbindlichen Öffnungsklausel. Ganz abgesagt war das Treffen am nächsten Tag nicht, zugesagt auch nicht. Es würde immer noch möglich sein, unter weitest gehender Gesichtswahrung für beide Seiten, doch noch zusammenzukommen.

EIN AUFTRAG

Kriminaloberkommissar Siegfried Junkel sah noch schlechter aus, als Alfred ihn in Erinnerung hatte. Zwischen linkem Mundwinkel und Kinn musste er sich am Morgen beim Rasieren geschnitten haben. Dort klebte ein viel zu großes Pflaster. Alfred konnte den Blick nicht davon abwenden. Junkels linke Gesichtshälfte war leidlich rasiert, rechts sprießten graue Stoppeln. Das Malheur hatte wohl dazu geführt, dass der Oberkommissar sich anschließend nicht mehr weiterrasiert hatte. Auch sonst wirkte der Polizist ein wenig derangiert. Vielleicht hatte er ein Alkoholproblem, das würde die rotgeäderten Augen erklären. Die gelben Zähne zeugten von intensivem Nikotingenuss. Junkels schäbiger Anzug mit seinen speckigen Einfallsschneisen an den Taschen und am Kragen wies ihn als verwahrlosten Junggesellen aus. Obwohl er schon am frühen Morgen in der schwülen Freiburger Sommerhitze schwitzte, trug Junkel ein Sakko.

Zu den schlechten Angewohnheiten des Kommissars gehörte es, Alfred zu unchristlichen Zeiten aus dem Bett zu klingeln. Alfred nahm ihn an der Wohnungstür in Boxershorts in Empfang. „Sie!", rief der Kommissar überrascht aus.

„Sie schon wieder!", antwortete Alfred.

Junkel drängte in die Wohnung. Alfred ließ ihn ein. „Ich war gestern schon mal hier. Da habe ich nur diesen autistischen ..., diesen ..., diesen ..." Es fiel ihm kein Wort ein. „Ihren Mitbewohner angetroffen", sagte er schließlich.

„Tim!", präzisierte Alfred. Aus Tims Zimmer flimmerte künstlicher Lichtschein durch die Türspalten heraus. Die Rechner liefen auf jeden Fall. Alfred wusste nicht so genau, ob Tim manchmal schlief. Er hatte ihn noch nie schlafend angetroffen, ganz egal, zu welcher Tages- oder Nachtzeit er etwas von ihm wollte.

Junkel nickte. Neugierig sah er sich im Hausflur um. Der Hausflur in dieser WG war Abstellkammer für all jene Utensilien, die keiner der WG-Bewohner in seinem Zimmer aufbewahren wollte. Vor allem waren dies Alfreds Bier- und Rotweinflaschen sowie Tims leere Pizzaschachteln. Ein Fahrrad stand auch noch hier, ebenso ein ausrangierter Computerbildschirm aus Tims Beständen, ein Skateboard, eine mit Vorhängeschloss gesicherte große Blechkiste und ein paar Ski. Die Blechkiste war Eigentum von Hugo, dem abwesenden Mitbewohner. Das Fahrrad gehörte Alfred. Jedenfalls betrachtete Alfred es als sein Eigentum, obwohl er auf nicht ganz gesetzeskonformem Weg in seinen Besitz gekommen war. Das Skateboard und die Ski gehörten Jochen Schiller.

„Können wir uns irgendwo setzen und uns unterhalten?", fragte Junkel. Er sprach schleppend. Das gehörte zu seinen Eigenheiten. Man hätte darin eine gewisse Geistesträgheit sehen können, aber Alfred wusste es besser. Junkel konnte durchaus fix und präzise denken. Die bedächtige Sprechweise gehörte ebenso wie sein schmuddeliges Äußeres zu Junkels Tarnung. Da Alfred kein Bedürfnis verspürte, Kommissar Junkel in sein Zimmer einzulassen, blieb nur die Küche. Dort standen ein Tisch und ein paar uralte Flohmarkt-Stühle. Leider standen dort auch noch Berge ungewaschenen Geschirrs und weitere Pizza- und Burgerschachteln. Eine geöffnete Ein-Liter-Tetrapackung „Schwarzwaldmilch" gärte auf dem Tisch säuerlich vor sich hin. Viele Fliegen fühlten sich hier wohl. Alfred öffnete das Fenster. Junkel besah sich die ganze Angelegenheit ohne Anzeichen einer Regung. Schließlich zog er einen der weiß angestrichenen Stühle zu sich heran und setzte sich darauf. „Darf man hier rauchen?"

Alfred nickte: „Die letzte Raucher-WG in ganz Freiburg."

„Auch eine?", fragte Junkel, als er seinen Tabak aus der Anzugstasche klaubte. Alfred nickte.

Mit Engelsgeduld drehte Junkel zuerst für Alfred, dann für sich selbst eine Zigarette. Während dieser konzentrierten Tätigkeit sprach er kein Wort. Alfred setzte unterdessen Kaffeewasser auf und suchte nach zwei sauberen Tassen. Als er sie nicht fand, spülte er notgedrungen zwei Tassen aus dem Geschirrberg aus, indem er sie in die Spüle unter den Wasserhahn stellte und mit heißem Wasser volllaufen ließ.

„Was wollen Sie von mir?", fragte Alfred schließlich ungeduldig. Er rechnete immer noch damit, dass Junkel irgendwie noch in dem alten Rothaus-Fall herumrühren würde.

Junkel steckte sich seine Zigarette an und nahm zuerst einen tiefen Zug. Dann fragte er, indem er den Rauch gegen die Decke blies: „Sie haben Gerd Gonnfeld gekannt?"

Mit dieser Frage erwischte er Alfred auf dem falschen Fuß.

„G ... Gonni?"

Junkel nickte und wartete auf eine Antwort.

„Ich habe mit ihm studiert", sagte Alfred schließlich zögernd. „Wir haben das gleiche Seminar besucht. Wirtschafts- und Verkehrsgeschichte des Höllentals."

„Sie wissen also, dass er tot ist?"

„Ja klar. Das hat sich herumgesprochen. Aber hören Sie mal, was soll das? Was wollen Sie von mir? Er ist vor den Zug gesprungen. Seit wann ermittelt die Kriminalpolizei, wenn einer sich umbringt?" Eine mögliche Antwort fiel Alfred gleich darauf selbst ein: „Oder stimmt etwas nicht mit dem Selbstmord? War es vielleicht gar keiner?"

Junkel winkte ab. „Doch, doch, doch. Alles spricht für Selbstmord. Aber da wir keinen Abschiedsbrief oder dergleichen gefunden haben, müssen wir ein bisschen in seinem Umfeld recherchieren. Mit was hat er sich beschäftigt? Wo lag sein Problem? Mit wem war er zuletzt zusammen? Wer hat ihn zuletzt lebend gesehen?"

„Ein bisschen viel Fragen auf einmal!" Alfred nahm das pfeifende Kaffeewasser von der Herdplatte. Er gab sechs Löffel Kaffeepulver in seine Stempelkanne, goss das heiße Wasser darüber und drückte den Deckel ins Wasser. Die beiden Tassen in der Spüle waren inzwischen auch eingeweicht. Kaffee fertig! Er stellte zwei dampfende Tassen auf den Tisch.

„Milch, Zucker?" Alfred fragte, obwohl er wusste, dass beides in der Küche nicht vorhanden war. Aber Junkel winkte ab.

„Fangen wir mal mit der ersten Frage an", sagte Junkel langsam, während er in die heiße Tasse blies: „Mit was hat er sich zuletzt beschäftigt?"

„Woher soll ich das wissen?"

„Wart ihr beide befreundet?" Junkel ging schleichend zum Duzen über.

„Ja! Nein! Zum Teufel. Wir haben zusammen studiert."

„Wirtschafts- und Verkehrsgeschichte des Höllentals, ja, ich weiß", sagte Junkel. „Hatte er überhaupt Freunde? Was ist mit Frauengeschichten? Wer studierte noch mit ihm?"

Um überhaupt irgendetwas zu antworten, zählte Alfred die Mitglieder des Arbeitskreises „Höllental" auf: Vanessa, Rita, Sven. Junkel notierte sich die Namen.

„Sie treiben ein bisschen viel Aufwand für einen Selbstmörder, der sich vor einen Zug geworfen und den Bahnverkehr acht Stunden lang lahmgelegt hat", lästerte Alfred. Junkel ließ sich aber nicht provozieren: „Alles Routine", sagte er. „Lediglich für die Akten. Versicherungen, Angehörige, Bahn – alle erwarten, dass wir die Sache gründlich zu Ende bringen."

Das leuchtete Alfred ein. Junkels gelangweiltes Routineinteresse glitt auch schon ab in andere Themen. Eine Weile unterhielten sie sich noch einmal über den Rothaus-Fall. „Sagen Sie Ihrem Oberhäuptling Kommissar Beuge einen Gruß von mir. Er hat sich nie bedankt, dass ich ihm damals den Mörder auf dem Tablett serviert habe", sagte Alfred.

Junkel verzog das Gesicht: „Jens Beuge ist nicht mehr mein Oberhäuptling. Man hat ihn befördert. Karrieresprung! Immerhin hat er seinerzeit die Staatsbrauerei gerettet. Er sitzt jetzt auf einem hohen Posten im Innenministerium."

„Na Glückwunsch! Mit dem standen Sie doch immer irgendwie auf Kriegsfuß."

Junkel verzog das Gesicht. Sein Rasierpflaster wölbte sich dabei. Dann kippte er den Rest seines Kaffees in sich hinein und erhob sich: „Alles gut. Muss jetzt gehen. Hat mich gefreut. Falls ich noch Fragen habe, ich habe ja deine Telefonnummer."

Mit einer müden Bewegung entsorgte der Oberkommissar seine Zigarettenkippe in der Kaffeetasse. Während er ächzend aufstand und den Stuhl von sich schob, erwähnte er mürrisch: „Ich habe jetzt eine Chefin. Die neue Dezernatsleiterin ist eine Frau. Eine Einserkommissarin, hä!"

So wie Junkel es sagte, klang er wie jemand, der soeben von der Kreditabteilung seiner Hausbank eine Absage erhalten hat. Alfred brachte ihn zur Wohnungstür. Indem er hinausschlurfte, sagte Junkel noch: „Und wenn dir zu Gerd Gonnfeld noch was einfällt, ob er in letzter Zeit vielleicht irgendwie komisch wirkte oder mit seltsamen Leuten zusammen war, kannst du mich jederzeit anrufen."

Alfred nickte pflichtschuldig.

Dieser Junkel! Motiviert bis in die Haarspitzen. Höchste Zeit, dass er in den Ruhestand entlassen wurde.

Der frühmorgendliche Besuch des Kommissars ging Alfred noch eine Weile im Kopf herum. So ganz wollte ihm nicht einleuchten, dass man um einen offensichtlichen Selbstmord ein solches Aufheben machte.

Dann klingelte Alfreds Handy und er hatte ein völlig neuartiges Erlebnis. Jemand rief ihn an, weil er einen Privatdetektiv brauchte.

Eine weiche Frauenstimme: „Hier Blender. Isolde Blender. Sind Sie der Privatdetektiv?"

„Ähm, ja. Ja, der bin ich. Wie kann ich helfen?"

„Ich vermisse seit zwei Tagen meine Katze. Sie ist verschwunden. Sie heißt Möhrchen."

Die Frau klang weinerlich. Alfred dachte an eine unzufriedene Witwe im fortgeschrittenen Alter. Er hatte da sofort sein zementiertes Vorurteil.

„Eine entlaufene Katze? Es geht also um eine entlaufene Katze?"

„Nein, sie ist nicht entlaufen. Das sagte ich doch. Sie ist verschwunden."

„Wenn sie verschwunden ist, dann ist sie entlaufen", beharrte Alfred.

Isolde Blender ließ nicht locker: „Mein Möhrchen wäre niemals entlaufen. Das weiß ich. Es muss etwas passiert sein."

„Vermutlich von einem Auto überfahren", dachte sich Alfred. „Wahrscheinlich liegt sie jetzt irgendwo am Straßenrand und wird von den Krähen ausgebeint." Er hütete sich aber, diese Vermutung laut auszusprechen. Stattdessen sagte er: „Was vermuten Sie denn? Was verstehen Sie unter es ist etwas passiert?"

„Na hören Sie mal", entrüstete sich die Gesprächspartnerin. „Wenn ich das wüsste, dann bräuchte ich schließlich keinen Privatdetektiv. Genau das sollen Sie ja herausfinden."

Obwohl er sich sicher war, dass er diesen „Fall" niemals annehmen würde, dass es nicht einmal im Ansatz ein „Fall" war, fragte Alfred aus Höflichkeit doch noch nach: „Von wo rufen Sie denn an?"

„Oberried. Ich wohne in Oberried." Die Frau nannte ihre Adresse. Alfred notierte mechanisch.

„Wenn Sie herauskommen wollen, dann zeige ich Ihnen, wo es passiert ist." Isolde Blenders Stimme hatte jetzt einen so hoffnungsvollen Unterton, dass Alfred sich auch jetzt noch nicht zu einer klaren Absage durchringen konnte: „Ich muss erst einmal in meinem Terminkalender nachschauen. Ich bin ziemlich ausgebucht zurzeit", versuchte er abzulenken. „Ich kann Ihnen nichts versprechen."

„Sie müssen schnell kommen", drängte Isolde Blender. „Sonst sind doch alle Spuren verwischt."

Welche Spuren? Alfred beendete das Gespräch. Ein Auftrag! Aber was für einer? Seit wann wurden Privatdetektive engagiert, um entlaufene Katzen ausfindig zu machen? Er war hin- und hergerissen. Eine Katzenbesitzerin, die wegen ihres Möhrchens ein solches Aufheben machte, hatte vermutlich komplett einen an der Waffel. Allerdings hatte die Frau nicht so geklungen, als breche sie vor Schmerz über den Verlust ihres Tieres gleich zusammen. Alfred beschloss, am Nachmittag nach der Uni Anna um Rat zu fragen. Damit war auch beschlossen, dass er zum Treffpunkt in der Innenstadt kommen würde. Mit solch einem handfesten Grund, nämlich dass er einen Ratschlag von ihr erhoffte, fühlte er sich auch sogleich besser. Und nun freute er sich auch auf das Treffen.

Den ganzen Morgen und auch während des Nachmittags an der Uni hielt diese Vorfreude an. Beschwingt studierte er sich durch diverse Seminare und Kurse und eilte um 16 Uhr überpünktlich zum Bertoldbrunnen, um sich mit Anna zu treffen. Leider erschien sie nicht. Um 16.15 Uhr stand Alfred immer noch an der Straßenbahnhaltestelle. Keine Spur von Anna. Um 16.25 beschloss Alfred, dass er nun genug gewartet habe. Um 16.35 verließ er den Platz und stellte sich gegenüber unter die Arkaden in der Salzstraße, von wo er die Umgebung des Bertoldsbrunnens unauffällig beobachten konnte. Um 17.05 Uhr gab er auf. Anna kam nicht mehr. Diese blöde …, diese …, diese …! Er wusste nicht, was er fluchen sollte. Aber das würde er ihr heimzahlen.

BURG FALKENSTEIN

Die Besichtigung der Burgruine Falkenstein hatten sie zu einem Zeitpunkt geplant, als Gonni noch am Leben gewesen war. Von Vanessa dem „Burgfräulein" stammte die Idee. Das sei doch mal etwas anderes, als das staubige Bücherstudium. Wo bekomme man schon eine solche Gelegenheit, dass man das Studienobjekt direkt an Ort und Stelle besichtigen könne. Das Studienobjekt war in diesem Falle die Raubritterfamilie derer zu Falkenstein und das, was von ihr noch übrig war: Die Burgruine im Höllental.

Am Samstagmorgen fuhren sie mit dem Zug bis Himmelreich. Vanessa erzählte unterwegs die Sage von Ritter Kuno von Falkenstein. Alfred merkte sich nur so viel davon: Ritter Kuno nahm an einem Kreuzzug ins Heilige Land teil. Bevor er sich von seiner Gattin trennte, spaltete er mit dem Schwert seinen Ehering in zwei Hälften. Eine behielt er, die andere bekam seine Frau. Weil Kuno mehr als sieben Jahre außer Landes war, beschloss seine Gemahlin, einen anderen Ritter zu heiraten. Alfred hatte vollstes Verständnis dafür. „Man kann ja nicht gerade von einer Kurzschlusshandlung sprechen", kommentierte er.

Von der bevorstehenden Hochzeit erfuhr Ritter Kuno im Heiligen Land durch den Teufel, so ging die Sage weiter. Daraufhin schloss der Ritter einen Pakt mit dem Satan. Der Böse bot an: Er werde Kuno auf dem Rücken eines geflügelten Löwen zurück in die Heimat bringen. Schlafe Kuno während des Fluges aber ein, gehöre seine Seele dem Satan. Mehrfach wäre Kuno auch fast eingeschlafen, aber jedes Mal, wenn ihn die Müdigkeit zu übermannen drohte, erschien ein Falke und hielt ihn durch seinen Flügelschlag wach. Über seinen fehlgeschlagenen Plan erzürnt warf der Teufel den Ritter Kuno am Eingang des

Dreisamtales ab und einen Stein hinterher, der den Ritter aber verfehlte. Dieser Stein, so wusste Vanessa, sei heute angeblich in den Außenmauern des Gasthauses Fortuna in Kirchzarten eingemauert. Jedenfalls erreichte Ritter Kuno rechtzeitig seine Burg, gab sich als Pilger aus, bat um einen Becher Wein und warf seine Hälfte des geteilten Eherings hinein. Da erkannte die Ehefrau den Heimkehrer und alles wurde gut. „Ist das nicht ein schönes Happy End?", fragte Vanessa.

„Es ist ein beschissenes Stück Volksverdummung", widersprach Alfred. Der Zug fuhr ratternd im Bahnhof Himmelreich ein. „Gab's diesen Kuno wirklich?", wollte Rita wissen. Rita war ein nettes Mädchen, auf unkomplizierte Weise hübsch, allerdings nicht Alfreds Geschmack. Er fand ihr Gesicht langweilig. Alles an ihr war langweilig. Die fantasielos in der Mitte gescheitelten brünetten Haare fielen langweilig auf ihre Schultern, Pullover und Jeans, die sie trug, hingen langweilig an ihrem Leib, ihre Sprüche und Ansichten gähnten vor Langeweile. Außerdem war sie nicht eben schlank, eher ein bisschen zu stramm. Wären sie nicht durch Professor Hugotts Seminar in der Arbeitsgruppe „Höllental" zusammengewürfelt worden, Alfred hätte sich niemals mit jemandem wie Rita abgegeben. Auch Sven, der Vierte im Bunde, größer als Alfred, aber dennoch um vieles unscheinbarer, war langweilig. In Alfreds Augen ein antriebsloser Mitläufer und Schmarotzer. Er tappte hinter den anderen her und er plapperte ihnen nach. Er folgte ihren Literaturhinweisen und ihren Meinungen. Ein eigener Mensch war er nur insofern, als dass er eine höchst eigenwillige Kurzhaarfrisur trug, bei der am Hinterkopf ein Haarknoten stehen geblieben war, der in einem dünnen Pferdeschwanz auslief. Es sah albern aus, vor allem in Kombination mit der Brille, die er trug. Außerdem schmückte er sich mit einem Piercing, das ihm wie ein silberner Bazillus am linken Nasenflügel klebte. Vermutlich war er auch tätowiert. Aber das wusste Alfred nicht, das unterstellte er lediglich. Sven war so ein Mensch. Infolge des Mangels an eigener Ausstrahlung versah er sich gerne mit vermeintlich spektakulären Äußerlichkeiten: Piercing, Kahlschädel mit Pferdeschwanz, Tattoos!

Nur Vanessa war eine Nummer. Sie war witzig, unerschrocken, unkonventionell und dafür, dass sie ein Mädchen war, ein richtig feiner Kerl. Gonni, ja, der war auch etwas Besonderes gewesen. Klug natürlich, klüger als alle anderen in der Gruppe. Aber er hatte auch gut ausgesehen, ein Frauentyp. Er war sportlich gewesen, immer gebräunt, immer aktiv. Nach allem, was Alfred über ihn wusste, stammte Gonni auch aus bestem Elternhaus. Jedenfalls hatte er nie Geldsorgen gehabt, und statt einer Studentenbude bewohnte er eine Appartementwohnung in einem edelsanierten Altbau in der Freiburger Altstadt. Wie konnte so jemand auf die Idee kommen, sich selbst umzubringen?

Während er darüber nachdachte, hörte er mit halbem Ohr Vanessa mitteilen: „Es gab tatsächlich einen Kuno von Falkenstein. Der lebte im 12. Jahrhundert. Angeblich war er der Vater von Walter von Falkenstein, der als Erbauer der Burg gilt, deren Ruine wir gleich besichtigen."

Vom Bahnhof Himmelreich aus war die Ruine Falkenstein keine drei Kilometer entfernt. Sie saß direkt auf einer trutzigen Felsnase gegenüber dem berühmten Hirschsprungfelsen. Selbst in der lähmenden Sommerhitze dieser Tage war der Weg dorthin keine sonderliche Tortur. Er führte auf einem bequemen Radweg entlang der B31 direkt ins Höllental. Unterwegs passierten sie ein großes Tulpenfeld, von wo ihnen gelbe, rote und apricotfarbene Blüten in Reih und Glied zuwinkten. Alfred registrierte aufmerksam, dass man hier nach Gutdünken Tulpen pflücken und mitnehmen konnte, soviel man wollte. Ob man etwas bezahlte und wieviel, das entschied man selbst. Falls es mal nötig sein sollte, Anna bei einem Besuch einen Blumenstrauß mitzubringen, wäre dies hier jedenfalls eine glückliche Gelegenheit, es ganz ohne Unkosten zu tun, dachte sich Alfred. Jenseits des Tulpenfeldes rauschte wie ein besessener silbergrüner Wurm die Höllentalbahn hinauf in den Hochschwarzwald. Vanessa, die soeben kenntnisreich beschrieben hatte, dass der Herrschaftsbereich der Familie Falkenstein sich zu deren besten Zeiten vom Dreisamtal bis hinauf zum Feldberg und nach Breitnau erstreckt habe, St. Märgen und das Wagensteintal umfasste, ebenso das Höllental, Zastlertal und das Weilersbachtal, verstummte plötzlich. Nachdenklich sah sie dem in der Sonne davonflirrenden Zug hinterher.

Das war die Bahnlinie, auf der es passiert war. Jeder dachte das Gleiche.

„Habt ihr auch Besuch von so einem komischen Polizisten bekommen?", fragte unvermittelt Rita.

„So ein schmuddeliger Typ?", wollte Sven wissen. Er klang dabei überraschend aggressiv und ablehnend.

„Genau! Alt und unrasiert. Roch nach Nikotin und Schweiß."

„Siggi Junkel. Er ist Oberkommissar", erläuterte Alfred.

„Du kennst den Typen?"

„Bei mir war er auch. Er hat nach Gonni gefragt. Ob irgendetwas mit ihm nicht stimmte. Ob ihn etwas bedrückte?"

„Schnüffler!", zischte Rita ungewöhnlich aggressiv.

Nicht minder aggressiv die Reaktion von Vanessa: „Bei dir wäre er ja vielleicht fündig geworden."

Rita fuhr herum. Ihre Augen blitzten empört: „Sei bloß still. Das geht dich einen Scheiß an ..."

„Sag ich irgendwas?", fragte Vanessa spitz und tänzelte dabei herum. Die Arme hatte sie erhoben und formte dabei mit den Händen schnatternde Schnäbel. Aber ihrem frechen Koboldgesicht war die Genugtuung anzusehen.

„Du bist ja bloß eifersüchtig, du dumme Kuh", parierte Rita.

„Weil Gonni von dir nichts wollte!"

Alfred verstand nur Bahnhof. Hatte er mal wieder etwas verpasst? Er ließ sich hinter die beiden Kampfhennen zurückfallen und sorgte dafür, dass Sven an seiner Seite blieb. „Sag mal, Svennie, was geht da ab zwischen den beiden?"

Sven hob mit gespielter Gleichgültigkeit die Schultern. Alfred entging das konvulsivische Zucken von Svens Adamsapfel: „Wusstest du nicht ...? Gonni und Rita ...?" Er klang nicht wirklich gleichgültig, eher mühsam beherrscht.

„Wie? Gonni und Rita? Ich weiß gar nichts."

„Hast du Tomaten auf den Augen?" Sven seufzte und wippte mit seinem Pferdeschwänzchen. „Gonni hat Rita den Hof gemacht. Ziemlich aufdringlich." Er sagte es mit einem deutlich ablehnenden Unterton, fast so, als handelte es sich um ein moralisches Urteil. Alfred wunderte sich über Svens Furor. Normalerweise war Sven doch eher eine Lahmgeige. „Er hat sie regelrecht belagert. Nicht die feine Art. Rita fiel erst darauf rein, aber irgendwann wollte sie nichts mehr von ihm wissen."

Alfred war völlig geplättet. Davon hatte er ja überhaupt nichts mitbekommen. „Bist du sicher?"

„Aber ja", bekräftigte Sven. Jetzt klang er fast fröhlich: „Gonni hatte Liebeskummer deswegen. Er hat es mir selbst erzählt. Er war ratlos. Vielleicht war er sogar ein bisschen verzweifelt?"

Staunend vernahm Alfred diese Neuigkeiten. Liebeskummer? Ein Selbstmordmotiv? Mit ganz neuen Augen betrachtete er von hinten Rita, die ungefähr zehn Meter vor ihm ging und immer noch mit Vanessa stritt. Na ja, der Hintern stimmte ja einigermaßen. Alles war stramm und fest an Rita. Vielleicht war ihre Figur doch nicht ganz so langweilig. Vielleicht trieb sie irgendeinen Sport, der ihre Oberschenkel stramm und kräftig werden ließ, so dass sie einen Kerl gut damit in die Zange nehmen konnte. Aber dass man sich in sie verlieben konnte, das schien Alfred doch eher unwahrscheinlich. Hätte Gonni nicht jede andere kriegen können? Was hatte ihn an Rita angezogen? Bisher hatte Alfred eher Sven im Verdacht gehabt, es auf Rita abgesehen zu haben. Das hätte auch Svens unterschwellige Stichelei erklärt.

„Vielleicht ist sie eine ziemliche Rakete im Bett", beantworte Alfred seine eigene Frage. Sven zuckte zusammen wie jemand, der sich gerade eine Plombe aus dem Zahn gebissen hat, sagte aber nichts. Alfred stellte sich Rita im Bett vor. Da Sven keinen weiteren Kommentar abgab, gingen sie eine Weile schweigend nebeneinander her. Dann fiel Alfred noch etwas ein: „Und wieso macht Vanessa so zickig? Sie ist ja auf Rita losgegangen wie eine Furie?"

Wieder betrachtete Sven Alfred mit staunendem Blick, so als hätte er es mit einem Außerirdischen zu tun. „Wie, das weißt du auch nicht?"

„Was weiß ich auch nicht?"

„Dass die Vanessa scharf auf Gonni war? Sie hat ihn gnadenlos angebaggert. Wochenlang ist sie ihm hinterher gestiegen. Aber er wollte nicht. Er hat sie abblitzen lassen. Was meinst du, warum sie Rita am liebsten die Augen auskratzen würde?"

Alfred war sprachlos. So lagen die Dinge also. Und blind wie immer, hatte er selbst von all diesen Dramen nichts mitbekommen. Wieso hatte Vanessa ihn nicht ins Vertrauen gezogen? Sie verstanden sich doch sonst so prächtig? Dass Vanessa sich überhaupt in einen Kerl verliebt hatte? Insgeheim hatte Alfred sie mindestens für eine Lesbe gehalten, noch wahrscheinlicher für vollkommen asexuell. Und Gonni und Rita! Nein, sowas aber auch. Er schüttelte den Kopf über sich selbst. Innerlich ergriff er Partei für Vanessa. Gonni, der Dämlack! Wieso hatte er Rita vorgezogen?

Alfred bog vom Weg ab und lieh sich zwei Tulpen aus dem Tulpenfeld. Dann beschleunigte er seine Schritte und überreichte jeder der beiden zänkischen Weiber eine der Tulpen. „Seid brav und vertragt euch wieder", bettelte er. „Ich mache euch auch den Hof." Das war Alfred. Ein Seelsorger und Schmeichler. Sein Weg, Mädchen zu verführen, auch solche, die er eigentlich gar nicht verführen wollte.

Friedlich erreichten sie nach wenigen Minuten das Engetal, das vom unteren Höllental abzweigt und direkt hinauf nach Breitnau-Nessellachen führt. Hier begann auch der steile Saumpfad, über den Wanderer hinauf zur Burgruine Falkensteig gelangen. „Hintereinander gehen", befahl Vanessa und übernahm die Führung. Sie tauchten in willkommenen Baumschatten und trotteten wie nepalesische Sherpas den Steilhang empor. Alfred bildete den Schluss und schwitzte wie ein Ironman auf den letzten Kilometern. Zu seinem Unglück trug er auch die falschen Schuhe, nämlich seine zerfledderten Turnschuhe. So etwas wie Wanderschuhe besaß er nicht. „Sag mal", keuchte er, als sie endlich ein paar bröckelige Mauerreste aus grob behauenen Bruchsteinen erreichten und sich eine Verschnaufpause gönnten. „Dieser Klettersteig kann doch nie und nimmer der offizielle Zugang zur Burg gewesen sein. Wie haben die denn damals ihren ganzen Krempel in die Burg gebracht? Doch nicht etwa hier herauf geschleppt?"

Vanessa antwortete: „Der Zugang zur Burg erfolgte über den Bergrücken, von hinten, vom Engetal her. Dort ist es so flach, dass sogar Pferde- und Ochsenwagen die Burg erreichten. Das hier", Vanessa deutete auf die Mauerreste, vor denen sie standen, „sind die Mauern einer einstigen Vorburg, die auf einer Felsnase stand. Mit Blick ins Höllental. Schaut mal hinunter!"

Sie folgten der Aufforderung. Ein eisernes Geländer, aberwitzig baufällig und mit besorgniserregenden Roststellen versehen, riegelte das kleine Plateau zum Höllental hin ab. Der Blick hinunter war atemberaubend. Man sah kerzengerade in die Tiefe und blickte direkt auf die im Sonnenlicht glitzernde Eisenbahnlinie und die neben ihr verlaufende B31.

„Wow!", entfuhr es Alfred.

„Was für ein Spot!", kommentierte Rita.

„Wenn man sich umbringen will, wäre es eigentlich zielführender, von hier oben in die Tiefe zu springen, anstatt sich vor einen Zug zu werfen", überlegte Alfred, verbot sich den Gedanken dann aber wieder. Das war pietätslos.

Doch schon präsentierte Vanessa eine passende Räubergeschichte: „Einmal haben die Burgbewohner einen Freiburger Knecht gefangen genommen und hier herauf verschleppt, weil er etwas mit einer der Mägde aus der Burg angefangen hatte. Zur Strafe stürzten sie ihn von diesem Felsen hier in die Tiefe." Alfred stellte sich die Untat vor. Versuchsweise spuckte er in die Tiefe. Sven und Rita kraxelten weiter die Felsen empor. Vanessa blieb bei Alfred stehen. „Du bist so nachdenklich?"

„Ich mache mir Gedanken um Gonni. Ich kann immer noch nicht glauben, dass er sich vor einen Zug geworfen hat. Irgendwo da unten muss es gewesen sein. Schau hinunter. Dort sieht man den Eingang zum Falkenstein Tunnel. Dort drin ist es passiert."

Vanessa schnäuzte sich vernehmlich, ein Geräusch, das Tränen übertünchte. Mit belegter Stimme erzählte sie: „Genau hier habe ich mit ihm gestanden. Genauso wie du hat er in die Tiefe geblickt."

„Du warst mit ihm hier oben?" Alfred konnte es nicht glauben. Wieder etwas, was völlig an ihm vorbei gegangen war. Aber Vanessa bestätigte: „Aber klar doch. Mein Thema sind die Falkensteiner und ihre Burg. Gonnis Thema war die Höllentalbahn. Ist doch klar, dass wir uns das gemeinsam angeguckt haben."

„Ihr hättet mich ja mitnehmen können", wandte Alfred gekränkt ein.

Vanessa schenkte ihm einen mitleidigen Blick. „Es ging nicht nur um unsere Seminararbeiten!"

„Ah, verstehe!"

„Nein, nichts verstehst du. Du bist ein holzköpfiges Arschloch! Vollkommen! Aber ... verzeih, irgendwie bist du ganz ok!" Sie drückte ihm einen schwesterlichen Kuss auf die Wange. Alfred verstand gar nichts mehr.

Eine Weile schwiegen sie miteinander und beobachteten die Gleise in der Tiefe. Unvermittelt sagte Vanessa. „Hier hat der ganze Schlamassel angefangen!"

Wieder stand Alfred auf der Leitung. „Welcher Schlamassel?"

Zuerst räusperte Vanessa sich abwehrend, dann erzählte sie aber doch: „Gonni hat hier in den Ruinen einen goldenen Ring gefunden. Ein uraltes Stück. Er machte sehr geheimnisvoll drum herum, aber er war sich sicher, dass der Ring aus der Zeit der Falkensteiner stammte."

„Was du nicht sagst!"

Vanessa brach urplötzlich in Tränen aus. Alfred wusste nicht, was er tun sollte. Hilflos legte er einen Arm um Vanessas dürre Schultern. Da warf sie sich wie eine Ertrinkende an seine Brust und heulte, was das Zeug hielt. Alfred streichelte ihr über den Kopf. So standen sie eine ganze Weile, bis Vanessas Schluchzen nachließ und in heftige, langgezogene Eruptionen überging.

„Du warst in Gonni verliebt?", stellte Alfred fragend fest, weil ihm nichts Besseres einfiel. Sie nickte an seiner Brust. Endlich konnte sie weitersprechen: „Ich habe eigentlich gedacht, dass das was wird mit uns Zweien. Der Tag mit ihm auf der Ruine war so schön. Bis er mit diesem Ring ankam, und sagte ... und dann sagte ... er sagte ..." Wieder brach sie in Schluchzen aus.

„Was sagte er?", fragte Alfred behutsam.

„Er sagte, dass er den Ring Rita schenken würde. Als Zeichen seiner Liiiiieeebeeeeee ehhhhhh!" Jetzt gab es kein Halten mehr. Vanessa heulte Rotz und Wasser, und Alfred hielt sie in seinen Armen.

Wie dünn sie war. Wie mager. Und keine Brüste. Nur Knochen. Arme, arme Vanessa. Jetzt empfand Alfred tatsächlich so etwas wie warme Zuneigung. Das war bei ihm ein ganz seltener Zug. Beschützerinstinkt breitete sich in ihm aus. „Auch eine?", fragte er und zog seinen Tabakbeutel hervor. Sie nickte schniefend. Alfred drehte zwei Zigaretten, die sie anschließend einvernehmlich auf den Felsen sitzend rauchten. Bienen und Schmetterlinge surrten, die Sonne schien, eine Eidechse sonnte sich, der Verkehrslärm war fern. Eigentlich ein wunderschöner Tag.

„Ich könnte sie umbringen!", fluchte Vanessa trocken. Aha, es ging ihr wieder besser. „Die Gelegenheit wäre ja günstig", scherzte Alfred. „Einfach mal ein kleiner Ausrutscher, hupps. Und schon geht's 100 Meter in die Tiefe!"

„80 Meter. Mehr sind es nicht", verbesserte Vanessa.

FAMILIE FALKENSTEIN

Sie kletterten auf den Felsen herum. Von der einstigen Burg war nicht mehr viel zu sehen. Die wenigen Mauerreste, die die Jahrhunderte überdauert hatten, klebten zusammenhanglos zwischen den Felsen. Manche waren nachträglich zur Sicherung zusammengemörtelt worden. Krüppelige Kiefern und hartnäckige Krummbuchen krallten sich in den Ritzen fest. Sven murrte enttäuscht, dass das ja ein langweiliger Ort sei. Alfred musste ihm insgeheim Recht geben, aber um Vanessa nicht noch mehr zu erschüttern, behielt er seine Meinung für sich. Es war nicht abgesprochen, aber irgendwie bildeten Alfred und Vanessa beim Herumklettern ein Paar, Sven und Rita ebenfalls, und beide Paare gingen sich mehr oder weniger aus dem Weg.

„Gonni hatte eine abenteuerliche Theorie", erklärte Vanessa, als sie sich eine ihrer zahlreichen Zigarettenpausen gönnten und dabei den weiten Ausblick hinunter ins Höllental genossen. „Er wollte, dass ich ihm helfe, sie zu beweisen."

„Was für eine Theorie?"

„Es hat irgendwas mit dem Bau der Höllentalbahn zu tun. Er rückte aber nie mit Einzelheiten heraus. Er sagte nur, er wisse ganz sicher, dass die Falkensteiner von ihrer Burg aus einen Geheimgang durch die Felsen hinunter ins Tal gehabt hätten."

„Geheimgang? Von hier aus da hinunter?" Ungläubig deutete Alfred in die Tiefe.

„Ja. Davon war Gonni fest überzeugt. Ich solle ihn nicht löchern, sagte er immer nur. Ich solle es ihm einfach glauben."

„Na super! Und was wollte er dann von dir?"

Vanessa nahm einen Zug aus der Zigarette, die Alfred für sie gedreht hatte. Dann erst antwortete sie: „Er wollte einen schriftlichen Hinweis. Irgendeine Urkunde oder irgendeine Hinterlassenschaft. Er meinte, es müsse da etwas geben."

„Wie konnte er da so sicher sein?" Alfred schnippte Pflanzenreste von seiner Hose, die sich dort während der Klettertour verfangen hatten: Blätter, Stängel, Kletten.

„Du weißt doch: Gonni war immer gescheiter als alle anderen. Er hielt es nicht für nötig, mir zu erklären, wie er zu seinen Schlussfolgerungen gekommen war." Vanessa hatte sich inzwischen wieder gefasst. Sie konnte über Gonni reden, ohne sogleich in Tränen auszubrechen. Nüchtern stellte sie fest: „Ich glaube, er hat sich nur mit mir abgegeben, weil er jemanden brauchte, der für ihn rund um die Falkensteiner und ihre Burg recherchierte."

„Und? Hast du etwas herausgefunden?"

„Über einen Geheimgang? Nein, gar nichts. Die Literatur über die Burg ist sowieso mager. Im Stadtarchiv von Freiburg habe ich einen Grundrissplan der Burg aus dem Jahr 1869 gefunden. Da ist aber nicht viel zu erkennen, schon gar nicht ein Geheimgang."

Alfred deutete mit einer großzügigen Geste über die von Gestrüpp und jungen Birken und Kiefern bewachsenen Felsen und Mauerreste: „Aber man hat doch ganz sicher hier oben schon Ausgrabungen vorgenommen. Die Archäologen, meine ich. Haben die nichts gefunden?"

Vanessa nickte: „Keramikscherben aus dem Mittelalter. Eiserne Armbrustbolzen, eine Messerklinge. Solches Zeug. Es gab wohl mal eine planmäßige Ausgrabung in den 80-Jahren des vorigen Jahrhunderts. Das Aufregendste, was dabei zutage gefördert wurde, war ein Schindelnagel."

„Sehr aufregend!", spottete Alfred.

„Na ja. Immerhin schlussfolgern die Archäologen daraus, dass es auf der Burg schindelgedeckte Dächer gegeben haben muss. So kann man sich wenigstens irgendwas vorstellen."

Alfred versuchte sich „irgendwas" vorzustellen. Soviel sagte ihm die ganze Topografie, dass die ganze Burg auf mehreren Terrassen in den Fels gebaut worden sein muss. „Ein Geheimgang beginnt ja eher im Keller als unter schindelgedeckten Dächern", lästerte er in vorgetäuschtem Ernst. „Wir können ja mal den Burgplatz danach absuchen."

„Das habe ich schon zusammen mit Gonni getan", bremste Vanessa Alfreds Elan. „Er ist wie ein Verrückter zwischen den Felsen herumgekrochen und hat jeden Stein umgedreht, der irgendwie lose war."

„Und nichts gefunden …?", vermutete Alfred.

„Selbstverständlich nicht. Aber du kennst ja Gonni. Er hatte sofort Theorien." Vanessa streckte ihre langen dürren Beine aus und lehnte sich rücklings an einen leicht geneigten Fels an. „Er glaubt, dass sein vermuteter Geheimgang nachträglich durch einen großen Felsbrocken oder eine Felsplatte abgedeckt und damit unsichtbar gemacht wurde. Es liegen hier ja einige lose größere Felsen herum. Einer davon könnte vielleicht direkt über dem Ausgang des einstigen Geheimganges liegen."

Aus Jux stemmte Alfred sich gegen einen mehr als mannshohen großen Felsklotz, der in prominenter Position auf einer vorgeschobenen Felsnase saß. Wäre es ihm wirklich gelungen, diesen Klotz zu bewegen, so hätte sein Fall 100 Meter tiefer auf der B31 eine kleine Katastrophe und einen Rückstau bis nach Hinterzarten ausgelöst. Alfred fiel ein, dass seit Jahrzehnten die Felsen oberhalb der B31 und der Höllentalbahn von Spezialfirmen gesichert wurden. Jedes Steinchen, das irgendwie locker war, wurde dabei entsorgt. Jeder Riss im Fels wurde zubetoniert. Monströse Eisennägel, gegen die der Schindelnagel der Burg Falkenstein ein Zahnstocher war, wurden in die Felsen gehämmert und mit Stahlnetzen überspannt, so dass auch nicht das kleinste Krümelchen Stein in die Tiefe fallen konnte. Früher hatte es einmal im Jahr die sogenannte „Felsputzete" im

Höllental gegeben. Neuerdings aber hatten immer aufwändigere und anspruchsvollere Techniken daraus eine Dauerbaustelle werden lassen. Bis nicht der letzte lose Stein eingefangen war, würde es für die beteiligten Felssicherungsfirmen eine Existenzgarantie für die nächsten drei Generationen geben. Ganze Felspartien waren inzwischen komplett unter Beton verschwunden. Von unten, von der B31 aus, sahen die zubetonierten Felsen zwischen Hirschsprung und Falkenstein längst so menschengemacht aus wie die kunstvollen Felsimitationen im nicht weit entfernten Europa Park. Womöglich hatten die Felsbauer unwissentlich das Loch zubetoniert, das früher einmal der Eingang zu einem Geheimgang gewesen war. Während er darüber nachdachte, kam Alfred ein Gedanke. „Wenn Gonni ...." Vielleicht war er deshalb so sicher gewesen, dass es einen Geheimgang geben müsse. Er konfrontierte Vanessa mit seiner Erkenntnis: „Hör mal, Burgfräulein. Wenn es hier oben mal einen Geheimgang gegeben haben soll, dessen Eingang wir nicht mehr finden, dann muss dieser Geheimgang doch sicher auch einen Ausgang gehabt haben. Irgendwo führen Geheimgänge in der Regel hin. Auch wenn sie noch so geheim sind."

„Darüber habe ich auch schon nachgedacht. Meinst du, wir sollten lieber nach dem Ausgang als nach dem Eingang suchen?"

„So ungefähr." Alfred setzte sich auf. So langsam nahm ihn das Thema gefangen: „Stell dir vor, Gonni hat den Ausgang gekannt. Das würde erklären, warum er sich so sicher gewesen ist, dass es auch einen Eingang gegeben haben muss."

Vanessa klatschte sich mit der flachen Hand gegen die Stirn: „Das ist es! Mensch, dass ich nicht selbst darauf gekommen bin." Sie sprang auf. „Er sprach immer davon, der Geheimgang habe nach unten geführt. Durch den Fels hinunter in die Tiefe."

„Was ist da unten?", fragte Alfred. „Für was braucht man einen solchen Geheimgang?"

„Als Fluchtweg?", schlug Vanessa vor.

Stimmen näherten sich. Sven und Rita. Sie kehrten von einer Klettertour über den gesamten Bergrücken zurück. Sven bestätigte, was Vanessa bereits aus dem Aktenstudium wusste: „Nach hinten wird der Bergrücken ziemlich flach. Man kann sogar fast noch erkennen, wo einst der Weg zur Burg entlang führte." Er nahm seine Brille ab und unterzog sie einem Putzgang, zu dem er sein ziemlich abgesifftes T-Shirt zu Hilfe nahm. Daneben sprach er weiter: „Das waren schon schlaue Kerle damals, diese Falkensteiner. Dieser Burgplatz hier oben war nach allen Seiten abgesichert. Und gegen den Bergrücken hin war die Festung dann leicht zu verteidigen."

Rita platzierte sich neben Alfred, was Vanessa mit einem unfreundlichen Blick quittierte. Ritas nackter Oberarm – sie trug ein spartanisches Hemdchen mit Spagettiträgern – berührte Alfreds nackten Oberarm. Absicht? Es fühlte sich jedenfalls gut an. Er spürte ihre warme, samtene Haut. Sie zog nicht zurück. Sven machte ein Gesicht dazu wie ein Ayatollah. Alfred kannte solche Gesichter. Der Kerl war eifersüchtig. Alfred grinste. Das Ganze gefiel ihm.

Vanessa dozierte, eine Spur zu streng und zu laut: „Die tolle Lage hat die Burg aber nicht vor der Zerstörung bewahrt. Am Nikolaustag des Jahres 1388 zogen Truppen der Stadt Freiburg das Dreisamtal herauf und überfielen die Burg. Alle männlichen Mitglieder aus der Sippe der Falkensteiner, damals mehrere Brüder und Vettern, wurden eingekerkert. Die Söldner der Stadt Freiburg rissen die Mauern der Burg ein und plünderten sie. Die meisten Steine wurden die Hänge hinunter geworfen. Wir werden die Überreste davon noch sehen, wenn wir nachher über das Engetal absteigen. Da liegt noch der ganze Wald voll mit den Resten der einstigen Burgmauern."

„Was war der Grund für den Überfall?", fragte Rita, die Alfred weiterhin ihre warme Haut spüren ließ. Vanessas missbilligender Blick verriet, dass auch sie dies genau registrierte. Dennoch gab sie Auskunft: „Die Falkensteiner haben die Stadtväter von Freiburg geärgert. Sie hielten das Höllental besetzt und raubten alle Reisenden aus. Für Freiburg war dies besonders ärgerlich, weil die Höllentalroute der kürzeste Weg zwischen den Zähringerstädten Freiburg und Villingen war."

„Erzähl mehr", forderte Alfred. „Was war das für ein Clan, diese Falkensteiner?"

Rita gähnte demonstrativ. Doch Vanessa freute sich, dass ihr Wissen gefragt war: „Man vermutet, dass die Familie ursprünglich die Herren von Weiler bei Stegen waren. Damals war es üblich, dass sich Adlige nach ihrem Familiensitz nannten. Deshalb wechselten sie den Namen, nachdem sie die Burg Falkenstein erbaut hatten und hießen ungefähr ab Mitte des 11. Jahrhunderts von Falkenstein. Zum Clan gehörten verschiedene Zweige, die überall in der Umgebung Besitz hatten. Ursprünglich standen sie im Dienst der Zähringer-Herzöge. Im 13. Jahrhundert spaltete sich der ganze Clan auf und ein Teil der Familie baute nicht weit von hier eine zweite Burg, gerade gegenüber talwärts Richtung Himmelreich. Diese zweite Burg hieß Bubenstein und bestand nur aus einem Turm und einem Wohnhaus. Wenn ihr wollt können wir nachher drüben noch hinaufsteigen. Es ist nicht weit. Man sieht noch Reste."

„Nein Danke!", murrte Rita und richtete es beim Räkeln so ein, dass Alfred freie Sicht auf ihr Dekolletee hatte. Was er sah, gefiel ihm.

Vanessa fuhr trotzig fort: „Die einstmaligen Edelherren von Falkenstein sind im Laufe der Generationen wohl immer mehr herabgesunken zu skrupellosen Raubrittern. Zuletzt waren es wohl drei Brüder und zwei Vettern, welche die Gegend unsicher machten: Werner, Dietrich und Cünlin von Falkenstein waren die Brüder. Die Vettern hießen Hans Thoman und Jakob von Falkenstein. Ich habe noch nicht alles gelesen, was es dazu an Literatur gibt. Aber so viel scheint klar zu sein: Man war seines Lebens nicht sicher, wenn man an der Burg vorbei in den Schwarzwald hinauf wollte."

Rita lehnte sich betont theatralisch an Alfred an und legte ihm ihren Kopf an die Schulter: „Aber wir sind ja sicher, nicht wahr. Wo wir doch so starke männliche Beschützer haben."

Vanessa fletschte die Zähne. Das Ayatollahgesicht von Sven verzerrte sich, als habe man einen Ayatollah gezwungen, dem morgendlichen Muezzinruf abzuschwören. Alfred stellte sich doof, merkte aber, dass sein kleiner Alfred bereits auf dumme Gedanken kam. Prinzipientreue war noch nie Alfreds Stärke gewesen. Immerhin hatte Rita alles, was eine Frau für oberflächliche Beziehungen brauchte: Haut, Lippen, Brüste, primäre und sekundäre Geschlechtsmerkmale. Eine kleine Sommersünde? Sven wirkte konsterniert. Vermutlich hatte er sich selbst bei Rita etwas ausgerechnet. Er verstand nicht, was gerade geschah. Mit einer Hand riss er wütend einen Heidelbeerstrauch mitsamt Wurzeln aus. Vanessa verstand sehr wohl. Sie erhob sich und klopfte sich die Fichtennadeln aus dem Schoß: „Es wird Zeit. Wir sollten zurück nach Himmelreich. Dann kriegen wir den Zug um halb vier noch."

So stiegen sie also durch das Engetal wieder ab, Vanessa energischen Schrittes voraus, hinter ihr Sven, dann Rita, dann Alfred. Inzwischen fand er Ritas Hintern schon nicht mehr nur akzeptabel, sondern höchst reizvoll. Hin und wieder warf sie ihm kesse Blicke zu und ließ sich von ihm über schwierige Wegpassagen hinweghelfen, indem sie seine Hand fasste oder sich direkt bei ihm einhakte. Die Berührungen nahmen verdächtig zu und waren unter dem Deckmäntelchen des Zufälligen nur noch bedingt zu subsummieren. Alfred ging so dumm und zuverlässig in die Falle, wie es fünfundneunzig von hundert anderen Männern auch getan hätten. Nur an einer Stelle ging Ritas Rechnung nicht auf. Sie hatte wie selbstverständlich erwartet, dass Alfred mit der Gruppe im Zug nach Freiburg zurückkehren würde. Alfred hatte aber andere Pläne: „Ich fahre hinauf in den Schwarzwald. Hab mich da mit jemandem verabredet. Wir sehen uns dann am Montag wieder im Hörsaal bei Hugott!"

SAMSTAGABEND

Alfred spielte mit dem kleinen Plastikschnipsel, das er seit dem Morgen in der Hosentasche bei sich trug. Es war das Schnipsel Nummer 59 von seinem Maßband. Noch 59 Tage, dann Führerschein zurück! Während er davon träumte, ratterte der Zug bergwärts Richtung Hinterzarten. Er hatte soeben den Falkenstein Tunnel passiert, den Unteren und den Oberen Hirschsprungtunnel und den Kehre-Tunnel und erklomm nun den Anstieg Richtung Ravennabrücke. Es wurde Zeit, auf die Zugtoilette zu flüchten. Alfred kannte ganz genau die Kontrollgänge der Schaffner. Wenn sie am Bahnhof Himmelreich in den hinteren der insgesamt vier Doppelstockwagen einstiegen, kamen sie bis Hinterzarten nicht in den vordersten dieser vier Wagen. Alfred pflegte sich also in diesen vordersten Wagen zu setzen. So entging er bis Hinterzarten den Schaffnerkontrollen. In Hinterzarten musste er umsteigen, nämlich hinaus aus dem Zug und auf dem Bahnsteig möglichst unauffällig am Schaffner vorbei zurück bis zum hintersten Wagen, dort wieder einsteigen. Dann blieb er auch bis Neustadt vom Schaffner verschont. So war Alfred der einzige Fahrgast, der auf der Höllentalstrecke insgesamt dreimal umsteigen musste. Zwischen Freiburg und Himmelreich wurde im Zug von vorne nach hinten kontrolliert. Also saß Alfred hinten und stieg in Himmelreich das erste Mal aus, um sich ganz nach vorne zu setzen. Dann folgte das zweite Umsteigen in Hinterzarten, wo Alfred wieder vom vordersten Wagen zurück in den hintersten Wagen wechselte. Das dritte Umsteigen war häufig dem Fahrplan geschuldet, denn in Titisee fuhr der Halbstundentakt weiter Richtung Bärental und Schluchsee, während Alfred auf den nächsten Zug nach Neustadt warten musste. Seinen Sitzplatz auf der Strecke zwischen Titisee und Neustadt machte

Alfred gewöhnlich davon abhängig, wo der Schaffner einstieg. Aber es ging nur um eine Station. Da konnte ein kaltblütiger Schwarzfahrer wie Alfred es sogar darauf ankommen lassen, den Schaffner im Doppelstockwagen auszupokern. Begann der Schaffner seine Kontrolle im oberen Stockwerk des Wagens, flüchtet Alfred nach unten, um von dort schleunigst wieder nach oben zu wechseln, wenn der Schaffner die Treppe herunter kam.

Kritisch wurde es zwischen Himmelreich und Hinterzarten, wenn dort die Schaffner nicht vom hintersten Wagen nach vorne kontrollierten, sondern irgendwo in der Mitte, im zweiten oder dritten Wagen einstiegen. Dann reichte die Fahrzeit bis Hinterzarten, um auch Alfred im vordersten Wagen zu erwischen. Falls er es zuließ. Da er aber als notirischer Schwarzfahrer immer wachsam wie ein Falke war, erkannte er die Gefahr rechtzeitig und verdrückte sich bis Hinterzarten auf die Zugtoilette. Dieser Fall war nun wieder eingetreten. Die Toilette war sicheres Terrain. So etwas wie in der Seefahrt die exterritoriale Zone außerhalb der 12-Meilen-Zone.

Alfred drehte sich eine Zigarette und lauschte den Schritten des Schaffners, der die Toilette passierte. Sicher merkte er sich, dass besetzt war, um später den betreffenden Wagen nochmals nachzukontrollieren. Da würde er aber keinen Erfolg haben, denn selbstverständlich dachte Alfred nicht daran, an seinen alten Sitzplatz in diesem Wagen zurückzukehren. Er würde, sobald der Zug in Hinterzarten hielt, Toilette und Zug verlassen und schnell zum hintersten Wagen wechseln. Was soll man machen, wenn man keine Fahrkarte hat?

Bis vor zwei Monaten hatte Alfred noch eine Jahresregiokarte besessen, die allerdings nicht ihm, sondern Anna, beziehungsweise der Zeitung gehört hatte. Die Karte war aber inzwischen abgelaufen. Bei der Abwägung, ob er sich selbst monatlich für 54 Euro eine Regio-Zugfahrkarte leisten sollte, oder ob diese

54 Euro genau das waren, was er brauchte, um sich einmal pro Woche einen Abend in der Spritz oder im Dennenbergstüble leisten zu können, war die Entscheidung gegen die Karte gefallen. In den drei Monaten, seit er schwarz fuhr, war er noch nie erwischt worden. Und bald würde er ja den Führerschein und seinen roten Flitzer wieder haben. Dann war das sowieso alles egal. Noch 59 Tage. Er balancierte nachdenklich sein Maßbandschnipsel zwischen den Fingern. Dann schnippte er es von sich Richtung Waschbecken.

Die Weiterfahrt bis Neustadt, zweimal umsteigen, verlief ereignislos. In Neustadt machte er sich auf den Weg vom Bahnhof in die Oberstadt. Es war früh am Abend und sommerlich warm. In Neustadt wehte gegen Abend auch in den heißesten Rekordsommern stets ein kühles Lüftchen. Anders als im Dampfkessel Freiburg erfuhr man hier wenigstens in den Nächten Erleichterung von der drückenden Schwüle, die nunmehr seit Tagen ganz Südbaden im Schwitzkasten hielt. Die Spritz besaß einen kühlen Biergarten, das Dennenbergstüble ebenfalls. Da der Samstag im Dennenbergstüble aber Ruhetag war, führte Alfreds Weg in die Spritz. Unterwegs versuchte er per Smartphone seinen Kumpel Linus zu erwischen. Linus war Versicherungsmakler, und so wie er es betrieb ein recht erfolgreicher. Jedenfalls war er Herr über so viel 1000 Policen seiner Klienten, dass er sich darauf ausruhen konnte. Die Provisionen flossen zuverlässig Monat für Monat. Sie reichten aus, um Linus' teure 120-Quadratmeter Eigentumswohnung in der Josef Sorg Straße zu finanzieren, um ihm alle zwei Jahre die Anschaffung eines neuen Porsche zu ermöglichen, um ihn zweimal jährlich in den Ski-, zweimal in den Tauch-, und weitere zwei Mal in den Ballermann-Urlaub fliegen zu lassen. Linus besaß von allem, was ein lebenslustiger Junggeselle besitzen musste, stets die teuerste Variante. Das galt für die Rolex-Uhr ebenso wie für das Smartphone, für das Mountainbike, für die

Skiausrüstung, für die Sonnenbrillen, selbst für die Unterwäsche, die bei Linus von Dolce & Gabbana sein musste. Alfred besaß von all diesen Dingen stets nur entweder die billigste Ausführung oder gar nichts. Was machte er falsch im Leben? Linus besaß sogar zwei Garagen. Gott sei Dank! Denn in einer dieser beiden Garagen durfte Alfred nunmehr seit zehn Monaten seinen roten Flitzer parken, der ohne Führerschein zwar eine ewige Versuchung war, den er aber abgemeldet hatte, um nicht in einer schwachen Stunde zum Verkehrssünder zu werden.

„In der Spritz! Ja, in zehn Minuten. Ich bin unterwegs", telefonierte Alfred mit Linus, während er den Hirschenbuckel emporstieg, der in Neustadt Unterstadt und Oberstadt miteinander verband. Auf halber Höhe am Hirschenbuckel gibt es eine typisch italienische Eisdiele mit typisch italienischem Eis und dem typisch italienischen Namen „Johnnys". Man läuft direkt an den großen Schaufensterscheiben vorbei und kann als Fußgänger hinein auf die Gäste schauen, die in weißen Ledersesseln hängen, die aussehen als stammten sie aus dem Foyer des Marriott-Hotels in Düsseldorf. Was sah Alfred da? In einem der Ledersessel saß Anna. Ganz alleine. Nur ein Glas mit Milchshake vor sich. Ein Buch auf dem Schoß. Wie schön sie aussah. Ihr schwarzglänzendes Haar trug sie mit einem über die Schläfe und über das Ohr geflochtenen Zopf, der das edle Profil ihres zart geschnittenen Gesichts freilegte. Ganz konzentriert las sie in ihrem Buch. Mit einer Hand hielt sie den langstieligen Löffel, der zum Milchshake gehörte, und den sie an den leicht geöffneten Mund hielt und abwesend schleckte. Alfred schmolz schneller als das Eis, das die Passanten im Straßenverkauf davontrugen. Wenn das nicht ein Wink des Schicksals war. Er musste hinein. Linus in der Spritz konnte warten.

„Hi!"

Er stand vor ihrem kleinen Tischchen und räusperte sich. Sie hätte ihn nicht bemerkt, so vertieft war sie in ihr Buch.

„Scheint spannend zu sein", sagte er und deutete auf das Buch. Anna sah auf und gluckste leise vor Überraschung.

„Sind wir etwa verabredet?", fragte sie süß. Ihre Augen leuchteten, aber sie schlug sie schnell nieder. So verrieten weder ihre Blicke noch ihr Tonfall, ob Alfreds Auftauchen genehm war oder eher nicht.

Ungefragt setzte Alfred sich zu Anna an den Tisch. „Was liest du da?" Schon fasste er nach dem Buch. Anna reagierte zu spät. Sie wollte ihn hindern. Aber Alfred hatte den Buchdeckel bereits identifiziert.

„Wow! Fifty shades of Grey." Alfred war echt überrascht.

Anna errötete vom Hals bis zum Zöpfchen. Auf ihren weißen Wangen erschienen rötliche Flecken. Niemals sah sie schöner aus, als in solchen Momenten. Sie errötete oft. Nahezu bei jeder Gelegenheit.

„Und ...?" Alfred genoss es: „Törnt es an?"

Empört bebten Annas Nasenflügel. Das machte sie noch attraktiver. „Du hast schon wieder schmutzige Gedanken", schimpfte sie. Aber die Röte in ihrem Gesicht wollte nicht weichen. Es war ihr unangenehm, dass Alfred sie bei der Lektüre ausgerechnet dieses Buches erwischt hatte. Sie lenkte davon ab, indem sie auf das verpasste Treffen am Bertoldsbrunnen in Freiburg zu sprechen kam: „Mein Termin bei der BZ hat einfach viel länger gedauert. Und ich konnte da auch nicht raus und einfach mal schnell telefonieren. Das sind ja schließlich meine Chefs, mit denen ich da sitze."

„Entschuldigung angenommen", erklärte Alfred großmütig. Er war heilfroh, dass sich alles so fügte und dass Anna sich erkennbar freute, ihn zu treffen. Sie tauschten ein bisschen „Wie geht es so?" aus und erzählten sich gegenseitig von ihren letzten Aktivitäten. Dann kam Anna auf Gonni zu sprechen:

„Erinnerst du dich? Wir hatten doch über diesen Zugausfall im Höllental miteinander telefoniert." Selbstverständlich erinnerte Alfred sich.

„Da gibt es jetzt eine Einladung zur Pressekonferenz von der Kripo Freiburg und der Freiburger Staatsanwaltschaft", erklärte Anna. „Am Montagvormittag um elf Uhr im Freiburger Polizeipräsidium."

„Pressekonferenz?", staunte Alfred. „Was soll das denn? Wegen eines Selbstmörders?"

„Ich sagte doch, die Polizei hat nie von einem Selbstmord gesprochen. Eine Pressekonferenz machen die nur, wenn mehr dahinter steckt."

Geräuschvoll blies Alfred die Backen auf: „Das ist allerdings logisch. Meine Güte!"

„Ich wollte dich fragen Alfred, ob du vielleicht für uns die Pressekonferenz wahrnehmen kannst?" Anna blinzelte treuherzig mit ihren langen schwarzen Wimpern. Weil Alfred nicht gleich antwortete, legte sie nach: „Formal ist die Lokalredaktion Titisee-Neustadt zuständig, weil das Höllental noch zu unserem Verbreitungsgebiet gehört. Der Tunnel, in dem Gonni ums Leben kam, liegt auf Gemarkung Breitnau. Deshalb müssen wir uns darum kümmern. Aber die Pressekonferenz findet in Freiburg statt. Das ist ziemlich blöd für uns. Und die Kollegen in Freiburg will ich eigentlich nicht um Hilfe bitten. Sonst reden die uns noch in die Berichterstattung hinein ..."

„Ich gehe selbstverständlich hin. Gerne! Für dich sowieso", beeilte Alfred sich, den Auftrag anzunehmen. „Es ist halt nur ... Immerhin war Gonni ein guter Bekannter von mir. Wir haben zusammen an der Uni das gleiche Seminar besucht ... und irgendwie auch zusammengearbeitet." Bei dieser Gelegenheit fiel Alfred die speckige Ledertasche Gonnis ein, die noch bei ihm im Zimmer stand.

Alfred bestellte sich einen Milchshake wie Anna. Sie brachte ihn schon noch weg vom Bier. Eine Weile redeten sie noch über Gonnis Tod und spekulierten über die angekündigte Pressekonferenz. Dann führten sie Gespräche über Annas Job und über Alfreds Studium. Die Zeit verging im Fluge. Die Verabredung mit Linus hatte Alfred längst vergessen. Der Abend versprach wunderschön zu werden. Besonders als Anna schnurrend vorschlug, doch einen Ortswechsel vorzunehmen: „Alfred, es ist so ein schöner Sommerabend. Wir könnten doch bei mir auf dem Balkon noch ein Eis essen. Willst du?"

Warme Gefühle durchfluteten Alfred. Endlich! Endlich! Natürlich wollte er. „Ich bestelle uns noch ein Eis zum Mitnehmen und bezahle. Sorten?"

Anna wünschte sich Nuss, Schokolade und „noch was Exotisches". In der Eisdiele „Johnnys" gab es eine Verkaufstheke, wo Alfred sich nun anstellte, um die Bestellung aufzugeben. Anna blieb derweil am Tisch sitzen. Dort lag auch noch Alfreds Handy, das prompt in diesem Moment klingelte.

„Alfred, dein Handy klingelt", rief Anna ihm zu. Aber er stand schon in der Schlange, und er ahnte, dass es womöglich Linus war, der anrief. Mit dem wollte er jetzt eigentlich nicht diskutieren. „Kannst du das Gespräch für mich annehmen?", fragte er Anna deshalb über die Köpfe der anderen Gäste hinweg.

Anna nahm also das Gespräch entgegen. Sie hielt sich Alfreds Handy ans Ohr und lauschte. Dann rief sie zu Alfred zurück, und der Tonfall, in dem sie es tat hätte Alfred bereits alarmieren müssen: „Hey Alfred, es ist eine Rita dran. Sie will dich sprechen. Es ist wichtig, sagt sie."

Rita? Alfred schüttelte unwillig den Kopf. Die hatte ihm gerade noch gefehlt. Was konnte da schon wichtig sein. Nein, die störte jetzt nur. Ohne das mächtige Gefahrenpotenzial zu erkennen, das in diesem Anruf steckte, rief Alfred zurück: „Frag sie, was sie will. Ich habe jetzt keine Zeit." In der Tat kam er nun nämlich dran mit seiner Bestellung. Anna telefonierte mit Rita.

Alfred bestellte Nuss, Schokolade und Pfirsich für Anna, Vanille, Vanille und Vanille für sich selbst, ließ sich das Eis schön einpacken und sammelte die Münzen zum Bezahlen aus seinem Geldbeutel. Unvermittelt stand Anna neben ihm und hielt ihm mit versteinertem Gesicht das Handy entgegen. „Hier! Und schönen Abend noch!" Sie machte Anstalten, einfach zu gehen."

„Hey halt, stopp! Was ist los?" Alfred erwischte Anna so eben noch am Ärmel ihrer keuschen Bluse. Sie schenkte ihm einen vernichtenden Blick. „Ich habe mit Rita telefoniert", sagte sie kühl. Ihre wunderschönen schwarzen Rehaugen sahen feucht aus. Weinte sie etwa? „Das ist los!"

„Aber, aber … was ist denn … was hat sie gesagt? Wieso bist du plötzlich …?"

Anna drehte sich weg. Sie wollte nicht, dass Alfred bemerkte, wie ihr die Tränen in die Augen stiegen. Mit mühsam zusammengehaltener Beherrschung sagte sie. „Rita lässt dir ausrichten, sie habe sich so wohl gefühlt heute Nachmittag in deinen Armen, und deine Haut habe sich so gut angefühlt, und …, und … sie lässt dir sagen, sie wartet auf dich. Du sollst sie bitte, bitte besuchen, … gerne kannst du auch noch später in der Nacht kommen. Sie … sie … bleibt wach, extra für dich." Die letzten Worte gingen fast in ein Schluchzen über. Anna befreite sich aus Alfreds Griff. „Du kannst das Eis zu ihr mitnehmen. Mir ist die Lust darauf vergangen. Tschüss Alfred!"

Desaster! „Anna, Anna! Warte. Ich erkläre alles!" Alfred stotterte hinter ihr her. Aber sie wollte nichts hören. Sie stürmte aus der Eisdiele hinaus, Alfred hinterher. Sie war gekränkt. Eifersüchtig. Wütend. Wie immer, wenn sie auf den Hallodri in Alfred stieß. Aber diesmal war er doch unschuldig. Rita, die blöde Kuh. Was bildete die sich ein.

Anna beschleunigte ihre Schritte. Alfred, in jeder Hand ein Eispaket, stolperte hinter ihr her. „Anna! Es ist nicht so wie du denkst. Anna! Anna! Bitte …"

Doch es war nichts zu wollen. Da war sie wieder, die Rührmichnichtan-Mimose, die sich sofort in ihr Schneckenhaus zurückzog. Sie klang wütend, als sie sich jetzt ein letztes Mal zu Alfred umdrehte und ihm entgegenschleuderte: „Und nicht vergessen: Dreimal klingeln! Einmal kurz, einmal lang, wieder kurz! Damit Rita weiß, dass du es bist …"

Den Abend auf Annas Balkon konnte Alfred sich abschminken. Und alles Weitere auch, was er sich im Anschluss an den Balkon noch von ihr erhofft hatte. Oh, Shit!

Anna hetzte im Laufschritt über den Zebrastreifen Richtung Kleiderhaus Schwenk. Alfred blieb auf der anderen Straßenseite zurück. Es hatte keinen Zweck mehr. Ratlos besah er sich die beiden Eisportionen, die er noch immer mit sich trug. Er kannte Anna zu gut, um ihr hinterherzulaufen. Für heute wollte sie beleidigt sein. Da gab es kein Umbiegen mehr. Er setzte sich auf das Bänkchen beim Rathaus, das normalerweise den Pennern vorbehalten war, die hier gerne ihre zuvor im Rathaus abgeholte Stütze versoffen, und begann frustriert, sein Vanilleeis zu verzehren. Ein paar halbnackte Kinder spielten im Rathausbrunnen, der eine stilisierte Kuckucksuhr darstellte, was man aber nur begriff, wenn man es entweder erklärt bekam, oder zuvor im städtischen Prospekt gelesen hatte. Alfred schenkte einem der Kinder das Anna-Eis. Alles Mist! Am liebsten hätte er den Kindern auch noch das Handy geschenkt. Oder sollte er es im Rathausbrunnen versenken? Dass es mit Anna aber auch immer so gründlich schiefgehen musste. Was bildete diese dämliche Kuh von Rita sich nur ein? Und nun, was sollte mit dem Samstagabend geschehen?

Erst jetzt fiel Alfred seine Verabredung mit Linus wieder ein. Er sah auf die Uhr. Oh je. Er hatte seinen Kumpel bereits über zwei Stunden in der Spritz warten lassen. Alfred schlenderte missmutig die wenigen hundert Meter am Münster vorbei die Scheuerlenstraße hinauf bis zur Wirtschaft „Zum Spritzen-häusle", allgemein nur die „Spritz" genannt. Der Name rührte vom ehemaligen Spritzenhaus der Freiwilligen Feuerwehr Neustadt, das sich in früheren Jahrhunderten direkt neben dem Gasthaus befunden hatte. Als irgendwann um das Jahr 1880 herum die Spritz im Hause eines ehemaligen Uhrmachers eröffnet wurde – das Uhrmacherhandwerk hatte um jene Zeit nämlich aufgehört einträglich zu sein –, da hatte man das Gasthaus nach dem Nachbargebäude benannt. Das hatte seine zusätzliche Logik, weil der Betreiber der Gaststätte damals in Personalunion auch noch der städtische Feuerwehrkommandant war. Das Gebäude der Spritz war uralt und sah auch so aus. Die Wirtschaft hatte man zu einer Zeit eingerichtet, als die Menschen im Schwarzwald noch nicht größer als 1,80 Zentimeter wurden. Nun mussten Gäste, die dieses Maß überschritten, den Kopf einziehen, wenn sie durch eine niedrige, angelquietschende Tür die Gaststube betraten. Im Hochsommer spielte sich der Wirtsbetrieb aber nicht so sehr in der holzgetäfelten Gaststube mit ihrer schwarzgerauchten Decke ab, sondern vielmehr im kleinen Hinterhof, der zu einem gemütlichen Biergarten ausgebaut war. Dorthin lenkte Alfred seine Schritte. Betrat man diesen Biergarten durch einen langen Flur, in dem sich die Toiletten befanden, so teilte er sich linkerhand in einen überdachten Bereich mit riesigem Holzstammtisch und rechterhand einen rustikalen Hof mit einer Reihe von selbstgezimmerten Tischen und Sitznischen. Mit dem brummeligen Wirt Günther war nur bedingt gut Kirschen essen. Alfred verstand es inzwischen mit ihm. Aber Fremde taten sich schwer. Vor allem, wenn sie zur Unzeit Kaffee und Kuchen bestellten oder sich an den falschen Tisch setzten. „Kaffee? Wir sind eine Bierwirtschaft!", so konnte er schon mal eine Touristenfamilie anpflaumen. „Dieser Tisch ist reserviert. Es ist der Stammtisch für die Handwerker", so lautete der nächste Anschiss an die Touristen. Wenn sie dann zum Nachbartisch wechselten, dann hieß es: „Dieser Tisch ist auch reserviert. Es ist der Stammtisch für die Ärzte und Juristen." Am dritten Tisch schließlich lautete die Ansage: „Der ist reserviert. Stammtisch der Akkordeonsenioren. Die treffen sich hier ab 17 Uhr zum Kaffee und Kuchen!"

„Sie sagten doch, es gibt keinen Kaffee!"

„Doch! Aber nicht immer und nicht für jeden."

Alles in allem brauchte es ein gewisses Verständnis für manche kauzige Eigenheit des Wirts, aber Leute wie Alfred wussten, dass ein Gutteil davon nur Inszenierung war. Man musste Günther eben so nehmen, wie er war. Jetzt brummte er Alfred an, der soeben hereinschlappte: „Hey, woher so spät? Dein Kumpel ist schon wieder weg. Der ist sauer. Hat zwei Stunden gewartet."

Das hatte Alfred befürchtet. Linus war also nicht mehr hier. Alfred warf einen Blick zum Stammtisch hinüber. Erst mal peilen, wer da alles saß. Der übliche Samstagabendstammtisch: Der „Knoddle", ein braver Polizist, der die Einhaltung der Sperrzeit überwachte, indem er selbst bis zum Ende sitzen blieb; der „Stromi", ein handwerklich talentierter Gelegenheitsarbeiter, der gerne davon prahlte, wie er durch eigenmächtiges Eingreifen ganze Hoch- und Tiefbauprojekte vor der Inkompetenz von Ingenieuren und Architekten gerettet habe; der „Karle", ein auf Viertele spezialisierter Rentner, der einen weißmelierten Vollbart sein Eigen nannte, mit dem er die Hauptrolle in jedem Ludwig Ganghofer Film sicher gehabt hätte; der „Langhannes", so genannt wegen seiner Körpergröße, sowie der ehemalige Blechfabrikant „Schnolze". Gefährlich. Letzterer war ein begnadeter Hefeschnapstrinker. Wehe, man ließ sich mit ihm auf „ein Schnäpschen" ein. Dann hatte man schon verloren, denn aus einem wurden zwei, dann vier, dann acht und dann eine ganze Flasche.

Genau danach war Alfred jetzt zumute. Er ließ sich neben Schnolze auf die rustikale Bank fallen und kam ohne Umschweife zur Sache: „Ein Schnäpschen? Wie wär's? Aber nur eines!"

Schnolze ließ sich nicht zweimal bitten. Alfred musste sich ein bisschen anhören, dass und wie bis vor einer halben Stunde Linus über ihn gescholten habe, dann war das Thema aber durch und das systematische Biertrinken konnte beginnen. Man muss Verständnis für Alfred haben. Ein harter Tag lag hinter ihm, eine harte Woche. Und eine schwere Enttäuschung. Annas beleidigter Abgang. Das war viel für einen Mann, dessen Hormonhaushalt so unausgeglichen war, wie jener von Alfred. Nach dem dritten Bier und dem dritten Schnäpschen mit Schnolze überfiel Alfred so etwas wie wehmütiges Selbstmitleid. „Ich habe kein Glück mit Frauen", so bedauerte er sich selbst. Überhaupt, wann hatte er zum letzten Mal etwas mit einer Frau gehabt? Dieses „etwas gehabt" bedeutete so viel wie „mit einer Frau geschlafen". Unendlich lange her. Und die Optionen waren überschaubar. Anna? Eine Festung, die bisher allen Belagerungen standgehalten hatte. Ein Langzeitprojekt sozusagen. Selten hatte er sich der Eroberung so nahe gefühlt wie am heutigen Abend. Und dann hatte Rita alles versemmelt. Rita? Blond und eigentlich blöd. Aber nach dem fünften Bier mehr blond und weniger blöd. Und der Hintern stimmte, soviel stand fest. „Gut, gut", so dachte Alfred nach dem siebten Bier trotzig, „wenn ich nichts besseres kriegen kann, dann halt Rita." Er nahm einen kräftigen Schluck und beobachtet aus den Augenwinkeln, wie Schnolze den nächsten Schnaps bestellte. Alfred war schon in der Hefeschnapsfalle. Schnolze würde ihn nicht mehr hinauslassen. Aber sowieso egal. Was war mit Vanessa? „Meinetwegen auch Vanessa. Dann kriege ich halt nur Frauen, die ich eigentlich gar nicht will. Anna ist schuld." Stromi erzählte, dass er den Pfeifen vom Stadtbauamt beigebracht habe, wie man den städtischen Eisweiher saniert. Wenn jemals wieder Wasser und Enten diesen seit über einem Jahr abgelassenen Weiher füllten, dann sei es sein, Stromis Verdienst. Langhannes berichtete, wie er einst in diesem Eisweiher Forellen und Karpfen gefangen habe, zu Zeiten, als noch Wasser drin war, und Karle mit dem Bart gab Geschichten zum Besten, wo in den vielen Gewässern in und um Neustadt er in seiner Jugend überall illegal gefischt habe. Der Polizist Knoddle bestätigte rechtskräftig, dass all diese Vergehen gegen das Fischereigesetz längst verjährt seien und man darauf beruhigt einen trinken könne, was unverzüglich geschah. Es folgte eine halbe Stunde, in der es ausschließlich um immer größer werdende Fische ging. Die Karpfen und Forellen von Langhannes und Karli waren bereits rekordverdächtig schwer und lang. Aber Stromi toppte sie, denn er wollte mit selbstgebauter Angel aus dem Okalsee einen einmeterachtzig langen Hecht herausgeholt haben. Man diskutierte den Wahrheitsgehalt dieser Angeberei. Die Größe des Hechts wurde allgemein für plausibel gehalten, zumal Langhannes noch wusste, dass einst Pestizide und Herbizide aller Art im Okalsee entsorgt worden waren. Es handelt sich nämlich um einen kleinen Industriestausee, der zum Gelände des einstigen Fertighausbauers Okal gehört hatte. Auf diesem Gelände waren auch hölzerne Telegrafenmasten und Eisenbahnschwellen mit Chemikalien präpariert worden. Deswegen seien doch Mutationen wie ein eins achtzig langer Hecht durchaus plausibel. Eher kritisch hinterfragt wurde Stromis Behauptung, er habe diesen Monsterfisch – inzwischen waren zwei Meter im Gespräch – mit selbstgebauter Angel aus dem See geholt. Die Wiederlegung all dieser Kritik nahm die Zeit zwischen dem achten und dem zehnten Bier in Anspruch. Alfred fühlte bereits wohlige Wärme in sich aufsteigen, und auch die Niederlage bei Anna wog schon nicht mehr ganz so schwer, wie noch vor einigen Stunden. Inzwischen nahm die Alternative Rita immer klarere Konturen an. Der würde er es besorgen, wenn sie so darum bettelte. Sie hatte es nicht anders verdient. Nur heute, in dieser Nacht, da würde gar nichts mehr geschehen. Dafür sorgte schon Schnolze mit seinen Schnäpsen. Wenigstens war er spendabel. Auf Alfreds Deckel sammelte sich kaum etwas an.

So plätscherte der laue Sommerabend dahin. Irgendwann verließen Langhannes und Karli die Runde, dann räumte Stromi das Feld, und als der Wirt Günther gegen ein Uhr nachts kompromisslos den Zapfenstreich verkündete, wankten auch Schnolze, Alfred und der pflichtgetreue Knoddle hinaus. Schnolze, der noch immer stand wie eine Eins, entbot sich, Alfred noch nach Hause zu fahren. Aber wo war das? Es gab kein zu Hause hier oben in Neustadt. Die Zeiten, da Linus ihn bereitwillig in seinem Luxusappartement hatte übernachten lassen, waren vorbei, seit Alfred mit einigen russischen Saufkumpanen mal die ganze Wohnung in eine Müllhalde verwandelt hatte. Alfred winkte ab. „Ich mache einen Spaziergang", verkündete er lallend.

Der Spaziergang führte ihn durch die Scheuerlenstraße zum Ortsausgang und dort hinauf ins Neubaugebiet „Hinterer Dennenberg". Dort befand sich die Josef Sorg Straße, in der Linus wohnte. In Nächten wie dieser, so hatte Alfred es sich in den letzten Monaten angewöhnt, übernachtete er in seinem roten Flitzer. Das Auto stand in Linus' zweiter Garage. Aber dafür hatte Alfred einen Schlüssel. Ebenso trug er natürlich stets den Autoschlüssel seines abgemeldeten roten Flitzers bei sich. Ganz einfach: Er schloss die Garage auf, zwängte sich im roten Flitzer auf den Rücksitz, zog die Beine an und schnarchte in den Morgen hinein. Linus wusste nichts von diesem Notquartier. Ging ihn ja auch nichts an.

SOKO „FALKENSTEIN" ERMITTELT

Pressekonferenz im Polizeipräsidium Freiburg. Ein nüchterner Besprechungsraum. Tische, in Hufeisenform zusammengestellt. An der Frontseite die neue leitende Kriminaldirektorin Dr. Gerda Leber-Semmlich, eine unnahbar wirkende Mitvierzigerin mit strenger Kurzhaarfrisur, neben ihr der Vertreter der Staatsanwaltschaft, und beide flankiert von ihren jeweiligen Pressesprechern. Ganz links außen saß auf einem hinzugezwängten Stuhl der Oberkommissar Siegfried Junkel. An den beiden Längsseiten des Hufeisens lümmelten die Journalisten. Das Interesse war überschaubar. Dieser Tote aus dem Falkensteintunnel elektrisierte die Medien noch nicht wirklich. Alfred fand einen Sitzplatz neben Uli H., dem Reporter des SWR, der bereits fleißig Knöpfchen auf seinem digitalen Aufnahmegerät drückte, obwohl noch kein einziges Wort gesprochen war. Alfred sah bekannte Gesichter. Bei den Freiburger Journalisten kannte er sich inzwischen aus. Da war der wie immer oberflächlich frisierte Stefan P., ein Freelancer, der für Wirtschaftsmagazine, Wochenblätter und Sonderpublikationen aus ganz Südbaden schrieb, manchmal auch Veranstaltungen moderierte und dabei immer wie ein etwas aus der Form geratener südbadischer Günter Jauch wirkte. Neben ihm saß Heinz S., ein distinguierter Herr mit Lesebrille und nachlassender Frisur. Er schrieb für größere Zeitungen aus ganz Baden-Württemberg und war Alfred im Rothaus-Fall auch als Fachmann zur Badischen Revolution über den Weg gelaufen. Dann war da noch der lange Lulatsch Florian K., mit dem sich Alfred auf verschiedenen gemeinsamen Presseterminen bereits zum Du gesoffen hatte, und der die Online-Redaktion der Badischen Zeitung vertrat. Man grüßte sich gegenseitig und tauschte Spekulationen aus: „Muss sich um ein Gewaltdelikt handeln, sonst säßen die ganzen hohen Herren nicht hier", sagte Stefan P. mit Blick auf Polizeipräsident und Oberstaatsanwalt.

„Hoffentlich nichts Großes", wünschte sich Heinz S. „Ich habe nur 40 Zeilen in der Stuttgarter, mehr Platz rücken die nicht raus."

„Na ja, wenn sich herausstellt, dass ein Lokführer aus Stuttgart das Opfer im Falkensteintunnel überfahren hat, dann kriegst du sicher 90 Zeilen", spottete Florian K. Man wusste, dass die Stuttgarter Zeitung die Relevanz ihrer Themen gerne davon ableitete, welchen Stuttgart-Bezug sie hatten. Besonders augenscheinlich war das beim Sportteil. Der VfB Stuttgart füllte täglich eine Seite, der SC Freiburg wurde mehr oder weniger ignoriert.

„Ich habe den Toten gekannt", machte Alfred sich wichtig. „Er hat mit mir studiert."

Diese Neuigkeit machte Alfred zum Mittelpunkt des Gesprächs, so lange, bis die Leitende Kriminaldirektorin offiziell die Pressekonferenz eröffnete.

„Meine Damen und Herren, vielen Dank für Ihr Kommen." Ihre Stimme klang angenehm. Gar nicht kühl oder unnahbar. Eher selbstbewusst und verbindlich. „Wir haben Sie eingeladen, weil sich ein vermeintlicher Suizid auf der Höllentalbahn als Gewaltverbrechen herausgestellt hat. Das Opfer wurde nicht vom Zug überfahren, sondern ermordet. Herr Kollege Junkel, wollen Sie den Sachverhalt darlegen! Aber kurz bitte!" Junkel wurde als der Oberkommissar vorgestellt, der die Ermittlungen leitete. Das „aber kurz bitte" ließ ihn allergisch zusammenzucken. Sein zerknittertes Gesicht warf ein paar zusätzliche Falten. „Aber gerne doch, Frau Kriminaldirektorin Leber-Semmlich", sagte er gedehnt und betonte dabei den Doppelnamen seiner Vorgesetzten besonders pointiert. Sie quittierte es mit einem kurzen Naserümpfen, ließ sich ansonsten ihren

Unmut aber nicht anmerken. Die Körpersprache der Beteiligten ließen aber auch einen Amateur wie Alfred sofort die soziokulturellen Spannungen erahnen, die hier im Verhältnis von Vorgesetzter und Untergebenem herrschten.

In seiner gewohnt schnoddrigen und gedehnten Sprechweise stellte Oberkommissar Siegfried Junkel nochmals die Ausgangssituation dar. Datum, Uhrzeit, Örtlichkeit. „Der Lokführer des fahrplanmäßigen ersten Zuges am Montagmorgen entdeckte in der Vorbeifahrt einen leblosen Körper direkt neben dem Gleiskörper, unmittelbar am Ausgang des Falkensteintunnels. Er alarmierte die Bahnpolizei und seinen diensthabenden Fahrdienstleiter, der wiederum zwei Streckenposten in Marsch setzte, die ..."

„Kurz bitte, habe ich gesagt!", bellte die Kriminaldirektorin Leber-Semmlich dazwischen, und diesmal klang es nicht mehr freundlich, sondern sehr bestimmend.

Junkel forcierte: „Bei dem Opfer handelt es sich um den 24-jährigen Studenten Gerd Gonnfeld, ledig, gebürtig aus Gummersbach, wohnhaft in Freiburg, zuletzt lebend gesehen am Samstagabend vor der Tat. Da befand er sich in Begleitung ..." wieder unterbrach die Kriminaldirektorin. Sie saß kerzengerade auf ihrem Platz, die Augen kalt und vernichtend auf Junkel gerichtet: „Gestatten Sie, dass ich übernehme?" Was für eine Frage? Junkel verstummte kleinlaut. Die Kriminaldirektorin übernahm: „Lassen Sie mich kurz die Tat schildern: Gerd Gonnfeld wurde mit einem schweren und harten Gegenstand durch mindestens zwei Schläge auf den Hinterkopf getötet. Er erlitt eine mehrfache Schädelfraktur. Ein dritter Schlag traf ihn im Genick und zerschmetterte seine Wirbelsäule. Die Schläge wurden mit einer Axt oder einem Vorschlaghammer geführt. Wir haben die Tatwaffe zwar noch nicht gefunden, aber der gerichtsmedizinische Befund ist eindeutig. Kriminaloberkommissar Siegfried Junkel leitet die Ermittlungen. Wir haben eine zwanzigköpfige Sonderkommission „Falkenstein" eingerichtet. Die Ermittlungen laufen auf Hochtouren."

„Was heißt das?", warf der SWR-Reporter fragend in die Runde.

„Das heißt, dass die Ermittlungen auf Hochtouren laufen", sagte Junkel ungefragt. Die Kriminaldirektorin warf ihm einen neuerlich vergifteten Blick zu und ergriff wieder das Wort: „Lassen sie es mich so sagen: Wir verfolgen jede nur denkbare Spur. Wir erforschen das studentische Umfeld, in dem sich das Opfer bewegt hat, wir verfolgen all seine Kontakte in den sozialen Netzwerken, wir haben die Spurensicherung in seiner Wohnung, wir haben sie im Falkensteintunnel, wir haben sie entlang der Bahnstrecke und wir rekonstruieren komplett die letzten Stunden des Opfers. Aber mehr kann ich dazu zum jetzigen Zeitpunkt nicht sagen."

„Das heißt, Ihre zwanzig Leute haben noch nichts herausgefunden?", stellte Uli H. vom SWR lakonisch fest. Er war berüchtigt für seine respektlosen Fragen. Aber die Leitende Kriminaldirektorin Leber-Semmlich ließ sich nichts anmerken: „Nichts, was wir beim jetzigen Stand der Ermittlungen hier vor den Medien ausbreiten würden. Es gibt auch ein paar ermittlungstaktische Erwägungen."

„Kann der Tote nicht von oben herunter gefallen sein?", fragte Alfred, der noch das Bild der 100 Meter hohen Felsen vor Augen hatte, so wie er es beim Besuch der Ruine Falkenstein erlebt hatte.

„Nein, unmöglich!", schnorrte Oberkommissar Junkel ohne weitere Erläuterung.

Die Kriminaldirektorin warf ihrem Untergebenen einen tadelnden Blick zu. „Würden Sie das bitte für die Medien erläutern", forderte sie Junkel auf.

Junkel erhob sich hinter seinem Tisch. Er war zerknitterte wie immer. Sein speckiges Sakko, es handelte sich um das gleiche, das er auch beim Besuch in Alfreds WG getragen hatte, hatte an allen Schlägen Eselsohren. Theatralisch hob der Oberkommissar seinen Arm über den Kopf, bildete eine Faust und erklärte: „Stellen Sie sich vor, hier oben ist der Fels. Wenn jetzt jemand von hier herunterfällt, dann fällt er ungefähr so!" Er ließ die Faust kerzengerade auf den Tisch herunter krachen. Dann deutete er mit der anderen Hand auf seinen Hosenlatz, der sich etwa in Höhe der Tischplatte befand: „Hier ist der Tunnel. Es ist physikalisch unmöglich, in einem Bogen da hinein zu fliegen. Egal ob tot oder lebendig." Die Kriminaldirektorin machte ein missbilligendes Geräusch, aber die Demonstration hatte ihren Zweck erfüllt, zumal Junkel hinzufügte: „Der Tote lag nämlich ungefähr zwei Meter im Innern des Tunnels. Er kann also unmöglich von oben herunter gefallen sein."

Das leuchtete alles ein.

Später, als die offizielle Pressekonferenz vorbei und die Kriminaldirektorin über den Flur entschwebt war, stand Alfred noch mit Oberkommissar Junkel zusammen. Von dem Besprechungsraum, in dem die Pressekonferenz stattgefunden hatte, führte eine Tür auf eine kleine Dachterrasse. Kegelförmige und mit Sand gefüllte Standaschenbecher verrieten, dass hier geraucht werden durfte. Alfred und Junkel fummelten einträchtig ihre Selbstgedrehten zusammen. Die Mittagshitze bollerte auf die betonierte Dachterrasse. Junkel behielt sein Sakko immer noch an.

Alfred beschäftigte eine Frage: „Glaubt die Kripo, dass Gonn … dass Gerd Gonnfeld tatsächlich im Tunnel erschlagen wurde? Oder hat ihn der Täter nach der Tat erst dorthin gebracht?"

Junkel zuckte mit den kümmerlichen Schultern. Von der Seite fiel auf, welche schlechte Haltung der Oberkommissar hatte. Er hing in seinem Sakko wie ein Fragezeichen.

„Keine Theorie? Keine Erkenntnisse?", fragte Alfred stichelnd.

Junkel ließ sich zu einem müden Blick aus seinen wässrigen Augen herab. Er blies erst gründlich eine Rauchwolke aus, ehe er antwortete: „Der Täter hatte die Absicht, es wie ein Suizid aussehen zu lassen. Das Opfer wurde zuerst mit dem Kopf auf die Schienen gelegt. Das können wir anhand der Blutspuren zweifelsfrei nachweisen. Wäre das aufgegangen, dann hätte der Zug den Kopf des Toten zermalmt und jegliche Hinweise auf den Mord beseitigt. Aber bis zur Ankunft des Zuges muss der Kopf dann abgerutscht sein. So lag der Tote neben den Gleisen."

Alfred rauchte nachdenklich. Er mochte sich den toten Gonni nicht vorstellen. Unvermittelt fragte er: „Wussten Sie eigentlich, dass er sich im Studium aktuell gerade mit dem Bau der Höllentalbahn beschäftigte? Er bereitete ein Referat dazu vor?"

Ohne gesteigertes Interesse zu zeigen, schielte Junkel zu Alfred hinüber: „Riecht nach Zusammenhang, was?", stellte er trocken fest. „Student forscht über den Bau der Höllentalbahn und wird in einem Tunnel der Höllentalbahn ermordet."

„Sie glauben, dass das ein Zufall ist?"

Junkel schnaufte abfällig: „Ich habe aufgehört, etwas zu glauben. Gibt es etwas, aus dem ich einen Zusammenhang herauslesen könnte?"

Alfred wischte sich den Schweiß aus der Stirn. Die Dachterrasse bot keinerlei Schutz vor der Sonne. Während Junkel die unempfindliche Haut einer Eidechse zu besitzen schien und wie eine im Sakko verpackte vertrocknete Mumie vor dem Standaschenbecher rauchte, lief Alfred der Schweiß über den Nacken in den Kragen. Er nestelte sein Smartphone aus der Hosentasche: „Ich zeige Ihnen etwas." Er scrollte bis zu jener WhatsApp-Nachricht, die er am Abend vor Gonnis Tod empfangen hatte. „Hier schauen Sie!"

Junkel las: „Licht am Ende des Tunnels! Es ist der goldene Marti." Sekundenlang betrachtete Junkel nachdenklich das Display von Alfreds Smartphone. Dann verkündete er trocken: „Das Ding ist konfisziert. Tut mir leid!" Er steckte Alfreds Smartphone in seine Sakkotasche. „Wir kopieren die SIM-Karte. Danach kriegst du alles zurück."

„Aber he, nein, das geht nicht!", protestierte Alfred. „Ich bin auf das Mobiltelefon angewiesen. Dienstlich."

„Ja, ja, ja", beruhigte Junkel gefühlskalt. „Geht ja nicht lange. Lass uns so lange über die Straße gehen, zur Currywurst Bude."

Alfreds Smartphone wurde mit exakten Anweisungen einem Mitglied der Soko „Falkenstein" übergeben, der unverzüglich damit in den dunklen Fluren der Polizeidirektion verschwand, während Junkel Alfred zur naheliegenden Currywurst-Bude führte. Es handelte sich um einen kleinen Stehimbiss, der irgendwie um einen ehemaligen Bauwagen herum gezimmert war und vom Döner bis zum speziell angepriesenen „leker Salat" alles fabrizierte, was sich in hektischen Mittagspausen an unempfindliche Mägen verkaufen ließ.

„Ich lad' dich ein. Als Entschädigung", verkündete Junkel. „Wenn du die Zigaretten spendierst."

Das war Alfred sehr recht. Er entschied sich für eine doppelte Currywurst mit Pommes. Junkel aß Merguez mit einer scharfen Gewürzpampe, die aussah wie eine bereits mehrfach verdaute Merguez. Aber er wusste, was er tat. Offenbar kehrte er häufiger hier ein. „Bei dieser Hitze das Beste", verkündete er kauend. „Reinigt außerdem den Darm!"

„Die Polizeidirektorin führt ein strenges Regiment", versuchte Alfred fragend ein Gespräch.

Falsches Thema! Energisch tauchte Junkel das angebissene Ende seines Merguez-Würstchens in die scharfe Pampe, als wollte er die ganze Wurst ersticken, und knurrte dabei unbestimmt.

Statt sich auf Alfreds Thema einzulassen, fragte Junkel: „War dieser Gonni eigentlich ein Weiberheld?"

„Hä, wieso?"

„Ich hatte ein längeres Gespräch mit seiner letzten Freundin, einer gewissen Rita. Und dann hatte ich noch ein längeres Gespräch mit einer gewissen Vanessa ..."

Junkel hatte so seine Methode, mit unfertigen Sätzen Alfred zu Kommentaren zu provozieren. Prompt fiel Alfred darauf herein: „Beide haben mit ihm studiert. Wir sind alle im selben Seminar bei Professor Hugott. Wirtschafts- und Verkehrsgeschichte ..."

„... des Höllentals. Ich weiß", ergänzte Junkel. Nachdenklich betrachtete er den letzten Rest seines Merguez-Würstchens, das er spitz zwischen Zeigefinger und Daumen hielt: „Sie beschuldigen sich gegenseitig. Eifersucht, Liebeskummer, verschmähte Liebe, gekränkte Eitelkeit, Stalking, Nymphomanie ... Es gibt nichts, was sie sich nicht gegenseitig unterstellen."

„Ist ja interessant ...", sinnierte Alfred, während Junkel sich den Rest seiner Wurst in den Mund stopfte. Mit vollen Backen erklärte er: „Jede von den beiden versuchte unterschwellig bei mir den Verdacht zu schüren, die andere könne vielleicht mit Gonnfelds Tod etwas zu tun zu haben. Nicht gerade, dass sie sich gegenseitig beschuldigten, aber weit davon entfernt waren sie nicht."

„Und?" Alfred rührte mit Pommes in seiner Currysoße. „Könnte was dran sein?"

Junkel wischte sich den Mund mit einer Papierserviette ab. „Dazu weiß ich noch zu wenig", sagte er. „Wie lautet die ganze Geschichte?"

Alfred erzählte, was er von Sven über die komplizierte Beziehungskiste zwischen Gonni, Rita und Vanessa wusste. Junkel hörte sich alles mit ständig in Bewegung befindlichen Knitterfalten auf der Stirn an. Währenddessen stocherte er mit einem blauen Plastikstäbchen, das eigentlich zu Alfred Pommes gehört hatte, in seinen gelben Zähnen herum, um irgendwelche Reste des Merguez-Würstchens aufzuspüren.

Danach bestellte er einen Fernet-Branca. „Auch einen?" Alfred nahm die Einladung an, obwohl Alkohol so früh am Tag und bei dieser Hitze eigentlich tödlich war. Junkel schüttete seinen Fernet in einem Zug hinunter und bestellte sogleich noch einen Zweiten.

„Diese Weibergeschichten haben immer das Potenzial zum Gewaltverbrechen", bemerkte Junkel schließlich ironisch. „Vielleicht fehlt ja noch jemand in diesem Beziehungsgeflecht? Wie wär's mit dem goldenen Marti?"

„Kenne ich nicht", bedauerte Alfred. „Hab keine Ahnung, was oder wen Gonni damit gemeint hat."

„Ein großer Unbekannter! Das tut jeder Ermittlung gut", spöttelte Junkel. „Vielleicht handelt es sich aber auch nur um einen Gegenstand."

„Vielleicht!" Alfred konnte nicht weiterhelfen. Sie kehrten in die Polizeidirektion zurück. Alfred bekam sein Smartphone wieder ausgehändigt. Er nahm es in Betrieb. Kurzes Telefonat mit Anna in der BZ-Lokalredaktion in Neustadt: „Ja, neunzig Zeilen. Ja, bis 15 Uhr. Ja, lohnt sich. Mord!" Annas Antworten waren kühl und geschäftsmäßig. Alfred unternahm keinen Versuch, den vergangenen Samstag zu reparieren. Er beendete das Gespräch.

Junkel ermahnte ihn, sich jederzeit bereit zu halten. Alfred schwang sich auf sein Fahrrad und fuhr zur Uni. Strampeln in der Mittagshitze. Noch 57 Tage.

BALKONSZENE

Wie war das gleich noch mal gewesen? Dreimal klingeln! Einmal kurz, einmal lang, wieder kurz. Alfred drückte den Klingelknopf an Ritas Zimmertür. Einmal kurz, dann einmal lang, dann wieder kurz. Die Thomas Morus Burse, ein katholisches Studentenwohnheim im Freiburger Stadtteil Littenweiler, sah von außen auf den ersten Blick wie eine architektonisch etwas aufgepeppte Mietskaserne aus, mit rotweinfarbenem Verputz, vier Stockwerke hoch, bestehend aus mehreren gegeneinander gestellten Wohnblöcken. Es hätte von der Außenfassade her vielleicht auch eine Ganztagesschule sein können. Im Innern die typische Wohnheim-Aufteilung: Geräumiges Treppenhaus, auf jedem Stockwerk Flure in alle Himmelsrichtungen, von denen die Zimmerchen abgingen, in denen die Studenten hausten. 11,5 Quadratmeter zu 260 Euro im Monat. Hier also wohnte Rita. Seltsam. Als ein besonders katholisches Mädchen war sie Alfred bisher nicht aufgefallen.

Sie öffnete sofort, so als habe sie nur auf den Besuch gewartet. Dabei hatte Alfred sich nicht verbindlich angemeldet. Er hatte lediglich am Nachmittag an der Uni zu Ritas wiederholten Einladung „Wann besuchst du mich denn jetzt mal?" die vage Ankündigung formuliert: „Sobald ich kann!" Das war natürlich schon ein grundsätzliches „Ja" gewesen. Und je länger Alfred darüber nachgedacht hatte, insbesondere als er zu Hause auf seiner Bettkante saß, desto klarer war die Entscheidung gereift. Warum eigentlich nicht gleich.

So stand er jetzt an der Schwelle zu Ritas Wohnheimzimmer und übersah mit schnellem Blick: Ein Bett, schmal – nicht gut –, ein in die Wand eingelassener Kleiderschrank, ein Waschbecken mit Spiegelschränkchen, ein wackliges Wandregal voller Bücher, an der Stirnseite Fenster mit Tür zu einem

Minibalkon, unter dem Fenster ein Spanplattenschreibtisch. Weibliche Wäsche auf dem Fußboden. Weibliche Accessoires auf der Ablage beim Waschbecken.

„Komm doch rein!", säuselte Rita mit treuherzigem Augenaufschlag. Sie trug Mini-Shorts, die sich am Saum über ihren strammen Schenkeln spannten, und ein Flattershirt, das verriet, was sich alles darunter verbarg. Alfred erfasste dies alles mit Kennerblick. Gleichzeitig fühlte er sich wie der Besucher eines Stundenhotels. Lief es darauf hinaus? Wenn es nach ihm ging, ja. Die Einladung Ritas war ja wohl unmissverständlich gewesen.

Sie verbrachten die Aufwärmphase auf dem kleinen Mini-Balkon, der zu Ritas Wohnwabe gehörte. Dort tranken sie lauwarmen Gin Tonic. Alfred rauchte Selbstgedrehte und blinzelte in die Abendsonne, die farbenprächtig über Freiburgs Dächern ihren Abgang inszenierte. Rita saß ihm gegenüber und duldete freizügig, dass Alfred sie mit männlichem Interesse vom Scheitel bis zu den Zehenspitzen inspizierte. Obwohl Alfred sie immer für eine Langweilerin gehalten hatte und sie wahrscheinlich auch eine war, verstand sie es doch, ihre intellektuellen und optischen Defizite hinter einer herausfordernden weiblichen Präsenz zu verbergen. Alfred wusste bereits, worauf dieser Abend hinauslaufen würde. Sonst wäre er ja gar nicht erst hier aufgetaucht. Und Rita wusste es auch. Sonst hätte sie sich die Mühe gemacht, ihre Haut besser zu verstecken.

Rita erzählte von den Hausregeln und vom katholischen Spirit, der in der Thomas Morus Burse herrschte. „Meine Eltern haben mir diesen Platz besorgt. Man erwartet, dass die Bewohner sich in christlich-katholischer Lebensführung vorbildlich verhalten. Aber keiner kontrolliert, was wirklich auf den Zimmern abgeht."

Das verstand Alfred als präzisierte Einladung. Er durfte also über Nacht bleiben.

Unvermeidlich kam das Gespräch auch auf Gonni und sein tragisches Ende. Alfred berichtete von der Pressekonferenz am Morgen. Rita band sich das glatte Blondhaar im Nacken zusammen, während sie zuhörte. Alfred betrachtete während dieses Vorgangs entzückt ihre rasierten Achselhöhlen.

„Kein Selbstmord?", forschte Rita nachdenklich.

„Hast du daran geglaubt?", antwortete Alfred mit einer Gegenfrage. Ritas Shirt spannte bei ihren Bewegungen. Alfred musste sich zwingen, nicht die sich deutlich abzeichnenden Brustwarzen anzustarren. Das machte sie absichtlich. Niemand braucht so lange, um sich das Haar im Nacken zusammenzubinden.

„Er war ein bisschen geknickt, weil ich mit ihm Schluss gemacht habe", räumte sie ein. „Aber ein Typ, der sich selbst umbringt, war er bestimmt nicht."

„Hast du eine Vorstellung, wer ihn umgebracht haben könnte?" Alfred nutzte die Enge des Balkons, um wie zufällig sein rechtes Knie in Kontakt mit Ritas linkem Knie treten zu lassen. Rita tat, als bemerkte sie es nicht.

„Eigentlich fällt mir niemand ein. Die blöde Kuh Vanessa vielleicht. Die ist ja völlig durchgedreht, als er sie abblitzen ließ."

„Nein, nein!", widersprach Alfred sofort. „Vanessa niemals. Sie ist zwar ein bisschen schräg", räumte er ein, „aber sie kann keiner Fliege was zuleide tun."

Rita warf Alfred einen misstrauischen Blick zu. Mit feinem Gespür erkannte Alfred: Vermintes Gelände. Er durfte Vanessa nicht zu sehr verteidigen, sonst würde er die Gunst von Ritas Knie schnell wieder verlieren.

Rita schlug vor: „Vielleicht Harzer, das wäre so ein Typ!"

„Wer ist Harzer?" Die Knie rieben sich aneinander. Ein bisschen spielten bereits die Schenkel mit.

„Harzer? Das ist so ein durchgeknallter Proll, der mit Gonnis Schwester Suse zusammenlebt", erläuterte Rita, während sie ihren linken Oberschenkel gegen Alfreds rechten Oberschenkel drückte. Es fühlte sich vielversprechend an.

„Kenne ich nicht. Zu mir hat er nie was erzählt. Wusste nicht einmal, dass Gonni eine Schwester hat."

Rita fasste kurz zusammen: Gonnis ältere Schwester Suse, eine junge Rechtsanwältin, lebte ebenfalls in Freiburg. Ihr Lebensgefährte hieß Frank Harzer, und er war laut Rita ein zwielichtiger Typ. „Er ist vollgeschmiert mit Tatoos und hat eine große Klappe. Ein unmöglicher Typ. Angeblich betreibt er irgendwelche Nachtclubs."

Alfred heuchelte Interesse. In Wirklichkeit hörte er nur mit halbem Ohr zu. Wichtiger war, die Hand auf Ritas Schenkel zu lassen. Ihre Haut fühlte sich warm und samtig an. Er begann mit vorsichtigen Streicheleinheiten. Rita rückte unauffällig näher.

„Ich habe ihn zwei- oder dreimal erlebt, als ich mit Gonni bei seiner Schwester war. Wenn du mich fragst, ein Kotzbrocken. Vermutlich steht Suse unter seiner Knute. Vielleicht verprügelt er sie auch. Einmal hatte sie ein blaues Auge."

Welche Augenfarbe hatte eigentlich Rita? Braun. Langweilig. Egal. Alfred setzte seinen Dackelblick ein. Rita schmolz bereits. Sie ließ sich bereitwillig küssen. Alfred log: „Du hast so schöne Augen. Sie tiefgründig, so rätselhaft." Das gefiel ihr. Sie küssten sich erneut. Ihre Zunge sagte unmissverständlich: „Ja, ja, ja, ja!" Schenkel, Knie, Haut und Hände blieben in Gefechtsbereitschaft. Das ging ja schneller als gedacht. Warum lange Umstände machen? Alfred beschloss, aufs Ganze zu gehen: „Haben in deinem süßen Bettchen auch zwei Leute Platz?", fragte er samtig.

„Ausprobieren", forderte sie kokett.

So geschah es.

Die Freiburger Abendsonne schaffte es nicht, vorher unterzugehen. Eine Stunde später saßen sie bereits wieder auf dem Balkon, entspannt, zufrieden, gestillt, ohne Lügen. Keiner sprach von Liebe, von Zuneigung, von tieferen Gefühlen. Alfred rauchte und fand Rita einfach nur praktisch. Rita räkelte sich und hatte bekommen, was sie gewollt hatte: Eine weitere Trophäe. Es herrschte Einvernehmen.

„Kürzlich, als wir auf der Ruine Falkenstein waren, da hat mir Vanessa erzählt, dass Gonni einen Ring in der Ruine gefunden hat", knüpfte Alfred wieder an das Gespräch von zuvor an.

„Ah, das!", Rita wurde wortkarg.

„Du hast ihn, oder?"

Sie nippte an ihrem Glas und vermied eine Antwort. Alfred ließ nicht locker: „Er hat ihn dir geschenkt, diesen Ring. Nicht wahr? Das hat mir Vanessa erzählt."

„Diese blöde Kuh …" Das war immer noch keine Antwort.

„Hast du ihn nun, ja oder nein?", setzte Alfred nach.

Widerwillig nickte Rita: „Ja, er hat ihn mir geschenkt."

„Als Liebesbeweis? Ist ja ziemlich rührselig."

„Er war ja auch völlig rührselig", bestätigte Rita. „Das war es ja, was mich so an ihm gestört hat. Er hatte so eine besitzergreifende, romantische Ader. Alles war bei ihm immer gleich vollgepackt mit großen Gefühlen. Ewige Liebe und so ein Scheiß … Am Schluss habe ich es nicht mehr ertragen. Dieser Ring und das ganze schwülstige Zeugs drum herum …"

Ritas Zunge war gelockert. Offenbar vertraute sie Alfred. Er nutzte die Gunst und bohrte nach: „Welches Drumherum?"

„Irgend so ein romantischer Scheiß von einem Ritter Kuno und seinem goldenen Ehering. Die gleiche Geschichte, die kürzlich Vanessa auf dem Weg zur Ruine Falkenstein erzählt hat. Gonni meinte, mit uns beiden wäre es nun genauso. Der Ring sei mein Pfand für seine ewige Liebe. Irgend so eine gequirlte Kacke eben."

„Aha, verstehe!" Alfred stellte sich Gonni vor, den klugen, den geistreichen, den überlegenen Gonni, wie er schmachtend vor

Rita stand und ihr den Ring überreichte. Was man nicht alles aufgab, wenn Hintern, Schenkel und Brustwarzen einem den Verstand vernebelten? In dieser Hinsicht konnte Alfred mitreden. Aber einen goldenen Ring hätte Alfred deshalb noch lange nicht verschenkt.

„Kannst du ihn mir mal zeigen, diesen Ring?", fragte Alfred. Vanessa hatte erzählt, nach Gonnis Einschätzung müsse der Ring aus der Zeit der Falkensteiner stammen. Ein historisches Stück also. Vielleicht war er etwas wert.

Rita errötete. Sie biss sich auf die Lippen. „Habe ich nicht mehr", sagte sie.

„Wie? Du hast den Ring nicht mehr?" Alfred war die Verblüffung anzuhören.

„So ist es. Ich habe ihn zum Pfandleiher gebracht."

„Das ist nicht wahr?"

Rita breitete in einer hilflosen Geste die Arme aus: „Was soll ich mit so einem alten Ring? Er war ja nicht einmal besonders schön. Ich brauche Geld. Ich hab's ja nicht wie Gonni, dem die Eltern alles hinterhertragen. Meine Eltern zahlen diese Bude hier, den Rest meines Lebens muss ich irgendwie selbst finanzieren. Der Ring kam mir gerade recht."

Großmütig versicherte Alfred: „Du musst das nicht vor mir rechtfertigen. Jeder kann mit seinem Schmuck machen, was er will. Hast du wenigstens ordentlich was dafür bekommen?"

Jetzt zog sich ein Strahlen über Ritas breites Mondgesicht: „Das glaubst du nicht. Der Pfandleiher hat mir 3.000 Euro ausbezahlt. Bar auf die Hand."

„Wow! Glückwunsch! Dann ist der Ring also ziemlich wertvoll?"

„Der Pfandleiher hat nicht viel gesagt. Er meinte nur, der Ring müsse wohl sehr alt sein. Er sei im Wert schwer zu schätzen. Aber glücklicherweise hatte er noch einen solchen Ring, fast den gleichen. Und von dem wusste er den Wert. Deshalb hat er nicht lange rumgemacht, sondern gesagt, er zahlt mir den gleichen Preis aus."

„Wo ist dieser Pfandleiher?"

„In Freiburg. Warte, ich zeige dir den Pfandschein." Sie verschwand in ihrem Zimmerchen und kehrte gleich darauf mit einem gelben Pfandschein zurück, ausgestellt von der „Freiburger Pfandleihanstalt GmbH, Schreiberstraße 8."

„Wie läuft das eigentlich mit so einem Pfandleiher?", wollte Alfred wissen. „Musst du das Geld wieder zurückzahlen?"

Rita klärte ihn auf: „Wenn ich das Pfand zurückhaben will, muss ich binnen eines halben Jahres die 3.000 Euro und ein paar Zinsen und Gebühren zurückzahlen. Wenn ich das nicht kann, und auch keine Verlängerung vereinbare, dann darf der Pfandleiher das Pfand versteigern. Es ist so, dass Pfandleiher in der Regel höchstens die Hälfte vom Marktwert eines Gegenstandes ausbezahlen. Bei diesem Ring sind das die 3.000 Euro. In Wirklichkeit ist er also vielleicht 6.000 Euro wert. So stellen die Pfandleiher sicher, dass sie bei einer späteren Versteigerung immer auf ihre Kosten kommen. Selbst wenn sie bei einer Auktion den Marktwert nicht erlösen, kriegen sie meistens aber mehr als die 50 Prozent, die sie selbst dafür ausgegeben haben."

„Ah, verstehe!", sagte Alfred. Er nahm den Pfandschein in die Hand, den Rita ihm gezeigt hatte: „Und wenn ich diesen Ring auslösen wollte, dann könnte ich es gegen die Vorlage dieses Pfandscheins?"

„Ich glaube schon. Aber hast du 3.000 Euro?"

Alfred lachte: „Im Minus, ja!" Er wendete den Pfandschein nachdenklich in seinen Fingern. „Das Geld habe ich sicher nicht. Ich könnte mit diesem Schein aber zur Pfandleihanstalt gehen, und mir den Ring mal ansehen. Oder, was denkst du?"

„Glaube schon. Das müsste eigentlich gehen. Von mir aus leihe ich dir den Schein gerne mal aus."

Alfred gab Rita einen freundlichen Kuss. Der war ehrlich gemeint. „Bist ein Schatz!"

DER KATZENFALL

Alfred fuhr am nächsten Tag mit dem Fahrrad nach Oberried hinaus. Im Rucksack das Buch „Bergbau auf Lagerstätten des südlichen Schwarzwaldes" von Helge Steen. Die Seiten 112 bis 125 waren den historischen „Gruben und Lagerstätten im Bereich Kirchzarten-Oberrieder Tal" gewidmet. Alfred stand unter Druck, denn in zwei Wochen sollte er sein Referat abliefern. „Widmen Sie sich den erfolglosen Versuchen, den unergiebigen Bergen", so hatte Professor Hugott empfohlen. Er hatte noch keine einzige Zeile fabriziert. Einen Umfang von 20 bis 30 Seiten erwartete Otti mindestens. So war Alfred auf die geniale Idee verfallen, direkt vor Ort ein paar Fotos zu schießen. Damit konnte man in einem Referat mehr Platz schinden als mit Tabellen, Grafiken oder einer Inflation von Absätzen. Im Ortsteil Dietenbach, so versprach das Bergbaubuch, sei von einer ehemaligen Silbergrube auf einer Weide nördlich des Hugenhofes, etwa 1,9 Kilometer südwestlich des Ortszentrums von Kirchzarten noch eine Stollenpinge zu erkennen. Als Pingen bezeichnete man Erdeinbrüche, die in der Natur anzeigten, dass unter ihnen eingestürzte ehemalige Bergwerksstollen verliefen. Außerdem berichtete das Buch von Helge Steen auch noch von einer jahrzehntelangen ergebnislosen Goldsuche bei Oberried. Im 18. und 19. Jahrhundert habe es zahlreiche erfolglose Versuche gegeben, eine Goldader zu finden, die angeblich im 16. Jahrhundert entdeckt und dann wegen der Wirren und Nöte des Dreißigjährigen Krieges aufgegeben wurde. Alfred hatte sich noch so gut wie überhaupt nicht mit seinem Referatsthema beschäftigt. Aber immerhin besaß er jetzt mal dieses Buch, das er sich in der Unibibliothek ausgeliehen hatte. Notfalls konnte er daraus das Kapitel „Gruben und Lagerstätten im Bereich

Kirchzarten-Oberrieder Tal" abschreiben, ein bisschen mit eigenen Formulierungen garnieren und mit einigen Fotos aus Oberried aufpeppen. Das ungefähr war sein Plan, als er mit seinem 21-Gang Trekking-Fahrrad gegen den Höllentäler Wind Richtung Oberried anstrampelte. Überhaupt war dieses Fahrrad Alfreds Rettung, seit er vor nunmehr fast einem Jahr unrühmlich seinen Führerschein losgeworden war. Seither radelte Alfred durch Freiburg. Er hatte gelernt, dass dies erstens seiner Kondition zugutekam, zweitens in Freiburg die schnellste Fortbewegungsart war, und drittens überhaupt nicht ehrenrührig. Im Gegenteil. Fahrradfahren war sogar angesagt. Zwar fühlte Alfred sich ohne seinen roten Flitzer immer noch nackt und irgendwie unmännlich, Fahrradfahren empfand er als Erniedrigung, aber immerhin verschaffte ihm das Fahrrad eine gewisse Mobilität. Er fuhr ohne Helm. Eine letzte Renitenz gegen die Verweichlichung. Außerdem sah Helm beschissen aus. Diese lächerlichen Tropenhüte. Wenn schon gedemütigt, dann in Würde.

Alfred suchte und fand den Hugenhof, der mit seinem tief heruntergezogenen Walmdach im saftgrünen Bergtal ruhte wie eine uralte, kluge Schildkröte, an der die hektische Welt wirkungslos abprallte. Fröhliche Geranien säumten einen die Talfront umlaufenden Balkon, alles um den alten Hof herum stand in farbenprächtiger Blüte, umschwirrt von Hummeln und Bienen. Mithilfe eines Kompasses identifizierte Alfred die Weide, die in Helge Steens Bergbaubuch beschrieben war. Er legte das Fahrrad ins Gras und schritt die Bergwiese mehrfach suchend ab. Von Pingen oder gar einem Stollen war weit und breit nichts zu sehen. Für Alfreds ungeübte Augen sah die Wiese aus wie eine Wiese. Dennoch fotografierte er eifrig. Er würde eben seinen Wohnungsgenossen Tim bitten, mit Fotoshop ein bisschen nachzuhelfen. Es wäre doch gelacht, wenn es nicht mit Hilfe der Computertechnik gelänge, auf diese Wiese und auf das Foto eindeutige Spuren mittelalterlichen Bergbaus zu schummeln. Das Handy klingelte.

Alfred ließ sich auf ein hölzernes Ruhebänkchen am Waldrand fallen. Anna war dran. Sie bedankte sich artig bei Alfred für den Artikel über die Pressekonferenz der Polizei, Alfred bedankte sich im Gegenzug für den Auftrag und bot an, generell weiter über den Fall zu berichten, sobald es dazu etwas Neues gab.

Auf diese Weise kam ein halbdienstliches Gespräch zustande, das es beiden erlaubte, Anna und Alfred, voreinander das Gesicht zu wahren. Sie schlichen um ihre atmosphärischen Störungen vorsichtig herum, keiner wollte zuerst davon anfangen.

Schließlich war es Anna, die klein beigab: „Ich habe ein bisschen blöd reagiert, letzten Samstag", räumte sie ein. „Ziemlich überzogen. Es tut mir leid …"

„Ach das", wehrte Alfred ab. „Nicht der Rede wert. Hab den Samstagabend auch so noch ganz gut rumgebracht."

Das war wieder einmal die falsche Antwort. Alfred merkte es an Annas gekränktem Schweigen. Schnell schob er nach: „Ich meine, ich habe noch ein paar Bekannte getroffen. Ich war, es war, … in der Spritz …"

Egal, wie er es anfing, es konnte eigentlich nichts werden. Anna wusste schließlich aus trauriger Erfahrung, wie Alfreds Abende in der Spritz auszugehen pflegten. Sie ließ ein dünnes Schlucken hören, verkniff sich aber einen Kommentar. Stattdessen setzte sie ihre einmal begonnene Entschuldigung fort: „Ich habe ja auch wirklich kein Recht, wegen irgendwelcher Ritas beleidigt zu sein, die dich auf dem Handy anrufen. Ich kenne sie nicht einmal. … Oder kenne ich sie?"

War das jetzt eine raffinierte Fragemethode? Jedenfalls stand Alfred nun vor der Entscheidung, etwas über Rita preiszugeben, vielleicht erneut in ein Fettnäpfchen zu treten, oder schlicht und einfach zu lügen. Er entschloss sich zu einer Mischung aus alledem: „Du kennst sie nicht", sagte er, während er die Beine weit von sich streckte und die Sonne genoss, die das Oberrieder Tal flutete. „Sie ist eine Kommilitonin. Wir belegen das gleiche Seminar bei Professor Hugott, Wirtschafts- und Sozialgeschichte." Er zögerte kurz, um Anna Gelegenheit zum Verdauen zu geben, dann fuhr er fort: „Sie war die Freundin des ermordeten Gonni Gonnfeld."

„Ach!" Dieser Ausruf Annas klang irgendwie erleichtert.

„Ja!" Alfred beschloss, diese Karte voll auszuspielen: „Gonnis Tod hat sie sehr getroffen. Sie ist vollkommen am Boden. Sie hat sich bei mir ausgeweint, kürzlich. Und deswegen hat sie dann angerufen. Weil es ihr gut getan hat, dass ich sie getröstet habe."

„Aber Alfred, das hättest du mir doch sagen können. Ich dachte, ich dachte …"

„Du hast mich ja nicht ausreden lassen!" Alfred genoss Annas Pein.

„Ach, wie bin ich dumm", seufzte Anna selbstanklagend. „Ich vermassle es immer irgendwie mit uns beiden, nicht wahr."

Alfred gab sich großmütig: „Das ist nicht wahr. Ich bin ja genauso schuld. Ich hätte ja auch was sagen können."

„Ich habe dich doch gar nicht zu Wort kommen lassen. Nein, Alfred, du musst jetzt nicht auch noch die Schuld bei dir suchen. Ich war, ich war … ich bin … eifersüchtig!" Jetzt war es raus. Am Telefon ließen sich so schwierige Dinge wahrscheinlich leichter aussprechen als von Angesicht zu Angesicht.

Alfred war entzückt. Schon prickelten wieder die wärmsten Gefühle in ihm. Wie süß Anna doch war. Wie unschuldig. Wie begehrenswert. Er begann, ihr Komplimente zu machen. Das fiel ihm leicht. Erstens meinte er es ernst, zweitens verstand er es wie kaum ein Zweiter, mit netten Sätzen Mädchen glücklich zu machen.

„Hör her", sagte er am Ende ihres Gesprächs mit allem Sanft-
mut, den er aufbieten konnte: „Am nächsten Wochenende
kann ich nicht zu dir hochkommen. Das geht leider nicht.
Jochen Schiller, mein Mitbewohner in der Wohngemeinschaft,
gibt im Haus eine Party. Da kann ich mein Zimmer nicht un-
bewacht lassen. Außerdem ist es Ehrensache, dass ich bei der
Party dabei bin. Aber komm doch du einfach runter zu mir.
Jochen hat ausdrücklich erlaubt, dass ich eigene Gäste zu seiner Party einlade. Du musst wissen, seinen Eltern gehört das
ganze Haus. Wenn er eine Party schmeißt, dann wird es bestimmt etwas Größeres."
Anna schien zu überlegen.
Alfred legte nach: „Ich frage dich auch nicht, ob du dann bei
mir übernachten willst. Versprochen!" Er wusste genau, dass
Anna auf derartige Fragen mit standhafter Abwehr reagierte.
So durfte man ihr nicht kommen. Hinter solchen Fragen wit-
terte sie stets einen Hinterhalt.
„Ich komme", sagte sie schließlich mit dünner Stimme, so als
fiele ihr diese Antwort unendlich schwer. Alfred jubilierte in-
nerlich.
„Soll ich einen Salat mitbringen?"
„Einen ... einen Salat?" Mit solchen Dingen beschäftigte
Alfred sich niemals, wenn er zu Partys eingeladen wurde. „Äh
... ja. Ja! Gute Idee."
Die Sonne schien immer noch. Die Vögel zwitscherten. Die
Bäume leuchteten grün. Der Blick ins Tal hinunter bot atem-
beraubende Ansichten. Wie schön doch das Leben war. Alles
in Alfred jubilierte. Und durch seinen Kopf geisterte: Anna,
Anna, Anna! Wenn er ehrlich mit sich selbst war, dann musste
er einräumen: Er war verliebt.
Beschwingt nahm er das Buch von Helge Steen in die Hand.
Das hier war ein guter, ein vorzüglicher Platz, um sich ein
bisschen was zur Bergbaugeschichte des Oberrieder Tals an-

zulesen. Das Kapitel über den angeblichen Goldberg bei Oberried interessierte ihn. „Die Geschichte der Bergbauversuche bei Oberried, die auf das sagenhafte Vorkommen von Gold abzielten", so las Alfred. Das klang doch mal spannend. Er drehte sich erwartungsvoll eine Zigarette, zündete sie an und sog genussvoll, ehe er weiterlas: „Demnach geht das im 18. und 19. Jahrhundert wiederholt ausgebrochene Goldfieber auf den Bericht eines angeblichen Bergmanns David Ludam aus Solothurn zurück, der im Jahre 1527 in einem Goldbergwerk bei Oberried gearbeitet haben soll. Einige Bergleute begannen daraufhin in den 1740er Jahren mit der Suche nach dem Goldvorkommen, die 1747 durch eine Gruppe von Oberrieder Bürgern fortgesetzt wurde." Alfred nahm noch einen Zug aus der Zigarette. Dann ließ er den Blick schweifen. Ringsum sanfte Wiesen, gesäumt von dunklen Fichtenwäldern, die sich die Berghänge empor zogen. Das ganze Oberrieder Tal war von drei Seiten eingekreist. Die Berge und Bergkämme bildeten einen buckligen Halbkreis, nach Norden zum Höllental hin, nach Osten zum Feldberg, nach Süden zum Schauinsland. Nur im Westen öffnete sich das Tal zum Dreisamtal hin und nach Freiburg. Die einzelnen Kuppen und Höhen ringsum hatten vermutlich alle ihre Namen. Alfred kannte keinen einzigen. Aber mindestens ein Dutzend stand zur Auswahl, wenn Alfred überlegte, welcher wohl der beschriebene Goldberg gewesen sein könnte. Hatte man tatsächlich Gold gefunden? Er las weiter: „Bergleute vom Schauinsland suchten 1761 nach einem tiefen Stollen der Grube, und auch später kam es zu weiteren, gänzlich erfolglosen Versuchen. Letzter Versuch war die Auffahrung eines 400 Fuß langen, nutzlosen Stollens im Jahr 1785." Das Buch von Helge Steen zitierte nun einen „Bergrichter", der im 19. Jahrhundert zu all diesen vergeblichen Versuchen Folgendes geäußert haben soll: „Es soll in diesem Goldberg ein alter Stollen seyn, der auf einem Goldgang aufgemacht worden;

viele haben ihn gesucht aber niemals gefunden, unter welchen Unterzeichneter aus Neugierde auch gewesen."

Was für eine schräge Geschichte. Sie ging noch weiter. Vor lauter Spannung vergaß Alfred, an seiner Kippe zu ziehen. Die Asche fiel ihm aufs Buch. Er schüttelte sie unwillig ab und las weiter: „Zur Mitte des 19. Jahrhunderts erlebte die Goldsuche ihren Höhepunkt. Teilweise schürften drei Gruppen gleichzeitig nach angeblichen Golderzen, ohne auch nur den geringsten Erfolg zu erzielen. Im Jahre 1855 kam angesichts des anhaltenden Goldrauschs selbst die badische Verwaltung nicht mehr umhin, die angebliche Goldlagerstätte am Goldberg zu inspizieren. Bergrat Caroli erstattete erwartungsgemäß einen niederschmetternden Bericht. Demnach hatten die Goldsucher mindestens 13 Schürfe und Stollen angelegt, ohne auch nur die Spur einer Gangmineralisation zu finden…"

Der Bericht über die vergebliche Goldsuche ging noch weiter. Aber was Alfred heimlich hoffte und nach dem er mit scharfen Augen suchte, fand er nicht: Einen Hinweis, wo denn nun dieser Goldberg sich befunden hatte. Oberried bestand ja fast nur aus Bergen. Das Panorama, das sich Alfred darbot, hätte für jeweils einen Goldrausch in jedem der letzten zehn Jahrhunderte gereicht.

Erneut klingelte das Handy. Diesmal war Polizeioberkommissar Siegfried Junkel am anderen Ende.

„Herr Oberkommissar, was gibt's?" Alfred versuchte jovial zu klingen. In Wahrheit fiel ihm der Polizist lästig. Aber man konnte nie wissen, ob nicht eine latente Bedrohung von ihm ausging. Junkel hatte seine ganz eigene Art zu ermitteln. Gerne nahm er auch mal ein störrisches Subjekt für eine Nacht mit in die Arrestzelle.

„Ich muss dich etwas fragen!" Aha, Junkel blieb also beim Du.

„Bitte!" Alfred legte das Bergbau-Buch von Helge Steen neben sich auf das Bänkchen. Eine Fliege interessierte sich dafür und nahm auf dem Umschlagtitel Platz, ungefähr an jener Stelle, wo ein vergitterter Stolleneingang abgebildet war.

„Es geht noch einmal um diesen Gonnfeld. Wir haben seine ganze Wohnung durchsucht, auch seinen Spind an der Unibibliothek. Seine Tasche ist verschwunden."

„Seine ... Ta ... sche?" Alfred Überraschung war nicht gespielt.

„Ja! Seine Tasche." Junkel näselte durch den Äther: „Gonnfeld besaß eine lederne Tasche. Sie muss ziemlich speckig und abgegriffen sein."

„Woher ...?"

„Woher wir das wissen? Von Gonnfelds Schwester Suse. Sie hat es uns gesagt. Und sie hat die Tasche ganz gut beschrieben." Junkel sprach noch langsamer als sonst, als er betont eckig formulierte: „Eine speckige Rindsledertasche, in der Gonnfeld alle Unterlagen zu seinem Referatsthema aufbewahrte. Du erinnerst dich vielleicht: Bau der Höllentalbahn. Das war sein Referatsthema."

„Ja, ja, ich weiß", wehrte Alfred ab. „Woher wusste seine Schwester ...?"

„Das geht dich nichts an. Sie wusste noch einiges. Wichtig ist nur: Diese Tasche fehlt. Niemand weiß, wo sie geblieben ist."

„Niemand weiß ...?" Alfred klang in diesem Moment ziemlich stupide. Fieberhaft überlegte er, wie er reagieren sollte. Ganz klar, es ging um die Tasche, die noch bei ihm im Zimmer in der WG stand. Aber sollte er das Junkel sagen? Lieber wollte Alfred erst selbst einen Blick in diese Tasche werfen.

„Habt ihr, ... haben Sie es mal bei Rita probiert? Die war mit Gonni liiert."

„Haben wir", knurrte Junkel. „Sie hat die Tasche nicht. Außerdem hat sie die Beziehung beendet. Das weißt du doch."

Alfred wusste leider überhaupt nicht mehr, über was er mit Junkel schon gesprochen hatte, was er also wissen durfte und was er wissen musste. Deshalb blieb er ganz vorsichtig: „Und Vanessa? Vielleicht steht die Tasche bei ihr?"

„Habe ich auch untersucht. Fehlanzeige. Gonnfeld war noch kein einziges Mal bei dieser Vanessa zu Hause in der Wohnung. Sie sagte, ihr habt immer bei dir zusammen gelernt. In deinem Zimmer in der WG."

Oh Gott! Junkel vermutete also zu Recht, dass die Tasche noch bei Alfred liegen musste. Wie konnte er ihn ablenken? Alfreds letzter Versuch: „Aber da ist noch Sven. Gonni war auch oft bei Sven. Öfter als bei mir. Die Tasche könnte auch bei Sven stehen."

Junkel schien der Kragen zu platzen. Aber er zeigte es nur ganz dezent: „Halt mich nicht zum Narren, Alfred. Selbstverständlich war ich auch bei diesem Sven und habe ihn ausgefragt. Weißt du, was er gesagt hat?"

Alfred wollte es nicht wissen. Er schwieg. Junkel antwortete trotzdem: „Er hat Stein und Bein geschworen, dass die Tasche sich bei dir befindet. Er hat sich sogar noch daran erinnert, wie es dazu gekommen ist. Es war, bevor ihr das letzte Mal gemeinsam um die Häuser gezogen seid. Soll ich dir die Geschichte erzählen?"

„Nicht nötig!" Alfred ärgerte sich, dass er nicht längst einen Blick in diese Tasche geworfen hatte. Wenn sie so wichtig für die Polizei war, dann musste etwas Bedeutsames sich darin befinden. Vielleicht etwas, was zur Aufklärung des Mordes beitragen konnte? Auf jeden Fall wollte Alfred sich erst darüber vergewissern, ehe er bereit war, die Tasche herauszurücken.

„Wann kann ich die Tasche abholen? Heute noch?"

„Nein, nein, unmöglich", widersprach Alfred sofort, vielleicht eine Spur zu schnell. „Ich bin in Oberried. Und ich komme heute Nacht nicht nach Hause. Ich übernachte im Hochschwarzwald. Morgen. Morgen vielleicht. Dann können wir nachschauen."

„Wir müssen nicht nachschauen. Ich weiß, dass die Tasche bei dir ist."

„Nein, nein! Ich habe nicht gelogen. Ich weiß es nur nicht. Ich muss erst nachschauen. Ich kann mich nicht erinnern …"

„Du bist ein ziemlich grottiger Lügner. Muss ich einen Hausdurchsuchungsbefehl mitbringen?" Junkel klang unverbindlich, aber Alfred hegte keinen Zweifel, dass der Kommissar es ernst meinte.

„Morgen!", wiederholte Alfred.

Junkel ließ sich vertrösten. „Also gut, morgen. Ich stehe vor der Tür und warte, bis du eintriffst. Du kommst ja hoffentlich nicht zu spät vom Hochschwarzwald herunter."

„Gegen Mittag", log Alfred. Für den morgigen Tag musste er sich eben etwas einfallen lassen. Vielleicht gegen neun die Wohnung verlassen und gegen Mittag wieder zurückkommen. Dann würde Junkel keinen Verdacht schöpfen. Ja, so musste es gehen. Eine Weile noch genoss Alfred sein Plätzchen in der Sonne. Beim Blick über die verstreuten Höfe und Hausgruppen, die sich an den Wiesenhängen und zu Füßen der Berge in der Sonne lümmelten, fiel ihm der Anruf von kürzlich wieder ein. Wie hieß die Frau gleich noch mal, die einen Privatdetektiv für ihre verschwundene Katze gesucht hatte? Wohnte sie nicht hier in Oberried? Alfred kramte in seinen Taschen. Schließlich fand er den Zettel mit seinen schnell hin gekritzelten Notizen im Geldbeutel, im Fach für die Geldscheine, in dem sich aber selten Geldscheine befanden.

„Isolde Blender, Katze entlaufen", stand da. Dahinter eine Adresse und eine Telefonnummer. Wenn er nun schon mal hier in Oberried war, warum sollte er dann nicht wenigstens mal vorbeischauen?

Er schwang sich aufs Fahrrad. Unten im Dorf musste er sich durchfragen. Isolde Blender wohnte außerhalb, und zwar jenseits der Landstraße, die von Kirchzarten kommend hinauf zum Steinwasenpark führte. Alfred landete in einem Seitentälchen, das Weilersbach hieß. Seinen Eingang bewachte das imposante „Landgasthaus Schützen", das wie eine kleine Burg in der Landschaft stand. Das rote Ziegeldach des Schützen glänzte einladend in der Nachmittagssonne. Alfred musste an dieser Versuchung vorbei, weiter ins Tal hinein, um zu der angegebenen Adresse von Isolde Blender zu gelangen. Schließlich stand er vor einem kleinen Häuschen, das ziemlich verloren in der Landschaft stand. In unmittelbarer Nachbarschaft befand sich ein riesiger alter Bauernhof, ein Dinosaurier aus Holz, Stein und Schindeln, der am Fuße des aufsteigenden Höhenzuges lag, wie ein schläfriger Löwe. Zwei riesenhafte moderne Traktoren fielen ins Auge. Einer rot, einer blau. Beide reckten stählerne Greifarme in den Himmel. Sie wollten nicht so recht zu dem uralten Hof passen. Der Hof selbst duckte sich in den Berg hinein und schien zu dösen. Es war keine Menschenseele zu sehen. Nach Alfreds bescheidenem Orientierungssinn musste es sich bei dem hier steil aufragenden Bergrücken um das Sonneck handeln, also um jenen Höhenzug, der das Höllental vom Oberriedertal trennte.

Isolde Blenders kleines Haus verbarg sich hinter einer lausig gepflegten Buchenhecke, aus der ungezähmt wilde Johannisbeersträucher und Ahorntriebe herauswucherten. Überhaupt: Es wucherte aus allen Ritzen, wunderbar wild und grün, aber offenbar legte die Hausherrin keinen gesteigerten Wert auf eine gepflegte Gartenanlage. Jenseits der Hecke stand das Gras kniehoch. Von einem Rasen konnte keine Rede sein. Am Haus selbst gab es keine Klingel. Kein Briefkasten. Kein Namensschild. Dafür hing ein altertümlicher hölzerner Türklopfer an der Haustür. Kurz entschlossen bollerte Alfred gegen die Tür. Im Haus rührte sich nichts. Alfred bollerte noch einmal. Niemand öffnete ihm. Stattdessen fragte eine energische Stimme in Alfreds Rücken: „Was wollen Sie?"

Er fuhr herum. Vor ihm stand eine kleine, drahtige Frau. Aus Alfreds Sicht alt. Sie hatte kurzgeschnittenes, weißgraues Haar, trug Jeans und eine karierte Hemdbluse, ihre Hände steckten in Gartenhandschuhen, ihre Füße in grünen Gummistiefeln. In der rechten Hand hielt sie eine kleine Handschaufel.

Sie bemerkte Alfreds Blick und erklärte: „Zwiebeln!"

„Sind Sie Isolde Blender?", fragte Alfred.

„Die bin ich. Wer sind Sie?"

Alfred stellte sich vor: „Der Privatdetektiv. Wir haben telefoniert. Wegen ihre Katze. Molli!"

„Meine Katze heißt Möhrchen", korrigierte die Frau. Aber sie klang freundlich, wie man sich eine Oma so vorstellt. Sie schien überrascht über Alfreds Besuch. Neugierig musterte sie ihn von unten bis oben. Alfred ließ es mit leichtem Unbehagen über sich ergehen. Schließlich schien sie zu einem Urteil gekommen zu sein: „Das Geschäft als Privatdetektiv läuft nicht besonders gut, täusche ich mich?"

Alfreds Unbehagen wuchs. Dennoch machte er ein fröhlich-unbekümmertes Gesicht: „Halb so wild. Ist nicht meine einzige Einnahmequelle."

„Ich habe nicht damit gerechnet, dass Sie vorbeikommen."

„Warum haben Sie mich dann zu engagieren versucht?"

Die weißhaarige Frau lächelte milde, so dass einer ihrer goldenen Backenzähne im Sonnenlicht blitzte, und erklärte, indem sie sich mit dem Unterarm Schweißperlen von der Stirn wischte: „Offen gestanden, Sie waren der einzige Privatdetektiv, den ich im Telefonbuch gefunden habe. Dieser Beruf scheint nicht sehr weit verbreitet zu sein."

Alfred sah sich im Garten um. Was auf den ersten Blick wie eine von Unkraut überwucherte Urwaldlandschaft aussah, erwies sich bei näherem Hinsehen als planvoll angelegter Wildgarten. Fingerhüte ragten wie Leuchttürme aus gelben, grünen, braunen Flächen empor, dazwischen feingliedrige Akelei,

Margeriten, Mohn, Tulpen, Lupinen, viele Gräser, Halme, Kräuter, Sträucher und Büsche, von denen Alfred nur die wenigsten identifizieren konnte: Johannisbeeren, Himbeeren, Stachelbeeren.

„Hier kann schon mal eine Katze verschwinden!", stellte er trocken fest. Gleichzeitig nestelte er an seinem Tabak.

„Hier wird nicht geraucht! Bitte!" Isolde Blenders Bitte war so verbindlich vorgetragen wie der Tagesbefehl eines Kasernenkommandanten. Hier war nichts zu machen. Alfred steckte den Tabak wieder ein.

„Kommen Sie mit. Ich zeige ihnen was!"

Alfred folgte brav. Die Frau bahnte sich einen Weg durch hüfthohe Gräser und Wiesenblumen, bog ein Haselnussgestrüpp zur Seite und legte ein Stück der Buchenhecke frei, die ihr ganzes Grundstück umfasste. „Sehen Sie das?"

Alfred sah nichts. Hier war Gras, Gestrüpp, Hecke. Er schüttelte den Kopf.

„Hier! Schauen Sie genau hin!" Isolde Blender zeigte auf eine Stelle, an der ein Loch in der Buchenhecke klaffte, groß wie eine Bierkiste.

Alfred war immer noch schwer von Begriff. „Und?"

„Das ist ein Loch in der Hecke!", stellte Isolde Blender mit Nachdruck fest. Fast klang sie schon etwas pikiert, weil ihr Gegenüber so auf der Leitung stand.

„Ist Moll … Möhrchen durch dieses Loch verschwunden?", fragte Alfred zaghaft.

„Das nehme ich an. Es ist der einzige Durchgang durch die Hecke. Möhrchen hat das Grundstück normalerweise nie verlassen. Sie kann nur durch dieses Loch hinaus gekommen sein."

Alfred zuckte bedauernd mit der Schulter. „Kann man nichts machen."

„Das Loch war vorher nicht da. Es gab noch nie ein Loch in der Hecke. Jemand muss es mit Absicht herausgeschnitten

96

haben. Hier, sehen Sie!" Sie hob ein paar bereits leicht verdorrte Äste vom Boden auf. Deutlich waren die Schnittspuren zu erkennen. „Vermutlich mit einer Heckenschere", kombinierte Alfred.

„Sie sind mir ein schöner Schlaumeier von Privatdetektiv", spottete Isolde Blender. „So weit war ich auch schon."

„Wann ist das passiert?"

„Vor einer Woche. Irgendwann Samstag oder Sonntag." Alfred ging in die Knie und versuchte durch das Loch in der Hecke hindurch zu schauen. „Was ist auf der anderen Seite?", fragte er.

„Der Moosbauer!" Isolde Blender klang ablehnend.

„Kann der nicht ...?"

„Vergessen Sie es gleich. Der wäre der Letzte, der ein Loch in die Hecke schneiden würde. Eher nagelt er noch eine Bretterwand davor. Der reagiert allergisch, wenn man ihm zu nahe kommt. Menschenscheu. Mit dem ist nicht gut Kirschen essen."

Nachdenklich blieb Alfred vor dem Durschlupf in der Hecke knien. Laut trug er seine Schlussfolgerungen vor: „Plötzlich ist also dieses Loch in Ihrer Hecke. Sie haben es nicht reingemacht, ihr Nachbar, der Moosbauer war es auch nicht. Die Katze kann es auch nicht gewesen sein, obwohl sie später durch dieses Loch verschwunden ist."

Isolde Blenders Gesicht hellte sich auf: „Sehen Sie, jetzt nehmen Sie den Fall an. Jetzt geht Ihnen auf, dass da etwas faul ist."

Geistesgegenwärtig fiel Alfred ein: „Ich bekomme ein Honorar, wenn ich den Fall annehme."

Isolde Blender lächelte großmütterlich: „Aber selbstverständlich. 50 Euro!"

„50 Euro die Stunde?" Alfred war sich plötzlich sicher, dass er den Fall annehmen würde.

„Nix die Stunde! 50 Euro gesamt!", entrüstete sich Isolde Blender. „50 Euro, wenn Sie die Katze finden."

„Sind Sie mal drüben beim Nachbarn gewesen, beim Herrn Moos, und haben gefragt?", erkundigte sich Alfred seufzend. Er brachte es nicht übers Herz, jetzt abzusagen und den Fall abzulehnen. In seinen Augen war es immer noch kein Fall.

„Er heißt nicht Moos. Der Hof heißt Mooshof, deswegen Moosbauer. Der Familienname ist Weiler."

„Also Bauer Weiler", bestätigte Alfred genervt. „Wieso können Sie nicht rübergehen und ihn fragen?"

„Das können Sie vergessen! Was kümmert mich deine verlauste Katze, so hat er mich beschimpft. Habe selbst genug von den Viechern auf dem Hof, so knurrte er mich an. Und dann hat er gesagt, ich soll mich wieder trollen. Er mag es nicht, wenn ich auf seinem Hof auftauche."

„Aber Sie sind doch Nachbarn!"

„Der Moosbauer kennt keine Nachbarn. Der kennt nur seinen Hof. Dort, schauen Sie mal. Sehen Sie den großen neuen Traktor da drüben?"

Alfred lugte über die Hecke. „Ich sehe zwei riesige neue Traktoren", verkündete er. „Einer grün, einer rot."

„Der grüne ist schon ein Jahr alt", klärte Isolde Blender auf. „Der rote ist der neue."

„Und?" Alfred hatte keine Vorstellung, auf was Isolde Blender hinaus wollte.

„Wissen Sie, was so ein Monstrum kostet?"

Alfred schüttelte den Kopf.

„Hun-dert-acht-zig-taus-end Eu-ro!" Isolde Blender betonte und dehnte jede Silbe. „Und so ein Ding kauft der sich jedes Jahr. Und einen Mähdrescher! Und einen Anhänger! Und eine Säge! Und eine Melkanlage!" Sie verdrehte die Augen. „Ich sehe das doch den lieben langen Tag. Der reichste Bauer im ganzen Tal! Aber geizig und unfreundlich. 150 Kühe hat der im Laufstall stehen. Felder bis hinten raus zum Hinterwaldkopf. Und der Wald gehört ihm den ganzen Berg hinauf, bis zum Sonneck."

„Was hat das mit der verschwundenen Katze zu tun?", fragte Alfred dazwischen.

Verwirrt hielt Isolde Blender in ihrer Aufzählung inne. „Nichts! Da haben Sie Recht. Außer, dass der Moosbauer mich nicht leiden kann und meine Katze Möhrchen auch nicht."

„Könnte er Möhrchen durch das Loch auf sein Grundstück gelockt und dann ... und dann ... irgendwie ...?"

„Pah! Die Mühe macht der sich nicht. Auf seinem Hof rennt ein Dutzend Katzen herum. Da hätte er viel zu tun."

„Also muss jemand anderer das Loch in die Hecke geschnitten haben. Wer lebt alles noch hier? Bei Ihnen und beim Moosbauer?"

„Nur ich und mein Mann", berichtete Isolde Blender. Sie lächelte in sich ruhend. „Robert, also mein Mann, der ist beim Zahnarzt." Jetzt zog sie endlich ihre verschwitzen Gartenhandschuhe aus. „Beim Moosbauern, da wohnen noch seine Frau, die Ursula, und sein Sohn, der Martin." Sie zögerte kurz, als überlegte sie, eine Information zurückzuhalten. Dann sagte sie so beiläufig wie möglich: „Die haben noch eine Tochter, die Elke. Aber die lebt nicht mehr auf dem Hof." Es folgte wieder eine Pause, während der Alfred vermeinte, Isolde Blenders Blick trübe sich zu melancholischer Nachdenklichkeit. Sie fuhr fort: „Der Rudi ist ja ..." Sie stockte kurz. Dann sortierte sie, was sie sagen wollte und fuhr fort: „Also, der Moosbauer hatte noch einen zweiten Sohn, den Rudi. Aber der ist vor einem halben Jahr ..., also, der hat sich aufgehängt. Man hat ihn gefunden, da drüben in der Scheune." Sie deutete mit einer Handbewegung an, wo ungefähr die Scheune stehen musste. Aber dort standen drei Scheunen.

„Vielleicht ist der Moosbauer deshalb verbittert und so abweisend?", stellte Alfred eine Vermutung an. Aber auch diesen

Gedanken durchkreuzte Isolde Blender: „Der war schon vorher so! Der war schon immer abweisend. Und der Martin, sein Sohn, der ist keinen Deut besser."

Alfred warf noch einmal einen Blick durch das Loch in der Hecke. Diesmal kroch er tiefer hinein, bis sein Kopf auf der anderen Seite wieder heraus schaute. Er sah direkt vor sich die steinerne Grundmauer einer der Scheunen, von denen Isolde Blender gesprochen hatte. Diese Grundmauer war nur etwa hüfthoch, darüber bestand die Scheune aus einer Holzkonstruktion. Direkt schräg gegenüber dem Loch in der Hecke, durch das Alfred seinen Kopf streckte, klaffte im Steinfundament der Scheune ein Loch. Ein großer Steinquader war herausgelöst und lag neben der Mauer im Gras. Das Loch war so groß wie jenes in der Hecke. Ein erwachsener Mann passte hindurch. Alfred pfiff durch die Zähne. Er kroch zu Isolde Blender zurück. Dabei fasste er mit der flachen Hand auf etwas Feuchtes, Hartes. Ein Plastikkärtchen. Verblüfft griff er danach. Es hatte die Größe und fühlte sich an wie ein Visitenkärtchen. Es war das Kärtchen eines Freiburger Nachtclubs. „Bongo-Club" und es versprach in silberglitzernden Lettern auf verheißungsvollem Lila: „Techno – House – Punk – Dancfloor – Strip". Das war ja nun mal ein bunter Mix. Alfred kannte das „Bongo" nur vom Hörensagen. Es befand sich im Industriegebiet am Stadtrand. Er war noch nie dort gewesen. Auf der Rückseite des Kärtchens stand eine handgeschriebene Mobiltelefonnummer. Im Kriechgang rückwärts aus dem Loch in der Hecke hielt Alfred inne und wischte von dem Plastikkärtchen den feuchten Dreck ab. Hatte dieses Kärtchen eine Bedeutung? Sollte er es aufbewahren? Oder lag es aus purem Zufall hier in der Hecke?

„Kennen Sie den Nachtclub Bongo in Freiburg", fragte er Isolde Blender, nachdem er vollständig wieder aus der Hecke gekrochen war. Alfred war noch zu sehr mit sich selbst beschäftigt, um zu bemerken, wie Isolde Blender rot anlief. Für einen Moment wirkte sie völlig irritiert, fasste sich aber schnell wieder: „Nein! Nie gehört!", behauptete sie. Alfred verkündete: „Ich nehme den Fall an!"

GONNIS SPECKTASCHE

Alfred schaffte es gerade mal auf die Entfernung von einem Steinwurf, sich dem Moosbauernhof zu nähern, als ihm ein Mann entgegentrat. Er kam wie zufällig aus einem der Scheunentore herausgeschlendert, eine Mistgabel geschultert, einen deformierten Strohhut auf dem Kopf. Der Moosbauer? Gehorsam bei Fuß lief ein schwarzgrauer Schäferhund mit eingezogener Rute und heimtückischem Blick. Alfred blieb sofort wie festgefroren stehen. Der Mann war noch nicht sonderlich alt, Alfred schätzte ihn auf ungefähr dreißig, war sich aber nicht sicher. Der Mann ging gebückt, was ihn noch kleiner machte, als er sowieso schon war. Er versank fast in seinen kniehohen Gummistiefeln und einem hellblauen Bauernkittel, der wie ein Sack an ihm hing. Wenn dies der reiche Moosbauer war, dann hielt er jedenfalls nicht viel von einem standesgemäßen Auftritt. „Was wollen Sie?", blaffte der Mann in einem Tonfall, den auch sein Hund nicht unfreundlicher hingekriegt hätte.

„Guten Tag! Sind Sie der Moosbauer?"

„Nein! Verschwinden Sie! Mein Vater ist nicht da." Alfred folgerte, dass es sich um Martin, den Sohn des Moosbauern handeln musste.

Der schwarze Schäferhund hechelte. Die Mistgabel lag immer noch lässig auf der Schulter des kleinen Mannes. Er stand einfach nur da und fixierte Alfred abweisend aus kleinen Knopfaugen. Nichts an dieser Szene wirkte äußerlich bedrohlich, und dennoch fühlte Alfred sich unwohl. Trotz der Hitze bekam er eine Gänsehaut. Der Schäferhund fletschte mit einem unbestimmten Grunzen die Zähne. Er sah aus wie ein Werwolf, der nur eines zackigen kurzen Befehls bedurfte, um Alfred an die Kehle zu springen. Alfred versuchte, einen Blick auf den Hof und dessen Eingangstür zu erhaschen. Die niedrige Front verschwand im Schatten eines hölzernen Umgangs, der bis unter das weit heruntergezogene Dach reichte. Der Hof sah sehr gepflegt, fast schon antiseptisch aus. Die zwei riesigen Greifarm-Traktoren blockierten ein mächtiges Tor, das den Stall- vom Wohnbereich des Mooshofes trennte. Daneben breitete sich ein akkurat zu einem großen schwarzen Kuchen aufgebackener Misthaufen aus, so groß wie Alfreds WG-Zimmer, an seinen Rändern eingefasst in ein hüfthohes Betonmäuerchen. Hühner streunten umher und wurden bewacht von einem kriegslüsternen Hahn, der auf der höchsten Stelle des Misthaufens thronte. Alles sah aus wie aus dem Bilderbuch. Ein Brunnen plätscherte. Irgendwo aus dem schwarzen Innern des Gebäudes erklang das langgezogene klagende Muhen einer Kuh. Die Stalltür war geschlossen. Ebenso die Eingangstür zum Wohnbereich. Ebenso die vielen kleinen Fensterchen, die wie zerbrechliche Gucklöcher wirkten. Sein Gefühl sagte Alfred, dass dort hinter den blinden Scheiben irgendwo Augenpaare lauerten und ihn beobachteten.

Weil der Juniorbauer keine Anstalten machte, Fragen zu stellen, gleichzeitig aber beharrlich vor Alfred stehen blieb, und geduldig auf sein Verschwinden wartete, machte Alfred eine hilflose Geste Richtung Nachbarhäuschen: „Ich komme von Ihrer Nachbarin, von Frau Blender ...“, sagte er. Der junge Moosbauer nahm es schweigend zur Kenntnis. Alfred leckte sich mit der Zunge über die Lippe. „Ich ..., sie schickt mich ..., ich ... wegen ihrer Katze. Ihre Katze ist verschwunden. Ich wollte mal fragen ...“

„Hier ist sie nicht! Auf Wiedersehen!“ Das war unmissverständlich. Der Werwolf knurrte. Alfred fiel nichts mehr ein.

„Na ja, kann man nichts machen“, lächelte sich Alfred aus der Situation heraus. „Dann ... dann gehe ich mal wieder ...“

Jederzeit darauf gefasst, die scharfen Fangzähne des schwarzen Werwolfs in seinen Hinterbacken zu spüren, stakste Alfred davon. Den bohrenden Blick des jungen Moosbauern spürte er im Rücken. Er war heilfroh, als er nach dieser gruseligen Begegnung endlich wieder auf dem Fahrrad saß und durchs Dreisamtal zurück nach Freiburg radelte.

Er verdrängte den Fall von Isolde Blenders verschwundener Katze und grübelte stattdessen über Gonnis Tod. Bei all den Rätseln, die er inzwischen dazu angesammelt hatte, erschien es Alfred umso dringlicher geboten, unbedingt einen Blick in Gonnis speckige Büchertasche zu werfen, noch bevor Oberkommissar Junkel am morgigen Tag zu seinen angekündigten Besuch erscheinen würde. Die Tasche stand noch immer unberührt in Alfreds Zimmer, direkt neben der Tür. Alfred warf lediglich ein knappes „bin zurück" in die fluoreszierende Zimmerhöhle von Mitbewohner Tim, dann eilte er in sein eigenes Zimmer, warf die Tür hinter sich zu und stürzte sich auf Gonnis Tasche. Sie enthielt: Kopierte Bau- und Lagepläne, Konstruktionszeichnungen, Fotokopien von historischen Ansichten der Höllentalbahn und ihrer Bauwerke, Landkarten – drei Bücher: „100 Jahre Bau der Höllentalbahn" von Jens Freese und Alfred Gottwald, „Die Höllentalbahn – Von Freiburg in den Schwarzwald" von Hans-Wolfgang Scharf und Burkhard Wollny, sowie „Robert Gerwig ein vielseitiger Ingenieur" von Wolfgang Winkler. In allen drei Büchern hatte Gonni zahlreiche Seiten mit kleinen gelben Zettelchen markiert. Wahlweise schlug Alfred ein paar Seiten auf. Er stieß auf Texte und Bilder, die zum Teil minutiös beschrieben, unter welchen Mühen ab 1884 nach den Plänen des Ingenieurs Robert Gerwig die Bahntrasse durch das Höllental gebaut wurde. Alfred blieb an einer Stelle hängen, die Gonni extra gelb markiert hatte: „Im ganzen waren zur Durchbrechung hervortretender Felsmassen und Bergvorsprünge sieben Tunnels erforderlich, welche im Allgemeinen keine größeren Schwierigkeiten boten. Dagegen machte jedoch das Falkensteig-Tunnel wegen brüchiger Beschaffenheit und Klüften im Fels eine Verstärkung des Einbaus und Mauerung notwendig …" Dieser letzte Halbsatz war zusätzlich zweimal dick mit Bleistift unterstrichen. Daneben hatte Gonni von Hand notiert: „Siehe Plan 2xb – 1884/3 M 1:100". Alfred wühlte in den Unterlagen. Da hatte er ihn, den Plan 2xb – 1884/3, Maßstab 1:100. Es war die Kopie einer Ingenieurszeichnung, die als Aufriss verschiedene Ansichten und Teilansichten des Falkenstein Tunnels zeigte. Jede Linie und jede Kante war mit Maßangaben und technischen Kürzeln versehen, kleine und kleinste Zahlen und Buchstaben, Winkel, Pfeile und Halbkreise, die aus der Karte für jeden technischen Laien ein Mysterium machten. Offenbar hatte Gonni in irgendeiner Bibliothek die originalen Bauzeichnungen aufgetrieben und fotokopiert. Sofort fielen zwei große rote Kringel ins Auge, die nachträglich von Hand eingefügt waren. Sie lagen dicht beieinander und markierten zwei Stellen im Innern des Falkenstein Tunnels. Ein Kringel trug ein großes „E", der andere ein großes „A". Von dem E-Kringel führte ein handgemalter Pfeil nach unten, vom A-Kringel ein ebensolcher nach oben. Aber das war es alles nicht, was Alfred elektrisierte. Das waren vielmehr die drei Worte, die Gonni unten auf den Plan geschrieben hatte, direkt da, wo der E-Pfeil hinzeigte: „Der goldene Marti".

Alfred spürte es, wenn irgendwo ein Geheimnis lauerte. Hier war eines. Schon immer hatte er ein Talent dafür gehabt, auf Dinge zu stoßen und Zusammenhänge zu erkennen, die anderen verborgen blieben. War es die journalistische Neugier, war es detektivischer Spürsinn oder war es vielleicht eine okkulte Fähigkeit? Egal! Es konnte kein Zufall sein, dass Gonni auf diesem Plan vom Falkenstein-Tunnel die Worte „Der goldene Marti" notiert hatte und genau diese drei Worte auch seine letzte Botschaft per WhatsApp gewesen war, ehe ihn im Falkenstein Tunnel der Tod ereilte. Minutenlang saß Alfred im Schneidersitz vor dem wild am Fußboden ausgebreiteten Inhalt der Tasche und grübelte vor sich hin. Missing Link! Irgendetwas fehlte. Er kam nicht darauf. Er sortierte, was er wusste: Gonni hatte die Geschichte vom Bau der Höllentalbahn erforscht. Dabei galt sein besonderes Interesse dem Falkenstein Tunnel. Warum? Wegen der zwei Kringel A und E. „Wegen brüchiger Beschaffenheit und Klüften im Fels war eine Verstärkung des Einbaus und Mauerung notwendig", so hatte Gonni im Buch unterstrichen. Und von Vanessa wusste Alfred: Gonni glaubte an die Existenz eines Geheimganges. Eingang und Ausgang! E und A! Es fiel Alfred wie Schuppen von den Augen. Mit dem Bau des Falkenstein Tunnels mussten die Ingenieure auf diesen Geheimgang gestoßen sein. „Brüchige Beschaffenheit und Klüften im Fels". Und da sie nicht ahnten, um was es sich handelte, mauerten sie die Klüfte und Brüche einfach zu. Gonni aber, dieser Schlaumeier und Überflieger, er hatte es herausgefunden. Vielleicht, vermutlich, höchstwahrscheinlich hatte er sogar im Tunnel selbst die Mauern abgeklopft und einen Durchschlupf zum einstigen Geheimgang entdeckt. Ja, so musste es gewesen sein. Das „A" in Gonnis Karte markierte also die Richtung, in der es zum Ausgang ging, nach oben, zur Falkenstein-Ruine. Demnach musste das „E" nach unten führen, zu einem Eingang, der wohin führte? Zu einem rätselhaften „goldenen Marti"?

Innerlich applaudierte Alfred. Gonni – was warst du doch für ein schlauer Kerl! Gleichzeitig gratulierte er sich selbst für seine eigene Kombinationsgabe. Und im selben Augenblick stand für Alfred auch schon fest, dass er selbstverständlich selbst nach A und E suchen würde. Und noch etwas stand fest: Auf keinen Fall durfte Oberkommissar Junkel ihm zuvor kommen. Das bedeutete: Wenn Junkel am nächsten Morgen erschien, musste die Tasche verschwunden sein. Jedenfalls vorläufig. Alfred musste Zeit gewinnen. Ein paar Tage nur, solange, bis er A und E erforscht hatte.

Dumm war nur, dass Oberkommissar Siegfried Junkel bereits eine Minute nach sieben Uhr am nächsten Morgen in aller Frühe vor der WG-Villa stand und Sturm klingelte. So früh hatte Alfred ihn nicht erwartet. Er wälzte sich von seiner Matratze und fluchte. Mit einem versteckten Blick aus dem Fenster erkannte er Junkels Gestalt unten auf der Straße. Der Oberkommissar trug sein Allwettersakko, hielt in der linken Hand eine glimmende Kippe und mit der rechten Hand stützte er sich neben dem Klingelschild an der Hauswand ab. Alle paar Sekunden drückte er die Wohnungsklingel. Alfred fluchte. Gonnis Tasche stand noch neben der Tür. Junkel würde sie sofort entdecken. Alle Papiere, Karten und Bücher hatte Alfred zwar wieder hineingestopft, aber weder hatte er am Vorabend ein geeignetes Versteck gefunden, noch war ihm ein schlauer Plan eingefallen, wie er die Tasche vor Junkel verbergen konnte. Allerdings hatte er den Besuch des Oberkommissars auch erst gegen Mittag erwartet. Alfred überlegte fieberhaft, während er sich ungelenk in seine Jeans zwängte. Junkel klingelte erneut. Dieser falsche Hund. Er hatte wohl geahnt, dass Alfred keineswegs wie behauptet die Nacht im Hochschwarzwald verbringen und erst im Laufe des Vormittags zu Hause erscheinen würde. Wie sonst hätte Junkel auf die Idee kommen können, so früh schon jemand anzutreffen? Oder hatte Junkel etwa vorgehabt, sich in Abwesenheit von Alfred nach der Tasche umzuschauen? Hätte Tim den Kommissar hereingelassen?

Aus Tims Zimmer dröhnten auch um diese Frühe bereits galaktische Kampfgeräusche. In Tims digitalen Universen wurden bereits zu dieser frühen Morgenstunde ganze Welten und Imperien aufeinander losgelassen. Tim thronte auf seinem Master oft the Univers-Sessel wie ein asiatischer Buddha und überwachte die Weltraumschlacht mit zuckenden Fingern am

Stick. Alfred warf Gonnis Specktasche betont beiläufig in Tims Zimmer und schob sie mit dem Fuß hinter die Tür. „Kannst du mal darauf aufpassen?" Erst dann bequemte er sich, den Türsummer zu bedienen. Junkels penetrantes Klingeln bot dem elektronischen Zischen und Fauchen aus Tims Rechnern immer noch erfolgreich Paroli.

Junkel mühte sich schnaufend das Treppenhaus empor und schlurfte in den Wohnungsflur der WG. „Ein Aufzug täte diesem alten Monstrum von Haus auch mal gut", murrte er, während er, ohne sich für sein frühes Auftauchen zu entschuldigen, zielstrebig auf Alfreds Zimmer zusteuerte.

„Was wollen Sie?", versuchte Alfred zu bremsen.

„Die Tasche!", verkündete Junkel in einer Gewissheit, als sei längst geklärt, dass sie sich hier in der Wohnung befand.

„Ich hab sie nicht. Ehrlich!", log Alfred. „Hab alles abgesucht."

Junkel deutete auf Alfreds Zimmertür: „Deine Bude? Darf ich rein?"

„Eigentlich nicht, ungern", wehrte Alfred ab. Doch der Oberkommissar scherte sich nicht darum und betrat Alfreds Zimmer. Notgedrungen folgte ihm Alfred.

„Darf man rauchen?", fragte Junkel.

„Nur in der Küche!"

„Möbel?" Es war eine Feststellung, als Frage verkleidet. Es gab keine Möbel in Alfreds Zimmer, die diesen Namen verdient hätten. Der Stuhl und der Schreibtisch stammten vom Sperrmüll. Die Matratze war neu, aber sie lag ohne Bettgestell auf dem Boden. Und ansonsten gab es nur die Wandfront der aufeinandergestapelten Umzugskartons, in denen Alfred seine Habseligkeiten aufbewahrte.

Junkel blickte sich suchend um und drehte sich dabei langsam einmal um die eigene Achse. Es war wie ein 360-Grad-Scan, bei dem Junkels wassertrüben Augen kein Detail zu entgehen schien. „Was ist das da?" Er deutete auf eine zerfledderte Aktentasche, die neben der Matratze stand.

„Meine eigene Tasche", erklärte Alfred. „Sie können gerne einen Blick hinein werfen. Da finden Sie alles über den mittelalterlichen Bergbau im Oberrieder Tal."

Junkels Blick blieb am Maßband hinter der Tür hängen. Skeptisch nahm er es zwischen die Finger. „56?", knurrte er fragend. „56 was?"

„Ach nichts. Das ist nichts." Alfred nahm die Schere. „Außerdem sind es nur noch 55. Habe heute Morgen noch keinen Zentimeter abgeschnitten. Nur noch 55." Er schnitt den 56er-Zentimeter ab.

„Die Unterschlagung von Beweismitteln nach Paragraf 246 Strafgesetzbuch kommt als Tatbestand in Frage", dozierte Junkel beiläufig, als er schließlich mürrisch Alfreds Zimmer wieder verließ. „Oder Strafvereitelung nach Paragraf 258." Er sah Alfred direkt aus trüben Augen an: „Nur für den Fall, dass Gonnfelds Tasche sich doch irgendwo hier in der Wohnung befinden sollte und ich sie finde, wenn ich demnächst mit einem Hausdurchsuchungsbefehl wiederkomme." Er sagte es im gleichen schnoddrigen Tonfall, in dem er immer mit Alfred sprach, aber die Drohung war unmissverständlich.

„Was ist in der Truhe da?", machte Junkel einen letzten Versuch, als er im Hinausgehen Hugos schwere Metallkiste im Hausflur bemerkte.

„Keine Ahnung. Gehört einem Mitbewohner. Ist verschlossen."

„Ruf einfach an, wenn dir doch noch einfällt, wo die Tasche sein könnte. Meine Nummer hast du ja …"

Alfred nickte. „Mach ich. Mach ich!" Er würde Junkel Gonnis Tasche schon noch geben. Vielleicht nach dem Wochenende. In Gedanken malte er sich bereits Erklärungen aus: „Habe ich in meinem Spind an der Uni gefunden." Oder: „Sorry, muss irgendwie im Auto von meinem Kumpel Linus liegen geblieben sein, als wir zusammen in den Hochschwarzwald fuhren. Ist erst jetzt wieder aufgetaucht ..." irgendetwas würde ihm schon einfallen.

Als Junkel endlich verschwunden war, beauftragte Alfred unverzüglich Tim damit, die wichtigsten Karten und Ingenieurspläne aus Gonnis Tasche einzuscannen und Kopien auszudrucken. Tim besaß Scanner, Drucker, Rechner und alles, was man dazu brauchte.

BEIM PFANDLEIHER

Der Pfandleiher in der hellblau getünchten Freiburger Pfandleihanstalt, die mit großen Lettern über dem Eingang „Belei-
hung – Edler Schmuckverkauf – Goldankauf" versprach, sah
keineswegs so aus, wie Alfred sich einen Pfandleiher vorgestellt hatte. Kein älterer Herr mit Nickelbrille, sondern ein junger Angestellte im T-Shirt und mit Schnurrbart, Typ 80-Jah-
re-Fußballer. Und auch die Pfandleihanstalt selbst entsprach in
nichts der halbdunklen Schieberhöhle, die Alfred sich vorgestellt hatte. Im Innern barg sie mehrere Räume, darunter der
Verkaufsraum mit Vitrinen voller Preziosen, Ringe, Colliers,
Perlenketten, Broschen, Ohrringe. An jedem Stück hing ein
handbeschriebenes Zettelchen mit Informationen über das je-
weilige Schmuckstück, inklusive einem Preis. Es sah aus wie
im Juweliergeschäft.

Alfred legte den gelben Pfandzettel vor, den ihm Rita überlassen hatte. Er glaubte zwar nicht wirklich daran, dass der Ring,
den Gonni angeblich in der Ruine Falkenstein gefunden und
dann an Rita verschenkt hatte, irgendetwas zur Aufhellung
von Gonnis Tod beitragen konnte, aber wenigstens wollte er
einen Blick darauf werfen.

„Der Pfandschein ist nicht auf Sie ausgestellt!", stellte der Pfandleiher leicht grämlich fest. Erwartungsvoll sah er Alfred an.

„Ich weiß", antwortete dieser.

Es entstand ein merkwürdiges Schweigen. Der Pfandleiher
wartete auf eine Erklärung, Alfred wartete auf eine Frage.

„Ist das ein Problem?", wollte Alfred schließlich wissen.

„Wenn Sie das Stück auslösen wollen schon." Der junge Angestellte richtete einen fragenden Blick auf Alfred. Dann hob er
den Pfandzettel gegen das Licht, als wollte er seine Echtheit
prüfen. „Die Pfandfrist ist noch nicht abgelaufen. Ich darf an

niemanden anderen als den Verleiher ausgeben, der das Pfand abgegeben hat. Das sind Sie ja eindeutig nicht."

„Es ist meine Freundin", gab Alfred an. „Aber kann ich den Ring wenigstens mal sehen?"

Der Pfandleiher rümpfte die Nase mitsamt dem darunter hängenden Schnurrbart und wirkte, als kaue er auf etwas Unverdaulichem herum.

„Sie können ihn nicht zurückkaufen", wiederholte er. Dabei bedachte er Alfred von den Schuhen bis zum offenen Hemdkragen mit einem Blick, der sagen wollte: Bezahlen können Sie ihn ja sowieso nicht.

„Ich will mich nur vergewissern, welchen Ring sie in Pfand gegeben hat", erfand Alfred eine schnelle Geschichte. „Sie müssen wissen, er stammt aus altem Familienbesitz. Ein Erbstück, das seit Generationen weitergegeben wird. Eigentlich gehört er ihr gar nicht. Er gehört meiner Familie."

„Sie hat eine andere Geschichte erzählt", erwiderte der Pfandleiher und nagte weiter auf seiner Unterlippe herum.

„Wahrscheinlich was von einer Burg, wo sie den Ring gefunden haben will", vermutete Alfred.

Jetzt hatte er den Angestellten. „Das stimmt!", staunte er.

„Sie flunkert gerne ein bisschen", erläuterte Alfred. „Darf ich ihn jetzt mal anschauen, den Ring?"

„Meinetwegen", sagte der Pfandleiher schließlich und machte sich an einem Wandschrank mit ausziehbaren flachen Schubladen zu schaffen. Nach kurzem Suchen fand er das zum gelben Zettel gehörige Schmuckstück und trug es andächtig zu Alfred an die Verkaufstheke.

„Hier! Ein höchst interessanter Ring. Vermutlich antik!"

Der Goldring lag auf einem blauschwarzen Filztuch vor Alfred auf der Theke. Er schimmerte bräunlich. Ein einfacher Ring. Keine Verzierung, keine Gravur, keine Fassung. Nichts. Alfred blinzelte. „Ist das wirklich Gold?", fragte er ungläubig.

„Nehmen Sie ihn in die Hand", forderte der Pfandleiher Alfred auf.

Der Ring wog schwer.

„Es ist das Alter. Deshalb ist er so braun angelaufen", erläuterte der Angestellte unterdessen. „Man müsste ihn mal polieren. Dann glänzt er wieder."

Alfred schloss die Hand um den Ring. „Wie alt sagten Sie ...?"

„Vermutlich dreizehntes Jahrhundert."

„Woher wissen Sie das?" Der Ring fühlte sich kühl an. Alfred hätte sich umdrehen und aus dem Laden rennen können. Der Angestellte stand hinter der Theke. Er wäre niemals schnell genug ... Alfred verwarf den Gedanken eilig.

„Ich habe den gleichen Ring noch einmal. Und von dessen Besitzer weiß ich, dass der Ring aus dem 13. Jahrhundert stammt. Angeblich geht er auf die Snewlin oder die Falkensteiner zurück. Kann natürlich niemand mehr beweisen. Klingt aber gut. Geben Sie mal her, ich zeige Ihnen was." Er hielt Alfred fordernd die offene Hand entgegen. Widerwillig rückte Alfred den Ring wieder heraus.

„Hier, schauen Sie die Innenseite", forderte der Pfandleiher Alfred auf und drückte ihm dabei eine Lupe in die Hand. Er hielt den Ring spitz zwischen Daumen und Zeigefinger. Alfred studierte ihn durch die Lupe: „Da ist ein kleines U eingraviert", erkannte er.

„Es ist eher ein sehr rundes V", verbesserte der Pfandleiher. „Und sehen Sie oben, die Halbserifen, die abstehen wie Schnäbel. Vielleicht ist es gar kein Buchstabe. Es könnte auch ein stilisiertes Wappen sein. Das Wappen der Falkensteiner."

„Das Wappen der Falkensteiner?" Alfred nahm sich vor, zu Hause gleich im Internet danach zu suchen.

„Es ist ziemlich grob graviert", erläuterte der Pfandleiher. „Ein guter Goldschmied würde vermutlich die Hände über dem Kopf zusammenschlagen. Aber dieses kleine Zeichen ist für mich der Beweis, dass der Ring echt und alt ist. Wie gesagt, ich habe den Gleichen noch einmal."

Alfred gab die Lupe zurück. „Und dieser andere Ring, wo haben Sie ... wer hat ihn aufgegeben?"

Das Gesicht des Pfandleihers hellte sich plötzlich auf, als sei ihm eine Eingebung gekommen: „Möchten Sie vielleicht den anderen Ring auslösen? Den können Sie haben. Die Frist ist abgelaufen."

„Darf ich mal sehen?"

Anstatt zu antworten eilte der junge Angestellte davon, verschwand in einem Nebenraum und kam kurz darauf wieder mit dem zweiten Ring zurück. „Hier, das ist er!"

Alfred nahm erneut die Lupe zu Hilfe. Beide Ringe lagen nun nebeneinander auf dem blauschwarzen Filz. Der eine tabakbraun, der andere messingfarben, ansonsten absolut identisch. Gleiche Größe. Auch das V oder U mit den Serifen stimmte überein. Während Alfred dies alles mit Hilfe der Lupe kontrollierte, studierte der Pfandleiher den Ausleihzettel, der zum zweiten Ring gehörte.

„Ein gewisser Herr Weiler hat diesen Ring vor acht Monaten abgegeben. Rudi Weiler aus Oberried. Hier steht sogar eine Telefonnummer, sehen Sie. Aber seine Leihfrist ist abgelaufen und er hat den Ring nicht wieder ausgelöst. Das heißt, Sie könnten ihn kaufen, wenn Sie möchten. 4.000 Euro!"

„4.000?", empörte sich Alfred. „Wieso 4.000? Meine Freundin Rita hat nur 3.000 für ihren Ring bekommen. Sie sagten, es ist genau der Gleiche ..."

„Pfandleihgebühr ist nicht gleich Verkaufspreis", erklärte der Pfandleiher ungerührt und grinste dabei freudig unter seiner Bartbürste hervor. „Beim Verkauf kommt immer ein Aufschlag dazu. Von was soll unsereiner sonst leben?"

Das leuchtete Alfred ein. Er ließ sich vom Pfandleiher einen Kugelschreiber geben und notierte sich die Telefonnummer, die zum zweiten Ring gehörte. Rudi Weiler aus Oberried. Irgendetwas klingelte bei Alfred, aber er konnte es nicht einsortieren. Oberried! Oberried! Was sagte ihm der Name Rudi Weiler? Er kam nicht gleich darauf, erst später, als er von der Pfandleihanstalt heimwärts Richtung Prinz-Eugen Straße radelte, wo er in der Nähe des Wiehrebahnhofs wohnte. Aber da fiel es ihm dann urplötzlich ein, ungefähr in jenem Moment, als er an der schönen Villa des Freiburger Alt-Oberbürgermeisters Rolf Böhme vorbeiradelte. Weiler – aber ja! Das war doch der Name des Moosbauern. Dort, wo die Katze verschwunden war. Ob das ein Zufall war? Rudi Weiler! Nach Alfreds Erinnerung hatte einer der Söhne des Moosbauern so geheißen. Nicht der, der Alfred mit seinem Hund verjagt hatte, sondern der andere, der nicht mehr lebte, der sich in der Scheune erhängt hatte. Das würde auch erklären, warum der Ring nicht mehr ausgelöst worden war. Ein Toter konnte schließlich nicht mehr zum Pfandleiher kommen.

BONGO! BINGO!

Die Woche verging. Im Internet fand Alfred auf einer Skizze vom vermutlichen Grundriss der einstigen Burg Falkenstein auch das Wappen der Falkensteiner. Es glich tatsächlich einem U, dessen beiden Enden zu langen Hälsen stilisierter Greifvögel wurden. Stammten die Ringe also tatsächlich aus dem Besitz der einstigen Ritterfamilie von Falkenstein?

Alfred wählte die Telefonnummer, die zum zweiten Ring gehörte. Es meldete sich „Ulrike Weiler, Moosbauernhof!" Das musste die Mutter sein. Es stimmte also. Der Besitzer des zweiten Rings war jener verstorbene Rudi Weiler gewesen, von dessen Suizid in der Scheune Isolde Blender erzählt hatte. Schnell legte Alfred wieder auf.

Am Donnerstag unternahm Alfred einen Ausflug ins Museumsbergwerk am Schauinsland. Die große Führung in diesem ehemaligen größten Silberbergwerk Süddeutschlands dauerte zweieinhalb Stunden. Irrwege durch verschalte Gänge und Schächte, kleine Schienen, die ins Nichts führten, gelbe Helme und Grubenlampen, Leitern aufwärts und Leitern abwärts, ein Führer, der nicht mehr aufhören wollte zu erzählen und zu erzählen, weil 800 Jahre Bergbaugeschichte kein Pappenstiel sind. Immerhin war es erfrischend kühl im Innern des Berges, während draußen immer noch der Hochsommer ganz Südbaden grillte, so dass die Baggerseen inzwischen lauwarm, die Wälder braun und die Wiesen und Felder olivgrün wie in der Toscana waren.

Der Vormittag im Bergbaumuseum half Alfred, sein bedrohlich näher rückendes Bergbaureferat fachspezifisch anzureichern, mit Zinkblende, Bleiglanz, Kapplersohle, Holzschienen für Grubenhunte, Wasserpumpe und vielen anderen Spezialausdrücken, die Professor Hugott ganz sicher gefallen würden.

Er deckte sich reichlich mit Prospekten und Flyern ein und radelte am frühen Nachmittag wieder von der Talstation der Schauinslandbahn in Günterstal zurück nach Freiburg. Dort stand ihm ein schwerer Gang bevor: Gonnis Beerdigung. Die Urnenbestattung auf dem Freiburger Hauptfriedhof sollte in engstem Familienkreis stattfinden, und dieser bestand neben einem Schwarm von Onkeln, Tanten, Cousins und Cousinen vor allem aus einer hemmungslos verheulten Mutter in einem eleganten schwarzen Hosenanzug, einem zittrigen Vater, der vor lauter Parkinson schier aus seinem Rollstuhl geschüttelt wurde, Gonnis Schwester Suse, die Alfred besser gefiel als es für eine Beerdigung statthaft war, und deren Lebensgefährten Frank Harzer, der halbseiden daherkam, gegelte schwarze Lackhaare, blaue Verführeraugen, in einem schwarzen Anzug, der aussah als könnte man darin die Erotik-Messe Extasia in Basel moderieren. Den Anzug trug er offen, darunter ein weißes Hemd mit offenem Hemdkragen und Goldkettchen um den Hals. Genau der Typ von Kerlen, bei denen Alfred in heftigster Abneigung von ärgerlichen Minderwertigkeitskomplexen gequält wurde. Im enganliegenden schwarzen Kostüm: Suse Gonnfeld, Gonnis Schwester. Sie hatte ganz sittsam ihr brünettes Haar zu einem steifen Knoten zusammengesteckt, der ihrem zarten Gesicht edle Feierlichkeit verlieh. Tapfer presste sie die Lippen zusammen und gewährte ihrer von Tränen überquellenden Mutter während der Trauzeremonie töchterlichen Halt. Das Kostüm betonte ihren Hintern auf das Vorzüglichste, und Alfred, der günstig stand, ertappte sich bei unseriösen Fantasien, während der Geistliche, der die kurze Trauerzeremonie leitete, von der Vergänglichkeit des Fleisches faselte.

Mit Alfred hatten sich Vanessa, Rita und Sven eingefunden. Vanessa schneuzte und schniefte, und ihr magerer Körper wurde dabei durchgeschüttelt wie bei einem epileptischen Anfall. Rita sah bockig aus und im direkten Vergleich mit Suse Gonnfeld wie ein Ackergaul neben einem Rennpferd, insbesondere was das Hinterteil betraf. Wie hatte er sich nur einlassen können, fragte sich Alfred. Sven stand stoisch bei der Gruppe, hatte die Brille abgenommen und drehte sie in den Händen wie einen Rosenkranz, den man abarbeitet. Sein seltsamer Pferdeschwanz glänzte im Sonnenlicht. Alfred entdeckte irritiert, das kleine, schwarze Perlen eingearbeitet waren, die das Sonnenlicht reflektierten. Sie waren nicht viel größer als Stecknadelköpfe und waren Alfred vorher nie aufgefallen. So stellte er sich Läuse vor.

Etwas abseits stand als weiterer Zaungast dieser Beerdigung die schräge Gestalt von Oberkommissar Siegfried Junkel. Er hing windschief in seinem abgewetzten Sakko und drückte mit der Schuhspitze hastig und verschämt in letzter Minute eine Zigarette aus. Der Geistliche machte es erfreulich kurz. Ein junges Leben, das viel zu früh zu Ende gegangen ist, die unergründlichen Wege des Herrn, Trost, Trauer, Leben und Tod, im Namen des Vaters, des Sohnes und des Heiligen Geistes, Amen! Die Urne wurde versenkt. Man gab mit einem Schäufelchen, das aus der Spielzeugabteilung des Raiffeisen-Marktes zu stammen schien, etwas Erde hinzu, verspritzte Weihwasser, bekreuzigte sich, sofern man durch Erziehung und Konfessionszugehörigkeit zu dieser Demutsgeste fähig war, und fertig!

Nach der Zeremonie stand die Familie unschlüssig beisammen und beriet, wo man sich nun noch zu Kaffee und Kuchen treffen wollte. Alfred und seine Gruppe waren schon im Begriff, sich pietätsvoll davonzuschleichen, als sich Suse Gonnfeld plötzlich näherte, begleitet von ihrem braungebrannten Lebemann, und gezielt Alfred ansprach: „Hi, du bist doch Alfred, der mit Gonni studiert hat?" Sie sah ihm mit einer Direktheit in die Augen, die Alfred verlegen machte. Er nickte nur. Suse

Gonnfelds Augen, die im warmen Schiefergrau einer Seidentapete schimmerten, hielten ihn fest und irritierten ihn.

„Wir suchen seine Tasche", schnauzte der Lebensgefährte, dessen Blick ganz anders war: Aggressiv, rotzig, fordernd. „Gonnis Tasche! Rück sie raus!"

Alfred zuckte die Schultern: „Hab ich nicht. Hat die Polizei auch schon gesucht."

„Ich weiß von dem da", Frank Harzer zeigte auf Sven, der erschrocken zusammenzuckte, „dass du die Tasche hast. Bei dir hat Gonni sie zurück gelassen."

„Wir suchen ein paar private Unterlagen", griff Suse Gonnfeld milde ein. Sie nahm sofort mit ihrer weichen Stimme die Aggression aus dem Gespräch: „Wir vermuten, dass Gonni sie in dieser Tasche aufbewahrt hat. Und nun ist die Tasche verschwunden."

Alfred wusste mit ziemlicher Gewissheit, dass keine privaten Unterlagen in der Tasche waren. Er hatte fast alles durchwühlt. Aber das konnte er ja nicht zugeben. Deswegen zuckte er noch einmal mit den Schultern: „Es tut mir wirklich leid. Ich würde gerne helfen ..." Er starrte immer noch Suse Gonnfeld an wie ein Weltwunder. Hätte er bloß früher gewusst, dass Gonni eine solche Schnitte als Schwester hatte. Sie lächelte. Alfred grinste dümmlich.

„Schau einfach noch mal nach", bat sie freundlich. Es war, als ob jemand ein erotisierendes Pulver in die Luft gesprüht hätte. „Du kannst mich ja anrufen, wenn dir doch noch etwas einfällt."

„Telefonnummer?"

Suse Gonnfeld kramte in ihrer Miniaturhandtasche, die nicht größer als ein Toastbrot war, und schüttelte dann den Kopf: „Ärgerlich. Ich habe meine Visitenkarten nicht dabei. Frank ...?" Frank Harzer schien sofort zu verstehen, was Suse von ihm wollte, kramte seinerseits in der Innentasche seines

Anzuges, zog eine Brieftasche hervor, und daraus eine Visiten-karte. Es war das Kärtchen vom Bongo-Club. Silberglänzende Buchstaben auf einem matt lila Grund. „Techno – House – Punk – Dancfloor – Strip".

„Das bin ich!", sagte Harzer grinsend und deutete dabei auf die kleingedruckte Telefonnummer am unteren Rand des Kärtchens. „Und Suses Nummer, warte, die schreibe ich dir hinten drauf!" Er drehte das Kärtchen um und notierte auf der Rückseite eine weitere Telefonnummer. Alfred, sprachlos, nahm das Kärtchen entgegen und steckte es ein. Suse Gonn-feld lächelte: „Nicht vergessen. Ruf an. Die Tasche ist wichtig für mich."

Alfred schwirrten die Gedanken. Der Wichtigste: Er konnte je-derzeit ein Rendezvous vereinbaren. Einfach anrufen, Tasche mitbringen, sich an Suse Gonnfeld heranmachen. Das war mal eine Option. Andererseits: Was war an der Tasche so wichtig für Suse Gonnfeld? Wusste sie von Gonnis Recherchen? Such-te sie etwa auch nach dem rätselhaften goldenen Marti? Und was war das bloß für ein merkwürdiger Zufall, dass die Club-karte vom Nachtclub Bongo zu Frank Harzer gehörte, Suse Gonnfelds Lebensgefährten? Die gleiche Karte, wie Alfred sie in der Buchenhecke bei Isolde Blender gefunden hatte. Noch ein Zufall?

Alfred grübelte noch über Suse Gonnfeld nach, und wie er es anstellen sollte, sie ohne ihren lästigen Partner zu treffen, wäh-rend er mit den drei anderen in Richtung Innenstadt zog. Die Fahrräder schoben sie dabei. Suse Gonnfeld war Rechtsanwäl-tin, soviel wusste Alfred von Gonni. Oder war sie Rechtsan-waltsgehilfin? Oder war sie vielleicht nur Jurastudentin? Jeden-falls musste sie zwei oder drei Jahre älter als Gonni sein. Noch immer stand Alfred ganz unter dem Eindruck ihrer Erschei-nung. Mit dem allen Frauen eigenen feinen Gespür in solchen Dingen bemerkte Rita mürrisch, während sie neben Alfred ihr Fahrrad schob: „Du wirkst wie besoffen, Alfred. Gonnis Schwester hat wohl mächtig Eindruck auf dich gemacht. Bist du noch ansprechbar?" Sie wedelte mit der Hand vor Alfreds Gesicht herum, als wollte sie seine Reflexe testen.

Alfred schüttelte sich. „Was sagst du?"

Rita flüsterte, so dass die anderen beiden, Vanessa und Sven, sie nicht verstehen konnten: „Hör mal, letztes Mal bei mir, das war schön mit dir. Bist du alleine zu Hause? Soll ich heute Abend mal zu dir kommen?"

„Oh Gott!" Alfred geriet in Panik. „Äh, ja …, nein … warte", so stammelte er. „Geht leider nicht. Muss arbeiten … Für Versicherungen. Hab ich dir doch erzählt …" Wie kam er da nur wieder heraus? Er hatte noch das Bild der edlen, feingliedrigen Suse Gonnfeld vor sich, wie sie in ihrem eng anliegenden Kostüm in der Sonne stand und wirkte wie eine zu Leben erweckte Madonna. Und da ging neben ihm Rita mit ihrem Langweilergesicht und ihrer Langweilerfrisur und den viel zu strammen Schenkeln, die ihm jetzt dick und fett vorkamen, ebenso wie der Hintern, und er fragte sich, wie er so unter sein Niveau hatte fallen können. Sie schmollte, weil sie spürte, dass Alfred Ausflüchte suchte.

„Vielleicht ein andermal", versuchte Alfred halbwegs versöhnlich aus der Sache herauszukommen. „Am Samstag sehen wir uns auf Jochen Schillers Party, oder?" Rita bejahte. Auch Vanessa und Sven wollten kommen, Alfred hatte sie alle schließlich eingeladen. Oh weh! Alfred hatte auch Anna eingeladen. Was, wenn sie wirklich erschien? Wie sollte er Anna und Rita aneinander vorbeibringen.

Als er Rita endlich abgehängt hatte und Sven ebenso, gelang es Alfred, Vanessa zu überreden, mit ihm am Abend einen kurzen Abstecher in den Nachtclub „Bongo" zu machen. Sie gingen auseinander und trafen sich spät wieder, nach 23 Uhr. Der Nachtclub öffnete erst ab 22 Uhr.

Alfred trank ein lauwarmes Bier für acht Euro und bezahlte auch noch Vanessas Bitter Lemon für sechs Euro. Und so standen sie ungefähr eineinhalb Stunden in einem Gewitter aus künstlichen Lichtstrahlen und metallischen Geräuschen, die ihnen aus kühlschrankgroßen Lautsprechern um die Ohren flogen. Der Schuppen war so groß wie ein Flugzeughangar und ungefähr auch so eingerichtet. In der Mitte gab es eine etwas erhöhte Bühne, von Chromgestänge umkränzt und durch hektische Laserstrahlen in viele kleine Einzelteile zersägt, auf der getanzt wurde. Die meist jugendlichen Gäste standen in den zuckenden Lichtblitzen und bewegten die Köpfe wie Roboter und ruderten mit den Armen dazu. Sitzgelegenheiten gab es nur spartanisch. Unterhaltung war unmöglich. Alfred und Vanessa verständigten sich durch Zeichensprache. Gegen Mitternacht tauchte kurz Frank Harzer auf und dirigierte sein bleiches Thekenpersonal. Dann verschwand er wieder. Alfred hatte er sicher nicht bemerkt. Gegen ein Uhr sollte es einen im Verlauf des Abends immer wieder verheißungsvoll angekündigten Strip geben. Alfred hätte ihn sich gerne angesehen, aber als eine mit Leder und Ketten behängte Domina in schenkelhohen Schaftstiefeln auf der Bühne erschien und mit ihrer Peitsche knallte, zupfte Vanessa Alfred am Ärmel: „Lass uns gehen! Ich will das nicht sehen. Außerdem habe ich Kopfschmerzen von dem Krach und den Lichtern."
Alfred tat Vanessa den Gefallen und brachte sie nach draußen. Die Eindrücke aus dem Bongo reichten Alfred auch, um nun ein Bild von Frank Harzer zu haben. Damit verdiente er also sein Geld. Die frische Luft, obwohl noch aufgeladen von der sommerlichen Hitze des Tages, war eine Wohltat nach den Martern in der Flugzeughalle. Erleichtert zündete Alfred sich eine Zigarette an und teilte sie mit Vanessa. Der Nachthimmel glühte von Scharen von Sternen, die wie ferne Glühwürmchen funkelten. Täuschte Alfred sich, oder waren es viel, viel mehr

als sonst? Oder lag es daran, dass hier draußen im Industriegebiet kaum Straßenlaternen brannten und die Industrie- und Bürogebäude in ihrem stockdunklen Nachtschlaf dösten? Vanessa saß im Damensitz auf der Stange und Alfred lenkte das Fahrrad. Dabei umfasste er ihren knochigen Oberkörper und mit der Nase hing er in ihrem ungebändigten Haar. Sie duftete nach Heu und nach Mädchen. So radelten sie durch die Nacht, der Innenstadt entgegen.

„Darf ich bei dir übernachten?", fragte Vanessa, als sie die Eschholzstraße erreichten, wo normalerweise ihre Wege sich getrennt hätten. Alfred willigte ein.

Im Grunde genommen war Vanessa viel hübscher als Rita.

SCHILLERS PARTY

Die Mädchen sahen allesamt wie Hollywoodgöttinnen aus, oder mindestens wie die Spielerfrauen des FC Bayern. Schön, schöner, am schönsten. Keine einzige Hässliche war unter dem halben Dutzend Frauen, die zu Jochen Schillers Schlepptau gehörten. Kein Wunder: Jochen Schiller, ein blond gelockter Beau wie er im Buche stand, von ebenmäßig schlanker Gestalt, gescheit, männlich, mit dem Gesicht eines Filmschauspielers, mit Bizeps an den richtigen Stellen und mit dem in der Hose, was Vanessa „das ist mal ein geiler Arsch" nannte.

Jochen Schillers sechs Begleiterinnen umlagerten, umschwärmten, umgarnten und bezirzten ihn, der sowieso im Mittelpunkt des Geschehens stand. Freudige Überraschung für Alfred: Eine von ihnen war Suse Gonnfeld. „Studiert mit mir Jura", so hatte Jochen Schiller sie beiläufig vorgestellt, und Suse hatte gelächelt und geflötet: „Wir kennen uns", was wiederum bei Jochen Schiller zu einem irritierten Blick geführt hatte. Schiller legte Alfred mit jovialer Geste den Arm um die Schulter, wie er es hin und wieder zu tun pflegte, wenn er sich in die schnöde Welt seiner Mitbewohner hinunter begab, und bemerkte: „Das muss man Alfred lassen, er kennt immer die schönsten Frauen an der Uni!"

Das war gelogen und geschmeichelt, denn Alfred hatte, seit er sein Studium wieder aufgenommen hatte, eigentlich stets das Gefühl, dass gerade die schönsten und interessantesten Studentinnen irgendwie unerreichbar an ihm vorbei gingen, aber das Kompliment war von Jochen Schiller wie immer mit einem unbeirrbaren Charme vorgetragen. Er hätte es niemals zugegeben, aber insgeheim beneidete und bewunderte Alfred diesen Jochen Schiller, der doch eigentlich alle Äußerlichkeiten aufwies, um als „Arsch" durchzugehen. Aber so nett, aufmerksam, redegewandt und hilfsbereit, wie Jochen Schiller war, konnte man ihn unmöglich nicht sympathisch finden. Das erklärte ganz sicher seinen Zuspruch beim anderen Geschlecht. Sicher, Schiller hatte auch noch ein paar männliche Kommilitonen und Freunde eingeladen, die alle herumstanden wie bezahlte Statisten. Manche von ihnen stammten aus Jochen Schillers Engagement im örtlichen FDP-Kreisverband. Für Alfred war dies der einzige Makel an Jochen Schiller. Kürzlich war schon die Spekulation durch die BZ-Lokalseiten gegeistert, Jochen Schiller könne vielleicht der nächste Bundestagskandidat der hiesigen FDP werden. Alfred hatte gelästert, bei lediglich 15 Mitgliedern sei ja wohl jeder ein potenzieller Kandidat, aber Jochen hatte sich nicht von seinem vielsagenden Lächeln abbringen lassen, sondern in liberaler Weisheit verkündet: „Schauen wir mal!".

Die Wohnung füllte sich. Die Party fand in erster Linie in Jochen Schillers Riesenzimmer statt, dem größten Zimmer der WG, dem einzigen, das gleich mit drei der riesigen Bogenfenster ausgestattet war und das so groß war, dass man darin auch den Neujahrsempfang des Regierungspräsidenten hätte austragen können. Die wenigen Möbel, Sofa, Bett, Tisch, Stühle, hatten Jochens Helfer an die Wände geschoben, denn selbst hatte er wie immer keinen Finger gerührt, und nun standen die Gäste im Raum, beschnüffelten sich, schwatzten und setzten sich in Szene. Die Jurastudenten bildeten die Mehrheit und eine eigene Wolke. Man erkannte sie schon an den Klamotten, vor allem aber an ihren Gesprächsthemen, und ihrem, wie Alfred fand, manierierten Tonfall, in dem sie die Welt kommentierten.

Alfred stand mit Vanessa zusammen und trank Bier aus der Flasche. Auch darin unterschied er sich von der Juristen-Fraktion. Dort bevorzugte man Aperol-Spritz oder nippelte an alkoholfreien Schaumweinimitaten herum. Vanessa kommentierte bissig Alfreds unübersehbares Interesse an Suse Gonnfeld, die aber für den Moment unerreichbar schien, weil sie sich in einem Rudel von angehenden Juristen in Diskussionen befand, bei denen Alfred sich nur hätte blamieren können. Später! Alfred fragte sich, während er Suse Gonnfeld aus der Ferne bestaunte: Wieso war sie alleine erschienen? Wo war Harzer, ihr Lebensgefährte? Etwa nicht eingeladen? Oder kam er noch? Die Getränke gab es in die Küche, dem zweiten Raum, der neben dem langen Wohnungsflur für die Party hergerichtet war. Ein monströser, mannshoher Getränkekühlschrank, den Jochen Schiller extra zu diesem Zweck gemietet hatte, stand mitten in der Küche, und zwar direkt vor dem etatmäßigen Kühlschrank, der damit gewissermaßen zugebaut war. Das war auch besser so, denn hätte man ihn geöffnet, dann hätte dies der guten Partystimmung sicher Abbruch getan.

Ein paar selbstgemachte Salate standen herum, Gurken, Tomaten-Mozzarella, grünes Allerlei, Nudelsalat, weil es trotz Jochen Schillers Beteuerungen, niemand müsse etwas mitbringen, für alles sei gesorgt, immer noch vorwiegend weibliche Partygäste gab, die meinten, sie müssten etwas zum kulinarischen Gelingen des Abends beitragen. Jochen Schiller hatte allerdings einen Partyservice beauftragt, der demnächst auftauchen würde, um ein regelrechtes Buffet aufzufahren.

Jochen Schiller feierte seinen 25. Geburtstag. Der Jura- und Volkswirtschaftsstudent Jochen Schiller war mehr als ein Mitbewohner. Weil die ganze Villa seinem Vater gehörte, gehörte sie praktisch auch Jochen. In der WG im dritten Stockwerk belegte Jochen Schiller ein Zimmer, das größte Zimmer, das er aber selten bewohnte. Es war nämlich lediglich so etwas wie seine Zweitwohnung. Seine Partywohnung.

Rita und Sven erschienen. Sie verzogen sich nach kurzer Begrüßung und inhaltsleerem Smalltalk in Alfreds Zimmer. Mit dem leichthin gegebenen Versprechen, auch sein Zimmer stünde bei Platzknappheit für die Party zur Verfügung, hatte Alfred sich von Jochen die Erlaubnis eingeholt, selbst ein paar Gäste einladen zu dürfen: Vanessa, Rita, Sven, Anna. Aber Anna ließ sich nicht blicken. Sie hatte sich auch nicht mehr gemeldet. Alfred war es nicht unrecht. Es reichte, dass Vanessa und Rita sich beäugten. Und nun war da auch noch Suse Gonnfeld. Alles drohte wie immer kompliziert zu werden. Alfred holte sich eine neue Flasche Bier. Der Hausflur war erfüllt von zuckenden Blitzen, unterlegt mit einem hämmernden Beat. Dafür war Tim zuständig. Er hatte den Eingang zu seinem Zimmer mit Technik zugebaut und sich dahinter verschanzt. Es war unmöglich, hinter die Lautsprecher, Verstärker, Verzerrer, Überschallmaschinen, Lichtorgeln und Scheinwerfertürme zu blicken, geschweige denn, an ihnen vorbei in Tims Zimmer zu kommen. Irgendwo hinter diesen Aufbauten, die Tims Zimmereingang vollkommen ausfüllten, saß der unglückliche Mitbewohner, der nichts so sehr fürchtete wie solche Ansammlungen fröhlich plappernder Menschen.

Immer noch trudelten neue Gäste ein. Die Party breitete sich ins Treppenhaus hinaus aus. Daran war das Rauchverbot in der Wohnung schuld. Nun tummelten sich die Leute eben auf den Stufen im geräumigen Treppenhaus. Der alleinlebende Konzertgeiger im obersten Geschoss dürfte seine Freude daran haben. Die Villa bestand aus vier Geschossen. Ganz oben lebte der geigende Einsiedler. Ein Stockwerk darunter befand sich Alfreds WG. Im zweiten Geschoss lebte eine vom Balkan stammende Großfamilie mit hoher Lärm- und Frustrationstoleranz. Es hatte von ihrer Seite noch nie Beschwerden gegeben, egal, welche Gestalten, Gerüche und Geräusche durchs Treppenhaus geisterten. Allerdings emittierte sie selbst höchst suspekte Düfte und Klänge, durfte sich also nicht beklagen. Das Erdgeschoss der Villa stand leer. In der dortigen Wohnung lagerten Jochen Schillers Eltern antike Möbel, denn davon lebten sie, vom Verkauf antiker Möbel, Gegenstände und Kunstwerke.

Alfred fragte sich, was Rita und Sven in seinem Zimmer trieben, denn sie hatten die Tür geschlossen. Doch nicht etwa …?

Gerade wollte er sich davon überzeugen, als ihm jemand von hinten zart mit einem Finger auf die Schulter tippte: „Hi Alfred!"

„Anna!"

Alfred fuhr herum. Da stand Anna. Strahlendes Lächeln im Gesicht. Hinter ihr Linus, Alfreds Kumpel, breit grinsend wie immer.

„Wir sind's", verkündete er.

Alfreds Verblüffung war echt. Mit Anna hatte er nicht mehr gerechnet. Schon gar nicht in Kombination mit Linus.

„Er hat mich hergefahren", sagte Anna mit entwaffnendem Lächeln. Sie sah bezaubernd aus wie immer. Ihre schwarzen Augen strahlten. Ihre vollen, runden Lippen sandten nur eine Botschaft: Küss mich, küss mich, küss mich! In Alfreds Verlegenheit hinein klopfte ihm Linus auf den Rücken: „Was ist? Sprachlos!" Er lachte laut, denn er war von Natur aus ein lauter Mensch. „Ich dachte, wenn du schon nicht in den Hochschwarzwald hoch kommst, dann komm ich eben runter."

Die Musik dröhnte. Linus musste noch lauter sprechen, als es ohnehin seine Gewohnheit war. „Ich bringe sie auch wieder heim, versprochen", sagte er mit einem Nicken zu Anna hin. Das gefiel Alfred überhaupt nicht. Er hatte Linus im Verdacht, immer noch ein Auge auf Anna zu haben, wenngleich er dort schon mal hochkantig abgeblitzt war. Annas Versicherungen, sie mache sich nichts aus Linus, hatten Alfred noch nie besänftigt. Bei Linus galt das nichts.

Umständlich hielt Alfred seine Bierflasche über den Kopf, weil sich ein paar Leute an ihm vorbei drängten, um in die Küche zu gelangen. Unter ihnen war Suse Gonnfeld. Auch sie hielt ein Glas über den Kopf. Es war eng im Hausflur. Auge in Auge standen sie sich gegenüber. Suse Gonnfeld lächelte aufmunternd, als sie so direkt Nase an Nase Alfred gegenüber stand. Alfred machte sich ein bisschen breit. Sie mussten sich berühren.

„Ist es dir eingefallen?", fragte Suse Gonnfeld in den Lärm hinein.

Alfred verstand nicht sofort. „Was?"

„Die Tasche? Wo du die Tasche hast? Du wolltest doch noch mal nachdenken." Suse Gonnfeld sagte es mit dem süßen Lächeln einer griechischen Harpyie und ließ es dabei geschehen, dass ihre und Alfreds Hüften sich berührten. Der Zauber platzte aber sofort, weil Linus sich ungeniert dazwischen drängelte: „Kennen wir uns auch?"

„Nicht dass ich wüsste", zischte Suse Gonnfeld abweisend. Sie war nicht der Typ, der auf einen Schnell-Anmacher wie Linus ansprang. Linus hingegen war nicht der Typ, dessen Selbstbewusstsein durch eine solche kalte Abfuhr irgendwie ins Wanken geriet. „Da haben wir beide aber etwas verpasst. Ich bin Linus."

Suse Gonnfeld drehte sich demonstrativ von Linus weg und zu Alfred hin, dem sie jetzt sogar die Wange streichelte: „Nun sag schon, wo hast du die Tasche? Sei ein netter Junge und rück sie heraus." Sie lächelte noch immer, und es schien, als spitzte sie die Lippen, um Alfred zu küssen.

Was war so wichtig an der Tasche? Nachdem Tim von allen für Alfred interessanten Unterlagen, die Höllentalbahn betreffend, Kopien angefertigt hatte, hatte Alfred die Tasche wieder in seinem Zimmer verstaut, leicht versteckt hinter der Matratze. Am Montag würde er Oberkommissar Junkel anrufen und treuherzig verkünden, er habe noch mal genau nachgeschaut und ja, jetzt doch die Tasche gefunden. Dann würde er sie der Polizei überlassen. Was wollte Suse Gonnfeld damit? Ihre Gesichter waren sich jetzt ganz nah. Suse lächelte, aber ihre Augen straften den Mund Lügen. Trotzdem sah es wie eine

Einladung zum Küssen aus. Alfred hätte es tun können. Aber Anna stand daneben. Das war nicht gut. Suse Gonnfeld legte jetzt ihre Wange an Alfreds Wange und brachte ihren Mund zu seinem Ohr. Alfred lief es heiß den Rücken hinunter. Deutlich spürte er den verheißungsvollen Körper Suses, der sich an ihn drückte. Sie flüsterte ihm säuselnd ins Ohr: „Ich weiß, dass du die Tasche hast, Süßer. Gib sie freiwillig heraus, ja?" Dabei drückte sie sich auf eine Art und Weise gegen Alfred, dass es aussah, als wollte sie etwas ganz anderes, als nur eine schäbige Ledertasche. Jedenfalls musste es für Anna so aussehen, die ziemlich konsterniert daneben stand. Falls es für Linus ebenfalls so aussah, kümmerte es ihn jedenfalls nicht, denn er ging unerschrocken dazwischen. „Darf ich auch mitflüstern", scherzte er plump und bleckte dabei fröhlich die Zähne.

Linus gehörte zu jenen Menschen, die unerschütterlich wie ein Fels von sich überzeugt sind. Nichts konnte ihn aus der Spur bringen, schon gar nicht abfällige oder abweisende Reaktionen des anderen Geschlechts. Weil Linus auf seine Art gut aussah, auch wenn er Goldkettchen trug und Porsche fuhr, hatte er meistens Erfolg mit seiner Masche. Dem Kleinstadtcasanova aus dem Hochschwarzwald gingen mit schöner Regelmäßigkeit hübsche Mädchen auf den Leim, vor allem solche, die im Shopping bereits den höchsten Grad intellektueller Herausforderung erreicht hatten. Linus lebte sorg- und gedankenlos durch den Tag, er blendete durch Äußerlichkeiten und vorlaute Sprüche, er philosophierte gerne und dilettantisch, vorzugsweise bei Sonnenuntergängen, Vollmond und in Sternschnuppennächten. Er rauchte und trank, in dieser Beziehung ein gleichwertiger Partner für Alfred, und er war in jeder Hinsicht arglos. Er war Alfreds bester Kumpel. Und jetzt störte er ganz gewaltig.

„Linus, halt ein einziges Mal die Klappe", zischte Alfred und schob ihn mit der freien linken Hand von sich. In der rechten hielt er immer noch die Bierflasche. Suse Gonnfeld drückte sich weiterhin höchst intim gegen ihn, oder wurde gedrückt, so klar war das nicht auszumachen, und sie flüsterte ihm weiterhin ins Ohr: „Und jetzt sag ich dir was: Bring mir am Montag die Tasche, oder ich lasse Harzer auf dich los. Der fackelt nicht lange, das verspreche ich dir." Obwohl sie säuselte und ihre süßen Lippen Alfreds Ohr kitzelten, lag im Unterton ihres Flüsterns unmissverständlich eine Drohung. Wie um Alfred in besondere Verwirrung zu stürzen, drückte Suse Gonnfeld ihm zuletzt auch noch einen Kuss auf den Mund. Dann ließ sie sich im Flur weitertreiben Richtung Küche, mit dem letzten vergifteten Gruß: „Freue mich auf Montag. Wir sehen uns! Bei mir zu Hause."

Das war nun alles nicht das, was sich Anna erhofft hatte, als sie Alfreds Einladung zur WG-Party gefolgt war. Sie stand noch immer ziemlich perplex daneben und in ihrem Gesicht arbeitete es. Die Lippen bebten. Alfred hätte das als Warnzeichen erkennen müssen. Auch die flatternden Nasenflügel waren bei Anna immer ein untrügliches Signal, dass gleich Emotionen freigesetzt wurden.

„Alfred", sagte sie so beherrscht wie möglich, aber ihre Stimme, die sie anheben musste, um den Lärm zu übertönen, zitterte bereits bedrohlich. „Kann ich mal mit dir reden? Alleine!"

„Sie ist nur eine Kommilitonin", wehrte Alfred wenig überzeugend ab.

Anna blickte vielsagend zu Alfreds verschlossener Zimmertür. Alfred folgte dem Blick. Unsicher fragte er: „Da?"

Sie nickte. Alfred reichte seine Bierflasche an Linus weiter: „Hier, halt mal!" Dann folgte er Anna, die bereits seinem Zimmer zustrebte.

Hier lauerte die nächste Komplikation.

Ehe Alfred es verhindern konnte, war Anna bereits eingetreten. Im Zimmer brannte Licht. In Alfreds Bett, beziehungsweise auf seiner Matratze, denn ein Bett gab es ja nicht, lag Rita.

Ein nacktes Bein schaute unter dem Laken hervor, stramme Waden, strammer Schenkel, den Rest musste man sich denken. Rita hatte das Bettlaken über die Brust hochgezogen. Doch alles in allem wirkte sie wie jemand, der nichts oder nicht viel am Leib trug und hier auf dieser Matratze voller Erwartung irgendwelcher Dinge harrte. In Annas Logik, und es wäre die Logik eines jeden anderen gewesen, hätte er zu diesem Zeitpunkt und in dieser Situation Alfreds Zimmer betreten, bedeutete dies, Rita hatte hier auf Alfred gewartet. Vermutlich war es auch so. Jeder hätte es so interpretiert. Nur Alfred stand auf dem Schlauch. Rita hatte er ganz vergessen. Außerdem meinte er sich zu erinnern, dass sie mit Sven zusammen gewesen war. Wo war Sven?

Oh Gott!

Anna schluckte trocken. „Das war's dann wohl", sagte sie schnippisch. „Bin wohl auf der falschen Party gelandet!"

„Halt, nein Anna. Hör zu, lass dir erklären …"

Aber Anna wollte keine Erklärungen mehr. Sie schob sich bereits an Alfred vorbei wieder auf den Hausflur hinaus, von wo ihr bestialische Musik entgegenschlug. Das schien ihre Stimmung zu beflügeln. Krachend schlug sie die Zimmertür hinter sich zu, dass das Plastikmaßband mit dem Zentimeter Nummer 49 an seinem Ende flatterte wie ein Windfähnchen. Alfred stand alleine im Raum, vor ihm ausgebreitet lag Rita.

„Wer war das?", fragte sie scheinheilig und richtete sich dabei auf, so dass das Laken zurückfiel und nun ihren nackten Oberkörper zur Besichtigung freigab. Alfred schluckte. „Warte einen Moment!"

Er hastete hinaus. Anna war schon im Gedränge verschwunden. Aber Linus stand noch da. Er hatte Suse Gonnfeld wieder ausfindig gemacht und laberte unverdrossen auf sie ein. Ihrem Gesicht war anzusehen, dass es alsbald eine Ohrfeige hageln würde.

„Hast du Anna gesehen?"

Linus verneinte. Schon widmete er sich wieder seiner Belagerung.

„Könntest du mich mal von diesem Typen befreien", forderte Suse Alfred auf. Aber Alfred hatte jetzt keinen Nerv. Er wühlte sich durch den Flur, sprengte dabei eine Kreisversammlung der Jungen Liberalen, und stürmte ins Treppenhaus. Anna war verschwunden. Auf den schweren Steintreppen saßen die Raucher und palaverten. Unter ihnen Vanessa. „Hast du Anna gesehen?"

„Ist das die Schwarze, die dich so anhimmelt?"

„Hast du sie gesehen?"

Vanessa blies Rauch in die Luft: „Sie ist die Treppe hinunter gestürmt wie eine Furie. Hast du was Falsches gesagt?"

Alfred setzte sich neben Vanessa: „Ich fürchte ja!" Er griff sich ihr halbvolles Rotweinglas: „Darf ich?" Ohne auf eine Antwort zu warten nahm er einen kräftigen Schluck. Der vorzügliche Rotwein, den Jochen Schiller für seine Party geordert hatte, war vermutlich Perlen vor die Säue geschmissen. Aber bei Jochen Schiller gab es stets nur vom Feinsten. Alfred packte seinen Tabak aus. Bekümmert drehte er sich eine Zigarette und beichtete dabei: „Ich habe es mal wieder vermasselt, weißt du. Anna ist … Bei Anna …" Er überlegte, wie er sich ausdrücken sollte. „Bei Anna mache ich immer alles falsch. Ich habe dir ja von ihr erzählt. Immer wenn ich denke, jetzt kommen wir zusammen, passiert irgend so ein Scheiß." Er berichtete Vanessa eine leicht indizierte Version der vorangegangenen Ereignisse und jammerte: „Wenn ich wenigstens schuld wäre. Aber ich habe keine Ahnung, was Rita da in meinem Zimmer wollte. Ich habe sie auf jeden Fall nicht eingeladen."

„Sie ist eine Hexe!", schimpfte Vanessa. „Sie hat sich selbst eingeladen. Pass auf Alfred, sie hat es auf dich abgesehen, so wie sie es auch auf Gonni abgesehen hatte. Es geht ihr nur um die Eroberung." Vanessa wiederholte mit aller Verachtung, derer sie fähig war: „Sie ist eine Hexe!"

Sicher hatte Vanessa guten Grund, so über Rita zu denken.

„Du wirst doch nicht auf sie reinfallen?", fragte Vanessa empört, als Alfred nicht gleich zustimmte.

Ein Raucher kletterte an ihnen vorbei nach unten. Willkommener Zeitgewinn für Alfred. „Nein, nein", beteuerte er eine Spur zu hektisch.

Vanessa beäugte ihn misstrauisch. „Aaaalfred …?", fragte sie langgedehnt und vielsagend. Sein zerknirschter Gesichtsausdruck hätte ihr letzte Gewissheit liefern können, aber zum Glück fixierte sie in diesem Moment sinnierend ihre Zigarettenspitze und bemerkte deshalb nicht, wie Alfred schuldbewusst rot anlief. So kam er durch mit der flapsigen Antwort: „Sie ist absolut nicht mein Typ. Keine Gefahr!"

Linus kam die Treppen herunter, sein Smartphone in der Hand: „Habt ihr Anna gesehen?"

„Sie ist abgehauen", sagte Vanessa trocken. „Vor Alfred!"

Linus sah Alfreds dämlichen Blick dazu und verstand. „Wieder mal!", kommentierte er grinsend. „Ich muss es wieder richten." Er deutete auf sein Smartphone: „Sie hat mich angefunkt. Ich soll sie nach Hause bringen. Sie wartet am Wiehre-Bahnhof, aber es fährt kein Zug mehr."

Vanessa schlug zaghaft vor: „Alfred, das wäre doch die Gelegenheit, es wieder gutzumachen. Geh rüber zum Wiehre-Bahnhof, entschuldige dich und erklär ihr die Sache."

„Ich! Mich! Entschuldigen?" Alfred erhob sich: „Kommt ja gar nicht in Frage. Wer spielt denn immer die beleidigte Leberwurst. Kann ich was dafür, dass Anna so eine Mimose ist? Pah! Sie kann mich mal." Damit war es für Alfred beschlossen. Er kehrte in die Wohnung zurück, tauchte wieder ein in Lärm und Blitzgewitter. In der Küche hatte jemand die Wodkafla-

schen im Kühlschrank entdeckt. Die Party war noch lange
nicht zu Ende.

TASCHENDIEBSTAHL

Als Alfred am nächsten Tag verkatert aufwachte, lag er mit einem schnarchenden Jungliberalen auf seiner Matratze. Es war Jochen Schiller, und er furzte, was das Zeug hielt. Holla! Wie war das passiert? Alfred hatte keine Erinnerung. Er kroch auf allen Vieren durch sein Zimmer. Das Fenster stand offen und ließ gleißendes Sonnenlicht und sonntägliches Vogelgezwitscher herein. Gequält schloss Alfred die Augen. Wie spät war es? Seine Hand tappte in etwas Kaltes, Feuchtes. Es roch nach Kotze. Es war Kotze! Angeekelt zog Alfred die Hand zurück. Wie weiße Maden klebten ein paar unverdaute Reste des Nudelsalats zwischen seinen Fingern. Alles drehte sich. Kopfschmerzen! Spitze, glühende Nadeln bohrten sich durch die Schläfen bis ins Zentrum von Alfreds Schädel. Mühsam richtete Alfred sich auf, die nudelverdreckte Hand weit von sich gestreckt. Er kämpfte gegen den Brechreiz und wankte in den Flur hinaus. Hier sah es aus wie nach dem Untergang der 7. US Kavallerie bei der Schlacht am Little Bighorn. Leere Bier, Wein- und Wodkaflaschen lagen herum, dazwischen ein Durcheinander von Essensresten und Gläsern. Auf Hugos Metallkiste saß dösend eine von Jochen Schillers Hollywoodgöttinnen, die allerdings jetzt nur noch fürs Bauerntheater zu gebrauchen gewesen wäre. Ihre einst strahlend weiße Bluse war getränkt von Rotweinflecken, ihr kesses Röckchen hochgerutscht bis über die Schenkel, und sie machte im Schlaf Geräusche wie ein pneumatisches Pumpwerk. An den Gerätschaften, mit denen Tim seine Tür zugemauert hatte, blinkten rote und grüne Lichter und aus einem Lautsprecher tröpfelte ein sanftes Brummen. Alfred tastete sich mit der sauberen Hand an der Wand des Hausflurs entlang bis zum Bad: Die andere Hand hielt er immer noch weit von sich, als wäre sie von Aussatz befallen. Aus Jochen Schillers

Zimmer drang mehrstimmiges Schnarchen durch die halb geöffnete Zimmertür. Er fand das Bad, musste über eine quer im Eingang liegende Partyleiche hinwegsteigen, und stellte fest, dass das Waschbecken verstopft war und darin eine undefinierbare, stinkende Masse vor sich hin gärte, die am ehesten noch Ähnlichkeit mit Kartoffelsuppe hatte. Jetzt erwischte es Alfred endgültig. Er übergab sich in die Brühe hinein und brachte damit das Waschbecken schier zum Überlaufen. In der Badewanne fand er schließlich weitere Reste des Nudelsalats, aber immerhin gelang es ihm, die Dusche in Gang zu setzen und sich endlich die Hand abzuwaschen. Vorher tanzte der Duschstrahl in alle Richtungen und setzte die Umgebung unter Wasser, weil der Duschschlauch so verdreht in der Fassung hing, dass sich der ganze Duschkopf erst einmal mehrfach um die eigene Achse drehte, ehe er Alfreds Willen folgte. Sauerei, wohin man blickte. Alfred fand das Aspirin im Spiegelschränkchen und warf sich gleich zwei Tabletten ein. Zwei weitere steckte er als Vorrat ein. Er blickte an sich hinunter. Er trug noch die Klamotten des Vorabends, offenbar war er angezogen auf seiner Matratze eingeschlafen. In der Küche hingen die leblosen Reste des Buffets auf ihren Silberplatten, die leeren und halbleeren Salatschüsseln verbreiteten säuerlichen Essiggeschmack, abgestandenes Bier und halbvolle Weingläser hielten den gesamten Küchentisch besetzt, eine liberale Nachwuchshoffnung lag unter dem Tisch und umarmte dort die Skier, die Jochen Schiller gehörten und am Vorabend noch im Hausflur gestanden hatten. Das alles freute die Fliegen und Wespen, die begeistert durch das offene Küchenfenster hereinströmten und sich im Paradies wähnten. Alfred entdeckte einen freien Stuhl. Nachdem er ihn von den mit erlahmten Spargeln gespickten Schinkenröllchen gesäubert hatte, die dort jemand deponiert hatte, setzte er sich und drehte erst einmal eine Zigarette. Was für eine Nacht! Was für ein Morgen! Was für Kopfschmerzen! Was für eine Scheiße!

Die Aufräumungsarbeiten nahmen den gesamten Sonntag in Anspruch. Nach und nach krochen die Überlebenden aus ihren Löchern. Sie halfen, die gröbste Sauerei zu beseitigen. Gegen Mittag erschien eine professionelle Putzkolonne, die Jochen Schiller in weiser Voraussicht schon vorab engagiert hatte, räumte unerschrocken Kühlschrank, Platten, Schüsseln, Flaschen und allen Müll ab und brachte die Wohnung wieder auf Vordermann. Gegen Abend kehrte endlich Ruhe ein. Alfred war wieder alleine in seiner WG. Alleine mit dem Mitbewohner Tim, der sich den ganzen Tag in seinem Zimmer versteckt gehalten hatte, nun aber endlich wieder seinen Bunker öffnete.

„Komm mal her Alfred, ich muss dir etwas zeigen", so meldete er sich aus dem Dunkel seiner Höhle, als Alfred eigentlich schon unterwegs ins Bett war.

„Muss das sein. Hab keinen Nerv jetzt. Kann dieser Versicherungskram nicht bis Morgen warten."

„Es hat nichts mit den Versicherungen zu tun. Komm einfach! Schau es dir an!", lockte Tim mit seiner cremigen Radiostimme.

Alfred folgte widerwillig. Er stieg über den letzten noch verbliebenen Lautsprecher, der Tims Zimmereingang blockierte, und betrat das Allerheiligste. Tim saß wie immer vor seiner Wand aus Bildschirmen und Konsolen. Er deutete auf einen kleinen 18 Zoll-Bildschirm, auf dem Leben herrschte.

„Was ist das?", fragte Alfred, halb vorgebeugt neben Tim stehend.

„Die Überwachungskamera!", gab Tim trocken bekannt.

„Welche Überwachungskamera?" Alfred wusste nichts von einer Überwachungskamera.

„Meine!", erläuterte Tim. „Meine Überwachungskamera. Ich habe vier davon. Eine draußen vor der Haustür, eine im Treppenhaus, eine bei uns im Flur, direkt vor meinem Zimmerein-

gang, eine draußen vor meinem Fenster." Er klang sehr zufrieden, so etwas wie Erfinderstolz schwang in seiner Stimme mit.
„Du hast was? Vier Überwachungskameras …?" Alfred stand mit staunend geöffnetem Mund vor dem Bildschirm. „Und was passiert da?"
„Das ist von gestern Abend", erläuterte Tim. „Die Kamera vor meinem Fenster! Warte ab, ich spule mal vor." Er betätigte ein paar Knöpfe. Alfred sah im Superschnelldurchlauf eine Hauswand, eine Hauswand, eine Hauswand, eine Hauswand, darin ein Fenster, Fenster, Fenster, Fenster, flapp, flapp, flapp, plötzlich eine Bewegung. Tim stoppte das Bild: „Erkennst du das?" Alfred stand auf dem Schlauch. „Eine Hauswand, ein Fenster!", sagte er schließlich gedehnt. Da unten unser Garten.
„Es ist dein Fenster", eröffnete Tim. „Hier schau: Die Kamera hängt über meinem Fenster und sie erfasst alles, was rechts davon geschieht. Also dein Fenster, dahinter noch das Badfenster und unten der Garten hinter unserem Haus."
„Aber wozu … das Ganze?" Alfred verstand nicht, auf was die Vorführung hinauslaufen sollte. „Hast du die Kamera immer laufen?"
„Selbstverständlich! Was meinst du, wieviel Geld hier in meinem Zimmer verbaut ist. Alleine die Rechner sind ein Vermögen wert. Vom Zubehör ganz zu schweigen. Aber vor allem die Programme. Wenn das einer klaut, dann kann er ein Vermögen machen, und ich bin ruiniert."
„Aber wer sollte das klauen?", fragte Alfred schwer von Begriff. „Das weiß doch niemand, was du alles hier stehen hast."
„Täusche dich nicht. Industriespionage. In der Spiele- und Computerindustrie gang und gäbe. Vorsicht ist die Mutter der Porzellankiste. Ich gehe auf Nummer sicher."
Alfred schüttelte immer noch verständnislos den Kopf: „Vier Kameras. Ich fasse es nicht. Du hast nie davon erzählt. Warum erfahre ich das jetzt?"

„Wirst du gleich sehen. Ich glaube, das ist etwas, was dich interessiert." Mit diesen Worten setzte Tim den Abspielvorgang wieder in Gang. Es kam Leben in das Standbild von der Hauswand. Am unteren Bildrand näherte sich durch den Garten eine grünlich schimmernde Gestalt. Man sah sie nur von oben, aber es war unverkennbar. Diesen glattrasierten Schädel mit dem Pferdeschwanzbüschel am Hinterkopf gab es nur einmal: Sven!

„Sven!", rief Alfred überrascht. „Was macht der denn da unten im Garten?"

„Warte es ab!" Mit seinen dicken Fingern deutete Tim rechts unten auf den Bildschirm. Dort schimmerte in bleichen Ziffern die Uhrzeit: 21.47 Uhr. „Das war gestern Abend", sagte Tim. Der grünschimmernde Sven bewegte sich vorsichtig, sah sich um. Dann winkte er nach oben. An Alfreds Fenster erschien ein Kopf. Der Kopf von Rita. Sie winkte hinunter. Dann wurde zwischen den beiden gesprochen. Man sah es an der Körperhaltung und an den Bewegungen. Schließlich winkte Sven, als wolle er Rita überzeugen, aus dem dritten Stockwerk zu ihm hinunter zu springen. Ritas Kopf verschwand aus dem Fensterbogen. Gleich darauf tauchte er wieder auf. Sie trug etwas in beiden Händen und hielt es jetzt weit aus dem Fenster hinaus.

„Was ist das?", fragte Alfred verblüfft. „Halt mal das Bild an!" Tim stoppte den Bildlauf. Alfred beugte sich vor. „Das gibt's doch nicht!", rief er aus. „Die Tasche! Sie hat Gonnis Tasche in der Hand. Was hat sie vor?"

„Dachte mir doch, dass dich das interessiert", schnaubte Tim zufrieden. Er ließ die Aufnahmen weiterlaufen. Rita hielt die Tasche ausgestreckt aus dem Fenster, Sven machte unten im Garten ein Zeichen, und dann ließ Rita die Tasche fallen und Sven fing sie auf, zeigte Rita den emporgereckten Daumen und trollte sich. Sogleich verschwand er aus dem Bild, und auch Ritas Kopf zog sich wieder durch den Fensterbogen ins Haus zurück. Der Bildschirm brachte nur noch Hauswand, Hauswand, Hauswand, Fenster, Fenster, Fenster.

„Das war's!", bekräftigte Tim, als hätte Alfred es nicht von alleine gemerkt. Alfred rannte hinüber in sein Zimmer. An die Tasche hatte er überhaupt nicht mehr gedacht. Auch den ganzen Tag über, während des Putzens und Aufräumens, war sie ihm nicht mehr in den Sinn gekommen. Doch nun, als er sich vergewisserte, musste er feststellen: Die Tasche war verschwunden. Offenbar gestohlen von Rita und Sven. So eine Sauerei.

DER GOLDENE MARTI

Die beiden Kärtchen vom Bongo-Club lagen nebeneinander auf dem Küchentisch in Alfreds WG. Links das Fundstück aus Isolde Blenders Garten, leicht wellig, von der Feuchtigkeit, die es abbekommen hatte, und in seinem Nachtclub-Lila etwas blasser als das andere Kärtchen, das neuwertige, glänzende, welches Harzer ihm bei Gonnis Beerdigung in die Hand gedrückt hatte. Alfred interessierte sich nicht für „Techno – House – Punk – Dancfloor – Strip", sondern für die handgeschriebenen Telefonnummern auf der Rückseite.

Eigentlich hatte Alfred die Kärtchen hervorgezogen, weil ihm klar war, dass er Suse anrufen musste, um ihr zu beichten, dass Rita und Sven die Tasche gestohlen hatten. In gewisser Weise fühlte er sich sogar erleichtert, denn nun hatte er eine komfortable Ausrede, die er mit Hilfe der Aufzeichnung von Tims Überwachungskamera auch unumstößlich beweisen konnte.

Alfred legte sich Erklärungen zurecht, was und wie er es Suse sagen konnte, und wie er es so deichseln konnte, dass er sie dabei zu einem Treffen überreden konnte. Insgeheim war er überzeugt davon, dass er Chancen bei Suse Gonnfeld hatte. Er musste sie nur mal in entspannter Atmosphäre erwischen. Nachdenklich starrte er die beiden Kärtchen an. Die Telefonnummern, jeweils handgeschrieben auf der Rückseite, bildeten elfstellige Kolonnen, die eine in Kugelschreiberblau, die andere in leicht verwaschenem Filzstiftschwarz. Alfred stutzte. Täuschte er sich, oder gab es da …? Er legte die Kärtchen übereinander, dann untereinander, dann nebeneinander. „Da soll mich doch …..", fluchte er innerlich, war aber wie elektrisiert. Das war ja ein Ding. Er betrachtete die Kärtchen nochmals, noch intensiver, hielt sie so gegeneinander, so dass die Zahlen Pärchen bildeten, die Achten aus der Beerdigungs-Karte neben den Achten aus der Buchenhecken-Karte. Dann die markanten Vierer nebeneinander, die Nullen, die Sechser. Nein, es gab keinen Zweifel. Das war jeweils die gleiche Handschrift. Harzers Handschrift!

„Wow!", entfuhr es Alfred. Sein ganzer detektivischer Spürsinn geriet in helle Aufregung. Hier platzte gerade ein Knoten, er spürte es. Er versuchte klar zu denken: Offenbar gehörte es zu Frank Harzers Angewohnheiten, Telefonnummern auf der Rückseite seiner Clubkarten zu notieren. So wie er auf dem Friedhof bei der Beerdigung Suse Gonnfelds Nummer auf ein solches Kärtchen gekritzelt hatte, musste er auch die Nummer auf das Kärtchen aus Isolde Blenders Garten geschrieben haben? Aber wer hatte das Kärtchen dann dort verloren? Und wohin führte diese Telefonnummer? Es gab keinen leichteren Weg, es herauszufinden, als einfach die Nummer zu wählen. Alfred fingerte sein Handy aus der Tasche und stellte fest, dass der Akku wie immer auf dem Zahnfleisch daherkam. Für einen Anruf mochte es noch reichen. Konzentriert wählte er die Filzstift-Telefonnummer, Ziffer für Ziffer, Fingertip auf Fingertip, sorgsam darauf bedacht, sich bloß nicht zu vertippen. Als er endlich die letzte Ziffer eingegeben hatte, leuchtet auf dem Display ein Mirakel aus dem Jenseits auf: „Gonny-Handy" stand da. War das möglich? Gonnis Nummer, die bei Alfred im Handy eingespeichert war? Er hielt das Gerät ans Ohr. Es piepste dreimal, dann meldete sich die fröhliche Anrufbeantworterstimme Gonnis und verkündete: „Hier ist der mobile Anschluss von Gerd Gonnfeld. Ich habe gerade Wichtigeres zu tun, als deinen Anruf entgegen zu nehmen. Versuch es später noch mal oder hinterlasse eine Nachricht. Nach dem Pieps kannst du loslegen!"

Eindeutig, das war Gonnis Ansagetext. Es war Gonnis Telefonnummer. Es war unheimlich. Klar war die Nummer auf Alfreds Handy gespeichert. Das Mobiltelefon hatte die einge-

speicherte Nummer erkannt und deshalb den dazu gehörigen
Namen aus dem Kontaktspeicher angezeigt. Und die Mailbox
lieferte den letzten Beweis. Dennoch traute Alfred dem Ganzen
noch nicht und wiederholte den Vorgang gleich noch zwei Mal.
Beide Male das gleiche Ergebnis: Die Telefonnummer führte
zu Gonnis Mobiltelefon. Wo mochte es sich jetzt befinden? Bei
den Sachen, die die Polizei beschlagnahmt hatte? Gonni musste es bei seinem Tod im Falkenstein Tunnel mit sich geführt
haben, denn von dort hatte er die WhatsApp-Botschaft „Licht
am Ende des Tunnels. Es ist der goldene Marti" verschickt.
Alfred ließ sich in die Stuhllehne fallen. Er musste nachdenken.
Das dauerte zwei Zigarettenlängen. Er war gerade dabei, sich
eine dritte Zigarette zu drehen, als es an der Tür läutete. Vanessa stand im Eingang. Wie immer war ihre Frisur ein einziges
Durcheinander, ihre spitze Nase schimmerte unter einem leichten Schweißfilm, als hätte sie eine Anstrengung hinter sich. So
war es auch. Ihr Atem ging hektisch. Ihre nicht vorhandene
Brust hob und senkte sich unter dem indischen Flattertop, das
ihren mageren Oberkörper bedeckte. Sie strahlte.
„Hey!", begrüßte Alfred sie verdutzt. „Was soll die Aufregung?"
„Hier", sagte sie, während sie ungefragt die Wohnung betrat,
und hielt Alfred ein großes Buch mit farbigem Umschlag entgegen: „Vom Flohmarkt!"
„Und deswegen diese Eile?"
„Schau es dir an!" Sie hielt Alfred das Buch vor die Nase. Er
las: „Zauberisches Dreisamtal – Lieblingstal im Schwarzwald".
Die Autoren hießen Hans Konrad Schneider und Fritz Röhrl
und der farbige Schutzumschlag zeigte den Blick von einem
bewaldeten Berg hinüber zu etlichen weiteren bewaldeten Bergen, dazwischen das Dreisamtal.
„Noch ein Dreisamtal Buch", stöhnte Alfred. „Ich hab schon
ein Dutzend davon." Während er das großformatige Werk, 27

auf 21 Zentimeter, vor sich her trug wie ein Tablett, führte er Vanessa in die Küche: „Rauch eine mit mir und erzähl mir, was an diesem Buch so wichtig ist, dass du hier am heiteren Tag hereinplatzen musst wie ein Eilbote des japanischen Kaisers!"

„Der japanische Kaiser hat keine Eilboten", widersprach Vanessa augenzwinkernd. Dann ließ sie sich auf einen Stuhl fallen, spielte mit den lilafarbenen Kärtchen vom Bongo-Club und sah Alfred erwartungsvoll an.

„Na, schau mal rein! Schau es dir an!"

Alfred blickte auf das Buch in seiner Hand, dann auf Vanessa, die schelmisch aus ihrem Koboldgesicht grinste. „Das ist jetzt nicht dein Ernst", sagte er. Widerstrebend ließ er die Seiten durch die Finger laufen. „Wonach soll ich suchen?" Er klang genervt. Geräuschvoll klatschte er das Buch auf den Küchentisch und nahm bei dieser Gelegenheit Vanessa die zwei Bongo-Club-Kärtchen aus den Fingern.

„Wonach suchst du denn die ganze Zeit im Dreisamtal?", fragte Vanessa zurück und hatte trotz Alfreds ungehaltenem Tonfall ihre gute Laune noch nicht verloren.

„Nach nichts! Höchstens nach dem goldenen Marti, wenn du mich so fragst", erwiderte er.

Jetzt wuchs Vanessas Lächeln sich zu einem strahlenden Sonnenaufgang aus. Sie tippte mit ihrem dürren Zeigefinger auf den Buchtitel. „Na also! Da ist er drin, dein goldener Marti!"

Sie machte ein Gesicht wie jemand, der soeben eine lange herbeigesehnte Schwangerschaft verkündet hat. Alfred hingegen stand auf dem Schlauch. Vanessa half ihm auf die Sprünge: „Ab Seite 214. Da geht es los. Das Kapitel heißt Bergbauerinnerungen aus dem Dreisamtal. Lies es dir durch, dann weißt du Bescheid." Sie schlug das Buch auf, suchte die entsprechende Seite und schob es Alfred unter die Nase.

Alfred las!

Die Tage 47, 46 und 45 auf dem magischen Maßband verbrachte Alfred mit der Fertigstellung seines Referates. Er arbeitete konzentriert und hangelte sich dabei an all dem Wissen entlang, das er in den vergangenen Wochen zum mittelalterlichen Bergbau im Oberriedertal angesammelt hatte. Im Mittelpunkt aber stand die sagenhafte Geschichte vom goldenen Marti. Als er schließlich am Tag 44 vor dem Seminar stand, um sein Referat zu halten, den erwartungsvollen Professor Hugott und ungefähr 35 gähnende Kommilitonen vor sich, die sich bereits langweilten, bevor er auch nur begonnen hatte, da arbeitete Alfred das Pflichtwissen mit einer Reihe von Grafiken, Schaubildern und getürkten oder nachträglich von Tim am Computer gefakten Aufnahmen von vermeintlichen und tatsächlichen Bergbauspuren im Oberriedertal ab. Dann kam er zur Kür: „Nun aber zu einem Kapitel der Oberrieder Bergbaugeschichte, das wenig bekannt ist, aber zu überraschenden Einblicken verhilft", so dozierte er. „Und zwar sind es Einblicke in den harten Bergbauer-Alltag während des Bauernkrieges, Einblicke in das Goldfieber, das eine ganze Region erfassen kann, ebenso Einblicke in die Leichtgläubigkeit und überhaupt in die Kraft des ländlichen Aberglaubens bis ins späte Mittelalter und die Neuzeit hinein."

Von den hinteren Reihen kam ein unflätiger Kommentar: „Was hat das mit Wissenschaft zu tun?"

„Mehr als dein alberner Pferdeschwanz", blaffte Alfred zurück, denn es war Sven gewesen, von dem der Zwischenruf stammte. Seit der Sache mit der Tasche hatte Alfred weder mit Sven noch mit Rita ein Wort gesprochen. Er hatte die ganze Woche über Wichtigeres zu tun gehabt. Aber die Angelegenheit war noch nicht aus der Welt. Alfred war noch unentschieden, ob er den beiden Verrätern Sven und Rita Oberkommissar Junkel oder vielleicht doch lieber Frank Harzer auf den Hals schicken sollte. Jedenfalls war er fertig mit beiden.

„Fahren Sie fort!", drängte unterdessen Professor Hugott.

Und so erzählte Alfred die Geschichte vom goldenen Marti:

„Eigentlich kam der Bergbau in Oberried, im Zastlertal und im Weilersbacher Tal im Wirren des Dreißgjährigen Krieges zum Erliegen. Die letzten Gruben schlossen bei Weilersbach und bei Birkenreuthe, das wissen wir aus Urkunden über Waldverkäufe. Die Zeiten waren zu unsicher. Die Bergleute mussten jederzeit mit Plünderungen und Brandschatzungen rechnen. In dieser Zeit spielte sich eine Episode ab, die drei Jahrhunderte später ein wahres Goldfieber im Dreisamtal auslöste. Es ist die Sage vom goldenen Marti."

Alfred ließ die Worte wirken. Niemand schien beeindruckt. Nur Vanessa, welche die ganze Geschichte kannte, folgte aufmerksam.

„Um 1740 tauchte ein handschriftliches Testament eines Bergmannes auf, die in der Forschung als die Ludausche Urkunde bekannt ist. Der Bergmann hieß David Ludau, und er gab in seinem Testament an, dass er um 1500 als Hauer im Oberriedertal gearbeitet hat. Ich zitiere jetzt wörtlich aus dem Testament", kündigte Alfred an und gönnte sich eine dramaturgische Kunstpause. Einige der Studenten im Raum schienen aus ihrem Tiefschlaf erwacht. Alfred blickte in neugierige Gesichter. Er las vor: „Anno 1511 habe ich, David Ludau, in den Gruben ze Weilerspach, St. Georgen-Gruben geheißen, gearbeitet und bin daselbst Hauer gewesen."

Professor Hugott flocht schnell eine Information ein: „Die Gruben hatten alle Namen. Meistens wurden sie nach Schutzheiligen benannt. Aberglaube!"

Alfred machte weiter: „Unterdessen haben sich die Gruben sehr reich vermehrt, so dass man schier von Ellenbogen zu Ellenbogen gewachsenes Gold gefunden, dieses in schmalen Splitter wie Pergament dick und einer Bommel breit. Das Erz war ohnhin schon reich und man hat alle Quart größere und reichere Quellen gefunden …"

Alfred klickte am Laptop und der Beamer warf ein Bild an die Wand, das Skizzen von Bergleuten des 16. Jahrhunderts zeigte. Die Darstellung war aus dem Buch „Zauberisches Dreisamtal" geklaut. Alfred ließ die Zeichnungen wirken und fuhr dann fort aus David Ludaus Testament zu zitieren: „Ich selbst hatte das Glück, den Vorhang, der uns lange hinderte, zu sprengen, und hinter diesem fanden wir so reiches Erz, einen ganzen Schatz davon, dass man jedem Bergmann mit drei Mark Gold das Stillschweigen befohlen. Ich aber, der den Vorhang gesprengt, bekam drei Mark Gold mehr als die Anderen zum Geschenk. Und so arbeiteten ich und mein Bruder noch drei Jahre in dieser Grube, die wir St. Martin tauften, bis endlich der Krieg so weit um sich gefressen, dass niemand mehr sicher zu sein schien. Da hat unser hochwerther Meister aus Furcht vor den Söldnern den Befehl gegeben, diese St. Martinsgruben von der Mündung zwölf Ellenbogen an dem Eingang mit einer Thür von Eisen beschlagen zu beschließen und alle Schachten wohl zu verwahren und mit Schutt zu verhüllen, so dass niemand sie findet, als bis wieder Ruhe und Frieden im Land sei."

Wieder mischte sich Professor Hugott ein: „Das war nichts Ungewöhnliches in unsicheren Zeiten. Man versiegelte die Erzgänge und ließ die Kriegswirren über das Land ziehen. Manchmal musste man viele Jahre warten, bis man die Schürfarbeiten wieder aufnehmen konnte. Manchmal gerieten Gruben auf diesem Wege sogar in Vergessenheit."

„So war es", griff Alfred dankbar das Stichwort auf. „So war es auch im Falle von David Ludaus Sankt Martinsgrube."

Alfred marschierte theatralisch einmal von links nach rechts vor der ersten Bankreihe dahin und fasste dabei zusammen: „David Ludau und seine Familie sowie die übrigen Bergleute versteckten sich vier Jahre im hinteren Zastlertal und im Feldberggebiet. Sie mussten mit ansehen, wie fremde Soldaten die Schmelz- und Pochwerke am Eingang des Oberriedertales ausputzten und verbrannten. Aber die versiegelte Martinsgrube blieb unentdeckt. Darüber schreibt Ludau in seinem Testament, Moment, ich zitiere." Wieder machte er eine Kunstpause. Noch hörte man ihm zu. „Den Sankt Martini haben sie nicht gefunden; dieser ist in der Grube sicher verwahrt, der ist von lauter Gold und wiegt 300 Mark, ein jedes einzelne Stück. Ich freute mich jeden Tag meines Lebens darüber und gedachte, diesen Goldschatz zu bergen, wenn der Krieg erst vorüber ..." Jetzt hielt Alfred wieder inne und schwenkte sein Manuskriptblatt. „Nun aber kommt es", verkündete er. „David Ludau musste außer Landes fliehen. Zusammen mit einem Mitheuer gelangte er in die Schweiz nach Solothurn und von dort kehrte er nie wieder in den Breisgau zurück, weil es dort unsicher und blutig blieb, bis an sein Lebensende. Aber in Solothurn machte er sein Testament und schrieb darin all das nieder, was ich eben vorgelesen habe. Vor allem aber", Alfred ließ erneut eine Pause entstehen, „vor allem aber hinterließ er in diesem Testament auch eine Beschreibung jener Stelle, wo angeblich der Eingang zur sagenhaften Goldgrube zu finden sei." Alfred hielt inne. Das Auditorium war still. Erwartungsvolle Gesichter. Das ganze Seminar war bei der Sache. Auch Professor Hugott wurde ungeduldig: „Na, und?", fragte er. „Wollen Sie es uns nicht verraten?"

„Sehen Sie", so triumphierte Alfred. „Sie wollen wissen, wo der sagenhafte Goldgang sich befindet? Alle wollen es wissen. Auch die Menschen des 18. und 19. Jahrhunderts wollten es wissen, als dieses Testament plötzlich im Dreisamtal auftauchte." Er schaute sich siegesgewiss um: „Die Textpassage aus dem Testament habe ich dabei. Soll ich sie vorlesen? Wer will wissen, wo sich der Eingang zur goldenen Martinsgrube befindet."

Ein paar Arme reckten sich in die Höhe. Otti wurde ungehalten: „Jetzt machen Sie schon. Spannen Sie uns nicht auf die Folter!"

Alfred machte weiter: „Im Testament von David Ludau heißt es: Der diese Schrift nach meinem Tod findet, der gehe auf Oberried, alwo das Tal sich theilet, alwo Zasteler Tal, St. Wilhelmer Tal und Weilersbacher Tal zusammen fallet. Gegen Mittag liegt am rechten Ufer eines Wasser an dem Rabespitz rechts, unten eine Fläche, da gehet die Mündung hinein und zieht sich gegen Mittag in elf Stunden oder Schirm."

„So ein Scheiß!", kommentierte einer. Einige Kommilitonen lachten unsicher.

„... gezeichnet zu Solothurn den neunzehnten März 1527, David Ludau", so beendete Alfred sein Zitat.

„Sehr schön!", kommentierte Otti.

„Jetzt ging es erst richtig los", verkündete Alfred. „Die Nachricht vom sagenhaften Goldquarzgang versetzte das Dreisamtal im 18. und bis ins 19. Jahrhundert geradezu in einen Goldrausch. Von 1747 bis 1867 schürften und suchten, gruben, fieberten, rackerten Erzgräber, Bergmannsprofis, Privatträumer und Glücksritter aus der ganzen Umgebung und von weiter her. Alle in der Hoffnung auf den großen Schatzfund, der inzwischen auch einen Namen hatte." Alfred präsentierte jetzt eine Reihe von Zahlen, Namen und Grafiken aus dem Buch „Bergbau auf Lagerstätten des südlichen Schwarzwaldes" von Helge Steen. Dort war diese Goldgräberphase bestens beschrieben im Kapitel „Gruben und Lagerstätten im Bereich Kirchzarten-Oberrieder Tal". Alfred hob sich das Beste für den Schluss auf. Das Beste aus seiner Sicht, denn es führte ihn auf eine heiße, eine ganz heiße Spur: „Man sprach damals überall im Dreisamtal vom goldenen Marti von Oberried. Der goldene Marti! So nannte man nach der Martinsgrube den Schatz, hinter dem alle herjagten. Doch gefunden hat ihn bis heute niemand." Alfred klappte seine Mappe zu und deutete eine knappe Verbeugung an: „Ich danke für die Aufmerksamkeit. Gibt es noch Fragen?"

BEWEISE UND INDIZIEN

Zu Hause wartete eine Überraschung in Gestalt von Ober-kommissar Junkel auf Alfred. Der Polizist, wie immer in sei-nem unverwüstlichen Sakko, saß in der Küche und studierte das Buch „Zauberreiches Dreisamtal", das Alfred dort auf dem Küchentisch zurückgelassen hatte.

„Ihr Wohnungskollege hat mich hereingelassen", erklärte Jun-kel lakonisch.

„Tim?"

„Das Monstrum aus der Tiefsee! Heißt er Tim? Ja, der war's."

„Was wollen Sie!"

„Dich festnehmen. Verhaften!" Siegfried Junkel klang voll-kommen ernst. Alfred lachte geziert: „Ein Scherz?"

„Nicht wenn es nach meiner Chefin geht. Für Sie bist du der Hauptverdächtige im Fall Gonnfeld."

Alfred erinnerte sich an Kriminaldirektorin Dr. Gerda Le-ber-Semmlich, die graue Kurzhaarfrisur. Ungläubig setzte er sich zu Junkel an den Tisch. Der hielt immer noch das „Zau-berreiche Dreisamtal" aufgeschlagen vor sich, ausgerechnet jene Seite 218, die Alfred mit einem Merkzettel versehen hatte, und auf der die Geschichte vom goldenen Marti begann.

„Ich verstehe nicht ganz. Wieso glaubt Ihre Chefin …?"

Junkel legte das Buch zur Seite, ließ es aber aufgeschlagen. Aus seinen wässrigen, rotgeäderten Augen sah er Alfred unter schweren, hängenden Lidern hervor an: „Du bist der Letzte, der Gerd Gonnfeld auf seinem Handy angerufen hat", sagte er langsam, jedes Wort bedächtig ausbreitend. „Wir haben das Handy bei dem Toten am Tatort gefunden. Es liegt als Beweis-stück bei uns im Polizeipräsidium. Und plötzlich klingelt es. Und zwar zehn Tage nach Gonnfelds Tod! Ist das nicht ein bisschen seltsam?"

152

Alfred verstand nicht gleich. Dann aber fiel der Groschen: „Ach das!" Er klang erleichtert. „Das kann ich erklären. Es stimmt, ich hab seine Nummer gewählt." In wenigen Sätzen erklärte Alfred dem Oberkommissar, dass und warum er die Telefonnummer vom Bongo-Club-Kärtchen gewählt hatte. Und dass er dann erst anhand des Namens auf seinem Display gemerkt hatte, dass dies Gonnis Handynummer war.

„Zeig mal diese Karte vom Bongo-Club her?"

Alfred folgte gehorsam. Er brachte unaufgefordert beide Kärtchen, jenes aus dem Garten von Isolde Blender und auch jenes von der Beerdigung, so dass Junkel die Schrift auf den Rückseiten vergleichen konnte. Der Oberkommissar beugte sich wie ein kurzsichtiger Briefmarkensammler über die beiden Kärtchen, die er nebeneinander auf den Küchentisch gelegt hatte und nun mit seinen gelben Nikotinfingern hin und her schob, um sie zu vergleichen. Er brummte und schnaubte vor sich hin wie ein vorzeitig aus dem Winterschlaf geweckter Bär. „Was sagst du, wo hast du die zweite Karte gefunden?"

Alfred erklärte es: „In einem Garten in Oberried."

Weil Junkel sich nicht weiter äußerte, sondern nur Geräusche machte, fühlte Alfred sich zu Erläuterungen genötigt: „Das ist in beiden Fällen die Handschrift von Frank Harzer, dem Lebensgefährten von Suse Gonnfeld. Einmal war ich selbst dabei, als er die Nummer notierte. Nur er macht diese Kringel bei der Acht und bei der Sechs. Sie sind auf beiden Karten identisch."

„Ja, ja, ja", bestätigte Junkel und schob die Kärtchen weiterhin von einer Seite zur anderen, wie ein Puzzlespieler, der passende Stücke suchte.

„Es gibt also eine Verbindung von Gonni nach Oberried", kombinierte Alfred. „Denn irgendwie muss die Karte ja in die Buchenhecke von Isolde Blender gelangt sein."

Junkel richtete den Blick aus seinen tränenden Augen jetzt misstrauisch auf Alfred. „Wieso sollte Gonnfeld eine Karte vom Bongo-Club mit sich herumschleppen, auf deren Rückseite seine eigene Mobilfunknummer steht? Hä?"

Die Frage war berechtigt. Alfred schlug vor: „Jemand, der Gonni kannte. Jemand, dem Harzer die Nummer aufgeschrieben hat."

„Schon besser", kommentierte Junkel und steckte ungefragt beide Kärtchen in die Innentasche seines Sakkos. „Vielleicht kein Jemand, sondern Harzer höchstpersönlich. Wir werden es herausfinden", versprach er.

„Bin ich nun verhaftet?", wollte Alfred fröhlich wissen. „Oder reicht meine Erklärung?" Er grinste breit, weil er sich seiner Sache ganz sicher war.

Aber Junkel tippte ihm drohend mit einem Finger auf die Brust: „Grundsätzlich bist du immer verdächtig, verstehst du! Weil du immer mitten drin steckst, im Schlamassel!" Er bleckte die braunen Zähne: „Und im speziellen Fall bist du sogar hochgradig verdächtig."

„Aber ich habe den Anruf doch erklärt. Und die Kärtchen? Beweisen die nichts?"

„Das mit dem Anruf ist vom Tisch", bestätigte Junkel. „Höchstwahrscheinlich!", schränkte er ein, als er Alfreds zufriedenes Grinsen wahrnahm. „Aber da ist noch die Sache mit der Tasche. Die hast du verschwinden lassen. Solange sie nicht wieder auftaucht ..."

„Halt, halt, halt", wehrte Alfred ab. „Das mit der Tasche kann ich erklären. Und ich kann es auch beweisen." Er machte eine theatralische Geste: „Sven und Rita haben sie gestohlen. Sie haben die Tasche!"

Jetzt war es an Junkel, verdattert aus der Wäsche zu schauen. „Willst du mich verarschen?"

„Nein! Ich sag doch, ich kann es beweisen. Es gibt eine Aufzeichnung von dem Diebstahl. Überwachungskamera. Kommen Sie mit!"

Junkel griff sich das „Zauberische Dreisamtal", klappte es zusammen und klemmte es sich unter den Arm. „Das ist konfisziert", verkündete er. Dann folgte er Alfred hinüber in Tims Zimmer. Dort sahen sie sich gemeinsam den Überwachungsfilm an: Hauswand, Hauswand, Hauswand, Fenster, Fenster, Fenster, Sven und Rita, Tasche fliegt aus dem Fenster, Hauswand, Hauswand, Hauswand, Fenster, Fenster, Fenster, flapp, flapp, flapp. Junkel ließ zweimal vor und zurückspulen. Dabei bewegte er ungläubig den Kopf langsam wie in Zeitlupe hin und her. Tim drückte die Knöpfchen und erläuterte mit seiner sonoren Sprecherstimme die Bildfolgen, so als müsste er sie nachträglich vertonen. Schließlich fragte Junkel höflich: „Können Sie mir die Datei mit dem Film irgendwie zur Verfügung stellen? Per Mail vielleicht?"

Tim schwang auf seinem ledernen Thronsessel herum und hielt Junkel mit seinen fetten Wurstfingern einen USB-Stick unter die Nase: „Hier ist alles schon drauf. Schenke ich dem Staat!"

Sie kehrten in die Küche zurück, wo sie gemeinsam drehten und rauchten. Dabei sagte Junkel: „Ich will mich revanchieren. Heute habe ich schließlich eine ganze Menge brauchbare Neuigkeiten erhalten." Er lehnte sich nach vorne und faltete die Hände. Die Zigarette hing ihm im Mundwinkel. Er sprach, ohne sie herauszunehmen: „Diese Bongo-Kärtchen sind nicht die einzige Spur, die nach Oberried weist. Es gibt noch eine Verbindung."

Alfred wartete gespannt. Junkel schien eine Frage zu erwarten. Als keine kam, fuhr er fort: „Willst du wissen, wo Gerd Gonnfeld den Abend verbracht hat, bevor er irgendwann zwischen Mitternacht und vier Uhr morgens im Falkenstein-Tunnel ermordet wurde?"

Selbstverständlich wollte Alfred das wissen. Er blies den Rauch seiner Zigarette gegen die Decke und nickte.

„Er saß den ganzen Abend im Landgasthaus Schützen in Weilersbach. Er hat dort gegessen, zwei Mineralwasser und einen Kaffee getrunken und bis zum Zapfenstreich gewartet, ehe er die Gaststube verließ."

„Woher wissen Sie das?"

„Ich habe eine zwanzigköpfige Sonderkommission", gab Junkel zur Antwort. Es klang verächtlich, so als hätte er normalerweise so etwas nicht nötig. „Was glaubst du, was wir in den letzten zwei Wochen gemacht haben? Däumchen gedreht? Meine Leute jedenfalls nicht. Wir hatten die Obduktionsergebnisse aus der Gerichtsmedizin, und da war klar, dass Gonnfeld ein paar Dinge im Magen hatte, die er höchstwahrscheinlich in der gehobenen Gastronomie zu sich genommen hat. So haben wir mal alle Läden im Umkreis von zwanzig Kilometern abgeklappert und überall dem Personal Fotos von Gonnfeld unter die Nase gehalten. Und Volltreffer! Sein Auto stand noch dort. Und im Schützen haben sie ihn gleich erkannt und sich an ihn erinnert. Ein einzelner junger Mann, der von acht Uhr bis Mitternacht bei zwei Mineralwassern mutterseelenalleine in einer Wirtschaft am Arsch der Welt sitzt und alle zwei Minuten auf die Uhr schaut, so jemand muss schließlich auffallen."

Für seine Verhältnisse hatte Junkel eine ganze Rede gehalten. Alfred fasste zusammen, was er verstanden hatte: „Gonni war also nervös und wartete auf den Feierabend im Schützen. Er hatte irgendetwas vor."

„So kann man es ausdrücken, ja!"

„Haben Sie eine Ahnung, was …?"

„Na, jedenfalls endete es im Falkenstein-Tunnel. Soviel wissen wir. Luftlinie sind das nur eineinhalb Kilometer. Aber dazwischen liegt noch dieser Berg, weiß nicht wie er heißt, der Höllental und Weilersbachtal voneinander trennt."

„Er heißt Sonneck", half Alfred aus. „Das ist mehr oder weniger die Verlängerung vom Hinterwaldkopf."

Junkel war noch nicht fertig, Alfreds Belehrung schüttelte er unwillig ab: „Wir kennen noch zwei letzte Lebenszeichen von Gonnfeld, an jenem Abend. Beide sind auf seinem Handy gespeichert."

Jetzt war Alfred gespannt. Er drückte erwartungsvoll die Zigarettenkippe auf dem Deckel eines geöffneten Gurkenglases aus. Die Gurken taugten eh nichts mehr. Sie waren von Schillers Party noch übrig. Jemand hatte dort vergessen, den Deckel wieder zuzuschrauben, und seither lag er auf dem Küchentisch, während die Gurken unter dem Küchenfenster täglich von der nicht nachlassenden Augusthitze gründlich durchgekocht wurden.

„Gegen 21 Uhr setzte Gonnfeld seine WhatsApp-Nachricht ab, die du auch bekommen hast. Du erinnerst dich: Licht am Ende des Tunnels. Der goldene Marti!" Junkel tippte verschlagen mit einem Finger auf das „Zauberische Dreisamtal" und hüstelte gekünstelt: „Von diesem goldenen Marti, von dem hier in diesem Buch was geschrieben steht. Deshalb leihe ich es mir auch mal aus."

Alfred seufzte und machte gute Miene. „Und die zweite Nachricht …?", fragte er.

„Gonnfeld hat kurz nach 23 Uhr noch einmal telefoniert. Rate mal, wen er angerufen hat?"

Alfred zuckte die Schultern. Er hatte keine Ahnung. „Vielleicht seine Schwester?", spekulierte er.

„Falsch!", rief Junkel triumphierend. „Er hat mit deinem Kumpel Sven telefoniert. Mit dem Taschendieb!" Junkels ansonsten stets mürrisches Gesicht verzog sich zu einem Grinsen. Fast sah er sympathisch aus. „Was sagst du jetzt?"

„Nichts", erwiderte Alfred. „Was soll ich sagen?" Er überlegte kurz: „Haben Sie schon herausgefunden, was die beiden so spät miteinander zu telefonieren hatten?"

Junkel schüttelte den Kopf und klopfte sich Asche vom Sakko, die dort zuvor beim Rauchen hängen geblieben war. Eine kleine Staubwolke erhob sich. „Aber wir nehmen uns das Bürschchen noch vor. Jetzt, wo ich weiß, dass er die Tasche hat, wird es ein Verhör geben. Der Junge hat jedenfalls keine weiße Weste."

„Noch was? Sie haben ja ganz schön was rausgefunden?" Junkel nahm das Lob ohne Regung und schien zu überlegen, was er Alfred noch alles von den Ermittlungen preisgeben konnte. Offenbar fand er noch etwas, denn er straffte sich: „Da gibt's noch ein interessantes Detail. Willst du wissen, was wir bei der Leiche gefunden haben?"

„Aber sicher. Alles, was sie mir sagen dürfen."

„Sagen darf ich dir eigentlich nichts, also behalte es für dich: Gonni trug zwei Dinge mit sich. Am Gürtel in einem Halfter eine Taschenlampe. Wir haben inzwischen herausgefunden, dass er sie drei Tage zuvor im Baumarkt gekauft hat. Und in der Hand hielt die Leiche, als wir sie fanden, eine kleine Astschere. So eine, schnipp, schnapp!" Der Oberkommissar machte eine Bewegung mit beiden Händen, die wohl eine Heckenschere simulieren sollten. „Schnipp, schnapp", wiederholte er. „Sagt dir das etwas?"

Alfred verneinte. In seinem Kopf glühten die Drähtchen. Isolde Blenders Hecke fiel ihm ein.

„Auch aus dem Baumarkt", ergänzte Junkel. Und dann, fast flüsternd, fügte er hinzu: „Beim Einkaufen war Gonni nicht alleine. Ein glatzköpfiger Junge mit blondem Pferdeschwanz war bei ihm. Das sagt die Kassiererin, die sich an beide erinnern kann, das sagt der Verkäufer aus der Gartenabteilung, das sagt auch die Überwachungskamera vom Baumarkt. Und was sagst du?"

Alfred musste nicht lange überlegen: „Sven ist ein harmloses Arschloch." Und überzeugt: „Er hat mit der Sache nichts zu tun. Er ist ein Mitläufer und Arschkriecher. Von dem würde ich mir nicht allzu viel erhoffen."

„Bist du Kriminalpsychologe, oder was?"
„Nur Hobbydetektiv. Ich stehe sogar im Telefonbuch."
An diesen letzten Satz musste er noch denken, als Junkel längst schon wieder gegangen war. Es stimmte, er war Hobbydetektiv. Aber er hatte auch einen Fall. Den Fall der entlaufenen Katze. Und der spielte in Oberried, beim Hof des Moosbauern, der auch kein Normaler war. Ein Gedanke war Alfred bereits mehrfach in den letzten Tagen gekommen, als er mit den Vorbereitungen zu seinem Referat beschäftigt gewesen war, aber jetzt holte er ihn noch mal hervor und drehte und wendete ihn: Was wäre, wenn man die Orstangabe „auf Oberried, alwo das Tal sich theilet, alwo Zasteler Tal, St. Wilhelmer Tal und Weilersbacher Tal zusammen fallet", aus David Ludaus Testament mal wörtlich nehmen würde? Könnte die Beschreibung nicht auf den Mooshof passen? Er stand exakt an jener Stelle „wo das Tal sich teilet". Es musste doch einen Grund geben, warum Gonni so vom „goldenen Marti" besessen gewesen war. Selbst in seiner letzten WhatsApp-Nachricht hatte er noch davon geschrieben. Und auf der Grundstücksgrenze zwischen Isolde Blenders Anwesen und dem Mooshof, ausgerechnet dort, in einem Durchschlupf in der Hecke, der ganz frisch und künstlich geschaffen war, ausgerechnet dort lag die Karte mit Gonnis Telefonnummer. Alfred konnte sich nicht helfen, aber er war sich sicher, dies alles gehörte irgendwie zusammen.
Die verschwundene Katze war doch ein guter Vorwand, um noch einmal vorbei zu schauen. Mehr als vom Hof jagen konnte ihn der Bauer schließlich nicht.
Am nächsten Tag stand Alfred also wieder vor der Hofeinfahrt zum Mooshof, der drohenden schwarzen Kulisse des mächtigen, schindelgedeckten Hofgebäudes gegenüber, das aus schwarzem Holz gemauert schien, aus gebeizten Eisenbahnschwellen oder dem versteinerten Kern jahrhundertealter Mooreichen. Dieser Hof lag wie ein misstrauisches, in den

Hang geducktes Tier auf der Lauer. Wer sich ihm näherte, wie jetzt Alfred, der fühlte sich beobachtet. Alfred ging ganz langsam und machte kleine Schritte wie ein Rekonvaleszent nach der Kniescheibenoperation. Sein Fahrrad führte er neben sich her, eine Hand am Lenker. Falls der schwarze Werwolf aus irgendeiner der bedrohlichen Toröffnungen im Hof oder in den umliegenden Scheunen herausstürmen sollte, würde er sich in den Sattel schwingen und Reißaus nehmen. Soviel war gewiss. Doch kein Werwolf erschien. Stattdessen der Moosbauer höchstpersönlich. Er war noch kleiner als sein Sohn Martin und noch bösartiger. Er stürmte nicht heran, sondern er blieb direkt unter dem tief durchhängenden Holzbalkon stehen, der die gesamte Längs- und Seitenfront des Mooshofes wie ein hölzerner Patronengurt umgab.

„Stehenbleiben! Sofort!", brüllte der Moosbauer über die Distanz von mindestens zwei Straßenbreiten hinweg, die Alfred noch entfernt war, und die gewaltige Lautstärke seiner Stimme stand in unnatürlichem Missverhältnis zu seiner geringen Körpergröße. Er steckte in Gummistiefeln, Cordhosen und einem blauen Bauernkittel, wie ihn auch sein Sohn Martin getragen hatte, und er fuchtelte mit der rechten Faust. „Hier ist Privatgrundstück! Verschwinde!"

Alfred nahm allen Mut zusammen und bewegte sich in Trippelschritten weiter vorwärts. „Sind Sie der Moosbauer", rief er beherzt.

„Bist du vom Finanzamt, oder was?", brüllte der Moosbauer zurück, ohne Alfreds Frage zu beantworten. Er trat nun aus dem Schatten der Hofveranda hervor, und Alfred sah einen etwa sechzigjährigen, knotigen Mann, keine 1,60 Meter groß, dafür aber mit breiten Schultern wie ein Kampfschwimmer und mit Händen, groß wie Gipserkellen. Eine dieser Hände war zur Faust geballt und wurde drohend gegen Alfred geschüttelt. Das Gesicht des Moosbauern ähnelte jenem seines

Sohnes Martin: verkniffen, faltig, sonnengegerbt, mit kleinen, gehässigen Knopfaugen, die außer Boshaftigkeit nichts ausstrahlten.

„Wir kaufen nichts, wir brauchen nichts, wir haben auch keine Arbeit! Also, was willst du?" Jetzt stand der Moosbauer nur noch zwei Fahrradlängen von Alfred entfernt. Er hätte also aufhören können, so laut zu schreien. Aber er brüllte immer noch, als müsse man ihn auch drüben im Höllental verstehen.

Aus den Augenwinkeln behielt Alfred den Eingang zum Wohntrakt des Hofes im Auge, gleichzeitig aber auch die zwei Scheunen, die rechts das Grundstück zum Anwesen von Isolde Blender hin abriegelten. Ihm war, als hätte er eine Bewegung im Hauseingang wahrgenommen. Vielleicht eines der Hühner, die hier frei herumliefen? Vielleicht war es auch die Bäuerin? Vielleicht täuschte er sich aber auch. Die Sonne reflektierte in einem kleinen Brandweiher, der linkerhand zwischen verwilderten Ginsterbüschen hervorblitzte. Alfred stand ungünstig. Er fühlte sich geblendet. Er blinzelte.

„Nochmal! Was willst du? Hier gibt es nichts!" Der Moosbauer stand jetzt nur noch eine Armlänge von Alfred entfernt. Der Bauer war zwar um zwei Köpfe kleiner als Alfred, aber es konnte kein Zweifel daran bestehen, dass er Alfred mit einer Hand hätte am Kragen packen und mühelos vom Hof tragen können.

Alfred hatte sich etwas zurechtgelegt: „Ich bin Student aus Freiburg. Studiere Geschichte ..."

Der Moosbauer ließ ihn gar nicht ausreden: „Hat mir gerade noch gefehlt, so einer! Geh was Anständiges schaffen. Los, verschwinde!"

„Neuere und Neueste Geschichte, Wirtschafts- und Sozialgeschichte ..." fuhr Alfred unverdrossen fort.

„Hau ab! Ich ruf den Hund! Mach dass du fortkommst!"

Die Drohung mit dem Hund jagte Alfred einen Schrecken ein. Hastig brachte er sein Sprüchlein zu Ende: „Ich erforsche den Bergbau in Oberried. Es geht auch um Ihren Hof."

Als hätte Alfred einen unsichtbaren Schalter gedrückt, verstummte der Moosbauer unvermittelt. Er blinzelte. Leise, ganz leise fragte er, ohne Alfred aus den Augen zu lassen: „Was sagst du da?" Es klang bedrohlich, wie wenn eine Metallsäge ansetzt, um Knochen zu zersägen.

„Ihr Hof ...", stotterte Alfred. „Ich meine, er ..., ist ..., vielleicht ist er ... wie alt ist er?"

„Was hat der Hof mit dem Bergbau zu tun?", ignorierte der Moosbauer die Frage. Seine Lippen waren jetzt ganz dünn, wie Schnüre, und seine Augen hatten sich zu bösartigen Schlitzen verengt. Wie ein giftiges Insekt fixierte er Alfred, ein Insekt, das gleich tödlichen Speichel spucken oder einen Stachel ausfahren würde, um dem Opfer die Luft zu nehmen und das Blut zum Kochen zu bringen.

Die Lähmung setzte bei Alfred bereits ein, obwohl ihn noch nichts getroffen hatte, weder Speichel noch Stachel. Planlos und ohne dass er es eigentlich gewollt hatte, stammelte er: „Der goldene Marti!"

Der Schlag kam vollkommen überraschend und mit solch einer unglaublichen Geschwindigkeit, dass Alfred nicht einmal im Ansatz zu einer Reaktion fähig war. Die Faust des Moosbauern traf ihn unterhalb des Brustkorbes auf den Solar Plexus, der sich für den Moosbauern in der idealen Höhe befand. Der Schlag hämmerte sämtliche Luft aus Alfreds Lungen und versetzte ohne Vorwarnung Magen, Leber, Milz und andere Organe in Rotation. Erst fiel Alfred um, dann das Fahrrad. Dann ging das Licht aus.

Als Alfred wieder zur Besinnung kam, lag er immer noch in der Hofeinfahrt des Mooshofes. Er hörte Stimmen. Der Moosbauer war nicht mehr alleine. Jetzt war sein Sohn bei ihm. Vater und Sohn Weiler. Sie fluchten gemeinsam. „Zieh ihn mit dem Bulldog raus", hörte Alfred den Vater zum Sohn sagen. Etwas Feuchtes machte sich an Alfreds Hals zu schaffen. Es grunzte und gurgelte und hatte einen Atem, der nach fauligem Fleisch stank. Der Werwolf. Alfred stellte sich tot. Er hörte, wie der junge zum alten Moosbauern sagte: „Wir müssen ihm eine Abreibung verpassen. Sonst kommt er wieder. Er war schon einmal da und hat herumgeschnüffelt. Letzte Woche!" Der Alte antwortete: „Schau mal in seinen Taschen nach. Vielleicht finden wir was raus über ihn." Eine knochige, harte Hand machte sich an Alfreds Hosentasche zu schaffen. Sie hätte weiß Gott was zerquetschen können, Alfred war wehrlos. Die Hand fand Alfreds Geldbeutel. Wegnehmen konnte man ihm wenig. Der Geldbeutel war nur deshalb so ausgebeult, weil Alfred darin eine Sammlung seiner verschiedenen Visitenkarten mit sich herumschleppte. Schon hörte er den jungen Moosbauern vorlesen: „Privatdetektiv – Recherche – Überwachung – Ermittlungen. Detektei A.L.F. Red."

„Ein Schnüffler", kommentierte der Alte. Es folgten ein heftiger Schlag und ein metallisches Knacken. Was war das? Alfred riskierte ein Auge. Das Fahrrad! Der Moosbauer hielt eine eiserne Armierungsstange in den Händen, zwei Meter lang und dick wie ein Gartenschlauch, und er bog damit brachial einzelne Speichen aus dem Vorderrad von Alfreds Fahrrad. Alle Vorsicht vergessend, sprang Alfred auf und stürzte sich auf den Moosbauern: „Hören Sie auf damit! Sie sind ja vollkommen übergeschnappt." Er stieß den verdutzten Moosbauern mit beiden Händen vor die Brust, so dass er ins Wanken geriet, raffte sein Fahrrad an sich, dem bereits zwei Speichen abstanden wie die Gräten eines zerlegten Fisches, und schob es eiligst davon. „Wotan! Sitz!", brüllte der junge Moosbauer, und der Werwolf, der bereits zu einem genickbrechenden Raubtiersprung hatte ansetzen wollen, ging gehorsam in die Hocke. Der alte Moosbauer schickte Alfred Verwünschungen hinterher: „Lass dich bloß nicht mehr blicken. Das nächste Mal breche ich dir die Knochen. Hurensohn! Schnüffler!"

Alfred schenkte sich den eigentlich geplanten Zwischenstopp bei Isolde Blender, sondern schob das Fahrrad stattdessen im Laufschritt bis hinunter zum Landgasthaus Schützen. Zwischendurch wandte er sich immer wieder um, jederzeit darauf gefasst, einen der Moosbauern hinter sich auftauchen zu sehen, womöglich im Sattel eines ihrer Riesentrecker, die Gabelarme gereckt, um ihn aufzuspießen. Aber niemand folgte ihm. Erst beim Landgasthaus Schützen wagte Alfred heftig schnaufend einen ersten Halt. Vorsichtig bog er die Speichen wieder gerade, die davonstanden wie aus dem Regenschirm gesprungen. Eine Speiche war abgebrochen und nicht mehr zu retten. Die anderen reparierte er leidlich, so dass er es wagen konnte, den Rest des Heimweges durchs Dreismatal hinunter nach Freiburg im Sattel zu radeln.

Wie sehr sehnte er sich nach seinem roten Flitzer. Dann würden diese Demütigungen ein Ende haben. Noch 43 Tage.

DATE IN DER SCHWARZWALDCITY

Suse Gonnfeld nahm keine Telefongespräche entgegen. Alfred versuchte es vergeblich seit drei Tagen. Immer nur der Anrufbeantworter. „Hier Suse Gonnfeld. Bin nicht zu Hause. Sprechen Sie nach dem Piepston!" Das war eigentlich eine klare Regieanweisung, aber Alfred war allergisch gegen Anrufbeantworter. Es verschlug ihm die Sprache, wenn er vor der Aufgabe stand, sich mit einem Apparat zu unterhalten. Bevor er hilflos irgendwelche Nachrichten zusammenstammelte, hinterließ er lieber Atemgeräusche, die bei jemandem wie Suse Gonnfeld sicherlich auch Anlass zu völliger Missdeutung boten. So ging das nun schon seit drei Tagen. Langsam stieg bei Alfred der Ärger hoch. Wieso forderte sie ihn auf, bei ihr anzurufen, wenn sie nie zu erreichen war? Wieso drohte sie Alfred mit ihrem goldkettchendrapierten Lackel Harzer, wenn sie dann alle Zeit der Welt hatte?

Aber warte, nun hatte Alfred einen Einfall, wie er ganz sicher eine Reaktion provozieren würde. Er wählte wieder einmal Suse Gonnfelds Nummer, wartete das metallisch scheppernde Sprüchlein des Anrufbeantworters und den angekündigten Piepston ab, dann sagte er knapp und so locker wie möglich: „Hier Alfred! Ich weiß wer Gonnis Tasche hat. Und ich weiß, was drin ist. Ruf zurück!"

Dreißig Sekunden später klingelte Alfreds Handy.

Na also, warum nicht gleich so. Er hatte sich schon so etwas gedacht. Suse Gonnfeld gehörte zu jener Sorte von Leuten, die niemals einen Telefonanruf direkt annahmen. Solche Leute warten immer erst, wer sich meldet, um dann zu entscheiden, ob sie erreichbar sein wollten oder nicht. Und wenn niemand sich mit Namen und Anliegen meldete, sondern nur zweideutig atmete, dann legten solche Frauen wortlos auf. Was man ja auch verstehen kann.

„Hi, Suse. Schön, dass du anrufst." Alfred schlug einen Ton an, als seien sie beste Freunde. Das sah Suse Gonnfeld offenbar anders: „Laber nicht rum. Heraus mit der Sprache, wo ist die Tasche?"

„Erzähl ich dir von Angesicht zu Angesicht. Nicht am Telefon!"

„Was soll der Scheiß?" Sie drückte sich nicht wie eine angehende Rechtsanwältin aus.

„Ich möchte mich mit dir treffen." Suses aggressiver Tonfall gefiel Alfred nicht. Er verhieß nichts Gutes, jedenfalls so viel, dass noch einiges an Arbeit zu investieren war, um aus dem bevorstehenden Treffen ein Rendezvous zu machen. Alfred legte es deshalb darauf an, möglichst wenig Scherben zu zerschlagen. So freundlich wie möglich erklärte er in bewusst geschäftsmäßiger Sachlichkeit, er könne die Angelegenheit nicht erschöpfend am Telefon darlegen. Er müsse sowieso sein Laptop und einen Stick mitbringen, um ihr etwas zu zeigen. Einen Film aus einer Überwachungskamera. Keine Einzelheiten jetzt am Telefon. Wo soll der Treffpunkt sein?

Man konnte hören, wie Suse Gonnfeld überlegte. Ihr Atem zischte verärgert ins Telefon, aber sie fügte sich in das Unvermeidliche: „Also gut, heute Nachmittag um 16 Uhr. Im Eiscafé in der Schwarzwald City. Kennst du das?"

Klar kannte Alfred das Venezia. Es handelte sich um eine Mischung aus Eisdiele, Café und Pizzeria, je nachdem, von welcher Seite man kam. Im Erdgeschoss der Einkaufspassage Schwarzwald City standen über die ganze Breite der Passage verteilt die kleinen Cafétischchen. Die Eistheke für den offenen Verkauf war zu dieser Passage hin ausgerichtet, aber dahinter gab es auch noch die Nische zum Hinsitzen. Sie war durch einen schmalen Durchgang mit der Pizzeria verbunden, die man wiederum vom Kartoffelmarkt her erreichte.

Menschen schwirrten hin und her. Junge Mädchen mit vollen Einkaufstüten, die Gesichter hinter Smartphones verborgen, Jungs, die in coolem Schlendergang unter ihren zu kurz geratenen Hosen ihre Unterwäsche offenbarten, Studenten mit Rucksäcken, Mütter mit Kindern, ältere Herren mit Zeitungen unterm Arm, eine geschwätzige arabische Großfamilie – die Frauen verschleiert, die Männer stolz-, ein Penner mit einer Edeka-Tüte voller Pfandflaschen, ein feister Security-Mann, der einen Bauch vor sich her schob, mit dem er gewaltfrei jede Schlägerei schlichten konnte, eine schwarzes Pärchen voller Goldketten, ein Geschäftsmann, dem ein Smartphone am Ohr klebte. Es herrschte auf jeden Fall Leben in der Einkaufspassage. Am Nachbartisch stritten sich zwei Kosovaren auf Deutsch über einen ehemaligen albanischen Fußballspieler des SC Freiburg Namens Altin Raklet oder Rakala oder Rrakli. So genau verstand Alfred es nicht, aber er war auch abgelenkt von den Geräuschen, die von allen Seiten auf ihn eindrangen. Das war zwar nicht gerade jenes intime Plätzchen, welches Alfred sich für ein Treffen mit Suse Gonnfeld erhofft hatte, aber immerhin leicht erreichbar und nicht weit weg von der Uni. So konnte er vor dem Treffen noch ein paar Recherchen in der Unibibliothek erledigen. Unter anderem durchforschte er die Chroniken von Kirchzarten („Geographie-Geschichte-Gegenwart", herausgegeben von Günther Haselier) von Zastler („Eine Holzhauergemeinde im Schwarzwald" von Ernst Wallner), St. Wilhelm (750 Jahre St. Wilhelm" von Ursula und Bruno Götz) und von Oberried („Die Geschichte des Wilhelmitenklosters Oberried" von Ferdinand Gießler) nach Hinweisen auf den Mooshof und seine Geschichte. Er fand immerhin heraus, dass es im ganzen Tal von Weilersbach, welches einst, ehe es 1936 zu Oberried eingemeindet wurde, eine der kleinsten selbstständigen Gemeinden des Großherzogtums Baden gewesen war, historisch schon immer ein knappes Dutzend große Höfe und eine Reihe kleinerer Gütchen gegeben habe. Dann fand er auch Hinweise auf die einzelnen Hofgeschichten: Gassenbauernhof, Burkhardshof, Fresslehof mit seiner talbestimmenden Hofkapelle, Adamshof, Schweizerhof, Mederlehof, Kleislehof, Glaserhansenhof, Jockelehof, Winterhalterhof, Mooshof. Da war er. Erstmals urkundlich erwähnt 1652 als „Hof ob dem Ried", wobei „ob dem Ried" die älteste Bezeichnung für Oberried war und nichts anderes bedeutete als „oberhalb der moorigen, moosigen Gegend". Alles passte! In einem Stützbalken oberhalb der Eingangstür, so hieß es, existiere angeblich noch heute die eingehauene Jahreszahl 1534, die dem Hof eine bald 500jährige Geschichte bescheinigte. Alfred hatte bei seinem Besuch von einer solchen Jahreszahl allerdings nichts gesehen. Aber vielleicht war er auch zu weit weg von der Eingangstür gewesen. Der Moosbauer hatte ihn ja nicht näher herangelassen. Noch eine interessante Information: Die Grundherrschaft über Weilersbach hatten einst die Herren von Falkenstein inne. Bei Ferdinand Gießler las Alfred dazu: „Die Falkensteiner hatten einen großen Dinghof im Witolfesbach, später Wittelsbach, heute Obertal genannt … und einen weiteren im Müsswendi, heute Untertal genannt, alwo das Tal sich teilet." Spätestens bei dieser Formulierung klingelten bei Alfred alle Alarmglocken. Das kam ihm mehr als bekannt vor. War das nicht die exakt gleiche Beschreibung, wie sie David Ludau in seinem Testament verwandt hatte? „Alwo das Tal sich theilet"? Ein Dinghof, soviel wusste Alfred inzwischen, war der Herrschafts- oder Meierhof eines Adelsgeschlechts, also sein eigener, größter und wichtigster Hof, den solche Adelsgeschlechter meist durch einen Vogt oder Meier bewirtschaften ließen. Manchmal wurden dort auch die Gerichtsverhandlungen einer Vogtei abgehalten. Der Name „Ding" stammte vom altgermanischen „Thing" ab, was Versammlungs- und Gerichtsstätte bedeutete. Konnte, durfte, musste man eine direkte Linie vom

Dinghof der Falkensteiner, „alwo das Thal sich theilet", über den urkundlich 1652 erwähnten „Hof ob dem Ried" bis hin zum heutigen Mooshof der Bauernfamilie Weiler ziehen? Das war atemberaubend.

Alfred war in Gedanken noch von diesen möglichen Zusammenhängen gefesselt, als er bereits an einem der kleinen Tische in der Schwarzwaldcity saß und plötzlich Suse Gonnfeld vor ihm stand. „Hallo, da bist du ja!"

Sie trug eng anliegende Jeans, mittelhohe Pumps, ein schlichtes weißes Top, das zwar ihre Formen vorzüglich betonte, aber nicht viel preisgab. Alfred war trotzdem geplättet. Sie sah blendend aus. Ihr strenges Gesicht mit den hohen Wangenknochen und den glatt nach hinten zusammengebundenen Haaren machte einen leicht gehetzten Eindruck, so als habe sie sich beeilen müssen, um den Termin mit Alfred pünktlich einzuhalten.

„Du siehst vorzüglich aus", flötete Alfred, während er sich halb erhob, um so, in vorgebeugter Haltung, Suse ganz frech und so dass sie vor lauter Überrumpelung nicht an Widerstand dachte, ein französisches Begrüßungsküsschen auf die Wange zu geben.

„Und du siehst kacke aus!", antwortete eine Stimme in Alfreds Rücken. Eine Männerstimme. Es war die Stimme von Frank Harzer. Alfred fuhr erschrocken herum. Was wollte der denn? „Ich habe Frank mitgebracht", sagte Suse so aufgekratzt, als wäre dies für Alfred eine Freudennachricht. Er ließ sich genervt in seinen Stuhl zurückfallen. Mit einer resignierten Geste bot er Frank Harzer und Suse Gonnfeld die anderen Plätze an seinem Tisch an. Frank Harzer trug eine Lederjacke und darunter Goldkettchen und ein graues Vin Diesel T-Shirt. Er grinste breit und glänzte im Gesicht, als hätte er nicht nur die schwarz nach hinten gekämmten Haare, sondern den ganzen Kopf eingegelt. Suse setzte sich Alfred gegenüber, schlug die schlanken Beine übereinander und vertiefte sich in die Eiskarte, während Harzer seitlich von Alfred Platz nahm und sofort zur Sache kam: „Heraus damit! Wo ist die Tasche? Wer hat sie? Was weißt du?"

„Ein bisschen viel Fragen auf einmal", erwiderte Alfred gereizt.

„Welche zuerst?"

„Mach's Maul auf!"

„Können wir uns vielleicht gesittet unterhalten?"

Alfred hätte es gerne auf einen intellektuellen Schlagabtausch mit Harzer ankommen lassen, schon alleine, um Suse Gonnfeld zu beweisen, dass sie sich den Falschen ausgesucht hatte, aber Harzer war nicht von der Sorte, die sich auf solche Spielchen einließen. Er knurrte angriffslustig: „Ich kann dir gesittet eine Abreibung verpassen. Meine Faust in deiner Fresse, dann weißt du, was ich meine."

„Frank, bitte!", beschwichtigte Suse. Es klang gereizt, so als habe sie schon häufiger mit Frank Harzer Diskussionen um die Tischsitten führen müssen. Aber Harzer fühlte sich nicht angesprochen: „Wo ist die Tasche?", forderte er nochmals.

Alfred klappte sein Laptop auf. „Ich zeige es euch!", kündigte er an. Er rückte nahe an Suse heran, so dass sie mit ihm den Bildschirm betrachten konnte. Dabei legte er es darauf an, mit seinem ihren Kopf zu berühren. Ihre Härchen kitzelten ihn an der Wange. Harzer musste sich verrenken, um auch etwas zu sehen. Dann spielte Alfred den Film aus Tims Überwachungskamera ab. Es war sowieso egal, wenn Suse und Harzer ihn zu sehen bekamen, denn inzwischen hatte bestimmt die Polizei erfolgreich die Tasche beschlagnahmt. Falls nicht, geschah es Oberkommissar Junkel auch recht. Er hatte Alfred schließlich nicht verboten, den Film auch anderen Leuten zu zeigen.

Die Alfred inzwischen vertrauten Szenen vom Taschendiebstahl zogen vorüber. Suse verfolgte sie stumm, während Harzer immer wieder knurrend Flüche ausstieß.

„Das war's! Jetzt wisst ihr es." Eine gewisse Genugtuung konnte Alfred nicht verbergen. Es entstand eine kleine Servierpause, weil in diesem Moment die italienisch anmutende weibliche Bedienung mit ihrem Tablet erschien und die Bestellungen brachte: Eiscafé für Suse, doppelter Espresso für Harzer, Mineralwasser für Alfred, der auf sein Budget achten musste. Der Monat war gerade mal zur Hälfte vorbei, und er war schon wieder pleite. Zu allem Unglück fehlten auch noch jene fünfundzwanzig Euro, die in dem Geldbeutel gewesen waren, den er bei seiner Flucht vom Mooshof dort hatte zurücklassen müssen.

„Was wollen die beiden mit der Tasche?", dachte Suse laut nach. „Die können damit doch gar nichts anfangen."

„Dieser Sven war doch ein Freund von Gonni, vielleicht weiß er was von den ...?", sinnierte Frank Harzer gedankenlos, hielt aber inne, als Suse ihn mit einem vielsagenden Blick auf Alfred anzischte. Dieser Blick war eindeutig. Auch Alfred begriff sofort. Suse wollte verhindern, dass Frank Harzer sich verplapperte. Irgendein Geheimnis verbargen die beiden vor ihm. Sahnesüß fragte er: „Darf ich mal wissen, was an dieser blöden Tasche so wichtig ist? Glaubt mir, da ist nichts von Bedeutung drin."

„Woher willst du das wissen?" Erstmals klang Suse nicht wie von oben herab. Offenbar hatte der Film sie überzeugt, dass nicht Alfred ihr Widerpart war. Mit seinen diesbezüglich empfindlichen Antennen registrierte Alfred die Änderung ihres Tonfalls sofort und wechselte deshalb ebenfalls auf eine einladend konstruktive Ebene: „Ich habe den Inhalt durchsucht", gestand er. „Es waren nur Unterlagen zum Studium drin, Zeug vom Seminar. Bücher zur Höllentalbahn, ein paar fotokopierte Konstruktionspläne, Vermessungspläne, lauter solche Sachen." Er zählte ein paar Einzelheiten auf. An Frank Harzers angespanntem Gesichtsausdruck erkannte er, dass dieser all diese

Papiere und Unterlagen keineswegs belanglos fand. Suse hingegen ließ sich nichts anmerken. „Also nochmal", so beschloss Alfred seine Aufzählung. „Was soll so wichtig an dem Zeug sein?"

„Das kannst du nicht beurteilen", reagierte Harzer eine Idee zu scharf. Ein Meister der Selbstbeherrschung war Suses Lebensgefährte jedenfalls nicht.

Suse hingegen fuhr nachdenklich mit einem ihrer langen Finger an der Kante des Laptops auf und ab. Ihr hellrot lackierter Fingernagel strich die Kante entlang wie ein verirrter Käfer. Sie sagte leise: „Es ist wichtig. Es geht um eine Familienangelegenheit. Gonnis Forschungen an der Höllentalbahn ... Sie bergen vielleicht den Schlüssel zu einer Familiengeschichte."

Sie sah auf und lächelte Alfred um Verständnis heischend an.

„Glaub mir, es ist nichts, was Dritte interessieren müsste. Aber für uns ... für mich ... ist es sehr, sehr wichtig."

War das gelogen? Wahrscheinlich, obwohl es überzeugend geklungen hatte. Vielleicht stimmte es aber auch, und dann löste sich alles in Luft auf. Wie dem auch sei, Alfred sah, dass er an diesem Tisch in der Schwarzwaldcity nicht weiter kommen würde und dass er auch keine weiteren Fragen zu stellen brauchte. Das sagten ihm Suses versiegeltes Lächeln und Harzers Ungeduld. Der Nachtclub-Betreiber wippte mit den Knien, als wolle er jeden Moment aufspringen. Nervös trommelte er mit den Fingerspitzen auf die Tischplatte. Alfred sagte deshalb nichts mehr. Aber insgeheim reifte in ihm ein Plan. Da er sich alle wesentlichen Unterlagen aus Gonnis Tasche von Tim hatte kopieren und digitalisieren lassen, wusste er sich im Besitz all dieser Dinge, mit denen Suse vielleicht ihre wichtigen Familiengeheimnisse aufklären konnte. Das musste ihm doch eine Gelegenheit verschaffen, sie zu sich in die WG einzuladen. Ohne Harzer. Alfred wusste auch schon, wie er es anstellen wollte, dass sie alleine kam.

„Gibst du mir deine Mail-Adresse?", fragte er harmlos. „Vielleicht fällt mir ja noch was ein, was dir weiterhelfen kann. Dann schicke ich dir eine Nachricht." Er machte eine spöttische Pause: „Damit du dich nicht tot stellen musst, wenn ich auf deinem Handy klingele."

Aber es funktionierte. Suse notierte ihre Mailadresse und schob Alfred den Zettel zu. Dann packte Harzer, der sich bereits erhoben hatte, Suse ungeduldig am Arm und zerrte sie von ihrem Stuhl. „Komm jetzt! Wir haben nicht alle Zeit der Welt! Wir müssen uns diesen Sven vorknöpfen …" Mit diesen Worten zog er Suse von Alfreds Tisch weg und aus dem Café hinaus. Es gelang ihr gerade noch, Alfred im Rückwärtsgang mit der freien Hand zuzuwinken, dann entschwanden beide in Richtung Holzmarktplatz.

Alfred blieb alleine zurück. Mit der Rechnung. Blöd gelaufen!

NACHTS IM FALKENSTEINER TUNNEL

Das Referat „Dreisamtäler Waldwirtschaft im Wandel der Jahrhunderte" war möglicherweise das schlechteste, langweiligste, stümperhafteste und am miserabelsten vorgetragene, das je in einem Seminar von Professor Hugott gehalten wurde. Das wollte etwas heißen, den Otti war ein älteres Auslaufmodell von Wissenschaftler, ein greiser Professor an der Pforte zur Emeritierung, ein Opa, dem weiße Haarbüschel aus den Ohren wuchsen und der in seiner langen Akademikerlaufbahn bereits den ganzen badisch-hohenzollerischen Südwesten bis auf die Graswurzeln auseinandergeforscht hatte, dabei von Martin Heidegger über Hans Filbinger bis zu Erzbischof Gröber keinen namhaften Sohn der Region ausgelassen hatte, und der nun fürwahr von den Studentengenerationen, die er hatte Kommen und Gehen sehen, einiges an Banausentum gewohnt war. Daher rührte auch sein Großmut, als er Sven nach einer peinlichen einstündigen Darbietung beschied: „Da müssen Sie an manchen Stellen noch ein bisschen nachbessern."
Alfred und Vanessa waren sich anschließend einig: Sven ist ein Hohlkopf! „Wie kann man nur den Mut aufbringen, sich so bar jeglicher Kenntnisse vorne hin zu stellen und Mist zu erzählen?", wunderte sich Alfred, als er nach der Uni mit Vanessa Richtung Dreisam schlenderte. Da es immer noch heiß wie in der Sahara war, seit Tagen wehte von dort auch der Sand nach Mitteleuropa, hatten sie beide beschlossen, noch ein bisschen die nackten Füße in die Dreisam zu hängen, so wie gefühlt die Hälfte der rund 25.000 eingeschriebenen Freiburger Studenten es täglich taten. Dass der Fluss kaum noch Wasser führte, hatte nichts mit den Studentenfüßen zu tun. Die gaben ihm höchstens noch den Rest. Die Dreisam, die Freiburg in zwei Hälften teilte wie ein badisches Milchweckle,

war ausgetrocknet wie der kalifornische Arroyo Canyon. Zur Zeit standen nur noch trübe Pfützen, um die sich die Schnaken, die Tauben und die Hunde stritten, und die nicht einmal mehr taugten, ein Freiburger-Pils aus der nahe gelegenen Ganter-Brauerei kalt zu stellen.

„Ich glaube, es ist kein Mut bei Sven, es ist Dummheit!" Vanessa sagte es mit verächtlicher Gewissheit, während sie mit den bloßen Zehen versuchte, einen Grashalm abzureißen. Sie hatten sich oberhalb des Dreisamuferweges niedergelassen, weil auf dem zwei Meter breiten Streifen darunter so gut wie kein Platz mehr frei war. Vom nahegelegenen Dreisamufercafé, das inzwischen Extrablatt hieß, aber von niemandem so genannt wurde, klangen das Klirren von Gläsern und das Klappern von Besteck herüber. Irgendwo kläffte ein Hund, der sich ärgerte, weil Tauben fliegen konnten, an anderer Stelle plärrte ein Kind. Auch das Klackern von großen Kieselsteinen war zu hören, die im Bett der Dreisam zusammenstürzten, wenn junge Baukünstler versuchten, aus ihnen meterhohe Steintürmchen zu bauen. In ihrem Rücken, nur wenige Meter die Uferböschung hinauf, dröhnte der Verkehr auf Freiburgs meist befahrener Durchgangsstraße, die seit vielen feinstaubverpesteten Jahrzehnten ihrer Untertunnelung harrte.

„Gemütlich hier!", lästerte Alfred.

„Und so romantisch", bestätigte Vanessa. Lachend ließ sie sich rücklings ins vergilbte Gras fallen. Die dauerwährende Hitze hatte inzwischen sämtliche Vegetation sepiabraun eingefärbt. Man wähnte sich in einem der Austrocknung preisgegebenen Herbarium, in dem letzte Farbtupfer lediglich den herumliegenden Cola Büchsen zu verdanken waren. Gemeinsam drehten und rauchten Alfred und Vanessa eine Zigarette, Vanessa stiftete den Tabak.

„Und, heute Abend, heute Nacht? Geht alles klar?"

Vanessa nickte. „Alles klar. Ich bin dabei!"

„Du musst nicht. Du weißt, niemand zwingt dich. Ich mache das auch alleine."

„Doch, doch! Ich will. Es interessiert mich doch selbst. Und jetzt, wo wir schon so viel herausgefunden haben ..." Sie ließ den Satz unvollendet. Alfred wusste, was sie sagen wollte. Es ging ihm ähnlich. Gonnis Tod hatte sie zusammengeschweißt. Und gemeinsam rätselten sie an diesem verworrenen Fall, gemeinsam überlegten, grübelten und kombinierten sie. Gemeinsam hatten sie den Ehrgeiz, mehr herauszufinden. Die ganze Wahrheit.

Und so hatten sie diese nächtliche Aktion beschlossen.

Alfred spielte in Gedanken nochmals durch, was er und Vanessa wussten: Da gab es einen Geheimgang. Einen uralten Geheimgang. Von den Raubrittern von Falkenstein irgendwann im 13. Jahrhundert oder noch früher angelegt. Er führte von der Burgruine Falkenstein hinunter ins Höllental und von dort ...? Irgendwohin! Jedenfalls war dieser Geheimgang im 19. Jahrhundert bei den Bauarbeiten zur Höllentalbahn irgendwie angestochen worden, als damals der Falkensteintunnel gebaut wurde. Das muss Gonni bei den Arbeiten zu seinem Referat herausgefunden haben. Und dann, so die Schlussfolgerung, die Alfred und Vanessa gemeinsam angestellt hatten, dann musste Gonni sich auf die Suche nach diesem Geheimgang gemacht haben. Vermutlich mit Erfolg.

Das war die eine Hälfte der Geschichte.

Die andere Hälfte handelte vom goldenen Marti. So hieß ein Goldschatz, der irgendwo unter den Bergen Oberrieds verborgen lag. Es gab einen Zugang zu diesem Goldschatz. Ein Zugang, der, wenn man dem Testament des David Ludau glauben durfte, versiegelt war mit einer eisenbeschlagenen Tür.

Und jetzt galt es, die Fäden zusammenzubringen.

„Gonni war in Oberried, soviel steht fest", sagte Alfred und versuchte, Vanessa mit seinem eigenen nackten Zeh den Grashalm aus ihren Zehen zu ziehen. Ihre Zehen veranstalteten einen Grashalmkampf, während Vanessa rätselte: „Was hat er dort nur gemacht? Den ganzen Abend herumsitzen im Landgasthaus Schützen. Ich kann mir keinen Reim darauf machen."

„Ich schon!" Alfred präsentierte die Ergebnisse seines Nachdenkens. Er hatte seit Junkels letztem Besuch darüber gegrübelt, aber inzwischen war er sich sicher: „Gonni hat einfach nur gewartet, bis es dunkel wird. Er hatte in jener Nacht etwas vor, und ich sage dir auch was: Er wollte den Geheimgang von der anderen Seite her begehen. Von seinem Ausgang her."

„Woher wusste er, wo dieser Ausgang zu finden ist?" Vanessa kicherte. Alfreds Zehen rieben sich an ihren Fußsohlen. „Keine Ahnung, wie er das herausgefunden hat. Aber jedenfalls wusste er vom goldenen Marti. Und er hat kombiniert, dass die verschlossene Erzgrube, die zum Schatz des goldenen Marti führt und der Geheimgang der Falkensteiner identisch sind. Oder dass es zumindest eine Verbindung zwischen diesen beiden unterirdischen Gängen gibt. Vielleicht sind die Bergmänner damals beim Graben schlicht und einfach durch Zufall auch auf den Geheimgang der Falkensteiner gestoßen. Jedenfalls muss Gonni irgend so etwas herausgefunden haben."

„Du hast schon eine Vermutung, ich höre es heraus", sagte Vanessa und nahm in unsportlicher Weise ihre Hand zu Hilfe, um den Grashalm, den Alfred inzwischen erobert hatte, wieder zwischen ihre eigenen Zehen zu stecken. „Lass hören! Was ist deine Theorie?"

Ironisch inszenierte Alfred sich: „Höret ihr Leute, Alfreds Erkenntnisse! Des größten Privatdetektives aller Zeiten gar wundersame Kombinationsgabe hat es vollbracht. Hier ist die Lösung." Vanessa kicherte und gab Alfred einen Rempler.

„Gonni hat den Ausgang gefunden, so einfach ist das. Der Ausgang liegt irgendwo in Oberried. Ich vermute, auf dem Grundstück des Moosbauern. Alwo das Tal sich theilet", zitierte er theatralisch. „Gonni hat die Nacht abgewartet, dann hat er sich über das Nachbargrundstück von Isolde Blender auf das Mooshof-Grundstück geschlichen, indem er ein Loch in die Hecke schnitt. Die Astschere dazu hatte er sich drei Tage vorher im Baumarkt gekauft."

„So weit so gut", pflichtet Vanessa bei und ließ es geschehen, dass Alfred spielerisch sein linkes Bein über ihren rechten Schenkel legte. „Aber was geschah dann?"

„Keine Ahnung. Das wollen wir ja herausfinden. Deshalb ziehen wir los, heute Nacht."

Ein pelziger Hund stürmte mit hängender Zunge und wehenden Ohren vorbei und schüttelte sich das Dreisamwasser aus dem Fell. Alfred und Vanessa sprangen auf. Es war sowieso an der Zeit, aufzubrechen.

Sie fuhren mit dem Zug nach Himmelreich. Dazwischen einmal umsteigen, weil Alfred keinen Fahrschein hatte. Dann spazierten sie mit geschulterten Schlafsäcken am Tulpenfeld vorbei durch das Örtchen Falkensteig, dessen Bewohner immer noch vergeblich beschriftete Bettlaken aus den Fenstern hängen ließen, auf denen sie „Tunnel" und „endlich Ruhe" forderten, oder die Politik beschimpften. Sie ignorierten die Einladung „durchgehend warme Küche" beim Gasthaus Zwei Tauben ebenso wie die an der Straße aufgestellten Lockrufe „Frische Zwetschgen vom Kaiserstuhl" und „Birnen, Himbeeren, Pfirsiche – täglich frisch geerntet", sondern wandten sich gemächlich dem Hirschsprung zu. Alfred hatte ungute Erinnerungen an diesen Felsen. Hier war er früher einmal herumgeklettert, um am damals silbern bemalten Blechhirsch, der in luftiger Höhe über der B31 thront, Einschusslöcher und Farbeimer zu recherchieren. Das war in seiner Zeit als Lokalreporter gewesen.

Aber sie passierten auch den Hirschsprungfelsen und gingen an der vielbefahrenen B31 entlang weiter bis zu einem heruntergekommenen Häuserensemble, das in einer Mulde jenseits der Bahngleise auf bessere Zeiten wartete und von seiner ruhmvollen Vergangenheit träumte. Es handelte sich um die einstige Bahnstation Hirschsprung, „559 m. ü. M." Das Schild hing noch.

Alfred und Vanessa gingen schnell über die eiserne Brücke, die an dieser Stelle die Bahngleise überspannte und die hinüber zu den gammelnden Gebäuden führte. Da waren nebeneinander an den Gleisen aufgereiht: Ein feudal anmutendes zweigeschossiges Sandsteinhaus, ockergelb, so dass man es auch in die Toscana hätte versetzen und dort als Gutshaus wieder in Betrieb nehmen können, eine ausladende Scheune, wohl der eigentliche ehemalige Bahnhof, ein schindelverpacktes schlankes Gebäude, über dessen Eingang noch das hölzerne Schild „Hirschsprung" hing, sowie die ehemalige Gastwirtschaft „Hirschsprung", die optisch den 1970er Jahren entsprungen schien, also jenem Jahrzehnt, in dem man mit Asbest, Fertigplatten und Eternit jedes schöne alte Haus ruiniert gebracht hat.

„Alles verlassen und unbewohnt", beruhigte Alfred, als Vanessa zögerte. „Komm mit, wir werfen einen Blick hinein!"

Das war erst möglich, nachdem Alfred am einstigen Gasthaus mit Gewalt eine der heruntergelassenen Jalousien um eine Handbreite aufgewuchtet hatte. Kopf an Kopf blinzelten Alfred und Vanessa durch die kleine Öffnung. Alfred leuchtete mit der Taschenlampe ins Gebäudeinnere. In der einstigen Gaststube hingen schimmlige Tapeten von den Wänden, gerade so, als habe jemand mitten in der Renovierung alles stehen und liegen gelassen. Ein modriger alter Sessel lag umgekippt mitten im Raum. Ein grüner Kachelofen hielt trotzig Wacht, als bestünde Hoffnung, dass jemals wieder Leben in diese Gaststube einkehren könnte.

„Nicht sehr einladend", befand Vanessa. „Lass uns rüber zum Bahnhof gehen."

Das Bahnhofsgebäude, zweigeschossig und schindelbeschlagen, zeigte zwar deutliche Spuren des Verfalls, rostige Regenrinnen, abblätternde Farbe, ein lose herunterhängender Blitzableiter, gelbverblichene, hölzerne Fensterläden, davon einer ausgehängt, eine verrenkte Türfalle, aber das Dach schien neu zu sein und die Fensterläden ließen sich leichter überwinden als die Jalousien am Nachbarhaus.

„Baujahr 1870, Denkmalschutz!", sagte Alfred, während er mit Vanessa das Gebäude umrundete, um einen Einstieg zu finden. Manche Fenster waren vernagelt, andere wegen der zugeklappten Fensterläden nicht als Eingang ins Gebäude geeignet. Aber ein Fensterladen stand offen und falls das Fenster dahinter jemals eine Glasscheibe besessen hatte, so war sie weggeschmolzen oder hatte sich in Luft aufgelöst, jedenfalls lud dieses Fenster zum freien Eintritt ein.

Sie warfen ihre Schlafsäcke in die dunkle Höhle. Dann krochen sie hinterher. Alfred half Vanessa über die Fensterbrüstung, obwohl sie eigentlich keine Hilfe brauchte. Sie war beweglicher als er. Im Inneren fanden sie sich auf einem Holzboden wieder, auf dem der Staub von dreieinhalb Jahrzehnten ruhte. So lange schon war dieser Bahnhof außer Betrieb. Durch die Fensteröffnung kam warmes Sonnenlicht herein. Es roch nach Dachstuhl und Keller gleichzeitig.

„Gemütlich!", kommentierte Vanessa ironisch, nachdem sie sich in dem leeren Raum umgesehen hatte. Irgendwo raschelte ein aufgescheuchtes Wesen in den Wänden. „Mäuse", vermutete Alfred. Auch Spinnen, Asseln, Käfer und Kakerlaken schien es reichlich zu geben, denn überall krabbelte und huschte es. „Welcome traveling with Deutsche Bundesbahn", spottete Alfred und hustete dabei, weil der aufgewirbelte Staub ihm in die Nase geriet.

Dagegen halfen Zigaretten. Sie breiteten ihre Schlafsäcke auf dem Holzboden aus, drehten sich jeweils eine erste Zigarette, entkorkten die Wodkaflasche, die Vanessa trotz Alfreds Mahnung „Kein Alkohol" aus ihrem Rucksack zauberte, und ließen die Örtlichkeit auf sich wirken.

Draußen rauschte talwärts ein Zug vorbei. Die Höllentalbahn. Alfred checkte die Uhr. „Pünktlich!", kommentierte er. „Drei vor halb sieben. In drei Minuten ist dieser Zug in Himmelreich."

„Ein bisschen unheimlich ist es schon", bekannte Vanessa und tippte ihre Zigarettenasche auf den Holzfußboden, dort, wo schon eine ganze Sammlung schwarzbrauner Punkte im Dielenholz bewies, dass sie nicht die Ersten waren, die sich hier einquartierten.

„Wir werden es überstehen. Ist ja nur bis Mitternacht. Und wir hören es, wenn jemand kommt." Er dozierte zum Fahrplan, denn bei dem kannte er sich aus: „Um halb elf fährt der letzte Zug von Neustadt nach Freiburg. Der kommt hier ungefähr um elf vorbei. Dann ist Schicht bis morgen früh um sechs. In dieser Zeit fährt garantiert kein Zug mehr durch den Tunnel und wir können ungestört suchen."

Das nämlich war der Plan. Sie hatten vor, im verlassenen Bahnhof Hirschsprung auszuharren, bis der letzte Zug den Bahnhof passiert hatte. Dann wollten sie zu Fuß entlang der Gleise zurückgehen bis zum Falkenstein Tunnel. Und dort, so hatte Alfred es sich ausgemalt, würden sie suchen, bis sie Gonnis Geheimgang gefunden hatten, den Geheimgang der Raubritter von Falkenstein.

Sie schlugen die Zeit tot, indem sie rauchten und Wodka tranken. „Wo hast du überhaupt die Flasche her?", fragte Alfred. „Wieso hat sie einen Korken und nicht ihren fabrikmäßigen Schraubverschluss?"

„Die war übrig bei Schillers Party", klärte Vanessa auf, ehe sie die Flasche ansetzte und einen tiefen Schluck nahm. Sie leckte sich die Lippen und meinte lakonisch: „Ich hab zu Hause noch mehr davon. Hat ja keinen mehr interessiert, in jener Nacht ..."

Es blieb offen, ob im letzten Satz ein kleiner Vorwurf an Alfreds Adresse versteckt war. Er ignorierte es. Seine Erinnerung an Schillers Partynacht reichte nur bis zu jenem magischen Moment, als Jochen Schiller einer seiner Hollywoodschönen Schampus in den Ausschnitt gegossen und Alfred lallend aufgefordert hatte, nachzuschauen, wo die Abflussrinne sei. Was er prompt versucht hatte, mit dem Ergebnis, dass die resolute und keineswegs handlungsunfähige Schöne ihn mit einer schallenden Ohrfeige rücklings auf die eigene Matratze befördert hatte. Dort hatte sich dann solidarisch auch noch Jochen Schiller dazugelegt, seinen schweren Kopf auf Alfreds Brust gebettet und war selig ins Reich der Träume entschlummert, wohin ihm Alfred zügig gefolgt war.

„Wie weit bist du mit deinem Referat?", kehrte Alfred in die staubige Gegenwart zurück. Er streckte sich auf seinem Schlafsack aus.

„Nächste Woche bin ich dran. Eigentlich hab' ich alles. Aufstieg und Fall der Adelsfamilie von Falkenstein aus dem Höllental." Vanessa stieß wie ein Vamp aus ihrer Selbstgedrehten ganze Wolken von Rauch aus. Es duftete verdächtig nach Eigenanbau. Alfred hielt nicht viel von Gras. Er begnügte sich mit seinem Verschnitt aus dem Samson-Beutel.

„Wie ist es zu Ende gegangen mit ihnen?", wollte Alfred wissen.

„Die letzten Falkensteiner waren Ganoven. Mafiosi!", sagte Vanessa verächtlich. Sie haben unter dem Schutz ihrer Burg systematisch Reisende ausgeraubt, die von Freiburg durch das Höllental Richtung Villingen unterwegs waren."

„Das erledigen an gleicher Stelle heute die Blitzer des Landratsamtes!", kommentierte Alfred süffisant. „Nur das dieses moderne Raubrittertum völlig legal ist."

„Ein Vorfall im Jahr 1388 brachte das Fass zum Überlaufen. Da überfielen die Falkenstein-Brothers – es waren drei zur damaligen Zeit – gemeinsam eine Pilgergruppe aus Rom."

„Die Falkenstein-Brothers!", wiederholte Alfred. Die Bezeichnung gefiel ihm, sie erinnerte ihn an die Daltons.

„Werner, Dietrich und Cünlin, drei Erzhalunken", fuhr Vanessa fort. „Auf der Burg hielten sie schon länger österreichische Kaufleute gefangen, um Lösegeld zu erpressen. Jetzt nahmen sie auch noch den Rompilgern nicht nur Gold und Silber ab, sondern auch eine Truhe voller heiliger Knochen. Und das war eindeutig Frevel, der nicht ungesühnt bleiben durfte."

„Was geschah?"

„Die überlebenden Pilger beschwerten sich bei den Stadtherren von Freiburg. Die stellten daraufhin ein Aufgebot zusammen. Am Abend des Nikolaustages 1388 zogen berittene Truppen aus Freiburg das Dreisamtal hinauf, eroberten die Burg und brandschatzten sie. Die drei Falkenstein-Brothers wurden eingekerkert, und ihnen wurde der Prozess gemacht."

„Alles gut!"

„Nein, nicht ganz!" Vanessa sprang auf und schielte zum Fenster hinaus, weil soeben schon der nächste Zug vorbeirauschte. Als der Lärm vorbei war, setzte sie ihren Bericht fort: „Die Burgherren waren zur Überraschung der Freiburger Stadtherren pleite. Weder konnten sie ihre Schulden bezahlen, noch ihre Opfer entschädigen. Geschweige denn, die Burg wieder aufbauen. Alles ging den Bach hinunter, das ganze dreihundertjährige Erbe dieser Adelsfamilie, und man hat nie wieder etwas von ihnen gehört."

„Nie wieder?", fragte Alfred skeptisch.

„Na ja, das war die Kurzversion. Die Langfassung hörst du nächste Woche, wenn ich bei Otti mein Referat halte."

Es wurde schnell dunkel im Höllental. Die Nacht fiel von den Felsen herunter wie ein schwerer Perserteppich. Alfred und Vanessa zündeten Kerzen an. Sie rauchten weiter. Die Wodkaflasche ging zur Neige. Aber die Zeit hatte Zeit, sie wollte nicht vergehen. So streckten sie sich aus und kuschelten sich ein bisschen aneinander, doch es wollte nichts passieren. Also setzten sie sich wieder auf und redeten weiter. Vanessa fiel noch etwas ein: „Wusstest du übrigens, dass das Höllental bis ins achtzehnte Jahrhundert noch Falkensteiner Tal hieß, nach den Rittern? Man hat es erst in Höllental umgetauft, in val d'enfer, als die Franzosen versuchten, dort mit ihren Armeen hindurchzuziehen."

Als ehemaliger Lokalredakteur aus dem Hochschwarzwald konnte Alfred hier sogar mitreden: „Das war General Moreau, der 1796 mit 40.000 Mann einen kopflosen Rückzug durch das Höllental Richtung Rhein und Frankreich leitete. Die Franzosen haben damals oben bei Hinterzarten eine Geschützlafette zurücklassen müssen. Deshalb heißt die Wirtschaft dort bis heute Lafette. Wusstest du das?"

Vanessa wusste es nicht. Dafür wusste sie: „Oben auf den Kämmen hielten die Truppen des habsburgischen Kaisers Wacht. Nach ihnen sind die großen Felsen benannt, der Piketfelsen und die Kaiserwacht. Kennt jeder Wanderer!"

Die Wodkaflasche war leer. Noch eine Stunde bis zum letzten Zug. Hin und wieder erschreckte ein Rascheln die beiden. Mäuse oder Ratten. Alfred probierte die Taschenlampe aus. Er ließ den Lichtstrahl vom Fußboden die Wände hinauf und dann über die Decke wieder zurück auf ihre Schlafsäcke tanzen. Galaxien von Staub gerieten in den Lichtschein und verschwanden wieder in der Finsternis. Vanessa drückte Alfreds Hand mit der Taschenlampe zu Boden: „Bist du verrückt. Den Lichtschein sieht man doch von draußen!"

Da hatte sie Recht. Alfred knipste die Lampe wieder aus.

„Wo kamen sie eigentlich her, diese Falkensteiner", fragte er nach wiederum einer längeren Pause des schweigenden Wartens.

„Weiß man nicht so recht", erzählte Vanessa. Ihre Stimme klang im Dunkeln viel erwachsener und tiefer. Fast rauchig.

Sie hätte die mit Timbre hinterlegte Erzählstimme in einem audiovisuellen Museumsführer sein können. Genauso sachkundig, genauso nüchtern, genauso monoton: „Man nimmt an, dass sie Abkömmlinge der Familie von Weiler aus der Nähe von Stegen waren. Du musst dazu Bernhard Mangei lesen. Herrschaftsbildung im Zartener Becken, so heißt glaube ich sein Buch. Da steht alles drin."

„Alles? Was?"

„Na das mit der Herkunft der Falkensteiner. Es gibt da einen Reinhard von Weiler, dem gehörte 1093 schon das ganze Weilersbacher Tal, das Zastlertal, der Feldberg und das Höllental. Ab 1152 hieß er plötzlich Reinhard von Falkenstein. Die Wissenschaft vermutet deshalb, dass er umgezogen ist und sich jetzt nach seinem neuen Wohnort von Falkenstein nannte."

Mit dem vielen Wodka im Leib war Alfred zu träge, um in diesen knappen Informationen etwas zu erkennen, was ihn im Mordfall Gonni entscheidend weiter bringen konnte. Vorerst speicherte er das Gesagte in einer Abstellkammer seines Gehirns ab, wo es ein bisschen gären und rumoren konnte. Beizeiten würde es sich bemerkbar machen. Doch in dieser Nacht noch nicht.

Stattdessen elektrisierte ihn eine andere Bemerkung Vanessas. „Wusstest du übrigens, dass man die Falkensteiner mit Vau geschrieben hat? Valkensteiner? Und Valkensteiner Tal?" Deshalb haben sie auch so ein komisches Vau im Wappen.

Der Ring! Alfred dachte sofort an den Ring und an die Gravur. Dann stimmte es also doch. Beide Ringe beim Pfandleiher trugen diese Gravur, jener, den Rita als Pfand hinterlassen hatte, ebenso wie jener, der von dem aus dem Leben geschiedenen Mooshof-Sohn Rudi Weiler stammte. Zwei Ringe aus dem Familienbesitz der Familie Falkenstein. Es wurde ja immer besser.

Der letzte Zug von Titisee nach Freiburg passierte den Geisterbahnhof Himmelreich und verschwand im Oberen

Hirschsprungtunnel wie ein glühender Wurm in einem Erd-
loch. Alfred und Vanessa machten sich auf. Sie stiegen auf dem
Weg, den sie gekommen waren, wieder aus dem Bahnhofsgebäude und folgten den matt glänzenden Schienen talwärts.

„Willst du wirklich durch den Tunnel", fragte Vanessa beklom-
men, als sie vor dem Schlund des Oberen Hirschsprungtunnels
standen. Beide hatten sie sich zuvor auf ihrem Schlafsacklager
im Bahnhof Himmelreich Gruselgeschichten von Unfällen erzählt, die Menschen beim Durchqueren von Eisenbahntunneln
schon zugestoßen waren. Immer waren Leichtsinn, Dummheit
und ein nicht fahrplanmäßig vorbeirauschender Zug die Ursa-
chen gewesen. Doch jetzt war es zu spät zum Umkehren.

„Es sind nur 70 Meter. Wir rennen!"

Sie fassten sich bei den Händen und sprinteten Seite an Seite
durch den Tunnel, immer von Bahnschwelle zu Bahnschwelle,
was zu einem Eiertanz wurde, weil die Bahnschwellen offenbar mit Absicht so gelegt waren, dass die Abstände zwischen
ihnen für kurze Schritte zu groß und für lange Schritte zu klein
waren.

Kaum waren sie aus dem Oberen Hirschsprungtunnel wieder
draußen und sahen unter sich auf der B31 die Scheinwerfer-
lichter der Autos vorbeiblitzen, da standen sie auch schon vor
dem nächsten, dem Unteren Hirschsprungtunnel. Dieser war
120 Meter lang und wurde ebenfalls im Eiertanz bewältigt.
Dreihundert Meter weiter lauerte bereits der Falkenstein Tunnel. Dort war der Mord passiert.

Plötzlich ließen sie sich Zeit. Sie rauchten noch mal eine Zigarette. Alfred stierte die schwarzen Felsen empor, ob er über sich
irgendwelche Konturen der Burgruine erkennen konnte. Aber
vor und über ihm baute sich lediglich eine finstere Wand auf,
abweisend wie die Schatten von Mordor.

„Sollen wir wirklich?" Vanessa flüsterte, obwohl die Verkehrs-
geräusche, die von der auch um diese Zeit noch gut frequen-

tierten B31 heraufschallten, eine solche Vorsicht überflüssig gemacht hätten.

Alfred zog Vanessa hinter sich her. Er war fest entschlossen, den Geheimgang zu finden, der in Gonnis alten Bauplänen verzeichnet war. Er kramte, kaum waren sie in das schwarze Tunnelloch eingetaucht, die fotokopierten Bau- und Konstruktionspläne hervor. Mit gedimmtem Taschenlampenlicht strahlte er die Papierbögen an. Die von Gonni eingezeichneten Pfeile zu den verheißungsvollen Buchstaben A und E waren deutlich zu erkennen.

„Ich habe mir die Pläne tausend Mal angeschaut und mir die Stellen eingeprägt. Ich glaube, ich weiß, wo ich suchen muss." An der Hand führte er Vanessa tiefer in den Falkenstein Tunnel hinein. „Es ist auf der anderen Seite, näher beim Ausgang Richtung Falkensteig." Vanessas Hand drückte jetzt richtig fest zu. Fast klammerte sie sich an Alfred. Das verlieh ihm mehr Entschlossenheit als er eigentlich besaß.

Inzwischen hatte Alfred ein Problem entdeckt, an das er bei all seinen Plänen überhaupt nicht gedacht hatte. Er leuchtete mit der Taschenlampe nach oben gegen die Tunneldecke.

„Keine Ahnung, wie hoch das ist", sagte er zu Vanessa. „Aber es ist eindeutig zu hoch, um dort ohne Leiter hinaufzukommen. Und dann …! Siehst du diese Drähte da oben? Das ist die Oberleitung. Hochspannung! Wenn du da drankommst, dann bist du schwärzer als eine misslungene Bratwurst."

„Und das ist unser Problem?"

„Zumindest, was den Geheimgang nach oben Richtung Ruine Falkenstein betrifft. Nach Gonnis Plänen muss er irgendwo da oben hinter den Verblendmauern liegen." Er ließ den Strahl der Taschenlampe an den klobigen Quadersteinen entlang hüpfen, bis zu einer Stelle oberhalb der Oberleitung, die bei genauerem Hinsehen etwas in den Tunnel hinein auskragte. „Da! Das ist die Stelle! Dahinter liegt der zugemauerte Gang, der von der Ruine von oben durch den Fels herunter kommt."

„Ach du Scheiße!", entfuhr es Vanessa. „Da kommen wir niemals hinauf!"

„Das ist so, aber das ist unwichtig. Auch Gonni kann unmöglich dort hinauf geklettert sein. Dieser Teil des Geheimganges war für ihn unerreichbar und uninteressant."

„Du meinst, er hat sich nur dafür interessiert, wo der Geheimgang in die Tiefe weiterging."

„Das vermute ich", sagte Alfred und leuchtete dabei das Schotterbett ab, auf dem sie standen. „Es muss hier irgendwo in der Tunnelwand sein, hier, in diesem Bereich, der bei Gonni auf der Karte mit dem Pfeil markiert ist." Alfred sagte: „Ungefähr hier" und drückte dabei mit der Faust gegen einen Wandquader, der wie auf Kommando wackelte wie eines der Steintürmchen aus der Dreisam. Vor Schreck ließ er die Taschenlampe fallen.

„Oh Fuck! Das glaube ich nicht!"

Vanessa hob die Taschenlampe wieder auf.

„Komm, leuchte mir mal! Hier! Hierher!" Jetzt konnte Alfred seine Aufregung nicht mehr verbergen. Während Vanessa ihm mit der Taschenlampe leuchtete, rüttelte er an dem wackligen Steinquader, der ungefähr die Größe von Gonnis Specktasche hatte. Er saß nur lose in der Fassung und ließ sich mühelos Zentimeter für Zentimeter herausruckeln. Und als Alfred ihn nach einigen Mühen endlich herausgewuchtet und zu Boden hatte fallen lassen, erwies es sich, dass gleich noch ein zweiter, benachbarter Quader, ebenfalls lose war und entfernt werden konnte. Und dahinter begegneten sie nicht etwa dem nackten Fels, sondern einer klaffenden Lücke, einem schmalen Spalt, der in die Tiefe führte.

Alfred leuchtete hinein. Abwechselnd steckten sie die Köpfe in das Loch. Der Schein der Taschenlampe brach sich an feuchten Felsen. Ein Ende dieser Kluft war nicht auszumachen.

„Und du meinst wirklich, das soll ein Geheimgang sein?" Die Zweifel, die Vanessa formulierte, nagten auch an Alfred. Die Kluft war höchstens 1,50 Meter hoch und maximal einen Meter breit. Ein Mensch könnte sich hineinzwängen.

„Die Menschen im Mittelalter waren alle nur einsuffzig groß", versuchte Alfred halbherzig einen Scherz. Vom Ausleuchten mit der Taschenlampe wurde die Kluft nicht einladender. Schließlich entschied Alfred: „Du wartest hier, ich gehe hinein und steige ab. Ich forsche, wie weit man kommt. In spätestens zehn Minuten kehre ich um. Wenn ich also nach zwanzig Minuten nicht zurück bin, dann musst du Alarm schlagen."

Er wollte es so gelassen wie möglich klingeln lassen, aber ihm blieben die letzten Worte beinahe im Hals stecken. Dann zwängte er sich durch die Lücke. Erst das linke Bein, dann Hüfte und Oberkörper, dann zog er das rechte Bein nach. Kalte, feuchte Luft schlug ihm entgegen, abgestanden wie die Luft im untersten Parkgeschoss der Schwarzwaldcity. Dann drehte er sich auf engstem Raum, so dass er jetzt tiefer in die Kluft hineinklettern konnte. Er musste sich tief bücken. Sein Rücken streifte am Fels über ihm. Mit einer Hand sicherte er sich stützend und tastend ab, mit der anderen führte er die Taschenlampe vor sich her. Es ging steil bergab, und obwohl die Kluft nicht wie von Menschenhand gemacht wirkte, stellte Alfred überrascht fest, dass er stets an der richtigen Stelle den Fuß auf so etwas wie eine Trittstufe setzen konnte, so als hätten eben doch Menschen nachgeholfen, diese Kluft begehbar zu machen. Das beruhigte Alfred auch im Hinblick auf den Wiederaufstieg. Es tropfte überall von der Decke und von den Wänden. Die Kluft weitete sich. Noch immer war die Luft kalt und feucht, eine modrige Schleppe des Grauens. Es ging aber immer noch durch den gewachsenen Fels. Alfred konnte sich immer noch nicht aufrichten, aber er sah nun im tanzenden Lichtkegel vor sich, dass die Felsen an den Wänden eindeutig

Spuren künstlicher Bearbeitung trugen. Und dann endete plötzlich der Abstieg. Der Gang, denn inzwischen war er eindeutig als ein solcher auszumachen, wechselte abrupt von der Vertikalen in die Horizontale. Schwarzes Wasser rann die Wände herunter und folgte in einem kleinen Rinnsal dem leicht abschüssigen Gang. Die Strahlen der Taschenlampe tasteten tief in den Berg hinein, verloren sich aber irgendwo in der unterirdischen Schwärze. Es war kein Ende dieses Ganges abzusehen. Es roch nach Moder und Vergangenheit. Unvermittelt streifte der Lampenstrahl einen Gegenstand auf dem Boden des Ganges. Alfred wäre beinahe draufgetreten. Er leuchtete nochmals unmittelbar vor seine Schuhe. Da lag ein Hammer. Ein großer Vorschlagshammer! Alfred trat einen Schritt zurück, ließ den Lampenstrahl akribisch über Boden, Wände und die tropfende Decke des Felsganges gleiten und wagte es minutenlang nicht, sich vom Fleck zu rühren. Er musste nachdenken. In der Enge des Ganges, von Hadesschwärze und gebirgsschweren Felsgewichten schier erdrückt, fielen ihm das Atmen und das Denken schwer. Und doch, hier war klares Denken gefragt. Der Hammer war eine Tatsache, die man auch mit der größten Fantasie nicht den Falkensteinern in die Schuhe schieben konnte. Das war ein moderner, ein neuzeitlicher Vorschlagshammer. Und er war noch viel mehr. Er war auch eine Mordwaffe.

Aber das erfuhr Alfred erst etliche Tage später, als Oberkommissar Junkel ihm die Ergebnisse der erkennungsdienstlichen Untersuchungen mitteilte.

FAMILIENNACHRICHTEN

„Wir haben die Tasche!" Diese Mitteilung von Oberkommissar Junkel überraschte Alfred nicht. Alles andere hätte ihn sehr gewundert.

„Jetzt haben Sie hoffentlich diesen Arsch von Svennie an den Eiern. Wird er verhaftet?" Alfred und Junkel standen auf dem Münsterplatz. Mittagszeit. Der Turm warf kaum einen Schatten. Vor den Wurstbuden bildeten sich lange Schlangen. Menschen, die nach der Freiburger „langen Roten" anstanden, Handwerker, Angestellte, Beamte, die ihre kurze Mittagspause nutzten, Hausfrauen, Schüler und Studenten, Touristen, vorwiegend Franzosen, Schweizer und Japaner. Letztere mit lächerlichen Sonnenschirmchen in der einen und Selfie-Stick in der anderen Hand. Wie wollten die 2,50 Euro für eine Wurst bezahlen und die Wurst dann auch noch essen, wenn sie doch keine Hand frei hatten?

„Wieso verhaften. Er hat nichts ausgefressen!" Junkel versenkte die Hände in den Taschen seines Sakkos. „Er hat uns alles erklärt."

Alfred verspürte Gelüste nach einer Wurst. Er steuerte unauffällig in Richtung „Hassler's Wurststand", doch Junkel zog es in die andere Richtung.

„Wie, alles erklärt?"

Junkel gab keine Antwort, weil er sich plötzlich von Japanern eingekreist sah. Er ruderte, um sich aus dem schnatternden Kreis zu befreien.

Die Würstlebrater hinter ihren mobilen Verkaufstheken ließen mit eingespielter Routine Hundertschaften von Bratwürsten durchs brutzelnde Fett rotieren, schoben mit ihren Bratwendern wohldosierte Zwiebelberge dazwischen und brachten es nebenbei fertig, Brötchen zu halbieren, Kunden abzukassieren, Wechselgeld herauszugeben und mit Stammkunden ein Schwätzchen zu halten.

„Wollen wir anstehen?", fragte Alfred und machte Anstalten, sich in die Wurstschlange einzureihen. Junkel jedoch, jetzt wieder aus der japanischen Umklammerung befreit, tendierte merklich in Richtung Kornhaus-Café. „Ich könnte einen Cognac gebrauchen", räumte der Polizist freimütig ein. Inzwischen hatte Alfred gelernt, dass bei Junkel spätestens gegen Mittag die Batterien zur Neige gingen und er dann dringend nachtanken musste. „Ich lade dich ein! Geb' einen aus!" Damit war es entschieden: Weinbrand statt Wurst.

„Nochmal: Was hat er alles erklärt?", nahm Alfred den Gesprächsfaden wieder auf, als sie sich durch die Menschentrauben und zwischen den Gemüse- und Obstständen des Münstermarktes hindurch zu den Außentischen des Kornhaus-Cafés durcharbeiteten. Junkel gab über die Schulter zurück: „Warum er die Tasche aus deinem Zimmer gestohlen hat. Das hat er erklärt. – Passen Sie doch auf", so schnauzte er einen fettleibigen Touristen an, der den Durchgang zwischen zwei Marktständen blockierte und gefährlich mit einer senf- und ketchupüberquellenden Wurst hantierte. Junkels Sakko wurde am Ärmel um einen feuchten Ketchupfleck bereichert. Der Oberkommissar fluchte und versuchte, die gröbsten Schäden mit Hilfe eines Salatblattes zu entfernen, das er sich von einem der Gemüsestände griff.

Alfred hielt Ausschau nach einem freien Tisch. Alles überfüllt. Der Münsterplatz brummte. Ferienzeit, Mittagszeit, Marktzeit. Die Menschen standen sich gegenseitig auf den Füßen, so dicht an dicht, dass es für die Tauben fast kein Durchkommen zum Kopfsteinpflaster mehr gab. Alfred zwängte sich an einen Tisch, an dem bereits zwei Omas mit bläulich schimmerndem Weißhaar saßen, die schrumpeligen Gesichter hinter mondänen Sonnenbrillen verborgen, zweireihige Perlenketten mit murmelgroßen Protzperlen um den Hals, Handtaschen auf dem Schoß und Rieseneisbecher vor der Nase. Beide Damen schauten pikiert, als nach Alfred auch noch die zerschlissene Erscheinung von Siegfried Junkel sich an den Tisch zwängte. Unverzüglich begann Junkel damit, sich eine Zigarette zu drehen. Dagegen gab es keine Einwände der Tischherrinnen, denn beide saugten selbst an langstielige Zigaretten der Marke Slim Line, die sie mit affektierten Gesten zwischen ihren dürren Fingerspitzen hielten und nach jedem Zug in eine ellbogengestützte Wartestellung überführten, während der sie aus ihren vertrockneten Mündern niedliche Rauchwölkchen ausstießen. Alfred fühlte sich an ziselierte Teekessel erinnert, aus denen kleine Dampfspiralen aufsteigen.

Junkel winkte die Bedienung heran, die genervt aber professionell ihr überfülltes Tablett zwischen den Tischen hindurch balancierte. „Zwei Asbach, zwei Kaffee!", bestellte Junkel, ohne Alfred zu fragen. Dann wandte er sich endlich Alfred zu: „Ich wollte dich treffen, um dir persönlich ein paar Dinge mitzuteilen. Bevor Morgen die Leber-Semmlich damit vor der Presse angibt." Er grinste vielsagend. Alfred hatte inzwischen ein Bild vom Dienst- und Arbeitsverhältnis, das zwischen Junkel und seiner vorgesetzten Kriminaldirektorin Leber-Semmlich herrschte. Er hatte sich sowieso gewundert, warum Junkel plötzlich vor dem Hörsaal gestanden hatte und ihn dort am Morgen nach dem Otti-Seminar abgefangen hatte. „Wir müssen miteinander reden. Hast du Zeit?", so hatte Junkel Alfred überfallen. Und so war Alfred mit Junkel losgezogen, nicht ohne die misstrauischen Blicke zu registrieren, die ihnen sowohl Vanessa als auch Rita und Sven hinterhergeschickt hatten.

Nun saßen sie also im Kornhauscafé und Junkel berichtete: „Das mit der Tasche und mit Rita und Sven, das hat sich aufgeklärt. Harmlose Beziehungssache." Er machte eine abfällige

Geste. „Rita hatte die Befürchtung, in der Tasche könnten sich Nacktbilder von ihr befinden. Angeblich hat Gonni Aufnahmen von ihr gemacht. Und deshalb hat sie Sven gebeten, ihr zu helfen, die Tasche zu besorgen."

„Das hat sie Ihnen erzählt?", fragte Alfred ungläubig. Junkel nickte und nahm den Asbach in Empfang, den in diesem Moment die Bedienung brachte.

Für Alfred war die Erklärung unbefriedigend. Rita hätte doch auch ihn direkt fragen können. Dann hätten sie in der Tasche nachschauen können. Es gab keinen Grund zu dieser Heimlichtuerei. Und schon gar nicht wäre dieser dubiose Diebstahl während Schillers Party nötig gewesen. Er schüttelte für sich den Kopf. Irgendetwas stimmte da nicht. Zweifelnd fragte er: „Und? Hat sie die Nacktfotos gefunden?"

„Angeblich ja", erwiderte Junkel, während er sein Cognac-Glas hob, um mit Alfred anzustoßen. „Auf die Gesundheit!"

Auf die Rieseneisbecher der beiden Tischnachbarin flog unterdessen eine Wespenstaffel einen Großangriff, so als gäbe es nicht genug andere Beute auf dem Münsterplatz. Es setzte fahriges Gefuchtel mit langstieligen Eislöffeln und mit qualmenden Slim-Zigaretten ein, so dass Alfred und Junkel vorübergehend fasziniert und um Neutralität bemüht zuschauten.

Schließlich nahm Junkel sein Thema wieder auf: „Gonni und Rita hatten ja wohl etwas miteinander, dann haben sie Schluss gemacht, und da hatte Rita jetzt Sorgen, ihre etwas freizügigen Fotos könnten in falsche Hände geraten."

„Zum Beispiel in meine?", fragte Alfred zweifelnd.

Junkel nickte. „So direkt hat sie das so nicht gesagt, aber vermutlich war es das. Jetzt hat sie ihr Zeug ja wieder, und die Tasche ist da, wo sie hingehört. Nämlich in Polizeigewahrsam."

„Und was machen Ihre Leute jetzt damit?" Eine Wespe interessierte sich für Alfreds noch halbvolles Cognac-Glas. Er verscheuchte sie mit der glühenden Zigarettenspitze und fügte dann süffisant hinzu: „Ich meine, Ihre zwanzigköpfe Sondereinheit. Soko Falkenstein! Oder wie habt ihr sie genannt?"

„Ja, ja, Soko Falkenstein", bestätigte Junkel leicht genervt. Auch er hatte inzwischen den Kampf gegen die Wespeninvasion aufgenommen. Sie schienen es insbesondere auf den Ketchupflecken auf Junkels Sakko abgesehen zu haben. „Wir haben zwanzig hochqualifizierte und bestens ausgebildete Spezialisten in dieser Einheit. Du kannst dich darauf verlassen, dass sie es herausfinden, wenn etwas mit dieser Tasche oder ihrem Inhalt nicht stimmen sollte."

„Sie finden alles heraus?" Es war eine Mischung aus Frage und Feststellung.

„Alles!", bestätigte Junkel, dem es jetzt gelungen war, seinen rechten Arm mit dem Sakkoärmel so auf den Tisch zu drücken, dass darunter eine der aufdringlichen Wespen begraben wurde. Die beiden auberginenblauen Häupter der Lebedamen wandten sich in gespielter Entrüstung ab.

„Was haben sie denn bisher herausgefunden?", fragte Alfred mit dem letzten Schluck Asbach, den er aus seinem Glas hinunterkippte.

„Das ist es ja, warum ich dich abgepasst habe." Junkel beugte sich vor und sah Alfred mit trübem Altmännerblick in die Augen. Er ging ins Flüstern über: „Ich habe gedacht, ich erzähle dir mal ein bisschen was, was dich interessieren könnte."

Alfred schwieg gespannt, in Sorge, Junkel könne es sich anders überlegen. Schließlich war er selbst ja auch nicht ehrlich zu Junkel. Es gab einiges, was er dem Oberkommissar immer noch verschwieg. Zum Beispiel die Recherche zum goldenen Marti. Nun gut, das sollte die Polizei selbst herausfinden. Dürfte ja nun kein großes Problem mehr darstellen, wo die Sondereinheit Falkenstein doch im Besitz von Gonnis Tasche mit allen Unterlagen war. Aber er hatte Junkel bisher auch die

Entdeckung des Geheimganges und den Fund des Vorschlaghammers in diesem Geheimgang verschwiegen. Inzwischen war Montag. Die Nacht mit Vanessa im Tunnel war am Freitag gewesen. Seither trug Alfred das Geheimnis mit sich herum und konnte sich nicht entschließen, Junkel davon zu erzählen. Warum? Weil er sich vorgenommen hatte, zuerst den kompletten Gang auf eigene Faust zu erforschen. Warum wohl hatte Gonni den „goldenen Marti" an den Rand seiner Notizen und Pläne geschrieben? Doch wohl nur deshalb, weil dieser Gang etwas mit dem goldenen Marti zu tun hatte. Vielleicht führte er direkt zu einem Goldschatz? Alfred war nicht davor gefeit, ähnlich blindgierig an die Existenz eines solchen Schatzes zu glauben, wie es vor ihm im 18. und 19. Jahrhundert die erfolglosen Goldsucher im Oberrieder Tal bis zum Ruin getan hatten.

Der Oberkommissar interpretierte Alfreds nachdenkliches Schweigen als Aufforderung, weiter zu sprechen. Weil auch die beiden hochfrisierten Damen in gespielter Gleichgültigkeit stumm harrten, verstärkte Junkel sein Flüstern noch und versteckte es hinter der vorgehaltenen Hand: „Hör zu! Du bist ein cleveres Kerlchen und ich weiß, dass du auf eigene Faust Nachforschungen anstellst. Ich will es dir mal etwas leichter machen. Die Heizmanns sind raus. Die haben mit dem Mord nichts zu tun."

„Die Heizmanns?" Alfred stellte sich nicht unwissend, er war es bei diesem Namen tatsächlich.

„Ja, haben wir alles auf Herz und Nieren geprüft. Sie sind absolut sauber."

„Entschuldigung, aber wer sind die Heizmanns?"

Jetzt lehnte sich Junkel überrascht zurück: „Ich denke, du recherchierst in Oberried herum? Haben mir meine Leute doch erzählt, dass du da mit dem Fahrrad unterwegs bist."

„Ja, aber ich kenne keine Heizmanns."

„Die Heizmanns", so klärte Junkel auf, „das sind die Wirtsleute vom Landgasthaus Schützen. Wir haben sie überprüft, und auch das Personal. Alle koscher. Harmlos wie die Sternsinger." Alfred prustete los: „Und das hat Ihre hochspezialisierte Sonderkommission herausgefunden! Wow! Alle Achtung!" Seine Belustigung war ernst gemeint. Er verschluckte sich vor Lachen am Zigarettenrauch und brach in Husten aus. Junkel klopfte ihm auf den Rücken. Die beiden Damen brachten ihr Eis in Sicherheit, das sie aber ohnehin seit einer Viertelstunde nicht mehr angerührt hatten, weil die Wespen die Schlacht gewonnen hatten. Seither schmolz das Rieseneis in den Bechern zu gelbbraun marmorierten Gletscherseen zusammen.

„Polizeiarbeit ist nun einmal so", sagte Junkel ernst und ein wenig in seiner Berufsehre gekränkt. „Und immerhin stand auf dem Parkplatz des Landgasthofes das Auto des Opfers. Er muss in jener Nacht also von dort zum Fundplatz im Falkensteintunnel gelangt sein. Wie auch immer, tot oder lebendig. Es gab keinen Grund, die Leute vom Landgasthof nicht auf die Liste der Verdächtigen zu nehmen."

„Haben Sie noch mehr solche Sachen herausgefunden?", wollte Alfred wissen, immer noch heiterer gestimmt, als das Thema es eigentlich gestattete.

Junkel goss sorgfältig den Rest seines Cognacs in seine Kaffeetasse und verrührte Asbach und Kaffee mit dem Kaffeelöffel. Dann stierte er sekundenlang in die hellbraune Legierung: „Was ich dir jetzt sage, das darf ich dir eigentlich nicht sagen." Er flüsterte wieder. „Wusstest du, dass Harzer, Frank Harzer, der mit den Nachtclubkärtchen, dass das der Sohn von Isolde Blender ist?" Er schob noch nach: „Aus erster Ehe!", und dann beobachtete er Alfred lauernd. Vielleicht hatte er sich erhofft, dass diese Eröffnung bei Alfred irgendeine verdächtige Regung auslösen würde, aber Alfred war so verblüfft, dass sein Gesicht besser als jeder Lügendetektor seine Unwissenheit bewies.

„Frank Harzer? Der Freund von Gonnis Schwester?"

„Genau der!" Genüsslich kippte Junkel seinen Kaffee-Cognac hinunter, sichtlich zufrieden, Alfred jetzt doch beeindruckt zu haben. „Zwanzigköpfige Sonderkommission", schob er noch hinterher. Dann bleckte er die gelben Zähne in Richtung der beiden Tischdamen, die schnell in Geplapper verfielen und die Blicke in den Himmel schweifen ließen, als hätte nicht längst auch der Dümmste bemerkt, dass sie tratschsüchtig ihre Ohren bis zum Anschlag gespitzt hatten.

„Isolde Blender ist zum zweiten Mal verheiratet", klärte Junkel auf. „Ihr erster Mann hieß Harzer. Von ihm hat sie den Sohn. Dann haben sie sich getrennt, der Sohn blieb bei der Mutter, und die Mutter hat später noch einmal geheiratet."

„Verstehe!", murmelte Alfred, der bereits darüber nachdachte, welche Schlussfolgerungen er aus dieser Familienverbindung ziehen konnte. Aber er brauchte nicht nachzudenken, Junkel sagte es ihm: „Damit ist auch die Herkunft des Bongo-Kärtchens auf Isolde Blenders Grundstück geklärt. Frank Harzer muss es dort verloren haben."

Alfred drehte sich eine Zigarette. Was Junkel nicht wusste, das war die besondere Stelle, an der Alfred die Karte vom Nachtclub Bongo gefunden hatte. Das war direkt in jenem Durchschlupf durch die Grundstückshecke gewesen, die Isolde Blender für das Verschwinden ihrer Katze verantwortlich machte. Sollte Harzer etwa durch dieses Loch auf das Nachbargrundstück gelangt sein?

„Wir sind gründlich in solchen Sachen", fuhr Junkel nun fort. Inzwischen wagte er es, unter seinem Sakkoärmel nachzuschauen, was aus der erschlagenen Wespe geworden war. Sie hatte tatsächlich das Zeitliche gesegnet. Wie ein vertrockneter Nasenpopel hing sie an der Ärmelunterseite und gemahnte ihre Artgenossen als abschreckendes Exempel, an diesem Tisch größte Vorsicht walten zu lassen. Junkel schnippte den

Kadaver weg. Die beiden blaugeföhnten Fregatten baten bei der Bedienung um ihre Rechnung. Junkel nutzte die Gelegenheit, um noch zwei weitere Asbach zu ordern.

„Frank Harzer hat lange eine Beziehung zur Nachbarstochter gehabt", verblüffte Junkel jetzt mit einer weiteren Neuigkeit. „Seine Mutter wohnt ja direkt neben einem großen Bauernhof."

„Dem Mooshof!", sagte Alfred. Er erntete einen kurzen, überraschten Blick von Junkel, schwer zu interpretieren. „Richtig!", sagte der Oberkommissar. „Der Mooshof. Das ist eine etwas prekäre Familie, die da lebt. Die Weilers! Ein Sohn hat sich kürzlich umgebracht. In der Scheune aufgehängt. Angeblich, weil er mit dem Vater nicht klarkam. Und mit dem Leben. Und die Tochter, die mit Harzer zusammen war, die endet auch eines Tages tragisch."

Vergeblich versuchte Alfred sich an den Namen dieser Tochter zu erinnern. Er wusste genau, dass Isolde Blender ihn genannt hatte, aber diese Information war ihm so unbedeutend erschienen, dass er sich den Namen nicht gemerkt hatte. „Was ist mit ihr?", fragte er vorsichtig.

„Drogen! Alkohol! Ärger mit der Polizei. Alles Mögliche. Elke Weiler ist schon seit zwei oder drei Jahren in die Freiburger Drogen- und Obdachlosenszene abgerutscht. Wir hatten sie ein paarmal wegen kleinerer Diebstahldelikte in Gewahrsam. Einige Zeit lebte sie in der Wagenburg. Dann unter der Brücke. Manchmal greifen wir sie auf dem Stühlinger Kirchplatz auf. Mein Gott, das Mädchen ist zwei- oder dreiundzwanzig. Aber die macht es nicht mehr lange, die ist total heruntergekommen." Jetzt hörte man dem alten, abgebrühten und dickfelligen Junkel sogar so etwas wie echtes Mitgefühl an. „Es ist mir ein Rätsel, wie man so aus der Bahn geworfen werden kann." „Hat es was mit Harzer zu tun?", fragte Alfred das Naheliegende.

Die beiden Nachbarinnen am Tisch bezahlten und erhoben sich. Im Stehen sahen sie aus wie zwei dürre Vogelscheuchen in Hochzeitskleidern. Mumifizierte Flamingos mit faltiger Lederhaut.

„Es hat nur insoweit etwas mit Harzer zu tun, als dass vermutlich er es war, der sie zu den Drogen gebracht hat. Aber da war sie noch ein junges Mädchen, Schülerin. Als Harzer sie fallen ließ, da ging es ihr noch gut und sie lebte auf dem Hof der Eltern."

„Der alte Moosbauer und sein debiler Sohn Martin", warf Alfred ein und erinnerte sich mit Gruseln. Vor einer solchen Familie würde er auch die Flucht ergreifen.

„Und was bedeutet das jetzt alles für Ihre Ermittlungen?", fragte Alfred schließlich, nachdem sie ihren zweiten Cognac in Empfang genommen und sorgfältig auf einer angemessenen Stelle auf ihrem Tisch abgestellt hatten.

„Das wollte ich dich fragen. Deshalb habe ich dich ja eingeweiht. Weil ich glaube, dass du mir weiterhelfen kannst." Junkel schwenkte kurz sein Cognacglas. Der Inhalt glänzte in der Mittagssonne wie schwarzes Öl. „Es gibt eine Verbindung zwischen dem toten Gonnfeld im Falkenstein-Tunnel und dem auf die Nacht wartenden Gonnfeld im Landgasthaus Schützen", so fasste Junkel schließlich seine Erkenntnisse zusammen. „Das Verbindungsglied könnte Harzer sein. Auf Harzers Karte stand die Telefonnummer von Gonnfeld. Die Karte wurde in Oberried verloren. Harzer stammt aus Oberried. Aber das ist alles dünn und gibt keinen Sinn. Außer es gibt noch etwas, das ich bisher noch nicht weiß …?" Erwartungsvoll blinzelte er Alfred an.

Alfred starrte in sein Cognacglas und schwieg. Was wusste Junkel? Vom Geheimgang konnte er noch nichts wissen. Aber das würde er herausfinden, spätestens wenn seine zwanzigköpfige Sonderkommission sich mit der gleichen Gründlichkeit über den Inhalt von Gonnis Tasche hergemacht hatte, wie es die Wespen mit dem immer noch auf ihrem Tisch verbliebenen Dameneis taten.

„Der Ring der Falkensteiner", sagte Alfred schließlich schleppend, jedes einzelne Wort extra wirken lassend. „Der Ring könnte die fehlende Verbindung sein, die Sie suchen." Er hatte sowieso vorgehabt, Junkel früher oder später in die Sache mit den Falkensteiner-Ringen einzuweihen. Da konnte er es genauso gut jetzt gleich tun. Er erzählte haarklein, wie er beim Pfandleiher gewesen war. Die ganze Geschichte von den beiden Falkenstein-Ringen mit der V-Gravur. Ein Ring, der nach Oberried zum Mooshof führte, ein zweiter Ring, der zu Gonni und zum Tatort führte. „Ist das nichts? Ist das vielleicht Ihre gesuchte Verbindung?", fragte Alfred ganz am Ende. „Können Sie damit etwas anfangen?"

Die Informationen mussten von Junkel erst verdaut werden. Das Nachdenken schien ihm Schmerzen zu bereiten. Er presste die Hand mit der Zigarette an die rechte Schläfe und schloss seine tranigen Augen. Für einen Moment sah er aus wie ein Schachspieler, der zwar das Schachmatt realisiert, aber noch nicht bereit ist, es auch einzugestehen.

Alfred quälte sich währenddessen um eine Entscheidung: Sollte er jetzt vom Geheimgang erzählen? „Nein!", entschied er. „Noch nicht! Erst will ich den Gang selbst erforschen." Er hatte diese Idee auch Vanessa auseinandergesetzt, nachdem er aus den Tiefen der Felskluft wieder aufgetaucht war, in die er im Falkenstein-Tunnel am vergangenen Freitag hinabgestiegen war. Vanessa hatte ihn umarmt, glücklich, dass er unversehrt aus der Unterwelt wieder heraufgekommen war. Sie hatten mit Mühe die Steinquader wieder an ihren alten Platz in der Tunnelwand gehievt. Anschließend waren sie in den Geisterbahnhof Himmelreich zurückgekehrt, hatten dort gemeinsam in ihren Schlafsäcken die Nacht verbracht, und am nächsten

Morgen hatten sie sich ein Frühstück im Gasthof Himmelreich geleistet. Dann war Vanessa nach Freiburg zurückgekehrt und Alfred hatte ein feuchtfröhliches Wochenende im Hochschwarzwald verbracht, den Samstagabend bis zur Sperrzeit in der Spritz, Knoddle und Stromi Gesellschaft leistend, den Sonntagabend mit Linus im Dennebergstüble, Karten spielend und seinen Schuldenstand bei Linus um weitere 70 Euro anschwellen lassend. Beide Nächte in Linus' Garage auf dem unbequemen Rücksitz im roten Flitzer zugebracht. Vergeblich auf ein Lebenszeichen von Anna gewartet. Sie leider nirgendwo in der Stadt „zufällig" getroffen, so oft er auch am BZ-Haus vorbeischlenderte und an den übrigen Plätzen, wo Wahrscheinlichkeit bestand, ihr über den Weg zu laufen. Aber vielleicht hatte sie ja auch keinen Dienst und war über das Wochenende weggefahren. Oh Anna! „Du bist schuld, dass ich mich besaufen muss!", so das selbstmitleidige Wochenendfazit von Alfred, ehe er am Montagmorgen wieder mit der Höllentalbahn nach Freiburg zurückgekehrt und vom Bahnhof direkt in Ottis Seminar gestiefelt war. Und dort hatte Oberkommissar Junkel ihn abgefangen ...

KÜSSEN VERBOTEN

Es klingelte, und tatsächlich stand Suse Gonnfeld vor der Tür. Alfred hatte es sich gewünscht, ein bisschen sogar davon geträumt, aber niemals hatte er ernsthaft daran geglaubt, dass Suse Gonnfeld tatsächlich seiner Einladung folgen würde. „Ich muss dir was zeigen. Hat mit der Tasche zu tun. Aber komm ohne Harzer!" Dieses kurze Mail von Alfred hatte Suse Gonnfeld angelockt.

Als es an der Haustür klingelte, saß Alfred gerade bei Tim im Zimmer und diskutierte mit ihm eine Ausweitung des Geschäftsmodells „Versicherungsblogging".

„Alfred, du bist viel zu ehrlich", warf Tim ihm vor, während er mit seinen Wurstfingern in die Tasten hämmerte. „Hier, schau! Und hier! Und hier!" Jedes Mal poppte ein neues Fenster auf dem Bildschirm auf und führte Alfred im Schnelldurchlauf durch die verschiedensten Branchen: Banken, Krankenkassen, Energieversorger, Deutsche Post, Hotelportale. Überall wurde gebloggt und getwittert, geteilt, bewertet und kommentiert. Ganz so, wie in der Versicherungswirtschaft, für die Alfred fleißig seine Baukastensätze formuliert hatte.

„Gefällt mir, gefällt mir nicht, das ist die Währung", so dozierte Tim. In den Tiefen seines Leibes rasselte es bedrohlich. „Wir können für all diese Branchen bloggen, natürlich gegen Bezahlung, und regelmäßig Klicks und Likes erzeugen. Niemand kann das auf meinen Rechner zurückverfolgen. Alles ein Kinderspiel. Ich brauch nur regelmäßig ein paar frische Sätze von dir."

Alfred blieb stumm. Er blieb an einem Eintrag hängen, der aus dem Hochschwarzwald stammte und den Plänen eines Energieversorgers galt, der auf den Höhen rund um Titisee-Neustadt Windräder errichten wollte: „Wenn unsere Kühe keine

Milch mehr geben und keine Kälber mehr kriegen, weil der Infraschall aus euren Windrädern sie unfruchtbar macht, wer zahlt dann meine Ausfälle? Man sollte euch am höchsten Windrad aufhängen ..."

„Interessantes Argument", sagte Alfred und deutete auf die Stelle auf dem Bildschirm. „Die Kühe kriegen wegen des Infraschalls keine Kälber mehr."

Tim bemühte sich erst gar nicht, das Argument ebenfalls interessant zu finden. „Die Kälber werden sowieso nach ein paar Wochen zur Schlachtbank geführt", bemerkte er trocken. An Diskussionen, die sich mit der realen Welt befassten, beteiligte sich der Dicke sowieso nicht. Sein Leben spielte sich in der virtuellen Welt ab.

„Na also", sagte Alfred. „Da hast du doch deinen ersten Textbaustein. Schreib das einfach rein. Mal sehen, ob jemand darauf eingeht."

„Ich meine es ernst, Alfred. Du formulierst und ich kümmere mich um die Auftraggeber und um die Bezahlung. Ich mache jede Wette, dass auch Banken und Energieversorger zahlen, wenn wir unsere Dienste anbieten."

„Meinetwegen. Tu, was du nicht lassen kannst. Aber im Gegenzug musst du mir einen Gefallen machen." Das war Alfred soeben erst eingefallen, aber er wusste, dass Tim bei solchen Dingen helfen konnte: „Kannst du für mich herausfinden, ob es im Netz Spuren von einer Elke Weiler aus Oberried gibt? Und ein Bild, möglichst aktuell? Ich brauche ein Bild von dieser Elke Weiler?"

„Kein Problem!", behauptete Tim mit einer Gewissheit, wie sie nur ein Buddha ausstrahlen kann. „Ich besorge dir diese Elke, du besorgst mir dafür Satzbausteine für die Verteidigung von Banken und Atomkonzernen."

An diesem Punkt waren sie angekommen, als es an der Haustür klingelte. Sofort knipste sich selbstständig einer von Tims zahlreichen Monitoren an, die bis unter die Decke eine ganze Zimmerwand ausfüllten. Alfred fühlte sich jedes Mal an das ZDF-Sendestudio bei den Olympischen Spielen erinnert. Auf dem Bildschirm erwachte eine Szene zu Leben. Die Eingangstür. Zwei Treppenstufen, der Mülleimer, die Briefkästen. Davor stand Suse Gonnfeld, nestelte an ihrer Handtasche und wartete auf Geräusche aus der Gegensprechanlage.

„Reinlassen, ja oder nein?", fragte Tim.

Was für eine Frage. „Reinlassen!", befahl Alfred.

Dann flitzte er in sein Zimmer, um schnell zu checken, ob es einen halbwegs aufgeräumten Eindruck machte. Nein! Er stopfte seine Schmutzwäsche in einen der Umzugskartons, die sich immer noch an der Wand stapelten wie die Kisten im Ikea Regallager. Ein paar leere Sprudelflaschen entsorgte Alfred, indem er sie auf der Fensterbank zwischenlagerte. Das Bett war nicht gemacht. Er zog die Tagesdecke darüber. Das Maßband mit der am Morgen kupierten Zahl 37 baumelte an der Tür. Sah das peinlich aus? Zu spät. Schon stand Suse Gonnfeld draußen im Flur und fragte in die halbdunkle Wohnung hinein: „Alfred? Darf ich reinkommen? Ich bin's, Suse Gonnfeld."

„Gleich, gleich. Ein Moment …" Alfred drapierte hektisch eine Packung „Durex gefühlsecht" auf seinem Nachttisch. Darüber hatte er in den letzten Tagen lange nachgedacht. Aber er war zu dem Ergebnis gekommen, dass es einen guten, einen seriösen Eindruck machen würde und dass es bei Suse vielleicht die Hemmschwelle senken würde. Denn so viel war klar: Wenn er sie erst einmal in seinem Zimmer hatte, dann wollte er auch angreifen.

Suse Gonnfeld klopfte zaghaft an: „Bin ich hier richtig?"

Alfred öffnete und ließ sie eintreten. Sie war unspektakulär gekleidet: Jeans, luftige Sommerbluse, Ballerinas an den bloßen Füßen. Das Haar hatte sie nach hinten gekämmt und zu einem zwanglosen Knoten zusammengebunden. Sie trug eine Sonnenbrille, was Alfred irritierte. Er setzte auf die Kraft seines Dackelblickes. Aber wenn er ihre Augen nicht fixieren konnte, dann blieb diese Waffe stumpf.

Dennoch fasste er sie brüderlich an den Armen und zog sie für einen Begrüßungskuss an sich, als sie sein Zimmer betrat. Er schloss die Tür hinter ihr. Das war nichts für Tims Kameras.

Sie wehrte sich nur wenig, jedenfalls nicht genug, um Alfred zu entmutigen. Er schwallte Suse im ersten Übereifer mit einer Woge von Komplimenten zu, ihre Figur, ihre Haare und ihre gesamte Erscheinung betreffend.

„Ja, ja, ist ja gut", wehrte sie ab. Aber sie lächelte dabei geschmeichelt. Ganz unempfänglich war also selbst die kühle Suse Gonnfeld nicht.

In Alfreds Zimmer gab es nur einen Stuhl. Der gehörte zum Schreibtisch und stammte vom Sperrmüll. Irgendein Vorbesitzer hatte ihn einmal blauweiß bemalt, ein weiterer Vorbesitzer hatte dann halbherzig versucht, diese Farben wieder abzuschleifen. Im Augenblick stapelte sich auf diesem Stuhl ein Bücherturm, bestehend aus den Chroniken von Kirchzarten, Zastler, Oberried, Sankt Wilhelm und obendrauf dem „Zauberischen Dreisamtal".

„Lass uns aufs Bett sitzen", deutete Alfred Suses suchenden Blick richtig. Schon zog er sie mit sich hinunter auf seine Matratze. Sie rückte sofort um eine Pobreite von ihm ab: „Ich bin nicht gekommen, um deine Matratze auszuprobieren, damit das gleich ganz klar ist. Ich will hören, was du über den Inhalt von Gonnis Tasche weist. Dieser Idiot von Sven hatte die Tasche nicht mehr, als Harzer bei ihm war."

„Ich weiß! Die Polizei hat sie inzwischen!"

„So ist es. Aber du hast behauptet, du wüsstest etwas, was für mich von Bedeutung sein könnte. Also raus damit! Sonst stehe ich auf und bin sofort wieder weg."

Alfred betrachtete Suses angewinkelte, spitze Knie. Es juckte ihn, seine Hand dort hinzulegen. Er schielte zu ihr hinüber. Ihr Dekolleté war versiegelt. Sie hatte auch noch den obersten Knopf ihrer Bluse zugeknöpft. Dennoch gab das luftige Blüschen die Konturen von Suses Oberkörper verheißungsvoll wieder. Alfred seufzte. Es war klar, er musste zuerst Sachleistungen erbringen, ehe er einen Angriff starten konnte. Er zog sein Laptop über den Fußboden heran und nahm es in Betrieb. Der Bildschirm leuchtete milchig blass. Alfred rief die Dateien mit den digitalisierten Bau- und Lageplänen vom Falkensteintunnel auf. Er rechnete damit, dass er Suse mühsam erklären musste, was da zu sehen war. Aber sie verblüffte ihn mit dem Ausruf: „Das sind ja die Konstruktionspläne von der Höllentalbahn!" Sofort beugte sie sich gefesselt über die Ansicht. „Scroll mal rauf!", befahl sie. Dann: „Jetzt zoom mal das hier näher ran!" Und als Nächstes: „Jetzt geh mal hier drauf. Das ist ja sagenhaft, das sind tatsächlich die Pläne." Es klang, als hätte Suse die Pläne schon mehr als einmal in den Händen gehalten.

Brav folgte Alfred allen Anweisungen. Er war perplex, weil Suse ganz offensichtlich nicht nur genau wusste, was sie vor sich hatte, sondern sogar gezielt nach etwas Bestimmtem suchte. Jetzt nahm sie sogar ihre Sonnenbrille ab. Sie vergaß vor lauter Aufregung, dass Alfred eine Erklärung erwartete. Sie vergaß auch, dass sie sich Alfred hatte vom Leib halten wollen. Vielleicht vergaß sie Alfred sogar komplett, auch wenn er ihr jetzt so nahe auf den Leib rückte, dass ihrer beiden Köpfe sich berührten, ebenso die Arme und die Oberschenkel. Ein intimer Moment. Alfred flüsterte: „Was habe ich versprochen ...?"

Jetzt blinkte auf dem Bildschirm jener Kartenausschnitt, auf den in Gonnis Handschrift geschrieben stand: „Der goldene Marti". Daneben der Pfeil, der im Plan die Stelle markierte, an

der sich im Tunnel der Eingang zum Geheimgang befand. Suse
fuhr mit ihrem langen Zeigefinger am Pfeil entlang und leckte
sich dabei angespannt die Lippen. Sie schnaufte zufrieden.
„Ich brauche einen Ausdruck", sagte sie jetzt. „Oder noch besser, überspiel mir die Datei! Hast du einen Stick?"
Alfred hatte zwar, aber er wollte den günstigen Moment nicht
ungenutzt verstreichen lassen. Er legte seinen Arm um Suses
Schultern: „Ich gebe dir alles, ich mache dir alles", versprach er
mit einem augenzwinkernden Unterton. Noch war er in einer
Vorbereitungsphase, in der es angezeigt war, leichte Selbstiro-
nie mitspielen zu lassen, für den Fall, dass er den Rückzug
antreten musste. Aber zu seiner Überraschung streichelte Suse
ihn an der Wange: „Du bist ein braver Junge, wirklich!" Dabei
schürzte sie ihre Lippen derart einladend, dass Alfred sich ein
Herz fasste und sich zum Küssen vorbeugte. Sie brachte schnell
und in letzter Sekunde noch einen Finger zwischen ihre beiden
Münder. „Küssen verboten!", sagte sie. Es klang fast liebevoll.
Alfred revanchierte sich für den Wangenstreichler, indem er
mit dem Handrücken nun seinerseits ihre Wange tätschelte.
„Du gefällst mir", sagte er, indem er die Stimme zu getrage-
ner Ernsthaftigkeit senkte. „Das ist dir sicher nicht entgangen.
Vom ersten Moment an hast du mich … wie soll ich sagen …
magisch angezogen." Weil sie es zuließ, dass er tief in ihre Augen schaute, und weil sie auch keine Anstalten machte, seine
immer noch auf ihrer Wange ruhende Hand abzustreifen, griff
Alfred noch tiefer in die „es hat mich erwischt, ich kann auch
nichts machen" Kiste. „Es hat mich erwischt", sagte er. „Ich
kann auch nichts machen. Mir gefallen deine Augen. Sie sind
so sphinxhaft. Mir gefällt deine Nase. Sie ist so edel. Mir gefällt
dein Mund, deine Lippen, deine Grübchen." Er fuhr mit einem
Finger ihre Lippen nach. Wieder näherte er sich, um sie zu
küssen. Sie schüttelte energisch den Kopf: „Küssen verboten!
Kannst du nicht hören?"

208

Alfreds Hand wanderte auf Suses Oberschenkel. Sie fühlten sich unter dem Jeansstoff warm und straff an. Er blieb näher beim Knie als beim Schritt. Noch. Suse ließ es zu, aber legte ihre eigene auf Alfreds Hand. „Ist irgendwas mit deinen Hormonen?", fragte sie spöttisch. Alfred griff den Tonfall auf und bohrte mit einem Finger am obersten Knopf von Suses Bluse. „Kriegst du überhaupt noch Luft?"

„Untersteh dich!", warnte Suse. Dennoch stocherte Alfred so lange, bis dieser oberste Knopf den Widerstand aufgab. Blasse Haut kam zum Vorschein. Schon hatte Alfred den Finger am nächsten Knopf.

„Es ist dringend, nicht wahr?", spottete Suse weiter.

Alfred beschloss, den Stier bei den Hörnern zu packen: „Ich bin solo! Klar ist mein Hormonhaushalt gestört." Und nach einer Kunstpause: „Du kannst das nicht nachvollziehen. Du hast ja Harzer, deinen Lover."

Er hatte es eigentlich betont lässig sagen wollen, desinteressiert, jedenfalls ohne Unterton. Aber Suse täuschte er damit nicht: „Er gefällt dir nicht, stimmt's?"

„Ich weiß nicht, was du an so einem … findest? Mal ehrlich. Er hat doch nicht deine Kragenweite. Nachtclub! Pah!"

„Du kennst ihn nicht …"

„Hast du eine Ahnung!" Alfred wollte eigentlich nicht mit seinen Informationen prahlen, aber der Verlauf des Gesprächs trieb ihn jetzt aufs Glatteis: „Ich weiß mehr über ihn, als du denkst."

Suses gedehntes „So?" hätte Alfred eigentlich alarmieren müssen. Auch das sie nun seinen Finger von ihrem Blusenknopf wegschob. Aber nun war er schon auf dem gefährlichen Pfad: „Ich weiß zum Beispiel, dass seine Mutter Isolde Blender heißt und in Oberried wohnt. Ich weiß zum Beispiel auch, dass dein Harzer dort eine Affäre mit dem Nachbarmädchen hatte, als es erst Sechzehn war. Und ich weiß auch, dass er dieses Mädchen mit Drogen versorgt hat. Wirklich, ein toller Typ, den du dir da angelacht hast."

„Du weißt gar nichts!", erwiderte Suse empört. Jetzt rückte sie auch wieder von Alfred ab. Der Zauber der Nähe verflog. Der magische Moment löste sich in Luft auf. Suse Gonnfeld schnaubte herablassend.

„Was weiß ich nicht?", versuchte Alfred die Situation zu retten. Suse Gonnfeld betrachtete ihn mitleidig abwägend, so als ringe sie mit sich, ob sie Alfred mit weiteren Informationen oder doch lieber gleich mit einer Ohrfeige versorgen sollte. Schließlich sagte sie zögernd: „Das Nachbarmädchen, von dem du redest, heißt Elke Weiler. Es stimmt, sie ist drogensüchtig. Frank hat mir ihre Geschichte erzählt. Aber Frank kann nichts dafür. Schuld an allem ist ihre schreckliche Familie."

„Der Moosbauer?"

Jetzt war es an Suse, doch wieder zu staunen. Dass Alfred so viel über Harzer und seine Oberrieder Herkunft wusste, irritierte sie. Aber sie konnte sich keinen Reim darauf machen. Sie nickte und fuhr fort: „Der Moosbauer ist ein Tyrann. Er hält seine ganze Familie unter der Knute. Die Kinder hat er bis in die Pubertät verprügelt, eingeschüchtert und eingesperrt. Sie durften keine Freunde und keine Spielkameraden haben. Sie durften den Hof nicht verlassen und niemand durfte zu ihnen auf den Hof kommen. Elke Weiler hatte nur einen einzigen Menschen, den sie als Kind kannte, und das war der Nachbarsjunge Frank Harzer. Ist es ein Wunder, dass sie sich in ihn verliebte und eines Tages von zu Hause ausriss, um sich ihm an den Hals zu werfen? Er wollte das nicht, denn damals steckte er mitten im Aufbau seines Nachtclubs. Aber sollte er sie wieder nach Hause in die Hölle schicken?" Suse ließ die Frage kurz im Raum stehen. Alfred rückte wieder näher. Sie schien es nicht zu registrieren. Stattdessen fuhr sie fort: „So lebte sie bei ihm. Er wollte nichts von ihr. Aber sie hat sich so an ihn geklammert, dass er sie fast nicht mehr loswurde. Und sicher besorgte er ihr auch Drogen, ja. Das war vielleicht ein Fehler. Aber er wollte ihr helfen."

Alfred konnte sich denken, wie die Geschichte weiterging: „Dann kamst du und Harzer war Feuer und Flamme. Das hat dem Mädchen den Rest gegeben."

„So ungefähr", bestätigte Suse und unterdrückte dabei ein aufkommendes Schluchzen. Offenbar gingen ihr die Dinge sehr zu Herzen. Sie schränkte ein: „Es war nicht alleine wegen mir, dass sie ausflippte und plötzlich auf der Straße leben wollte. Es kam noch etwas dazu: Damals hat sich ihr Bruder Rudi das Leben genommen. Das hat sie nicht verwunden." Jetzt schluchzte Suse wirklich. Alfred fuhr wieder seinen Arm aus.

„Weiß man, warum dieser Rudi sich umgebracht hat?"

„Ach herrjeh", stöhnte Suse. „Weiß man das je, wenn jemand sich umbringt? Was geht in einem Menschen vor? Wie verzweifelt muss er sein?" Sie schnäuzte sich geräuschvoll und ließ es zu, dass Alfred ihr ein Tempotaschentuch reichte. „Das Leben auf dem Mooshof muss die Hölle für ihn gewesen sein. Er stand unter der Knute des Vaters und des älteren Bruders. Frag mich nicht. Ich weiß nichts Genaueres. Jedenfalls hat das alles Frank sehr mitgenommen." Sie schüttelte sich, als wollte sie das alles abwerfen. Dann sah sie Alfred an und änderte abrupt ihren Tonfall: „Ich muss gehen! Sei lieb, gib mir die Dateien." Jetzt war sie wieder die kühle angehende Rechtsanwältin Suse Gonnfeld. Alfred hätte gerne noch etwas auf Zeit gespielt, aber Suse Gonnfeld erhob sich von der Matratze und ließ Alfred keine Wahl. Er musste sich ebenfalls erheben.

Wohl oder übel zog er eine Kopie von Gonnis digitalisierten Unterlagen auf einen Stick und drückte ihn zähneknirschend Suse Gonnfeld in die Hand. Er überlegte, wie er wenigstens noch ein weiteres Treffen vereinbaren könnte. Aber Suse stupste ihn lediglich keck mit einer Fingerspitze an der Nase an und bedankte sich artig: „Bist gar kein so übler Kerl. Bisschen aufdringlich vielleicht, aber daran kannst du arbeiten", sagte sie schelmisch lächelnd. Dann fasste sie mit spitzen Fingern das Päckchen „Durex gefühlsecht" an, das ihr also nicht entgangen war, hob es in die Höhe und bemerkte keck: „Nimmt man das neuerdings auch im Eigenbetrieb?" Indem sie das Päckchen wieder zurücklegte, ergänzte sie. „Such dir ein nettes Mädchen. Eines, das die Bluse weit offen trägt und sich auch küssen lässt!" Damit entschwand sie aus Alfreds Zimmer, nicht ohne aufreizend mit dem Hintern zu wippen.

STÜHLINGER KIRCHPLATZ

Es war eine gute Idee von Alfred gewesen, Vanessa auch zum Stühlinger Kirchplatz mitzunehmen. Frauen tun sich einfach leichter, wenn sie von Frau zu Frau sprechen können. Mit ein bisschen Modifikation an der Garderobe und der Frisur wäre vielleicht auch Alfred als Junkie durchgegangen, aber bei Vanessa war die Authentizität deutlich größer, da musste nichts modifiziert werden. Dünn wie sie war, kettenrauchend und auch einem frühen Vormittagsbier aus der Dose nicht abgeneigt, erregte sie keinerlei Aufsehen, als sie sich, Alfred im Schlepptau, mitten in die Schar der ausgemergelten, heruntergekommenen Fixer begab, die unter einer großen Platane ihr Lager aufgeschlagen hatten. Der Stühlinger Kirchplatz, ein grüner Park rund um die malerische Herz-Jesu Kirche, war Gemeinschaftseigentum der ganz guten ebenso wie der ganz bösen Bürger. Die besonders Guten – und von denen herrscht in Freiburg wahrlich kein Mangel – fluteten den Kirchplatz gerne mit unverwüstlicher Toleranz und den an runden Tischen erarbeiteten und gegenderten zwischenmenschlichen Bekenntnissen, die Bösen hingegen dealten dort mit Drogen aller Art, verführten die wehrlosen Schüler der nahen Hebelschule, pöbelten gegen Omas und Hundehalter, und hinterließen Flaschenscherben, Fixerbestecke und unappetitliche gebrauchte Kondome. Wegen der Nähe zum Bahnhof und der Attraktivität für Stadtstreicher, Punks, freilaufende Hunde, Alkoholiker, Drogendealer und streunende Prostituierte beiderlei Geschlechts war der Ruf des Stühlinger Kirchplatzes leider ziemlich ramponiert. Da half auch der regelmäßige Wochenmarkt nichts mehr. Aber es war ein schöner Platz. Hohe Laubbäume, immer noch grün, obwohl inzwischen in Südbaden von Hitzekatastrophe und Dürreperiode die Rede war, ein von störenden Bauten freigebliebener Rasen, viele Ruhebänkchen, ein Brunnen und ringsum eine Supermarktinfrastruktur, die den jederzeitigen Nachschub von Alkohol und Zigaretten sicherstellte. Dies alles fügte sich zu einer unwiderstehlichen Einladung, insbesondere an heißen Sommertagen wie diesem. Selbstverständlich lümmelten auch brave Studenten in Scharen auf dem Platz, junge Väter und Mütter mit ihren Kindern, türkische Großfamilien, philosophierende Rentner und weitere unbescholtene Mitglieder der Gesellschaft. Aber eben auch die Dealer und ihre Kunden. Und genau dorthin strebten Vanessa und Alfred.

Ursprünglich hatte Alfred erwogen, Anna um Hilfe zu bitten. Er hatte mit ihr telefoniert. Vorgeblich, um ihr einen Hintergrundartikel über die Höllentalbahn-Recherchen des Mordopfers Gerd Gonnfeld anzubieten, den sie auch dankend annahm, in Wahrheit aber, um mal wieder ihre Stimme zu hören. Insbesondere nach dem Frusterlebnis mit Suse Gonnfeld.

Anna hatte keine Zeit, unter der Woche nach Freiburg zu kommen. „Ich bin hier im Dauerstress. Zwei Kollegen sind im Urlaub und wir haben nur einen Volontär als Vertretung bekommen. Ausgeschlossen. Ich bin unabkömmlich." So hatte sie Alfreds Anfrage abgelehnt.

„Wie bekommt ihr dann die Zeitung gefüllt, wenn du nicht einmal deinen Schreibtisch verlassen kannst?", fragte Alfred skeptisch zurück. Vielleicht wollte Anna ihn ja auch nur abwimmeln.

Aber ihr Klagen war ernst gemeint: „Wir kommen ja nicht mehr raus. Ich mache jeden Morgen auf dem Weg zur Redaktion ein Bild vom Eisweiher, bei dem immer noch nichts vorangeht. Wenn sich unter dem Fenster meiner Redaktion was halbwegs Interessantes abspielt, schieße ich aus dem Fenster hinaus ein Foto. Das ist meine einzige journalistische Leistung. Ansonsten sitze ich am Schreibtisch und erledige Redigier- und

Verwaltungskram. Deshalb bin ich ja auf freie Mitarbeiter und ihre Geschichten angewiesen. Danke für das Angebot Alfred, das wird mein Aufmacher."

„Ich lege Wert darauf, dass ich kein freier Mitarbeiter bin", intervenierte Alfred. „Ich bin Redakteur. Derzeit inaktiv, wegen universitärer Weiterbildung."

Anna spottete ein bisschen zurück und schien versöhnlich gestimmt. In dieser Atmosphäre verabschiedeten sie sich und vereinbarten vage ein Treffen am Wochenende. Alfreds Stimmung stieg und anstelle von Anna fragte er Vanessa, ob sie ihn auf seiner Suche nach der verlorenen Mooshof-Tochter Elke Weiler auf den Stühlinger Kirchplatz begleiten wollte.

Vanessa wollte.

Und da standen sie nun. Alfred kontrollierte noch einmal das Foto, das Tim ihm ausgedruckt hatte. Es zeigte eine junge Frau mit strähnigem Haar, traurigen Augen und einem eingefallenen Gesicht mit schorfiger Haut. Elke Weiler. Es handelte sich um ein erkennungsdienstliches Bild der Polizei. Wie Tim es aus den geschützten Polizeicomputern gefischt hatte war Alfred ein Rätsel. Aber da war es, und es war auch halbwegs aktuell. Denn das Mädchen, das wie eine kranke Krähe im Kreis einiger weiterer Elendsgestalten saß und an einer Flasche undefinierbaren Inhalts nuckelte, war unverkennbar identisch mit dem Mädchen auf dem Polizeifoto.

„Habt ihr Stoff?", so lautete in einem unentschiedenen Ton zwischen Misstrauen und Einladung die Frage, die ein pickeliger, bleicher Jüngling ihnen zur Begrüßung entgegenmurmelte. Alfred und Vanessa verneinten. „Nur Tabak", bot Alfred an und ließ seinen Tabakbeutel bereits durch die Reihe wandern. Vanessa stiftete eine Flasche Wodka aus den Beständen von Schillers Party. Sie ließen sich auf dem Rasen nieder. Elke Weiler war die einzige Frau in der Gruppe. Sie wirkte apathisch. Es erregte keinen Verdacht, als Vanessa sich zu ihr setzte. Alfred hielt Abstand, spitzte aber unauffällig die Ohren. Man sollte meinen, Fixer und Junkies unterhielten sich über Spritzen, Einweggeschirr und Handelsrouten nach Afghanistan, aber Gesprächsthema in dieser Gruppe von zahnlosen Jünglingen und bärtigen Altkiffern war die letzte Niederlage des SC Freiburg. „De Streich muss weg, des sag i euch", proletete der Wortführer im breitesten Alemannisch, indem er durch seinen Nasenring schnaubte wie der Stier bei der Corrida. „Der bringt des nit mit derre Motivation. Des isch im Kopf bi denne. Di hen kei Motivation. Di lahme Säck!"

In Sachen Motivation hätte Alfred sich kaum einen kompetenteren Dozenten vorstellen können, als diesen abgewrackten Holzkopf, der mit blutunterlaufenen Augen seine halbvolle Bierflasche schwenkte und unverschämter Weise Alfreds Tabak eingesteckt hatte. Da sein zugedröhntes Publikum ihm vom Grundsatz her beipflichtete, ging der Wortführer jetzt Mann für Mann die letzte Mannschaftsaufstellung durch, so dass Alfred sich nicht an der Unterhaltung beteiligen musste.

Stattdessen lauschte er dem Gespräch, das Vanessa geschickt bei der trögen Elke eingefädelt hatte. Die beiden waren bereits bei einem Punkt angelangt, an dem Elke stockend von ihrem letzten festen Dach über dem Kopf erzählte. Das sei bei einem Nachtclubbesitzer gewesen.

Vanessa, schlau wie sie war, und Gott sei Dank gebrieft von Alfred, hakte sofort ein: „Ich kenne auch einen Nachtclubbesitzer. Ihm gehört das Bongo. Schon mal gehört?"

Elke Weiler zuckte erschrocken zusammen. Ihr graues Gesicht nahm eine bleiche Färbung an. Für einen Moment kehrte Leben in ihre Augen zurück. „Das ist er! Das ist der Kerl, den ich meine."

„Frank Harzer?" Vanessa fragte unaufgeregt und doch zielsicher. Bei Alfred hätte das niemals so funktioniert. Wahrscheinlich hätte Alfred alles vermasselt und wäre vermöbelt worden. Aber Vanessa schuf wie beiläufig eine warme Atmosphäre des Vertrauens. Durch Tonfall, Haltung und kurze Bemerkungen suggerierte sie, dass auch sie üble Erfahrungen mit Frank Harzer gemacht habe. „Dabei war er am Anfang so zuvorkommend und rücksichtsvoll."

Der Wodka kreiste.

„Er war mein Sandkastenfreund", begann Elke Weiler zögernd ein unbeholfenes Outing. „Wir waren Nachbarkinder."

„Dann kommst du aus Oberried?", fragte Vanessa scheinheilig. Das wusste sie ja alles schon von Alfred. „Harzer hat mir erzählt, dass er in Oberried aufgewachsen ist."

„Das stimmt", räumte Elke Weiler zögernd ein und zeigte beim Versuch zu lächeln ein paar schwarze Zahnstummel. „Wir haben nebeneinander gewohnt und sind zusammen aufgewachsen."

„Klingt doch ganz gut?" Vanessa sprach sanft und ohne Nachdruck. Es klang nicht nach Frage und nicht nach Drängeln. Elke Weiler konnte selbst entscheiden, ob sie weiter erzählen wollte. Sie tat es: „Es war auch alles gut. Vielleicht war es ein Fehler, dass ich Frank den Ring geschenkt habe?"

„Welchen Ring?"

„Ach, das ist so eine Familiengeschichte, weiß nicht, ob dich das interessiert."

Vanessa zuckte mit den Schultern und reichte eine Zigarette, die sie nebenbei gedreht hatte, an Elke Weiler weiter. „Weiß ich auch nicht, ob mich das interessiert", sagte Vanessa gelangweilt. „Ich kenne die Geschichte ja noch nicht." In Wirklichkeit war sie brennend interessiert, ebenso wie Alfred, der vor Aufregung bereits auf dem Hintern hin und her rutschte.

„Fehlt dir was?", fragte der Glatzkopf, der das bemerkte.

„Ich glaube, ich sitze in Ameisen", fiel Alfred geistesgegenwärtig eine schnelle Erklärung ein. Er spitze weiter die Ohren, denn Elke Weiler sagte jetzt: „Das mit dem Ring war eine

Dummheit. Aber ich war eben kopflos verliebt in Frank Harzer. Jeder bei uns in der Familie hat so einen uralten Ring, mein Vater, meine Brüder und ich. Die Ringe stammen von unseren Vorfahren. Niemand weiß, wie alt diese Ringe sind, aber sehr alt, soviel ist gewiss." Sie nahm einen Zug aus der Zigarette, als müsste sie nachdenken. „Nachdem er den Ring hatte, war Frank plötzlich wie ausgewechselt. Und dann tauchte auch noch diese Tussi auf, auf die er abgefahren ist wie ein geiler Bock. So eine Schickimicki Tante."

„Was ist da schiefgelaufen?", fragte Vanessa mitfühlend. Alfred sah, wie sie sich überwinden musste, direkt nach Elke Weiler aus der Wodkaflasche zu trinken. Aber sie setzte tollkühn an und ließ sich nichts anmerken.

„Was ist schief gelaufen? Hab ich mich auch oft gefragt." Elke Weiler ließ ein paar Sekunden verstreichen. Alfred reichte die Wodkaflasche nahtlos weiter an den kahlköpfigen Jüngling, der in seiner SC-Analyse inzwischen bei Julian Schuster angelangt war: „De Schuschter, kei Motivation. Ich sags. En nette Kerli, abber kei Motivation. Der isch viel z'brav!"

„Ich glaube, alles hat angefangen, als ich Harzer von dem blöden Geheimgang erzählt habe", hörte Alfred Elke Weiler sagen. Sofort waren alle Antennen Alfreds auf Empfang gerichtet. Geheimgang! Hoffentlich stellte Vanessa jetzt weiter die richtigen Fragen. Bisher hatte sie ihre Sache prima gemacht. Alfred wagte es nicht, selbst aktiv in das Gespräch einzugreifen. Er hatte das untrügliche Gespür, dass Elke Weiler dann ziemlich schnell verstummen würde.

Aber Vanessa machte alles richtig: „Geheimgang! Was soll das denn sein. Sowas gibt's doch gar nicht."

„Gibt es wohl. Bei meinem Alten auf dem Hof!"

„Dem Mooshof?", entfuhr es Alfred. Er war so gefesselt, dass er sich in diesem Moment nicht mehr unter Kontrolle hatte. So war ihm die Frage unbeabsichtigt heraus gerutscht. Sehr ver-

räterisch. Sofort schöpfte Elke Weiler Verdacht. Ihr schwarz-
zahniger Hexenmund nahm unvermittelt eine bösartige Ab-
wehrhaltung ein. Erstmals entdeckte Alfred die Ähnlichkeit zu
Vater und Sohn Weiler. „Was weißt du vom Mooshof?", fragte
Elke Weiler schneidend, mit einer Kraft in der Stimme, die
Alfred der abgestorbenen Vogelscheuche gar nicht zugetraut
hätte. Vanessa verdrehte die Augen.

„Ich ... ich ...", stammelte Alfred. „Ich habe zufällig mitgehört.
Ihr wart Nachbarn in Oberried. Und ... und steht da nicht der
Mooshof neben Frank Harzers Elternhaus?" Die Erklärung
kam so windelweich wie das Bekenntnis eines CSU-Mannes, er
habe nichts gegen Homosexuelle. Elke Weiler zischte Vanessa
an: „Will der mich verarschen? Was wird hier gespielt? Was bist
du eigentlich für eine?" Jetzt klang sie endgültig ebenso böse wie
der Rest ihrer Familie. Vanessa versuchte zu retten, was nicht
mehr zu retten war: „Ich weiß nicht was er meint. Alfred kennt
Harzer halt auch ... Was regst du dich plötzlich so auf?"

„Hey Tschack!", rief Elke Weiler zu ihren männlichen Spießge-
sellen hinüber. „Komm mal ...!"

„Lass uns gehen", warnte Alfred und zog Vanessa auf die Beine. Er roch es, wenn Unheil sich näherte.

„Was gibt's?", fragte jener, den Elke Weiler mit „Tschack" ge-
rufen hatte. Es war ein Typ mit verfilzten Rastalocken, verne-
beltem Blick und einem Arsenal von gebogenem Alteisen in
beiden Ohren. Trotz der brütenden Hitze trug er einem Strick-
pullover aus Norwegen, den er um sich gehüllt hatte wie das
wuchernde Fell eines Merino-Schafes. Seine Füße steckten in
Springerstiefeln. In einer Hand hielt er lässig ein Klappmesser.
Alfred verstand die Botschaft auf Anhieb.

„Heiß heute, nicht wahr?", versuchte er einen Scherz, dann
zog er Vanessa mit sich fort. Doch zwei andere aus der Fixer-
Clique verstellten ihm den Weg. Der Junge mit den Pickeln
und der Vollbart mit den schwarzen Nasenlöchern.

„Sie stellen Fragen. Sie wollen mich ausschnüffeln", keifte Elke Weiler. „Vielleicht sind's Spitzel der Bullen."

„Oder Idioten von der Stadt", schlug Tschak heiter vor. „Dort haben sie Haufen so Psychologie-Heinis, die uns retten wollen." Er kicherte und spielte mit seinem Messer.

„Des sin die Schlimmschte! Di welle di nu vu de Stroß hole. Nochher kunnsch in so ä Anschtalt!" Das war der Jungglatzkopf. Der Motivationsexperte.

Mit besorgtem Blick auf das Messer, das aggressiv in der Sonne blitzte, versuchte Alfred sich im Rückwärtsgang aus der Umkreisung zu lösen. „Wir gehen ja schon. Ist ja schon gut."

In dem Moment schlug der Springerstiefel in Alfreds Weichteilen ein. Er hatte den Tritt nicht kommen sehen. Vanessa kreischte. Alfred knickte ein und ging in die Knie. Der nächste Tritt traf ihn an der Kinnlade. Tschak hatte Übung in sowas. Es ging blitzschnell und schnörkellos. Alfred blutete bereits aus der Nase und aus dem Mund. Vanessa rannte über den Rasen und brüllte voller Panik: „Polizei! Polizei! Sie bringen ihn um. Hilfe, Hilfe!"

Hilfe kam sofort. Schließlich waren genug Leute im Park unterwegs. Von rechts in Gestalt einer glatzköpfigen, breitschultrigen Lederjacke, die einen angriffslustigen Kampfhund nur mühsam davon abhalten konnte, sich sofort in das nächstbeste Genick zu verbeißen, von links in Gestalt eines türkischen Familienvaters, der mit einem rotglühenden Grillspieß fuchtelte und lautstark radebrechte: „Was ihr mache do? Hole Polizei!"

Zivilcourage von zwei Bürgern völlig unterschiedlichen Herkommens war es also, die Alfred davor bewahrte, auseinander genommen zu werden wie ein Schlachtkaninchen. Die Junkies machten sich aus dem Staub. Sie spritzten nach allen Seiten davon und verschwanden in den Büschen. Der Ledernacken mit der Figur eines Bodybuilders erwog kurz, die Verfolgung des „Gesocks", wie er sich ausdrückte, aufzunehmen. Er entschied sich aber, Alfred auf die Beine zu helfen, was er dann gemeinsam mit dem schnauzbärtigen Türken tat. Die beiden fixierten sich dabei völkerverständigend, aber es war ihnen anzusehen, dass diese Koalition beiden Seiten nicht ganz geheuer war. Vanessa textete sie währenddessen voll und schilderte den Zwischenfall in grellen Tönen. Alfred hingegen tastete seine Zähne ab und zählte nach. Er war blutverschmiert und mehr als gedemütigt. In den Leisten verspürte er ein Ziehen, als hätte jemand sein bestes Stück mit Rupriment Öl eingeschmiert und dann mit einem Bleigewicht beschwert. „So eine Sch...", fluchte er. Der Türke reichte ihm ein Stofftaschentuch, das so groß war wie ein Sonnensegel. Sofort färbte es sich rot, als Alfred damit Mund und Nase tupfte. Vanessa leistete besorgt erste Hilfe. Der Kampfhund des Ledermannes knurrte, musste aber zähneknirschend akzeptieren, dass keine Feinde in Bissweite waren.

„Geht's dir gut Alfred, alles in Ordnung?", fragte Vanessa kummervoll. Und als Alfred nur grunzte fügte sie hinzu: „Sag doch was. Bitte Alfred, sag was!"

Alfred tat ihr den Gefallen: „Er weiß von dem Geheimgang! Harzer kennt den Geheimgang", röchelte er. „Und er hat den Falkenstein-Ring." Er stöhnte: „Oh mein Gott!" Und weiter: „Das erklärt alles!"

BAUERNPRÜGEL

Alfred sah aus wie der letzte K.o.-Gegner von Vitali Klitschko und er fühlte sich auch so. Seine Oberlippe war dick geschwollen wie ein in Formaldehyd eingelegter prähistorischer Riesenwurm. Das linke Auge sah nichts mehr, es war geschlossen und blaugefärbt, so dass es nun wie eine überreife Pflaume glänzte. Die Kinnlade blühte rötlich. Alfred ging leicht nach vorne gebeugt, gebückt wie ein gichtiger Frührentner. Aber das war dem Ziehen und Brennen im Unterleib geschuldet, nicht dem Alter.

Alles in Allem hatte er noch großes Glück gehabt. Er war zwar ramponiert wie ein Dummy nach dem dritten Sicherheitstest, aber er hatte keine dauerhaften Schäden davongetragen. Alles würde sich mit ein wenig Geduld und guter Pflege wieder in seinen Ursprungszustand zurück entwickeln. Und bald würde er auch wieder schmerzfrei pinkeln können. Die Prügel, die ihm Tschak und dessen Kumpel am Stühlinger Kirchplatz verabreicht hatten, hätten im ungünstigsten Falle auch leicht zur stationären Aufnahme ins Josefskrankenhaus führen können.

So überstand Alfred den ersten Tag nach der Abreibung auf seiner Matratze in der WG. Tim war keine große Hilfe, auch wenn er vermeinte, Alfred mit guten Nachrichten zu heilen, als er ihm berichtete, er habe zwei große Banken, einen Pharmahersteller und einen Energiekonzern an der Angel, die bereit seien, an professionelle Blogger für Positivpostings auf allen Kanälen ordentlich zu zahlen. Außerdem einen Waffenhersteller aus dem Schwäbischen. Alfred unterschrieb blind die Papiere, die Tim ihm hinhielt und wollte nichts hören und sehen. Hauptsache Ruhe.

Auch am zweiten Tag blieb Alfred noch im Bett, inzwischen war das größte Leiden aber nicht mehr das zugeschwollene

Auge, sondern das Selbstmitleid. Als Anna anrief, ließ er sich von Tim verleugnen und das Wochenende absagen. So wie er aussah, hätte er sich niemals unter Annas Augen getraut.

Gleichzeitig hatte Alfred Muse, auf seinem Lazarettlager den Mordfall Gonni gründlich bis in alle Verästelungen zu durchdenken. Die Informationen, die er durch Elke Weilers Erzählung im Park gewonnen hatte, wogen die Prügel wieder auf, die er dort bezogen hatte. Es fügte sich nun einiges zusammen: Die Weilers und ihr Mooshof mussten in direkter Linie ein Überbleibsel aus der alten Falkensteiner-Glanz- und Herrschaftszeit sein. Die Lage des Hofes, der Familienname, vor allem aber der Ring, den alle Familienmitglieder besaßen, waren die untrüglichen Indizien dafür.

Die Weilers wussten auch von dem Geheimgang. Und von all dem hatte auch der Nachbarsjunge Frank Harzer erfahren. Auch vom Schatz des goldenen Marti. Er hatte sogar einen dieser Ringe bekommen. War das nicht der Beweis, dass ein solcher Schatz existierte? Weiter reimte sich Alfred zusammen: Über Harzers Verbindung zu Suse Gonnfeld musste eines Tages auch Gonni von alledem erfahren haben. Vielleicht hatte seine Schwester sich verplappert, vielleicht aber auch war sie von Gonni ausgeforscht worden. Wie auch immer er der Sache auf die Spur gekommen war, eines Tages jedenfalls hatte Gonni damit begonnen, systematisch nach dem goldenen Marti zu suchen.

So musste es gewesen sein.

Und als er endlich fündig geworden war, da lief Gonni seinem Mörder in die Hände. Ein Zufall? Alfred war sich sicher: Nein, das konnte kein Zufall gewesen sein. Der Mörder musste Gonni im Falkenstein Tunnel verfolgt oder aufgelauert haben. Er musste gewusst haben, wonach Gonni suchte. Er musste den Geheimgang gekannt haben. Für Alfred gab es nur einen, auf den all das passte.

Es war höchste Zeit, den Fall aufzuklären. Nur einer Sache musste Alfred sich noch vergewissern. Eine einzige Frage war noch offen. Die konnte nur auf dem Mooshof beantwortet werden. Eile schien geboten.

So kroch Alfred am dritten Tag von seinem Lager. Er setzte Vanessa seinen Plan auseinander.

„So kannst du nicht unter die Leute", warnte sie. „Du siehst aus wie ein Monster."

„Es wird Nacht und dunkel sein", wischte Alfred die Einwände beiseite. Er brauchte Vanessa als Komplizin. Also musste er ihr gegenüber seine Schmerzen und seinen lädierten Gesamtzustand herunterspielen. „Wir fahren mit dem Fahrrad hinaus. Du stehst Schmiere!"

Weder besaß Vanessa die journalistische Neugierde, noch die detektivische Schnüffellust, welche Alfred auszeichnete. Aber sie war schon so tief in dieser Geschichte drin, dass sie fasziniert Alfreds Erläuterungen und Mutmaßungen folgte und sich endlich breitschlagen ließ, ihn zu begleiten. „Ich hab aber keinen Wodka mehr", kündigte sie sogleich an.

Alfred kappte die Zentimeter 37 bis 33 auf seinem Gummimaßband und brachte sich damit wieder auf den Stand der Gegenwart. „Morgen Abend", kündigte er an. „Morgen Abend", bestätigte Vanessa. Dann bot sie an, die Nacht bei Alfred zu verbringen. Alfred nahm dankend an. In seinem momentanen Zustand bedeutete er keine Gefahr für Vanessa. So schlief sie bei ihm, rührte ihm am nächsten Morgen aus den Resten, die sie in der Küche fand, einen Haferflockenbrei zusammen und qualifizierte sich für das WG-Verdienstkreuz, indem sie den Herd, die Spüle, den Boden und die Fenster in der Küche putzte. Nur an den Kühlschrank wagte sie sich nicht heran. „Alfred, hier gibt es ein paar fragwürdige Biotope, die rühr ich nicht an. Euer Kühlschrank stinkt wie eine Bioabfalldeponie. Den müsst ihr selber ausräumen."

Tagsüber leistete Vanessa Alfred Gesellschaft. Er schrieb an einem Artikel über den Bau der Höllentalbahn, den er Anna versprochen hatte. Später fabrizierte er zusammen mit Vanessa Textbausteine, mit denen man Banken, Energiekonzerne, Waffenhersteller und die Pharmaindustrie gegen den Internet-Mob verteidigen konnte. Sie machten sich einen Spaß daraus, möglichst absurde Argumente zu finden.

„Die modernen Schusswaffen für arme Regionen in Afrika sind überhaupt nicht für Kriege geeignet. Sie schaffen aber Arbeitsplätze für Wilderer und für Ranger, welche die Wilderer bekämpfen. Das würden sie sonst mit ihren vorsintflutlichen Waffen besorgen, die bei Mensch und Tier fürchterliche Wunden hinterlassen, Qual und Schmerz bereiten, während unsere modernen, in Deutschland unter höchsten Sicherheitsvorkehrungen und ständig unter TÜV-Kontrolle hergestellten Präzisionsgewehre einen schnellen und schmerzlosen Tod garantieren."

So und ähnlich fabulierten sie sich durch die verschiedenen prekären Branchen und leisteten dabei Erstaunliches für zwei, von denen der eine sich für einen Sozialdemokraten hielt, die andere tendenziell und zumindest platonisch der Roten Armee Fraktion zuneigte. Vanessa nutzte die Pausen, um Alfred ihr Referat über die Falkensteiner vorzutragen, welches sie in der nächsten Sitzung in Hugotts Seminar halten musste.

„Ich habe jetzt ziemlich den Durchblick, wie das gelaufen ist, damals mit den Falkensteinern?"

„Damals?", fragte Alfred zurück, und es klang wegen seiner geschwollenen Lippe wie „damamms?"

„Ich meine um 1000 nach Christus. Ungefähr!"

„Erfffäl!"

„Hä?"

„Errr...zzzz...ähl!"

Alfred wusste jetzt, wie sich das Sprechen für einen Boxer mit Mundschutz anfühlen musste. Vanessa erzählte: „Die Familie

Weiler gibt es schon ewig. Das waren die Ortsfürsten von Weiler bei Stegen. Nicht viel mehr als ein großer Bauernhof im unteren Eschbachtal. Diese Ortsadlige traten in den Dienst der Zähringer Herzöge und wurden dafür reichlich belohnt. Unter anderem bekamen sie den Feldberg geschenkt, das Höllental, die Höhen über dem Höllental und auch das Zastlertal und Teile von Oberried."

Alfred hörte zu und nickte zum Zeichen, dass er mehr hören wollte.

„Dort gaben sie dem Weilersbachtal den Namen. In alten Urkunden sind sie erwähnt als Herre ze Wilerspach."

„Wwwnn?"

„Hä?"

„Www a nnn?"

„Das alles ist vor 1100 geschehen. Ahnherr der ganzen Sippe war ein gewisser Hitto von Weiler, der auch in Urkunden über die Gründung des Klosters Sankt Peter auftaucht. Ein Sohn oder Enkel von ihm hieß Reinhard von Weiler. Das war der, dem der Feldberg gehörte und der das Weilersbachtal nach seiner Familie benannte."

„Mmmsshfff!"

„Hä?"

„Mmmoo ...s...hhoo...f!"

„Der Mooshof? Ach so! Ja, der könnte aus jener Zeit stammen. Die Familie Weiler baute um 1150 eine neue Burg, nämlich die Burg Falkenstein im Höllental. Und von da an nannten sie sich von Falkenstein." Vanessa dachte kurz nach, um dann anzufügen: „Sicher nicht alle. Manche behielten auch den Namen von Weiler. Die Familie war ja damals schon in viele Zweige zersplittert und über den ganzen Breisgau und das Dreisamtal zerstreut."

Alfred schlürfte vorsichtig den inzwischen lauwarm gewordenen Tee, den Vanessa ihm aufgebrüht hatte. Eigentlich war es ganz angenehm, so einen Gefährten an der Seite zu haben wie Vanessa. Alfred empfand warme Dankbarkeit. Vanessa war ein echter Kumpel. Er mochte sie. Auch wenn sich unter ihrem Pulli kaum eine Brust abzeichnete. Auch wenn sie dürr wie ein Gartenrechen war. Auch wenn sie spitze Knie und dünne Waden hatte. Aber sie war eine Nummer. Wäre die Wurmlippe nicht gewesen, Alfred hätte Vanessa sogar geküsst. So beließ er es bei einer zärtlichen Berührung, indem er ihr über das Haar und die Wange streichelte. Sie nahm es mit dem misstrauischen Blick einer Katze, die genau weiß, dass man sie demnächst ertränken wird. Aber sie lächelte. Alfred zog eine wurmige Grimasse.

Vanessas Referat umfasste noch weitere Episoden der Falkensteiner-Geschichte. Dass die Falkensteiner über das Weilersbach Tal die Höhen südlich über dem Höllental erschlossen und von dort herunter die Besiedlung von Hinterzarten planmäßig vorangetrieben haben. Ebenso sind sie auf der Nordseite des Höllentals über das Engetal und Nessellachen aufgestiegen auf die Höhen von Breitnau und haben dort die „Breitenowe" erschlossen. Das alles geschah ein Jahrhundert bevor dann systematisch auch das Höllental als Wegverbindung ausgebaut wurde. „Schließlich haben die Falkensteiner 1148 als Filiale der Pfarrkirche Breitnau im Höllental die Sankt Oswaldskapelle gebaut. Die steht heute noch. Sie ist heute sogar das älteste erhaltene und noch sakral genutzte Gotteshaus im ganzen Hochschwarzwald."

„Bssch du kkthlisch?"

„Hä?"

„Bb…ii..st du kkk…aa..thh…ooo…ll…ii…ch?"

„Ne, ich bin nicht katholisch. Ich bin Atheistin?"

Alfred hätte gerne eine Diskussion darüber angefangen, aber es war zu mühsam. Das Sprechen fiel ihm einfach zu schwer. So nahm er das Bekenntnis hin ohne seinen Senf dazu zu geben. Stattdessen drehte er sich eine Zigarette. In der Küche der WG quollen schon wieder die Aschenbecher über, beziehungsweise die Untertassen und Joghurtbecher, die als Aschenbecher missbraucht wurden.

So verstrich der Tag. Am späten Nachmittag machten Alfred und Vanessa sich auf den Weg. Es dunkelte bereits als sie mit dem Fahrrad auf dem Radweg von Ebnet über Zarten den Eingang zum Weilersbacher Tal in Oberried erreichten. Alfred fuhr auf seinem Fahrrad, bei dem sich im Vorderrad eine Speiche weniger als in der serienmäßigen Ausstattung drehte; Vanessa begleitete ihn auf ihren Inlinern. Wenn ihr die Puste ausging, was alle paar hundert Meter geschah, dann hängte sie sich an Alfreds Gepäckträger und ließ sich ziehen. So brauchten sie über zweieinhalb Stunden, bis sie ihr Ziel erreichten. Sie hielten in gehörigem Abstand zum Mooshof an einer Buschgruppe an, die den Weg säumte und die Sicht zum Mooshof versperrte. Vögel flogen empört aus den Büschen auf. In deren Schutz deponierten Alfred und Vanessa das Fahrrad und die Inliner und bezogen Posten, bis die Nacht gänzlich vom Feldberg herabgekrochen kam und das Zastler- und Weilersbacher Tal schwarz flutete.

Alfred hatte sich mit einer Taschenlampe bewaffnet. Vanessa folgte ihm. Sie schlichen sich im Schutz der Dunkelheit zunächst an das heckengesäumte Haus von Isolde Blender. Im Schatten der hohen Hecke gingen sie in Deckung. Grillen zirpten munter von allen Seiten. Die Nacht war mild wie im Spanienurlaub. Im Haus brannte Licht in einem Zimmer im Obergeschoss. Das Erdgeschoss war dunkel. „Hier rein", flüsterte Alfred und stieg über das hüfthohe Gartentörchen. Vanessa folgte unerschrocken. Die Taschenlampen blieben ausgeschaltet. Der milchige Lichtschein aus dem Fenster im Obergeschoss reichte aus, um den Weg zu weisen. Sie drückten sich an der wuchernden Hecke entlang durch den verwilderten Garten, bis sie die Stelle erreichten, die Isolde Blender Alfred kürzlich gezeigt hatte. Die Stelle, an der eine mannsgroße Lücke in der Hecke klaffte. Die Stelle, wo Alfred Harzers Bongo-Club-Kärtchen mit Gonnis Telefonnummer gefunden hatte. „Hier durch!", kommandierte Alfred. Er kroch auf allen Vieren durch das Loch in der Hecke auf das Nachbargrundstück. Was drohte, falls der schwarze Schäferhund der Weilers frei auf dem Mooshof-Grundstück unterwegs sein sollte, wollte Alfred sich nicht ausmalen. Er spekulierte darauf, dass die Bauersleute den Hund im Haus hielten. Waren Kettenhunde nicht sowieso verboten? Alfred half Vanessa durch die Öffnung in der Hecke. „Und jetzt?", fragte sie flüsternd. Mit der Taschenlampe deutete Alfred auf die Fundamentmauer der nahestehenden Scheune, die sich als graue Linie nur schwach vom Erdboden abhob. „Dort!" Er kroch wie Winnetou beim Auskundschaften der Komantschen durch meterhohe Brennnesseln, durch Laub und Efeu, bis er nach wenigen Metern die Mauer erreichte. Das Loch, das er bei seinem ersten Besuch dort entdeckt hatte, existierte noch. Jemand hatte mehrere große Steine aus dem Fundament herausgelöst und so eine Öffnung geschaffen, durch die man in das Innere der Scheune gelangen konnte, die sich wie eine schwarze Burg gegen die Nacht abhob. Für Alfred war klar: Das musste der Weg gewesen sein, den Gonni in seiner Todesnacht genommen hatte. Erst durch die Hecke bei Isolde Blender, dann durch die Maueröffnung in die Scheune des Mooshof. Und dann? Wie ging es von dort weiter? Alfred hatte da so seine Ahnung.

„Wollen wir da wirklich hineinkriechen?", vergewisserte sich Vanessa im Flüsterton. Ihr Gesicht glänzte im faden Mondschein. „Du musst nicht mit", sagte Alfred so deutlich, wie er konnte. „Ich gehe auch alleine."

Als Antwort schob sie ihn am Hintern: „Auf was wartest du noch?"

Also krochen sie hintereinander hinein. Im Innern der Scheune landeten sie auf einem betonierten Boden. Die erste Überraschung. Alfred hatte mit einem Lehmboden gerechnet. Sekundenlang saßen Alfred und Vanessa mit angewinkelten Knien nebeneinander an der Wand, durch die sie soeben hereingekrochen waren, und versuchten, ihre Augen an die Dunkelheit zu gewöhnen.

„Ich könnte jetzt eine Zigarette vertragen", flüsterte Vanessa.

„Untersteh dich!" warnte Alfred.

„Ich bin auf Entzug!"

Darauf gab Alfred keine Antwort. Stattdessen leuchtete er vorsichtig den Boden und die nähere Umgebung ab. Dabei hielt er die Taschenlampe ganz dicht über den Betonboden, um keinen großen Lichtkegel entstehen zu lassen. Sofort entdeckte er unter den Rädern eines verstaubten Häcksler-Anhängers, den er direkt vor der Nase hatte, die hölzerne Luke im Boden. Er leuchtete ihre Ränder ab.

„Da geht es in den Keller!", flüsterte er. Es klang so dumpf und verquollen, als hätte er bereits aus dem Keller heraus gesprochen. Aber inzwischen verstand Vanessa ihn, wenn er Worte und Sätze herauswürgte wie zähflüssigen Harzleim.

„Heiße Spur?" fragte Vanessa. Es war eine eher rhetorische Frage, denn selbstverständlich wusste sie, dass Alfred dieses Kellerloch für eine heiße Spur hielt. Schließlich suchte er nach einem unterirdischen Geheimgang.

„Wir müssen diesen Häcksler wegschieben", mumpfte Alfred einen Satz mit schwierigen Wörtern. Sofort zerrte und ruckelte er an dem Gerät, das wie ein orangefarbenes Insekt über der hölzernen Kellerabdeckung thronte. Das sperrige Fahrzeug bewegte sich. Es handelte sich um eine Art einachsiger Anhänger mit einem kantigen Aufbau, der am ehesten als eine Mischung aus Schneefräse und Notstromaggregat zu beschreiben wäre. Was Alfred in der Dunkelheit nicht sah, das war ein zwei Meter hoher Einzugstrichter, der wie ein gebogener Blechrüssel aus dem kantigen Körper emporragte. Und noch weniger sah Alfred, dass dieser Rüssel sich in einem Gewirr aus Maschendrahtzaun, Dachpapprollen und rostigen Armierungsstahlgittern verheddertet, die in einer zweiten Regaletage unter dem Dach der Scheune deponiert waren. Alfred schob also den Häcksler, Vanessa leuchtete auf die Gummireifen, und der Saugrüssel wickelte Maschendrahtzaun um seinen hydraulischen Einzug, als wäre er eine Gabel für Drahtspaghetti. So nahm das Unheil seinen Lauf: Der Häcksler gab ächzend den Platz über der Holzluke frei. Alfred schluckte Staub und stemmte sich mit seinen abgelatschten Turnschuhen wie ein Rugbyspieler beim Gedränge an der Mittellinie gegen den Betonboden. Zwei schwere Rollen Dachpappe, vom freigelassenen Maschendrahtzaun aus ihrem Regalplatz gerissen, rollten unternehmungslustig über die Regalkante und krachten zweieinhalb Meter tief in eine Sammlung leerer Kraut- und Kartoffelkisten. Es folgte ein Armierungsgitter aus Stahl, zwei auf zwei Meter groß, das beim Aufprall auf den widerspenstigen Häcksler einen Lärm verursachte wie die Gerüstbauer beim Verladen ihrer Stahlböden und Stirnbordbretter. Der Staub aus sieben Jahrhunderten wirbelte empor. Und es dröhnte unter dem Scheunendach wie in einer Heizzentrale. Ebenso gut hätte Alfred den Häcksler auch gleich anwerfen und in Betrieb nehmen können. Es war nichts mehr zu retten. Der Krach musste hinauf bis zur Höfener Hütte vernehmbar gewesen sein. Oder doch nicht? Als wieder Stille eingekehrt war, lauschten Alfred und Vanessa angestrengt in die Dunkelheit, jederzeit bereit, schnell durch das Loch im Mauerfundament die Flucht zu ergreifen. Die Taschenlampe hatte Vanessa ausgeschaltet. Nichts geschah. Der Mooshof blieb ruhig. Nicht einmal der Hund schlug an. Die Familie Weiler schien einen gesegneten Schlaf zu besitzen. Minutenlang saßen Alfred und Vanessa stumm nebeneinander. Vanessa hüstelte kratzend: „Ich habe Staub geschluckt. Ich brauche eine Zigarette!"

„Ich gehe jetzt da runter!", erklärte Alfred. Entschlossen tastete er nach dem eisernen Ring, der als Griff in die Holzluke eingelassen war. Vanessa gab Licht aus der Taschenlampe. „Sei bloß vorsichtig! Nicht nochmal so viel Lärm!"

„Es schlafen alle!", gab sich Alfred optimistisch. Er war voller Adrenalin, und er spürte, dass es genau das war, was ihn beflügelte. Während Vanessa sich am liebsten verkrochen hätte, spornte der Reiz des Verbotenen Alfred an. Drohte Gefahr? Wunderbar!

Die Luke ließ sich öffnen. Sie knirschte zwar vernehmlich in ihren Angeln, aber das war kein Vergleich zu dem Krawall, den die Dachpappen und das Armierungsgitter veranstaltet hatten.

„Komm rüber, leuchte mal rein!", gab Alfred Kommandos. Vanessa befolgte sie. Die mickrige LED-Taschenlampe, ein zwei-Euro Artikel vom Wühltisch bei OBI, sandte ein dünnes Lichtfädchen in den Untergrund. Viel mehr als den zwei Meter tiefer gelegenen Kellerboden, der aus feuchtem Steinpflaster zu bestehen schien, konnte Alfred nicht erkennen. Eine schmale Holzstiege führte steil hinunter.

„Gib mir die Taschenlampe!", befahl Alfred. Jetzt war er in seinem Element. „Ich steige hinunter. Du bleibst hier oben und stehst Schmiere. Wenn sich im Mooshof was regt, gibst du sofort Alarm. Verstanden?"

Vanessa nickte und hustete. Sie reichte Alfred die Taschenlampe. „Sei vorsichtig!"

Alfred stieg in die Gruft. Der saure Gestank von verfaulten Kartoffeln und abgestandener Luft schlug ihm kalt entgegen. Mit dem Abstieg tauchte Alfred in ein gedrungenes Kellergewölbe ein, das nach finsterem Mittelalter roch, und erkennbar einem anderen Zeitalter entstammte, als die darüber gebaute

Scheune. Er ließ den mageren Lichtstrahl der Taschenlampe über Decke und Wände aus grob zusammengesetzten Steinquadern streichen. Das war ein alter Bau, soviel stand fest. Moderne Obst- und Kartoffelschütten, zum Teil noch mit schrumpelig vor sich hin gärenden Resten gefüllt, nahmen eine Seitenwand ein. An der Stirnwand stand ein großes Holzfass, durch eine teppichgroße Spinnwebe mit den Kartoffelbeigen verwoben. Die andere Seitenwand war vollgestapelt mit alten Farbeimern, Öl- und Lackdosen, mehreren großen Ölfässern und weiteren Giftbehältern aus Blech und Plastik. „Aha, die Sondermülldeponie der Familie Weiler", fiel Alfred spontan dazu ein. Ein Teil der Wand war noch frei und erlaubte den Blick auf eine Backsteinmauer, die auf wundersame Weise noch ohne Spinnweben, ohne Staubteppich, ohne Altersflecken war. „Interessant!", dachte Alfred noch, da hörte er bereits das ferne Mauzen. „Mjauauauau", so klagte es aus unbekannten Tiefen. Und wieder: „Mjauauau". Es klang so kläglich wie hoffnungslos. Alfred lauschte und drehte den Kopf. Woher kam dieses Geräusch? War es das, für das Alfred es hielt? Das Miauen einer Katze?

„Möhrchen!", flüsterte Alfred ergriffen. „Das muss Möhrchen sein. Die Katze von Isolde Blender." Er scannte mit der Taschenlampe systematisch die Backsteinmauer ab. Es gab keinen Zweifel: Diese Mauer war neu. Frisch hochgezogen. Und dahinter? War etwa Möhrchen hier eingesperrt?

Er klopfte mit dem Rücken der Taschenlampe gegen einen Backstein. Wieder das klägliche „Mjauau, mjauau!" Es gab keinen Zweifel. Das Mauzen kam von jenseits der Backsteinmauer. Es musste dahinter einen Hohlraum geben. Alfred klopfte noch einmal. Da ließ ihn eine barsche Stimme herumfahren: „Suchst du was Bestimmtes, Drecksack?" Die vom alten Moosbauer drohend ausgestoßene Frage wurde begleitet von einem mordlustigen Knurren aus der Kehle des schwarzen Höllenhundes.

Alfred wandte sich um 180 Grad um, so vorsichtig wie eine Braut bei der Anprobe. Es machte „Klick" und jemand leuchtete ihm mit einer Taschenlampe ins Gesicht, die gleißendes Licht verbreitete wie einst die Suchscheinwerfer an der Berliner Mauer. Geblendet riss Alfred eine Hand vor das Gesicht. Jemand schlug ihm seine eigene lächerlich winzige Taschenlampe aus der Hand. Die Stimme von Martin Weiler, dem jungen Moosbauern sagte: „Es ist der Schnüffler von neulich!" Der alte Moosbauer erwiderte: „Hab ich gleich gewusst, dass der nochmal kommt!"

Der Hofhund Wotan knurrte unfreundlich dazu und hechelte, geiferte und lechzte nach Wolfsart, dass Alfred ein Schauder über den Rücken lief. Er vermeinte den stinkenden Atem des Hundes direkt vor seinem Gesicht zu spüren. Er war völlig blind.

„Was machen wir mit ihm?", fragte der jünger den älteren Moosbauern.

„Ich … ich … ich …", versuchte Alfred eine Erklärung. Fieberhaft überlegte er, wie er sich so hatte übertölpeln lassen können. Woher waren Vater und Sohn Weiler gekommen? Sicher nicht über die schmale Holztreppe. Das hätte er gehört. Da hätte auch Vanessa Alarm gegeben. Was war mit ihr? Bekam sie mit, was hier unten geschah?

Die Mooshofbauern mussten auf anderem Wege in das Kellergewölbe gelangt sein. Es musste noch einen Zugang geben. Aber geblendet von Martin Weilers Taschenlampe konnte Alfred nichts erkennen.

„Ich habe Möhrchen gefunden …", stammelte er. „Die entlaufene Katze Ihrer Nachbarin. … Sie erinnern sich doch?"

„Halt die Klappe, Arschloch!", schnauzte die junge Weiler-Stimme. Im gleichen Augenblick spürte Alfred einen Stoß in die Magengrube. Es war der Holzgriff der Heugabel, den ihm der alte Moosbauer in den Magen gestoßen hatte. Stöhnend sackte Alfred zusammen. Er ging in die Knie und würgte. Dabei traf ihn ein kräftiger Schlag mit einem seltsam borstigen und stinkenden Gegenstand auf den Kopf. Das war der grobe Strohbesen, mit dem sich der junge Moosbauer bewaffnet hatte. Wotan knurrte und geiferte dazu wie eine seit längerem nicht mehr gefütterte Hyäne. Es folgte Schlag auf Schlag. Abwechselnd der Stiel der Heugabel und die Borsten des Strohbesens. Alfred krümmte sich auf dem Pflasterboden zusammen, rollte sich ein wie ein Igel. Die Knie zog er an die Brust, den Kopf verbarg er zwischen den Knien. Die zweite Tracht Prügel, die er binnen weniger Tage bezog.

Die beiden Mooshofbauern arbeiteten sich gründlich an ihm ab, keineswegs so roh und unkontrolliert, wie es die Junkie-Schläger am Stühlinger Kirchplatz getan hatten, sondern eher systematisch und auf eine Art und Weise, wie man vielleicht gemeinhin auf dem Mooshof auch die Heuernte einbrachte oder im Wald Reisigwellen bündelte und schnürte. Vater und Sohn Weiler verrichteten gewissenhafte Prügelarbeit an Alfred. Der Stil der Heugabel galt Alfreds Armen und Beinen, dem zusammengekrümmten Rücken, die Strohborsten des Besens waren dem Kopf zugedacht. Über allem lag das ununterbrochene drohende Knurren des Monsters Wotan. Alfred schrie und brüllte, jammerte und heulte, wälzte sich unter den Schlägen, machte sich so klein wie möglich. Den Schlägen entkam er nicht.

Endlich legten die beiden Bauern eine Pause ein. Der Lichtstrahl der Riesenblendlampe wanderte weg von Alfred und hüllte stattdessen die gemauerte Wand und den Rest des Gewölbes in weißes Gefängniszellenlicht. Die beiden Folterknechte keuchten. Der Hund würgte an seiner Leine und wütete, weil er der Ansicht war, nun sei er an der Reihe. Alfred lag jammernd auf dem Boden, kotzte und keuchte und spuckte Blut und Speichel. Jeder einzelne Knochen schmerzte wie nach einem Rodeoritt. Der alte und der junge Mooshofbauer betrachteten ihr Werk und schienen zu überlegen, ob sie nun den Hund von der Leine lassen, eine zweite Runde einläuten oder sich eine neue Tortur einfallen lassen sollten.

„Wir binden ihn hier unten an und lassen ihn mal bis Morgen hängen", hörte Alfred mit blaugeschlagenen Ohren die Stimme des Moosbauern. Der Alte erklärte seinem Sohn: „Die Lektion vergisst er nicht. Und Wotan bleibt hier. Damit der Kerl nicht auf dumme Gedanken kommt!"

Alfred erzitterte. Plötzlich spürte er, wie sich bei ihm gleichzeitig Darm und Blase entleerten. Er konnte sich nicht dagegen wehren. Warm und feucht sickerte das Verhängnis an seinen Oberschenkeln hinunter durch den Hosenstoff. Sofort stank es wie auf einer Toi-Toi-Klokiste nach dem tausendsten Besucher.

„Er hat geschissen!", erkannte Martin Weiler, der Jungbauer.

„Die Drecksau!", bestätigte der Altbauer.

„Gggrrrrrr", gab Wotan auch noch seinen Senf dazu.

Nun machten sich die beiden Prügelbauern daran, Alfred mit einem groben Seil an Händen und Füßen zu fesseln, um ihn dann an einem eisernen Ring festzubinden, der vermutlich seit den Zeiten der Falkensteiner in die Mauer eingelassen war. Dabei vermieden sie es, ihn an der Hose und an den Beinen zu berühren, weil das selbst für zwei Mistbauern keine appetitliche Angelegenheit gewesen wäre.

Alfred wehrte sich nicht. Er ließ alles mit sich geschehen. Er beobachtete lediglich aus dem einen noch nicht völlig zugeschwollenen Auge den Hund, der zwar knurrte wie ein spanischer Aztekenfresser, aber ansonsten durch eine straff gespannte Leine knapp auf Distanz gehalten wurde. Die Leine musste irgendwo im dunklen Raumhintergrund festgemacht sein. Sie gab dem sich beinahe selbst erwürgenden Wotan aber genügend Laufradius, um sowohl die Holztreppe zu erreichen, die nach oben in die Scheune führte, als auch jenen im Dunkeln liegenden Punkt, von wo die beiden Moosbauern wie von Geisterhand befördert in das Gewölbe getreten waren.

Während die beiden Bauern sich abrackerten, um Alfred zu verschnüren und am Eisenring festzuzurren, vermeinte er zwischenzeitlich erneut, wie aus weiter Ferne ein klägliches Miauen zu hören. Irgendwo war eine Katze eingesperrt. Obwohl das in diesem Moment wahrlich sein geringstes Problem darstellte, beschäftigte es Alfred. Er hörte, wie der junge Weiler vor sich hin fluchte: „Das blöde Vieh lebt immer noch."

Der alte Moosbauer bemerkte dazu herzlos: „Wird schon noch verrecken."

„Wir sollten nochmal aufmachen und den Stinker hier grad mit einmauern", empfahl der Jungbauer Martin Weiler.

Wotan begann plötzlich zu kläffen, als fände er gerade dies eine besonders gelungene Idee.

„Halts Maul!", befahl der alte Moosbauer und gab dem Hund mit dem Besenstiel einen Hieb auf die Nase.

Wotan wurde nur noch rasender. Er bellte Großalarm und fletschte die Zähne. Ehe aber die beiden Mooshofbauern so recht begriffen, dass es mit diesem Bellen eine Bewandtnis hatte, war es für sie auch schon zu spät.

Stiefelgetrappel, Stimmen, Menschen auf der Holztreppe. Plötzlich überall Licht.

„Hände hoch und keine Bewegung! Niemand rührt sich", bellte jemand einen krächzenden Befehl.

Noch nie war Alfred so froh gewesen, die Stimme von Oberkommissar Siegfried Junkel zu hören.

MÖHRCHENS RETTUNG

„Was ist hier los?"

Junkel war nicht alleine. Um ihn herum sprangen junge Männer in Schnürstiefeln und mit Waffen im Anschlag. Ein Einsatz der GSG 9? Die beiden Mooshofbauern erstarrten zu bewegungslosen Säulen. Wotan raste vor Wut. Einer der GSG 9-Männer verpasste ihm einen ledernen Maulkorb.

Helfende Hände kümmerten sich um Alfred. Man löste seine Fesseln, band ihn vom Eisenring frei. „Ein Arzt! Hier wird ein Arzt gebraucht!", sagte eine Stimme. „Eine andere: „Ruf den Sani!"

„Hurra, die Kavallerie", brachte Alfred noch einen geröchelten Scherz zustande.

„Hier stinkts nach Scheiße", sagte eine dritte Stimme. Für einen kurzen Moment herrschte Chaos. Männer in Uniform brachten Scheinwerfer in Anschlag.

„Gerade noch mal rechtzeitig gekommen, wie es aussieht", stellte Junkel fest und zündete sich eine Zigarette an.

Er deutete Alfreds Blick richtig. Vorsichtig ging der alte Kommissar in die Hocke und steckte Alfred seine Zigarette vorsichtig zwischen die Lippen. „Ein Zug!", gestattete er. „Ist ungesund!" Alfred nickte und hustete dankbar.

Die Männer, die Junkel mitgebracht hatte, sicherten eifrig den Tatort, hielten die beiden Bauern in Schach und den Hund unter Kontrolle und ließen Junkel mit Alfred alleine. Alle außer Junkel trugen Uniform. Grüngraue Tarnanzüge. Alfred fühlte sich tatsächlich an einen Terroreinsatz erinnert. Nur Junkel sah aus wie immer. Er trug sein Alltagssakko.

„Dein Mädchen hat dich gerettet", erklärte Junkel, während er sich die Zigarette wieder zurück holte und darüber nachdachte, ob er sie sich jetzt wieder selbst in den Mund stecken sollte.

Alfred stank so furchtbar nach Blut, Urin und Scheiße, dass Junkels Zögern mehr als verständlich war. Aber schließlich nahm Junkel einen Zug, paffte die Luft an die Gewölbedecke und erklärte: „Sie hat uns alarmiert. Taffe junge Frau! Kannst von Glück sagen."

„Wwwwmm?"

„Warum? Warum wir so schnell hier waren?", übersetzte Junkel Alfreds Gewürge. „Wundert dich, kann ich mir denken." Echter Polizistenstolz klang aus Junkels Worten: „Weil wir ganz in der Nähe waren. Um genau zu sein, wir hatten dich im Auge. Mir war klar, dass du herumschnüffelst. Und mir war klar, dass du mehr weißt als ich … Ich habe meine Jungs auf dich angesetzt. War ja wohl kein Fehler. Na jetzt siehst du ja, was du davon hast. Bist ganz schön zugerichtet."

Weitere Männer kamen die Holztreppe herunter. Sie führten eine Tragbahre bei sich, die sie umständlich über die hölzernen Stufen hinunterreichten. „Wozu soll das denn sein?", fragte sich Alfred, ehe ihm dämmerte, dass die Trage ihm galt. „Ich bin Arzt", sagte ein schnauzbärtiger Mann, der sich vor Alfred niederkniete. „Alles wird gut!"

Inzwischen widmete sich Oberkommissar Junkel den beiden Mooshofbauern, die von der GSG 9 mittlerweile in Handschellen gelegt worden waren. „Nun zu euch beiden. Ihr seid verhaftet!"

„Warum?", knurrte der alte Moosbauer bösartig.

„Wir haben nichts getan?", fauchte der Jüngere nicht minder aggressiv.

„Warum? Nichts getan?", wiederholte Oberkommissar Junkel genüsslich. Er deutete auf Alfred: „Und der hier? Ist das nichts? Blaues Auge, blutige Nase, aufgeschlagene Lippen, grün und blau am ganzen Leib. Das ist nichts?"

„Das waren wir nicht, du Idiot!", schimpfte der alte Moosbauer. „Aber das ist euch Ärschen ja egal!"

„Ha, ha, ha", lachte Junkel vergnügt und gleichzeitig wie jemand, der die Faxen dicke hatte: „Das wart ihr nicht. Nein, nein, das war sicher ein Fremder." Er wechselte den Tonfall und fügte wütend hinzu: „Ihr haltet mich wohl für völlig bescheuert. Vorsätzliche Körperverletzung, Freiheitsberaubung, Nötigung ... Mir fallen schon ein paar Sachen ein, die mit euch heimgehen."

Der alte Moosbauer rüttelte an seinen Handschellen: „Ihr Schweinskerle, Bullensäue, Nazis ... Ich verklage euch!"

„Beamtenbeleidigung!", fügte Junkel der Aufzählung von Straftatbeständen einen weiteren hinzu. Und dann ganz gedehnt und deutlich, als wolle er, dass ja auch jedes seiner Worte exakt verstanden wird: „Und dann haben wir es am Ende auch noch mit einem Mordfall zu tun. Mordverdacht! Wie gefällt euch das?"

„Arschloch!", kommentierte der alte Moosbauer.

„Wichser!", fügte der Jungbauer hinzu.

„Teuer wird es auf jeden Fall", sagte Junkel lakonisch. Dann, zu einem seiner Leute gewandt: „Weber, wir nehmen sie mit auf das Revier. Das wird sicher ein längeres Verhör. Lies ihnen ihre Rechte vor. Vielleicht wollen sie einen Anwalt konsultieren. Ich glaube, wir haben ins Wespennest gestochen."

Die Sanitäter hatten inzwischen unter Anleitung des Arztes Alfred vorsichtig auf ihre Trage aufgebahrt und festgeschnallt. Nun machten sie Anstalten, ihn abzutransportieren. Alfred versuchte, sich bemerkbar zu machen: „Mmmmmpfffhhhh ..." Es war unmöglich. Er war so übel zugerichtet, er konnte nicht sprechen.

Junkel trat neben ihn. „Was ist, Junge? Mach dir keine Sorgen. Wir haben alles im Griff."

„Mmmmpffff", widersprach Alfred.

„Ist noch was?"

Alfred nickte und versuchte es erneut: „Mmmpfffff!"

„Dein Mädchen? Ist es das? Möchtest du, dass wir sie herbringen? Es geht ihr gut?"

Alfred schüttelte den Kopf. „Mmmmpffff", mühte er sich unter Schmerzen und wedelte wild mit der an der Trage festgeschnallten Hand. Junkel registrierte es. „Er will uns irgendetwas sagen oder zeigen", erkannte der Oberkommissar. „Bindet ihm den Arm los!"

Die Sanitäter folgten der Aufforderung. Alfred bedankte sich mit einem klaren „Mmmmmpfffff!" und zeigte zur Mauer in seinem Rücken: „Mmmmpfff!"

„Die Wand? Was ist damit?"

„Mmmmpffff!"

„Irgendetwas ist mit der Wand!"

„Mmmmmpffff!"

„Hey, Männer! Schaut euch mal die Wand an. Fällt euch was auf? Weber! Fällt Ihnen was auf!"

Ehe der mit Weber bezeichnete Polizist eine Antwort geben konnte, fuhr schon der alte Moosbauer dazwischen: „Seid ihr blöd, ihr Arschlöcher? Oder blind? Das sieht doch jedes Kind. Wir haben das Loch zugemauert!"

Alfred nickte eifrig. „Mmmmpffff!", versuchte er weiterhin mitzureden.

Junkel und sein Weber begutachteten die Wand, die von Scheinwerfern angestrahlt wurde wie die Büste der Nofretete im Berliner Museum. „Sieht frisch aus", erkannte Junkel. „Eine neue Mauer", bestätigte Weber.

„Vollidioten!", so bewertete der Moosbauer die polizeilichen Ermittlungen.

Junkel gab Befehl, die Mauer zu öffnen. Sofort waren mehrere GSG 9 Kämpfer mit schwerem Werkzeug zur Stelle. Während sie mit ihren eisernen Pickel und Stemmeisen auf die Backsteine eindrangen als wäre es die gewaltbereite Front der Frankfurter Ultra-Hooligans beim Eintreffen am Freiburger

Hauptbahnhof, führten andere Uniformierte die beiden Festgenommenen ab. Zwei weitere Polizeibeamte kümmerten sich um den vor Wut schier besinnungslosen Wotan. Die Sanitäter machten Anstalten, Alfred aus dem Baustellenstaub zu entfernen, der sich beim Zerkleinern der Backsteinmauer bildete. Doch schon klaffte eine erste kopfgroße Öffnung in der Mauer. Weber leuchtete hinein.

„Eine Höhle! Oder ein Gang! Da ist was. Dahinter geht es weiter", so gab er Zwischenbericht.

„Mmmmpffff!", so machte Alfred sich bemerkbar.

„Ist ja gut", sagte Junkel und tätschelte beruhigend Alfreds Arm. „Wir haben es ja jetzt entdeckt."

„Mmmmmööööhhh", machte Alfred. Junkel reagierte: „Mmööööh? – Noch was?"

„Rrrrrchhhnnnn!", sagte Alfred!

Junkel runzelte die Stirn. „Mmöööörrrchn?"

Alfred nickte. Tränen stiegen ihm vor Anstrengung in die Augen, aber er brachte das Wort heraus: „Kaaatze!"

„Da drin?" Zweifelnd machte Junkel eine Bewegung mit dem Kopf in Richtung Backsteinmauer, die inzwischen nur noch brusthoch war. Darüber klaffte ein Loch. Junkel wies seine Leute an: „Hört mal auf mit dem Lärm. Stopp, stopp!"

Der Abbruchlärm verstummte. Die Männer schnauften schwer.

Junkel winkte einem seiner Männer: „Leuchte mal rein! Hier!"

Ein Scheinwerfer wurde auf die Abbruchkante gehievt. Das Licht flutete den dahinter liegenden Hohlraum. Junkel steckte die Nase in die Öffnung. Es herrschte gespanntes Schweigen. Nur noch die heftigen Atemgeräusche der Männer und das Schnurren der Scheinwerfer waren zu hören. Da plötzlich noch ein Geräusch. Alle hörten es: „Mjauauau!" Aus weiter Ferne, aber klar wie im Konzertsaal. „Eine Katze! Da ist tatsächlich eine Katze." Junkel schüttelte ungläubig den Kopf. „Das hast du gewusst?"

Alfred nickt: „Mmmmpffff!"

„Eine eingemauerte Katze! Holt sie raus?", forderte Junkel seine Leute auf, die bereits wieder mit der Demontage der Mauer beschäftigt waren. Es bereitete ihnen keine Schwierigkeit, die frische Backsteinmauer komplett abzutragen. Schließlich schufen sie einen knapp eineinhalb Meter hohen und einen Meter breiten Durchgang, der unmittelbar in einen aus dem Fels geschlagenen Gang mündete. Ein kleines, pelziges Wesen humpelte maunzend den Männern entgegen. Es war abgemagert bis auf die Knochen, ängstlich, schmutzig, schwach. Aber lebendig. Die Katze. Möhrchen. Isolde Blenders Katze. Möhrchen war gerettet. Alfred hatte seinen ersten Fall als Privatdetektiv erfolgreich aufgeklärt. Jetzt durften ihn die Sanitäter ins Freie bringen.

BETTGEFLÜSTER

Vier Tage, von der Einlieferung am frühen Donnerstagmorgen bis zur Entlassung am Montagmorgen, musste Alfred stationär in der Freiburger Uniklinik verbringen. Wie er verarztet wurde und was die Ärzte mit seinem Auge, seiner blutigen Nase, seinen aufgeplatzten Lippen, seinem geschundenen Oberkörper, den blaugrün geschlagenen Armen, dem ramponierten Magen, dem tauben Unterleib und den schmerzenden Beinen anstellten, das bekam er schon nicht mehr mit, weil sie ihn vor der Behandlung per Betäubungsspritze ins Reich der Träume schickten.

Beim Frühstück fütterte ihn Schwester Anita, die stark an die Oberwärterin einer geschlossenen psychiatrischen Abteilung erinnerte. Sie erklärte ihm auch, dass er einige Tage eine Augenklappe tragen müsse und außer Suppe und Kartoffelbrei nichts Ernsthaftes essen dürfe. Die erste Besucherin am Freitagmorgen war dann Vanessa. Aufgrund einer vielsagenden Bemerkung der Krankenschwester hegte Alfred den Verdacht, dass sie vielleicht schon am Vortag und die ganze Nacht an seinem Bett ausgeharrt hatte. Das stritt Vanessa aber ab. Sie hatte Zigaretten dabei, und gemeinsam verpesteten sie das Krankenzimmer, sobald Schwester Anita verschwunden war. Zum Glück lag Alfred noch alleine, obwohl es sich um ein Zweibettzimmer handelte. Vanessa erzählte, wie sie oben in der Scheune die Geschehnisse im Kellergewölbe beobachtet und dann sofort die Flucht ergriffen habe. „Ich hatte ja die Nummer von diesem Polizeikommissarschnüffler. Und du glaubst es nicht. Kaum hatte ich ihn angerufen, da standen die Bullen auch schon mit einem halben Dutzend Streifenwagen vor Isolde Blenders Haus. Als hätten sie hinter der nächsten Biegung auf einen solchen Anruf gewartet."

„Haben sie auch", bestätigte Alfred mühsam. Der Kinnverband behinderte ihn beim Sprechen, ebenso die immer noch geschwollene Lippe. Kurze Sätze und Bemerkungen brachte er zustande. Auf längere Erläuterungen verzichtete er. Es redete sowieso Vanessa: „Ich habe dein Fahrrad nach Freiburg zurückgebracht. Es steht jetzt bei mir."

„Danke!"

„Soll ich deine Freundin Anna informieren?"

„Bloß nicht!"

Vanessa war ein Schatz. Aber Anna durfte ihn auf keinen Fall so sehen. Was würde sie denken? Der kurze Blick in den Spiegel im Krankenzimmer hatte Alfred gereicht, um sicher zu wissen, dass er in dieser optischen Verfassung ewiger Junggeselle bleiben würde. Vanessa wäre sicher noch länger geblieben, aber am Nachmittag war sie bei Professor Hugott mit ihrem Referat dran. Das konnte nicht warten.

Am Nachmittag erhielt Alfred einen Zimmernachbarn. Es war ein junger Mann, der sich bei einem Motorradunfall sämtliche Arm- Bein- und Rippenknochen gebrochen hatte, ebenso die Hüfte und das Schulterblatt. Inzwischen befand er sich aber auf dem Weg der Besserung, denn er kam in Alfreds Zimmer, weil er die Intensivstation verlassen durfte. Und das war für ihn ein erheblicher Fortschritt. Es gab während dieser Verlegung mächtig Ärger, weil Krankenpfleger und Ärzte den Zigarettenrauch in Alfreds Zimmer bemerkten. Alfred stellte sich unschuldig: „Das war schon so, als ich aufgewacht bin. Vielleicht hat Schwester Anita heimlich geraucht?" Schwester Anita stand im Raum wie ein Gorilla und grunzte auch so. Diese Bemerkung würde sie Alfred heimzahlen. Soviel war sicher. Und sie hatte dazu noch drei Tage Zeit, in denen sie unzweifelhaft am längeren Hebel saß.

Am Nachmittag erschien Oberkommissar Junkel. Er hatte ein lächerliches Blumensträußchen dabei. Weil der Raum eine

Vase entbehrte, deponierte er seine armseligen Stängel auf der Fensterbank.

„Die Moosbauern haben wir am Wickel", verkündete Junkel. „Das ist echt ein Ding, was die sich geleistet haben."

„Mich verprügelt!"

„Ja, das auch." Junkel winkte ab. „Ich meine diese Grotte. Diese Höhle. Du hast es gewusst, nicht wahr? Du hast von dieser Grotte gewusst?"

Alfred nickte.

Junkel sah sich um: „Darf man hier drin rauchen?"

„Nur wenn ich auch eine krieg!"

„Und der da?", Junkel deutete auf Alfreds im Tiefschlaf befindlichen Zimmergenossen. „Sagt der nichts?"

„Der steht noch unter Narkose", behauptete Alfred. „Zigarettenrauch schadet ihm nichts."

Junkel öffnete das Fenster und stellte sich an die Fensterbank. Während er eine Zigarette für sich und eine für Alfred drehte, erzählte er Einzelheiten: „Wir haben den ganzen Gang untersucht. Er ist 1250 Meter lang und führt quer unter dem Berg hindurch bis ins Höllental."

„Ich weiß", sagte Alfred und blies genüsslich Rauch gegen die Decke. „Bis in den Falkensteintunnel!"

„Du warst dort drin. Musst du nicht damit angeben. Das weiß ich schon", bremste Junkel Alfreds Erzähldrang. „Dein Mädchen hat uns alles erzählt. Auch dass ihr den Hammer bereits gefunden habt. Die Mordwaffe!"

„Was?"

„Der Vorschlaghammer. Das ist die Mordwaffe. Keine Zweifel. Am Hammer klebten sogar noch Haare des Opfers. Blut ebenfalls."

„Was ist Ihre Theorie?" Alfred rechnete zwar nicht damit, dass er eine Antwort bekommen würde, doch vielleicht erfuhr er ein paar Einzelheiten, die er noch nicht kannte.

„Du warst es! Das ist meine Theorie!" Junkel lachte schaden-
froh.

„Ich?" Alfred ließ vor Schreck die noch glimmende Zigarette
aus dem Mund kippen. So rollte über das Bettlaken und blieb
in einer Falte liegen, wo sie ohne Verzug sofort ein Daumen-
nagel großes schwarzes Loch hinterließ. Junkel sprang herbei
und drückte die Schmorstelle aus. Die Zigarette warf er zum
offenen Fenster hinaus. Nach kurzem Zögern auch seine eigene. Dann auch gleich noch den traurigen Blumenstrauß, der
auf der Fensterbank lag.

„Ganz einfach! Du bist der einzige, von dem wir Fingerabdrü-
cke auf dem Stiel des Hammers gefunden haben. Das macht
dich zum Hauptverdächtigen."

Alfred verzog das Gesicht, soweit ihm das unter den Verbän-
den möglich war. „Das ist nicht Ihr Ernst?" Ein leichter Zweifel lag doch in Alfreds Stimme. Ganz geheuer waren ihm Junkels Äußerungen nicht.

Dem Oberkommissar schien Alfreds Verunsicherung zu gefallen. Er amüsierte sich gut dabei. Dann wurde er aber wieder
ernst. „Also hör zu! Ich weiß, dass du es nicht warst. Aber Frau
Oberklugkommissarin Leber-Semmlich sieht das ganz anders.
Die hat dich noch auf der Liste."

„Oh weh!"

„Aber keine Sorge. Die Indizien sprechen eine klare Sprache.
Die beiden Moosbauern, Vater und Sohn, kommen da nicht
mehr raus. Sie haben den Gang zugemauert, durch den Gerd
Gonnfeld unter dem Berg hindurch in der Mordnacht bis zur
Höllentalbahn gekrochen ist. Warum wohl haben sie den Gang
zugemauert? Um Spuren zu verwischen. Der Gang ist ein paar
hundert Jahre alt. Er stammt vermutlich aus der alten Bergbau-
zeit von Oberried. Das müssen Experten noch untersuchen."

Alfred hätte dazwischen gehen und unterbrechen können. Er
wusste es besser. Der Gang war noch älter. Er stammte aus

der Zeit der Raubritter. Aber erst wollte er hören, was Junkel wusste.

„Wie es scheint, haben die Weilers in diesem alten Gang einen Berg von antikem Schmuck und wertvollen alten Münzen und Waffen versteckt. Lauter Antiquitäten von hohem Wert. Wir haben ein ganzes Arsenal gefunden. In einem Raum, der von dem Gang abzweigte und durch eine alte, eisenbeschlagene Tür abgesichert war." Junkel ging im Krankenzimmer auf und ab und fuchtelte dabei mit den Armen, um den Rauch aus dem Zimmer zu vertreiben. Das tat er nicht, weil er sich an dem Zigarettenrauch störte, sondern weil Alfreds Zimmernachbar begonnen hatte, im Schlaf zu husten.

„Wo das ganze Zeug herstammt, das wissen wir noch nicht. Raub, Diebstahl, Hehlerei! Alles kommt in Frage. Aber da steckt das Motiv. Gonnfeld muss ihnen auf die Schliche gekommen sein. Er hat ihr Geheimnis entdeckt, sie haben ihn durch den Gang gejagt und dann mit dem Vorschlaghammer erschlagen. Wir werden ihnen das nachweisen. – Neben allem anderen, was sie verbrochen haben. Wenn wir nicht eingeschritten wären, dann hätten sie wahrscheinlich auch dich umgebracht und deine Leiche eingemauert."

Darüber musste Alfred nachdenken. Ja, es stimmte, er hatte Todesangst ausgestanden. Aber wenn die Weilers ihn hätten umbringen wollen, dann hätten zwei richtige Schläge genügt, oder ein gezielter Stich mit der Heugabel. Die Weilers hatten ihm aber nur eine gehörige Abreibung verpasst. Irgendein Bauchgefühl sagte Alfred, dass sie nicht vorgehabt hatten, ihn umzubringen. Er behielt dieses Wissen aber für sich.

„Was sagen sie zu dieser Anschuldigung?"

Junkel schnaufte: „Nichts! Die sind stur wie zwei alte Esel. Sie beschimpfen die Polizei, den Staat, den Bürgermeister von Oberried und alle ihre Nachbarn. Aber sie sagen kein Wort zu diesem dubiosen Schatz in ihrer unterirdischen Höhle. Und sie sagen auch kein Wort über den Mord an Gonni." Junkel lachte gekünstelt: „Ich soll mir den Arsch putzen mit meinen blöden Paragrafen, das hat er gesagt, der Alte. Und alle Polizisten sind Nazis."

„Wie geht es jetzt weiter?"

„Der Staatsanwalt wird Anklage erheben. Die beiden Bauern bleiben in Haft. Der Fall scheint mir ziemlich eindeutig zu sein."

„Ääwrrrrm", machte es aus Alfreds Nachbarbett. Dann noch einmal „Ääwrrm! Oioiwaah!" Es war das Stöhnen eines Sterbenden. Alfred hämmerte auf die Klingel, mit der er ärztliche Hilfe herbeirufen konnte. Der zerbrochene Motorradfahrer wälzte sich stöhnend auf seinem Lager.

Wenig später erschien Schwester Anita. In ihrem Schlepptau eine junge Hilfsärztin. Oberkommissar Junkel nutzte das Getümmel, um sich zu verabschieden. „Komme am Sonntag vielleicht noch mal vorbei", versprach er vage, dann war er weg.

Die Oberschwester verabreichte dem stöhnenden Motorradfahrer eine Spritze, nachdem sie zuvor die Hilfsärztin angewiesen hatte, sie möge ihr die Anweisung erteilen, eine Spritze zu geben. Die Hilfsärztin nahm dankbar alle Ratschläge an und ließ Schwester Anita machen. „Hier stinkt es immer noch nach Rauch", schnupperte sie. „Ist vielleicht irgendwas an der Lüftung undicht?"

Auch auf diesem Gebiet war Oberschwester Anita der Hilfsärztin in Erfahrungen um Jahrzehnte voraus. Sie warf einen inquisitorischen Blick auf Alfred, der sich hinter seiner Augenklappe schlafend stellte. Dann keifte sie: „Der Besucher hat zehn Meter gegen den Wind nach Rauch und Schnaps gerochen. Ich mach jede Wette, der hat hier drin geraucht."

„Aber das geht doch nicht", empörte sich die Hilfsärztin. Der Motorradfahrer wurde wieder zurück in die Intensivstation verlegt.

Alfred überstand die anschließende Fütterung mit Kartoffel-brei und döste dann den Rest des Tages durch. Spät am Abend öffnete sich nach zaghaftem Klopfen die Tür zum Kranken-zimmer und herein kam - Anna.

Es war Freitagabend. Anna musste direkt nach ihrem Dienst in der BZ-Redaktion in Neustadt nach Freiburg aufgebrochen sein, um ihn zu besuchen. Sie konnte nur durch Vanessa von Alfreds Kalamitäten erfahren haben. Hatte Vanessa sich doch über Alfreds Verbot hinweggesetzt. Gottseidank! Denn nun stand Anna da. Wie süß? Sie hatte das Haar nach hinten gebunden und sah aus wie eine Madonna. Ihre Augen glänzten feucht, als habe sie sich Sorgen um Alfred gemacht und leide nun bei seinem Anblick körperliche Schmerzen. Alfred versuchte ein Lächeln und streckte die Hand nach Anna aus. Er erkannte sofort, dass es ihm Vorteile brachte, wenn er höchste Invalidität vortäuschte. Deshalb markierte er den Schwachen, Schwerver-letzten, den soeben dem Tod von der Schippe Gesprungenen. Sie hielt Händchen mit ihm, streichelte den Teil seiner Wange, der halbwegs unversehrt aussah, küsste ihn sogar ganz zart und sagte so viele liebe, warme Worte zu ihm, dass er insgeheim den Weilers für die Prügel dankte, die sie ihm verabreicht hat-ten. Alfred musste überhaupt nichts sagen. Anna verbot es ihm sogar: „Sag nichts! Du darfst nicht so viel reden. Ruh dich aus. Ich bin da!" So hielt er ihre Hand und genoss ihre Stimme. Wie schön, wie schön es war, dass sie ihn besuchen kam. Sie machte sich also Sorgen. „Sie liebt mich. Sie liebt mich", ahnte Alfred. Ein glückseliger Schauer durchlief ihn.

Anna blieb lange. Fast zwei Stunden. Während der ganzen Zeit hielt sie seine Hand und streichelte ihm fürsorglich den Kopf. Noch nie in seinem Leben war Alfred so froh gewesen, windel-weich geprügelt worden zu sein. Dann schlief er selig ein.

Am Samstag war wieder Vanessa an Alfreds Bett. Er schimpfte sie, weil sie Anna alarmiert hatte. Aber sie hörte ganz sicher aus seiner Stimme heraus, dass sie richtig gehandelt hatte. „Warum du der dummen Gans so den Kopf verdreht hast, das ist mir ein Rätsel", zerstörte Vanessa grob Alfreds Glückswolke. „Sie ist genau die Falsche für dich. Sie raucht nicht, sie trinkt nicht, sie isst kein Fleisch, sie hat seltsame Moralvorstellungen und vermutlich ist sie noch Jungfrau. Was soll jemand wie du mit so einer anfangen?"

„Alles ändern!", schlug Alfred vor.

„Eher wird sie dich ändern", prophezeite Vanessa. „Sie wird dich umkrempeln und einweichen, bis du ein braver Bube bist. Und dann schleppt sie dich vor das Standesamt und hängt dir zwei Bälger an." Vanessa lachte bei diesen Worten, aber sie machte dazu ein grämliches Gesicht. Die Vorstellung gefiel ihr aus irgendwelchen Gründen nicht.

„Und, Referat gut gelaufen?", lenkte Alfred ab.

„Bestens! Eins-fünf! Hugott meinte, ich hätte zu viel Empathie für die Falkensteiner entwickelt. Ich hätte aus verluderten Raubrittern fast noch eine sympathische Familie gemacht." Sie lachte. „In manchem waren sie ja gar nicht so übel. Schwarze Schafe kommen schließlich in den besten Familien vor!"

Am Samstagnachmittag, Vanessa war schon lange wieder gegangen, statteten zwei Besucher Alfred eine Anstandsvisite ab, mit denen er überhaupt nicht gerechnet hatte: Rita und Sven. Rita trug zu enge Hosen. Alfred fand sie nicht mehr knackig, sondern eher billig. Na ja, er war auch nüchtern und das Licht im Krankenzimmer war ausgesprochen hell und entlarvend. Sven sah wie immer dämlich aus. Sein komischer Pferdeschwanz in Kombination mit der dünnrandigen Brille, die er trug, verlieh Sven das Aussehen eines in den Regen gekommenen Eichhörnchens. Sein Nasenpiercing glänzte mit seinen Aknepickeln um die Wette. Sie sprachen nicht viel. „Wie geht's? Schlimme Sache, das? Wird schon wieder! Lass den Kopf nicht hängen." Lauter Allgemeinplätze. Eine Zigarette wäre Alfred lieber gewesen. „Habt ihr was zu rauchen für mich?"

„Hier darf man rauchen?", staunte Rita. Sven kramte in seinen Hosentaschen. Erst vorne, dann in der Gesäßtasche. Dabei zog er mitsamt einer Zigarettenpackung auch sein Handy aus der Tasche, bemerkte aber nicht, wie es herausfiel und weich auf Alfreds Bett landete, wo es sofort unter das Laken rutschte. Auch Alfred bemerkte es in diesem Augenblick nicht. Erst später, als Sven und Rita schon lange wieder gegangen waren.

Nun aber rauchten sie gemeinsam Svens Zigaretten, tippten die Asche, sofern sie nicht durch fahrlässige Handhabung auf dem Boden oder auf Alfreds Bett landete, in eine Teetasse, die neben Alfreds Bett auf einem Tablet stand.

„Danke für den Besuch!", sagte Alfred, als alles Nichts gesagt war und die Zigaretten geraucht waren. Rita und Sven wirkten erleichtert, dass sie schnell wieder verschwinden konnten. Alfred hatte vage den Verdacht, dass die beiden inzwischen ein Paar waren. Sie benahmen sich so. Sven konnte verliebt glotzen wie ein Mondkalb. Und Rita – nun ja, die nahm jeden. Alfred musste es sich eingestehen. Rita zu verführen, das war keine besondere Kunst gewesen.

Am Sonntag blieb Alfred lange alleine. Die Schelte von Oberschwester Anita, weil es im Zimmer mal wieder nach Rauch stank, war die einzige Abwechslung des Vormittags. Der Kartoffelbrei zum Mittagessen war mit Erbsen und frikassiertem Kalbfleisch garniert. Ein sicheres Zeichen dafür, dass Alfreds Genesung auch in den Augen der Ärzte Fortschritte machte und er wie versprochen am Montag das Krankenhaus würde verlassen können. Nach dem Mittagessen tauchte Jochen Schiller auf, zwei Schönheitsköniginnen im Schlepptau. Ein Anstandsbesuch. „Grüße von Tim", überbrachte er. „Ich soll dir sagen, die Geschäfte laufen gut!" Viel mehr Gespräch führten sie nicht. Jochen brachte Schokolade mit und Alfred genierte sich vor seinen beiden Schönheiten. Wo Jochen auch immer diese unglaublichen Frauen auftrieb? Ein Phänomen. Dann ging Jochen wieder und Alfred verdöste die nächsten zwei Stunden.

Am Nachmittag klopfte es an der Tür, genauso zaghaft, wie am Freitagabend. Anna? Hatte sie nicht gesagt, sie könne wegen ihres Sonntagsdienstes nicht zu Besuch kommen? Vielleicht hatte sie es geschafft zu tauschen, seinetwegen, Alfreds wegen? „Er rief frohen Mutes herein!"

Die Tür öffnete sich vorsichtig, und es trat zaghaft eine Frau herein, die direkt zu einer dem Bürgerkrieg entkommenen Flüchtlingsfamilie zu gehören schien. Verhärmt, gebeugt, in verwaschenen Kleidern aus einem Modejahrgang des letzten Jahrtausends. Sie sah abgearbeitet, müde, verzweifelt und vollkommen verunsichert aus. Zimmer verwechselt?

„Sie haben das Zimmer verwechselt", sagte Alfred.

„Sind Sie Alfred?", fragte die Frau leise. Sie stand im Türrahmen und wagte nicht einzutreten.

„Ja, ich bin Alfred. Wollen Sie zu mir? Kommen Sie herein?"

Was war das nun wieder? Alfred hatte keine Ahnung, mit wem er es zu tun hatte. Die Frau machte zaghaft einen Schritt ins Zimmer hinein und schloss vorsichtig die Tür hinter sich. Ihre schwielige Hand blieb auf der Türfalle liegen, als wollte sie sich jederzeit die schnelle Flucht aus dem Zimmer offenhalten. Misstrauisch ließ sie ihren Blick durch den ganzen Raum schweifen. Ihre kleinen Augen schauten müde in die Welt, gleichzeitig aber auch auf mitleidserregende Weise wachsam, so als befinde sie sich tatsächlich auf der Flucht.

„Sind Sie alleine?"

Alfred bejahte. Er setzte sich munter im Bett auf, um zu zeigen, dass er keineswegs ein hilfloser Patient war.

„Ich bin Ulrike Weiler", sagte die Frau leise. Alfred war sprachlos.

„Ulrike Weiler", wiederholte die Frau. „Ich bin die Moosbäuerin."

„Sie ... sind ...?" Das war nun mal eine Überraschung. Alfred
wies auf einen Stuhl, der an der Wand stand. „Wollen sie sich
setzen?"

„Nein, ich stehe lieber!"

„Wie ... was ... kann ich Ihnen ... wieso ... besuchen Sie
mich?"

Die Frau raffte all ihren Mut zusammen, schnaufte einmal
tief durch und flüsterte dann, so leise, dass Alfred die Worte
kaum verstehen konnte: „Ich möchte mich entschuldigen. Für
das, was mein Mann und mein Sohn Ihnen angetan haben. Es
tut mir leid." Für Alfred klang es, als müsse die Moosbäuerin
sich mit allen Kräften überwinden. Sie presste jedes Wort nur
mühsam hervor, wurde beim Murmeln immer leise und hielt
dabei die Hände vor dem Bauch gefaltet wie eine Sünderin im
Beichtstuhl.

„Die beiden sitzen jetzt im Gefängnis", sagte die Moosbäuerin.

„Ich weiß." Alfred hatte noch keine Vorstellung, worauf dieser
Besuch hinauslief. Er war mit sich selbst auch noch nicht im
Reinen, ob er Mitleid mit der Frau haben sollte, oder ob eher
Misstrauen angebracht war. Die Moosbäuerein gab ein Bild
zum Erbarmen. Aber sie weinte nicht. Tapfer sprach sie weiter:
„Meine Männer sind keine Mörder. Das sind sie nicht. Sie sind
Dummköpfe. Dickschädel. Verbohrt."

„Gewalttätig!", fügte Alfred kühl hinzu.

„Ja, das auch"", räumte die Moosbäuerein ein. „Wer weiß das
besser als ich!" Sie stand immer noch wie eine Bittstellerin vor
Alfreds Bett. „Ich weiß, dass sie gewalttätig sind. Oft genug
bekomme ich es ja am eigenen Leib zu spüren. Aber sie sind
keine Mörder."

„Deswegen werden sie aber angeklagt. Wegen Mordes", belehrte Alfred.

„Sie sind Sturköpfe. Sie reden nicht mit der Polizei. Sie hassen die Polizei. Wenn sie was sagen, dann reden sie sich um Kopf und Kragen. Aber sie sagen kein Wort zu ihrer Verteidigung. Sie werden die Aussage verweigern. Ich kenne sie. Man wird das als Schuldeingeständnis werten. Aber meine Männer sind unschuldig."

„Wer kann das beweisen?", fragte Alfred neugierig. Inzwischen fand er, dass die Moosbäuerin gar nicht mal so unglaubhaft klang. Instinktiv spürte er, dass sie ihn nicht belog. Sie war gekommen, um ihm die Wahrheit zu sagen und ihn um Hilfe zu bitten.

„Sie müssen helfen", bat die Moosbäuerin mit brüchiger Stimme. „Sie müssen der Polizei sagen, dass meine Männer keine Mörder sind. Sie wollten Sie nicht umbringen. Das schwöre ich."

In diesem Punkt gab Alfred der Moosbäuerin Recht. Vater und Sohn Weiler hatten nicht vorgehabt, ihn umzubringen. Aber alles andere?

„Die Polizei glaubt, dass Ihr Mann und Ihr Sohn gemeinsam den Studenten Gerd Gonnfeld ermordet haben. Im Geheimgang, den sie anschließend zugemauert haben. Mit einem Vorschlaghammer!"

„Das stimmt nicht. Das ist falsch. Das waren sie nicht." Die Moosbäuerin sagte es trotzig. Sie stierte immer noch auf den Boden, als fiele es ihr schwer, Alfred in die Augen zu schauen.

„Wenn das alles falsch ist, was ist dann richtig?", fragte Alfred.

Die Moosbäuerin seufzte schwer wie ein biblischer Stammesvater. Ein Seufzer aus dem tiefsten Innern einer geplagten Seele. „Ich erzähle Ihnen jetzt etwas, was kein Mensch weiß. Niemand außer den Mitgliedern meiner Familie. Wenn mein Mann erfährt, dass ich Ihnen das erzählt habe, jagt er mich vom Hof."

„Sie müssen mir nichts erzählen", versuchte Alfred die Situation zu entdramatisieren.

„Ich muss Ihnen das erzählen. Sonst verstehen sie nichts. Sonst können sie meinen Männern nicht helfen." Sie machte noch einmal eine Pause, wie um Anlauf zu nehmen, dann sprudelte es aus ihr heraus. Sie erzählte leise und konzentriert, stetig nach den richtigen Worten suchend, Satz für Satz sich abringend, aber ohne Unterbrechung. Alfred hörte gebannt zu.

„Unsere Familie besitzt einen Schatz. Der liegt unter dem Hof in einem alten Gang aus dem Mittelalter. Es ist der Schatz der Raubritter von der Burg Falkenstein. Das glaubt uns niemand, wenn wir es erzählen würden, aber es ist so, wie ich sage. Die Weilers stammen direkt von der Adelsfamilie Falkenstein ab. Alles weiß ich nicht, weil mein Mann mir dazu nur wenig erzählt hat. Aber das Wichtigste ist: Seit Generationen wird das Geheimnis von diesem Schatz gehütet und immer nur in der Familie weitergegeben. Niemand sonst weiß davon. Wenn es unserer Familie schlecht geht, oder wenn wir Geld für den Hof brauchen, verkaufen wir ein oder zwei Stücke aus dem Schatz. Aber nur für den Hof. Sonst für nix. Nicht für Luxus und Wohlleben. Nur einmal in der langen Geschichte unserer Familie hat es damit Schwierigkeiten gegeben. Das war im Dreißigjährigen Krieg. Damals stießen Bergleute mit einem Stollen auf unseren Gang und unseren Schatz. Unsere Vorfahren hatten alle Mühe, das Geheimnis zu wahren und alle Mitwisser aus dem Weg zu räumen."

„Der goldene Marti", fiel es Alfred wie Schuppen von den Augen. Das musste die Episode mit dem Bergmann David Ludau und seinem Testament gewesen sein. Die Geschichte vom goldenen Marti. Sie war also wahr. Den Goldschatz gab es wirklich.

„Später haben noch viele Leute immer wieder danach gesucht", hörte er die Moosbäuerin weiter erzählen. „Aber unsere Leute haben den Eingang gut versteckt. Sie haben den Hof darauf errichtet. Wir sind selten hinabgestiegen. Höchstens alle paar Jahre mal, wenn größere Anschaffungen fällig waren."

Alfred musste an die Monstertraktoren denken.

„Und in den Gang sind wir nie weiter hinein als ein paar Meter. Den Gang ist seit Generationen keiner mehr bis auf die andere Seite gekrochen. Wir wussten gar nicht, dass das noch geht." Alfred musste an Gonnis Ingenieurpläne vom Bau der Höllentalbahn denken. Der schlaue Gonni! Das hatte er ganz alleine herausgefunden, dass es diesen Gang gab.

„Bis unsere Elke diesem Verführer aufgesessen ist", erzählte unterdessen die Moosbäuerin weiter. „Diesem Frank Harzer. Der Nachbarjunge. Mit ihm hat das Unheil angefangen."

„Wieso? Das verstehe ich nicht?" Es war das erste Mal, dass Alfred die Moosbäuerin in ihrem Redestrom unterbrach. Doch sie reagierte nicht auf die Frage, sondern fuhr mit monotoner Stimme fort: „Sie war diesem Frank Harzer schon als Kind verfallen. Aber als sie zwölf oder dreizehn war, und dieser Strolch war schon zwanzig oder älter, da verführte er sie und machte sie sich gefügig. Sie war ihm völlig ergeben. Und irgendwann erzählte sie ihm von unserem Geheimgang, von dem Schatz und allem. Und zum Beweis, weil er ihr nicht glauben wollte, da schenkte sie ihm einen Ring. Einen Falkenstein-Ring." Sie hielt ganz kurz inne, um abzuwägen, ob sie diese Geschichte nun auch noch erzählen sollte, entschied sich dafür und fuhr ergeben fort: „Jedes Familienmitglied hat einen solchen Ring." Sie hob die Hand und zeigte ihren Ringfinger. „Bei mir ist es der Ehering. Die Ringe sind uralt. Die Falkensteiner haben ein Dutzend davon in ihrem Schatz gehabt. Wir geben sie von Generation zu Generation weiter. Wenn ein Familienmitglied stirbt, dann wird der Ring abgenommen und solange aufbewahrt, bis wieder ein Kind oder Enkel da ist. Aber Elke hat ihren Ring hergegeben. An Frank Harzer verschenkt. Da können Sie sich denken, was mein Mann gemacht hat, als er davon erfuhr. Er hat das Mädchen rausgeschmissen. Sie ist aus der Familie verbannt." Sie erlaubte sich einen Seufzer. Wenig für eine Mutter, viel für eine leidgeprüfte Moosbäuerin. Sie wirkte erledigt, gedemütigt, abgearbeitet und unterdrückt. Aber über ihre haarsträubende Familie sprach sie kalt und emotionslos: „Das Gleiche hat er auch mit dem Rudi gemacht. Den hat er auch rausgeschmissen, als er seinen Ring nicht mehr hatte. Das hat mein Mann nicht geduldet."

Alfred musste sich nochmal in Gedanken extra versichern, dass diese verhärmte alte Frau, die da vor ihm stand und so kalt über zwei Menschen sprach, tatsächlich die Mutter dieser beiden Menschen war. „Der Rudi hat sich das sehr zu Herzen genommen", erzählte sie weiter. „Er wollte den Hof nicht verlassen. Er hatte ja nichts anderes. In seiner Verzweiflung hat er sich in der Scheune aufgehängt. Aber der Ring ist nicht wieder aufgetaucht."

Alfred wusste, wo er geblieben war. Und auch den Verbleib des anderen Ringes, der über Harzer zu Gonni und von dort zu Rita gekommen war, hätte er der Bäuerin etwas erzählen können. Aber er unterließ es. Er war immer noch fasziniert von ihrer so herzlos nüchtern vorgetragenen Geschichte.

Dann fuhr sie fort: „Natürlich hat der Frank Harzer nie locker gelassen. Immer hat er versucht, etwas über unseren Schatz herauszufinden. Unsere Elke, die hat er mit Drogen versaut und sitzen lassen. Stattdessen tauchte er eines Tages mit so einem Studenten auf, mit diesem Gonni. Und dann haben die beiden gemeinsam herumgeschnüffelt. Mein Mann und mein Sohn haben den Hof bewacht. Tag und Nacht. Sie haben gewusst, dass dieser Gonni versuchen würde, den Eingang zu finden. So wie Sie. Sie haben es ja auch versucht. Und das haben meine Männer ebenfalls gewusst. Es gibt aber noch einen Zugang vom Hof, der direkt in das Gewölbe unter der Scheune führt. Und deshalb hat sich dieser Gonni zu sicher gefühlt, als er in den Gang hinein ging. Mein Mann und mein Sohn haben ihn dabei beobachtet."

„Also doch!", dachte Alfred. „Sie haben Gonni beobachtet und dann durch den Gang verfolgt. Waren sie also doch Gonnis Mörder?" Nein! Die Geschichte, welche die Moosbäuerin erzählte, nahm einen anderen Verlauf: „Dann tauchte kurz darauf in derselben Nacht plötzlich auch noch der Harzer auf. Er muss diesen Gonni verfolgt haben. Das haben meine Männer beobachtet und mir erzählt: Erst kam der Student durch die Hecke gekrochen, von diesem Luder herüber, die da neben uns wohnt. Dann schlich er in die Scheune und von dort in das Ganggewölbe. Dann verschwand er im Gang. Zehn Minuten später folgte ihm der Harzer. Der kam genau den gleichen Weg herein und verschwand ebenfalls in dem Gang. So war es. Eine Stunde später tauchte der Harzer wieder auf. Aber er war allein. Und der Student kam nicht mehr. Am nächsten Tag haben wir gehört, dass er tot im Falkenstein Tunnel gefunden wurde."

Jetzt erst hörte die Moosbäuerin auf zu sprechen. Nein, noch nicht ganz. Sie machte nur eine Pause, wie um wieder zu Atem zu kommen, dann beschloss sie ihre Darstellung: „So war es! Und meine Männer sind keine Mörder!"

Es war nur eine alte Frau, die eine völlig unglaubwürdige Geschichte präsentierte. Aber Alfred, im Bett und im Nachthemd, die Frau vor sich, die sich mit ihrer Geschichte völlig vor ihm entblößt hatte, glaubte ihr jedes Wort. Alles passte zusammen. Und Harzer war der Mörder! Alfred rief unverzüglich Oberkommissar Junkel an.

FALL GELÖST

„Der Harzer lügt wie gedruckt. Er streitet stur alles ab!" Ober-kommissar Siegfried Junkel schwenkte nachdenklich sein Cognac-Glas, ehe er sich einen Schluck gönnte. Alfred beo-bachtet ihn dabei. Er hatte dankend abgelehnt, als Junkel ihn eingeladen hatte. Sie saßen draußen im Freien im Uni Cafè. Es herrschte schwitzendes Gedränge. Aber Junkel behielt sein Sakko an. Alfred genoss die Sonne. Die Tage im Krankenhaus hatten ihn nach Licht, Sonne, frischer Luft und Menschenge-dränge lechzen lassen. Jetzt saß er einfach nur da und fühlte sich behaglich. Währenddessen erzählte Junkel vom Stand der Ermittlungen und konsumierte seinen inzwischen dritten As-bach pur. Zum ersten hatte er noch einen Kaffee bestellt und diesen immerhin zur Hälfte ausgetrunken.

„Die Beweislage ist doch erdrückend, oder?", fragte Alfred da-zwischen.

Junkel nickte: „Es gibt zwei Zeugen, die gesehen haben, dass Frank Harzer in der Mordnacht hinter Gerd Gonnfeld in den alten Stollen gestiegen ist und ihn verfolgt hat. Das sind die beiden Moosbauern, Vater und Sohn Weiler. Sie sind beides finstere Gestalten mit jeder Menge Dreck am Stecken. Aber in diesem Punkt sind sie glaubwürdig."

„Steht Aussage gegen Aussage?", forschte Alfred, während er sich eine Zigarette drehte. Er suchte Blickkontakt zu einem Mädchen am Nebentisch. Sie sah niedlich aus, mit frechen schwarzen Ponyfransen und megalangen schwarzen Wim-pern. Aber sie plapperte mit zwei Freundinnen und schien die wunderbare Erscheinung von Alfred noch nicht bemerkt zu haben.

„Harzer redet sich um Kopf und Kragen", führte Junkel sei-ne Fallanalyse fort. „Er hat zugegeben, in jener Nacht hinter

Gonnfeld herspioniert zu haben. Er hat ihn zuerst auf das Grundstück seiner Mutter verfolgt, dann durch die Hecke hindurch auf das Nachbargrundstück, dann in die Scheune, in das Kellergewölbe und in den unterirdischen Gang. Das hat er alles zugegeben."

„Wie kann er das alles zugeben und dann den Mord abstreiten?", fragte Alfred Zigarettenrauch ausstoßend. Durch den Qualmnebel behielt er die schwarze Geisha vom Nachbartisch im Auge. Sie lachte gluckernd auf eine Bemerkung ihrer Freundin und nuckelte an einem Strohhalm ihren Eiskaffee. Schöne Hände! Schöner Mund! Ach! Innerlich seufzte Alfred. Ein wenig erinnerte sie ihn an Anna. Die wunderbare Anna. Am Morgen hatten sie miteinander telefoniert. Ein harmonisches, entspanntes, warmes Telefongespräch. Anna hatte alle Friktionen der letzten Wochen vergessen oder verziehen. Jedenfalls wünschte sie Alfred gute Besserung und das Schönste: Sie hatte Alfred eingeladen, das Wochenende bei ihr, mit ihr zu verbringen. „Ich hol dich am Bahnhof ab. Du kannst bei mir übernachten", so lautete ihre verheißungsvolle Ankündigung, die bei Alfred Euphorie auslöste, vorzugsweise in der Hüftgegend. Nur alleine beim Gedanken daran, was alles aus einer Übernachtung bei Anna werden könnte, genas sein allerheiligstes Stück, das von der Keile am Stühlinger Kirchplatz immer noch unter Migräne litt.

Allerdings hatte Anna Alfreds Fantasien sogleich einen Dämpfer versetzt: „Übernachten heißt nicht das, was du denkst. Du schläfst im Wohnzimmer auf dem Sofa, dass das gleich klar ist."

Egal, was Anna ankündigte oder vorschrieb. Ein Wochenende war lang. Alfred war fest entschlossen, es zu einem Generalangriff zu nutzen. Viel zu lange schon hatte er gewartet. Er begehrte Anna, wie er noch nie eine Frau begehrt hatte. Sie ließ ihn nun schon seit über zwei Jahren zappeln, aber Vanessa hatte ihm die Augen geöffnet. „Alfred, sie ist verknallt in dich. Sie ist über beide Ohren verliebt. Bist du blind?"

Vanessa hatte Recht. Er sagte es sich immer wieder. Es stimmt, es stimmt, es stimmt. Sie ist in mich verliebt. Was mit ihm selbst los war, wie sehr er selbst in Anna verliebt war, das blendete er aus. Nur so viel räumte er vor sich selbst ein: Er begehrte sie. Er wollte diesen schlanken, runden, magischen Körper besitzen. Er wollte ihre Haut riechen, ihre geheimsten Stellen erkunden, ihr Fleisch spüren. Es war zum wahnsinnig werden. Und dieses Mädchen am Nachbartisch, das sah aber wirklich lecker aus. Er lächelte sein Lausbubenlächeln. Sie registrierte ihn nur ganz kurz und beiläufig. Schon widmete sie sich wieder ihren Freundinnen und ihrem Smartphone. War denn das die Möglichkeit. Wenn nur Junkel bald verschwinden würde, dann könnte er sich vielleicht hinüber setzen und irgendwie anbandeln. Alfred hörte nur mit einem Ohr zu, als Junkel jetzt erläuterte: „Für die Polizei ist der Fall aufgeklärt. Harzer ist der Mörder. Wie unsere Oberindianerin Leber-Semmlich heute auf der Pressekonferenz schon gesagt hat: Harzer hat aus Habgier gemordet. Er war seit Jahren hinter dem goldenen Marti her, diesem seltsamen Schatz der Falkensteiner. Und er wusste, dass Gonnfeld ihn da hin führen würde. Dann müssen die beiden in diesem unterirdischen Stollen aneinander geraten sein, und dabei hat Harzer Gonnfeld erschlagen. Um den Mord als Suizid zu tarnen, hat Harzer den Toten auf die Bahngleise gelegt. Danach ist er auf dem gleichen Weg durch den Stollen zurückgekehrt nach Oberried und hat sich verdrückt. Nur Pech für ihn, dass die beiden Moosbauern ihn dabei beobachtet haben."

Es war klar, dass Harzer in Gonni den Pfadfinder gesehen hatte, der ihn zum lange gesuchten goldenen Marti führen würde. Deshalb war Harzer auch so hinter Gonnis Tasche her gewesen. Das alles fügte sich jetzt in ein plausibles Bild.

„Er gibt zu, dass er in den Stollen eingestiegen ist, um Gonni zu verfolgen, aber er leugnet den Mord. Er behauptet, unterwegs habe hüfthoch das Wasser im Stollen gestanden und die Decke sei zur Hälfte eingestürzt gewesen. Da habe er es mit der Angst zu tun bekommen und sei umgekehrt." Junkel kommentierte seine Zusammenfassung mit einem kehligen „Ha! Ha! Wer's glaubt!"

Alfred kannte die Geschichte bereits. Er hatte schließlich an der Pressekonferenz teilgenommen. Er würde die Geschichte für Anna druckreif zusammenfassen. Er war am Anschluss an die Pressekonferenz der Einladung Junkels gefolgt, um noch ein paar Fragen loszuwerden.

„Woher hatte Harzer den Vorschlaghammer? Hat er den die ganze Zeit mitgeschleppt?"

Junkel verneinte und nahm einen Zug aus seiner Zigarette. Er erklärte: „Es ist ein Vorschlaghammer der Deutschen Bahn. Am Schaft sind die Buchstaben D und B eingebrannt. Wir vermuten, dass er bei Gleisbauarbeiten im Tunnel liegen geblieben ist. Harzer muss ihn dort gefunden und dann als Mordwaffe eingesetzt haben."

„Aha!" Alfred dachte darüber nach. Irgendetwas an dieser Erklärung war nicht stimmig, aber er kam nicht drauf, was es war. Schuld daran war das Mädchen vom Nachbartisch, das ihn ablenkte. Sie stand nämlich jetzt auf, um auf die Toilette zu gehen. Und das gab Alfred Gelegenheit, ihre Figur zu bewundern. Sie trug Hot Pants und zeigte darunter atemberaubend schlanke, braungebrannte Beine. Sollte er vielleicht auch schnell auf die Toilette? Um dann im Gang ganz zufällig mit ihr zusammen zu rempeln? Nein, das war zu plump. Er musste sich etwas anderes überlegen.

„Ich nehm' noch einen", kündigte Junkel an, nachdem er betrübt festgestellt hatte, dass sein Glas leergetrunken war. Die Sonne schien ihm nichts auszumachen. Alfred schwitzte im

T-Shirt, während Junkel sich im Sakko eingepackt hatte, darunter ein ins gelblich changierendes weißes Hemd, geschlossen bis zum obersten Kragenknopf, und er wirkte ausgetrocknet wie eine mumifizierte Rosine. Alle Menschen ringsum zeigten Haut, hechelten nach einem kühlen Lüftchen und schütteten Unmengen von Wasser, Cola, Apfelschorle und anderen kalten Getränken in sich hinein, während Junkel vor sich hin staubte wie ein alter Kartoffelsack und seine Maschine mit Cognac am Laufen hielt.

Die schwarze Geisha vom Nachbartisch kehrte zurück. Im Niedersitzen bemerkte sie Alfreds gaffenden Blick und schenkte ihm dafür eine verächtliche Schnute, nur um ihn sogleich auch wieder zu ignorieren. Alfred drückte frustriert die Zigarettenkippe in den Aschenbecher.

„Wie war das eigentlich noch mal mit Gonnis Handy?", knüpfte Alfred jetzt wieder an das unterbrochene Gespräch an. „Hatten Sie nicht herausgefunden, dass Gonni kurz vor seinem Tod noch mal mit Sven telefoniert hat?"

„Ach das! Ja, das stimmt. Wir haben diesem Sven gründlich auf den Zahn gefühlt. Er behauptet, in jener Nacht habe Gonnfeld ihn aus dem Bett geklingelt und dann bemerkt, dass er sich verwählt hat. Gonnfeld wollte jemand anderen anrufen, er hat Sven aber nicht gesagt, wen."

„Und das haben Sie geglaubt?"

„Wieso sollten wir das nicht glauben?"

„Weil Sven ein Arschloch ist!", begründete Alfred. „Ich würde ihm kein Wort glauben." Er sagte nicht, was er wusste. Er besaß Svens Handy. Es war ihm im Krankenhaus aus den Falten des Bettlakens in die Hände gefallen, lange nachdem Sven und Rita ihren Krankenbesuch bei ihm beendet hatten. Seither trug er es in seiner Tasche. Er hatte es nach seiner Entlassung mit nach Hause genommen. Zwar hatte Rita – warum eigentlich sie – ihn am nächsten Tag in der Uni nach dem Handy gefragt, ob Sven es vielleicht bei ihm im Kranken-haus hatte liegen lassen, aber da hatte Alfred sich unwissend gestellt und verneint. Zuerst ließ er Svens Handy von Tim gründlich untersuchen. Tim brauchte kein Passwort. Tim fand alles, was es auf diesem Handy zu finden gab. Unter an-derem auch ein paar Sprachnachrichten von Gonni. Und die waren eindeutig: Gonni hatte Sven in sein Vorhaben einge-weiht. Mehrfach hatten sie miteinander über die Suche nach dem Gang und dem goldenen Marti telefoniert. Und Gonni hatte Sven in der Mordnacht kurz vor seinem Aufbruch in jenem letzten Telefonat mitgeteilt: „Sven, ich breche jetzt auf. Du wartest wie verabredet auf mich. Ich werde bestimmt ein oder zwei Stunden brauchen."

Für Alfred war klar, was das bedeutete. Sven war Gonnis Part-ner gewesen. Sven wusste viel mehr als er zugab.

„Haben Sie denn nicht Svens Handy untersucht und diese Ge-schichte mit dem angeblich verwählt überprüft?"

„War nicht möglich", sagte Junkel und nahm mit leichtem Zit-tern den neuen Cognac entgegen, den die Bedienung brachte. Junkel hatte den Tatterich. Jetzt fiel es Alfred zum ersten Mal auf. Junkels Hände zitterten, als er das Glas vor sich auf dem Tisch abstellte.

„Warum war es nicht möglich?"

„Er hatte sein Handy nicht mehr. Angeblich an der Uni ir-gendwo liegen lassen. Spielt ja jetzt auch keine Rolle mehr. Wir haben den Täter. Und außer, dass er dir diese Tasche aus dem Zimmer geklaut hat, hat dieser Sven nichts ausgefressen. Arschloch ist ja noch nicht strafbar!" Junkel grinste mit seinen schäbigen gelben Zähnen.

Alfred erwiderte nichts darauf. Junkel nahm einen Schluck. Alfred fixierte den Nachbartisch. Die Sonne streichelte Frei-burg. Alles war gut und die Schrecken waren zu Ende. Wieso weiter nachdenken?

Am Nachbartisch saß ein schönes Mädchen. Alfred nuckelte an seiner Cola, schielte über den Rand des Glases hinüber und genoss ansonsten den Moment. Am Morgen hatte er den Zentimeter Nummer 24 abgeschnitten. Nur noch drei Wochen, dann bekam er endlich seinen Führerschein zurück. Das Semester war prima gelaufen. Hugott hatte eine 1,2 vergeben, für Ottis Verhältnisse eine Rarität, worauf Alfred sich etwas einbilden konnte. Anna hatte ihn zum Übernachten in ihre Wohnung eingeladen. Seine Lippen waren nicht mehr geschwollen, das Auge nicht mehr blau, der Unterleib nicht mehr handlungsunfähig. Alles gut!

Alles gut!

Aber irgendetwas stimmte noch nicht.

DER SCHWARZFAHRER

Endlich Samstag! Auf in den Hochschwarzwald. Auf zu Anna! Alfred schwebte auf einer Wolke der Euphorie. Wunder waren geschehen. An diesem Samstag des 22. Zentimeters vor Ablauf der Führerscheinsperre klickte Alfred, bevor er sich aufmachte zum Bahnhof, einmal kurz im Internet in sein Online-Banking bei der Sparkasse Hochschwarzwald und entging dabei nur knapp einem Herzinfarkt. Normalerweise war er immer tiefrot im Dispo. Mal um 1.000 Euro mehr oder weniger, aber zuverlässig im Minus. Wenn er jetzt Online seinen Kontostand checkte, dann nur, um sich zu vergewissern, dass er für das Wochenende mit Anna noch einen Fünfziger abheben konnte, um nicht völlig mittellos dazustehen.

Nun aber das! Alfreds Konto wies einen satten Überschuss auf. Es befand sich um über 4.000 Euro im Plus. 4233,28 Euro! Alfred stierte die schwarze Zahl auf dem Bildschirm seines Laptops an und mochte es nicht glauben. Ein Versehen? Ein Bankfehler? Man las immer wieder von solchen Dingen. Schon nach wenigen Minuten merkt die Bank den Fehler und macht die Buchung rückgängig. Aber nichts dergleichen geschah. Die Zahl stand und behauptet nachdrücklich, es handle sich bei ihr um Alfreds aktuellen Kontostand. Er scrollte die letzten Umsätze. Die Überweisungen, die in den letzten Tagen auf sein Konto geflossen waren, das Minus ausgeglichen und das sensationelle Plus ergeben hatten, sie stammten alle von echten Absendern. Drei Banken, ein Energiekonzern, ein Pharmakonzern, ein Waffenhersteller. Das waren die Unternehmen, für die Alfred Internet-Textbausteine fabriziert hatte.

„Was ist das, Tim?", fragte Alfred unter der Tür zu Tims Weltraumzimmer und fuchtelte mit dem Ausdruck seiner Kontostände. Tim rangierte seinen Commander-Sessel weg von der

Front blitzender Monitore und wandte sich betulich zu Alfred hin, der in der Tür stand wie ein ertappter Steuersünder.

„Honorar!", sagte Tim, nachdem er den Ausdruck kurz studiert hatte. Seine honigsanfte Stimme wärmte wie der Gutenachtkuss einer Mutter. „Das ist dein Honorar! 6.000 Euro. Ich hab doch gesagt, die Geschäfte laufen gut."

„Aber so viel? Das muss ein Irrtum sein."

Tim schüttelte den großen Kürbiskopf. „Es ist nur der Anfang. Ich verhandle noch mit weiteren Konzernen. Du glaubst gar nicht, was da für ein Bedarf herrscht. Das Geschäftsmodell ist bombensicher."

„Aber ich habe doch nur zusammen mit Vanessa ein paar Sprüche und Thesen formuliert. Verrücktes Zeug. Schräge Sprüche. Abgefahrene Argumente. Das fliegt doch auf. Ich habe das gar nicht ernst genommen."

Tim lächelte vielsagend und verschränkte die wurstigen Arme über seinem mächtigen Buddhabauch. „Es kommt darauf an, was man mit deinen Satzbrocken macht. Mein Textverarbeitungstool macht daraus ungefähr 12.000 verschiedene Postings, je nach Bedarf geeignet für jede Branche. Mein Algorithmus sorgt dafür, dass ständig diskutiert und argumentiert wird, sobald irgendwo ein negatives Posting einschlägt, das unsere Kunden betrifft. Mach dir keine Sorgen, läuft alles automatisch."

„Ich kann es nicht glauben." Alfred stierte auf seinen Kontoauszug und nahm sich vor, demnächst mal eine solche automatisierte Diskussion in einem Internetblog live zu verfolgen, um zu sehen, wie seine Argumente und Textbausteine automatisch eingeflogen kamen.

„Wie lange laufen unser Verträge?", fragte er schließlich.

„Ein Jahr. Und dann automatische Verlängerung, wenn nicht drei Monate vor Jahresende gekündigt wird." Tim klickte auf einer seiner Tastaturen herum und rief ein digitales Vertragsdokument auf den Bildschirm, um es Alfred zu zeigen. „Du hast die Dinger doch unterschrieben. Hast du sie nicht durchgelesen?"

„Wie sollte ich? Ich war kriegsversehrt. Im Grunde nicht geschäftsfähig."

„Jetzt ist es zu spät für einen Rückzieher."

„Gott behüte! Bin ich blöd? So einen Vertrag zu kündigen? Das fällt mir im Traum nicht ein. 6.000 Euro im Jahr, das nehme ich gerne mit."

„Im Monat!"

Eine Sekunde herrschte Schweigen.

„Was hast du gesagt?"

„Im Monat. Das ist das Honorar für einen Monat. Jeder dieser sechs Konzerne zahlt dir 1.000 Euro im Monat. Hast du das auch nicht gelesen?"

„Ich hab gar nichts gelesen." Alfred ließ sich zwischen dem Türrahmen zu Boden sinken. Das alles war unglaublich. Er hatte so gut wie ohne Anstrengung ein bisschen Nonsens formuliert, dabei zusammen mit Vanessa viel Spaß gehabt, und ansonsten keinen Finger gerührt. Und dafür sollte es pro Monat 1.000 Euro von jedem dieser Konzerne geben? Es war nicht zu fassen.

„Das letzte Mal, als ich im Plus war, war anlässlich meiner Erstkommunion. Damals hat die ganze Verwandtschaft mein erstes Kinderkonto gefüllt. Nach einem Monat hatte ich es geplündert und in Legobausteine investiert. Seither habe ich nie wieder das Minus verlassen."

„Dann Glückwunsch! Ab jetzt wird das anders." Tim grunzte behaglich.

Alfred betrachtete noch eine ganze Weile verzückt seinen Kontoauszug und ging im Geiste all die Dinge durch, die er sich unverzüglich anschaffen würde. Neue Reifen für den roten Flitzer! Und ein neues Verdeck. Oder sollte er vielleicht gleich an ein neues Auto denken? Er fühlte sich wie ein Lottogewinner.

„Sag mal Tim", so fragte er nach einer Weile, während dessen Tim sich längst wieder seinen Bildschirmen widmete. „Verdienst du eigentlich auch was an der Sache? Ohne dich würde das alles doch gar nicht funktionieren …?"

Tim winkte ab. „Über meine Provision reden wir demnächst. Wenn du mal Zeit hast. Ich bin nicht darauf angewiesen." Er nahm sich die Zeit, um kurz seinen Computer mit sich alleine zu lassen und Alfred zu erklären: „Das sind Peanuts für mich. Was meinst du, was hier im Netz abgeht? In der digitalen Welt kannst du Geld verdienen, ohne einen Finger krumm zu machen. Mein Konto ächzt bereits unter den Einkünften. Mach dir um mich keine Sorgen." Er sagte es so leichthin, dass es klang wie „im Moment habe ich gerade keinen Hunger", aber Alfred wusste, dass es genau das bedeutete, nach was es sich anhörte. „Mehr als eine Million?", fragte er vorsichtig. „Vermutlich!", sagte Tim. Dann waren die umhergeisternden Bits und Bytes in seinem digitalen Reich wieder wichtiger, und er wandte sich demonstrativ seinen Monitoren zu. Alfred blieb mit seinem Vermögen alleine.

Beflügelt wie ein Olympiasieger wartete Alfred nun also auf Gleis sieben am Freiburger Hauptbahnhof auf die Höllentalbahn, die ihn hinauf nach Neustadt zu Anna bringen sollte. Eine Fahrkarte hatte er sich nicht gekauft. Aus alter Gewohnheit.

In dieser übermütigen Stimmung spielte er auf Svens Handy herum. Eigentlich hatte er es zurückgeben wollen, aber die abgespeicherten Nachrichten, die bewiesen, dass Sven mit Gonni zusammen nach dem Geheimgang gesucht hatte, ließen ihm keine Ruhe. Warum hatte Sven nie etwas davon erzählt? Alfred saß auf einer kaugummiverseuchten Wartebank am Bahngleis und scrollte sich durch Svens abgespeicherte Kontakte. Dort entdeckte er Ritas Telefonnummer. Das war ein Versuch wert. Er wählte.

Rita nahm ab. Mit der bemerkenswerten Begrüßung: „Hi Sven, Liebster. Hast du dein Handy wieder gefunden?"

„Ich bin nicht Sven, Liebster", sagte Alfred rüde. „Ich bin Alfred Böse. Und ich habe hier ein Handy in der Hand, das ein paar seltsame Botschaften ausgespuckt hat. Du weißt nicht zufällig, wo Sven steckt?"

Rita schwieg. Verdächtig lange.

„Bis du noch da? Hat's dir die Sprache verschlagen?"

„Alfred, wo bist du?" Ritas Stimme klang ungehalten. Alfred vermeinte, einen besorgten Unterton herauszuhören.

„Ich sitze am Bahnhof und warte auf die Höllentalbahn. Bis der Zug kommt, könnte ich noch ein bisschen mit Sven, Liebster, plaudern. Willst du mir nicht seine neue Telefonnummer geben?"

„Was willst du von ihm?"

„Ihr seid zusammen, nicht wahr? Du und Sven, Liebster?" Alfred konnte sich den Spott nicht verkneifen. Das „Liebster" betonte er affektiert wie ein Amateur im Laientheater. Er äffte dabei Rita nach.

„Was willst du von ihm?", fragte sie noch einmal. Es klang drohend. Alfred amüsierte sich. Das Gespräch gefiel ihm. Seine Rolle gefiel ihm. Die ganze Situation gefiel ihm.

„Ach weißt du, zum Beispiel würde mich interessieren, warum er die Polizei angelogen hat. Dort hat er erzählt, er habe sein Handy an der Uni verloren. Dabei hat er es mit sich herumgetragen, bis zu mir in die Klinik."

Er hörte Rita schnauben. Sie schien Mühe zu haben, das Gesagte zu verdauen.

„Mich würde außerdem interessieren, warum Sven nichts davon erzählt hat, dass er mit Gonni zusammengearbeitet hat. Sie haben zusammen nach dem alten Geheimgang gesucht."

Rita antwortete immer noch nicht. Alfred fuhr fort: „Und mich würde auch interessieren, warum Sven, Liebster, verschwiegen hat, dass er in jener Nacht unterwegs war und irgendwo auf Gonnis Rückkehr gewartet hat. Das ist nämlich zufällig das, was mir sein Telefon erzählt hat."

„Ich weiß nicht, wovon du redest", sagte Rita jetzt gepresst. „Es interessiert mich auch nicht. Du bist ja verrückt!"

„Das ist die Frage, wer da verrückt ist ..."

Jetzt hatte sie unvermittelt aufgelegt. Alfred starrte verdutzt das Handy an, so als trage es eine Mitschuld. Das war jetzt aber irgendwie eine komische Reaktion von Rita gewesen. Sie hatte böse, unwirsch, angefressen, beunruhigt geklungen. Aber das Seltsamste: Sie hatte sich über nichts gewundert. So, als habe sie das alles schon gewusst, was Alfred ihr unter die Nase gerieben hatte.

Es dauerte noch zehn Minuten, bis der Zug aus dem Hochschwarzwald in den Hauptbahnhof geschlichen kam. Alfred wartete mit dem Einsteigen. Erst wollte er wissen, wo der Schaffner einstieg. Vorne oder hinten? Der Schaffner ging gemächlich Richtung Lokomotive. Also würde er vorne einsteigen. Alfred bewegte sich nach hinten, ans Ende des Zuges. Aber so, dass er dem Schaffner nicht begegnete.

Das Handy klingelte. Svens Handy. „Hi, Alfred. Ich bin's, Sven. Hab von Rita gehört, dass du mein Handy hast."

„Da hat sie aber nicht viel Zeit verloren", murmelte Alfred, während er sich vorsichtig hinter einem Stützpfeiler verbarg, um dem Schaffner nicht aufzufallen.

„Und?", fragte Alfred gedehnt. „Hat sie dir noch mehr erzählt. Zum Beispiel, was ich für seltsame Nachrichten auf deinem Handy gefunden habe."

„Das kann ich dir erklären!"

Der Schaffner führte seine Trillerpfeife zum Mund. Alfred kannte diesen Moment. Jetzt würde der Zugbegleiter zuerst zum Zugende hin schauen, dann nach vorne zum Lokführer, dann würde er die Hand heben und selbst in den Zug einsteigen. Vorne, im vordersten Wagen. Der Augenblick, in dem er sich umdrehte, um dem Lokführer das Zeichen zu geben, war Alfreds Moment, um in letzter Sekunde hinten im letzten Wagen einzusteigen.

„Mit deinen Erklärungen musst du warten bis nach dem Wochenende. Ich fahre in den Hochschwarzwald. Sitze schon im Zug."

Alfred hörte, wie Sven ein seltsames Zischen von sich gab. Es klang verstörend, wie ein Fluch oder eine Geisterbeschwörung.

„Und noch eines, Svennie", sagte Alfred spitz: „Lass dir gute Lügen einfallen. So leicht wie Oberkommissar Junkel falle ich nicht herein. Von wegen Handy an der Uni verloren und so ... Mit so einem Stuss brauchst du mir erst gar nicht zu kommen."

Es hörte sich an, als würde Sven am anderen Ende der Leitung mächtig mit den Zähnen knirschen. Dann brach die Verbindung ab. War es, weil Sven aufgelegt hatte, oder weil der Zug soeben in den Loretto-Tunnel einfuhr?

Alfred hatte sich inzwischen eine Theorie zusammengereimt. Nach seiner Meinung muss Gonni einen Helfer gesucht und in Sven schließlich gefunden haben. Wahrscheinlich hatte er irgendwann Sven in seine Suche nach dem Geheimgang eingeweiht und ihn sogar mitgenommen, als er im Falkenstein-Tunnel den Eingang gesucht und gefunden hatte. Das würde Vieles erklären. Das war plausibel. Auch Alfred hatte mit Vanessa eine Helferin gehabt. Ohne sie hätte er sich nie in den Falkenstein-Tunnel gewagt, schon gar nicht in den Geheimgang. Sven war natürlich zu blöd gewesen, um zu ahnen, was Gonni in Wirklichkeit suchte. In der Tatnacht schließlich, bevor er beim Mooshof in den Gang gekrochen war, hatte Gonni Sven noch einmal angerufen, aber nur eine Sprachnachricht hinterlassen. Alfred rief sich die Ansage noch mal in Erinnerung: „Sven, ich breche jetzt auf. Du wartest wie verabredet auf mich. Ich werde bestimmt ein oder zwei Stunden brauchen." Dieser Text bewies eindeutig, dass Sven Junkel belogen hatte. Keineswegs hatte Gonni sich verwählt. Keineswegs hatte er Sven aus dem Bett geklingelt. Irgendwo hatten Sven und Gonni sich verabredet gehabt. Und Sven sollte dort auf Gonni warten, ein oder zwei Stunden lang. Wie lange hatte Sven wohl gewartet? Auf jeden Fall vergeblich. Gonni war nicht am vereinbarten Treffpunkt erschienen. Er konnte gar nicht. Harzer hatte ihn ermordet. Und Sven dieser Dummkopf, er muss es mit der Angst zu tun bekommen haben. Also hatte er sich unwissend gestellt und die Polizei belogen. Eine andere Erklärung fiel Alfred nicht ein.

Alfred verstaute Svens Handy in seinem Waschbeutel. Den hatte er sich in letzter Minute unter den Arm geklemmt. Frische Socken, frische Unterwäsche, Zahnbürste und Kondome, alles drin. Alles, was man brauchte, wenn man bei der schönen BZ-Redakteurin Anna zum Übernachten eingeladen war.

Der Zug fuhr im Bahnhof Littenweiler ein. Alfred linste aus dem Fenster. Der Schaffner sprang auf den Bahnsteig. Den vordersten Wagen hatte er bereits durchgearbeitet. Noch drei Waggons, dann würde er den hintersten Waggon erreicht haben, in dem Alfred saß. Ohne Fahrkarte.

Alfred wusste schon, was passieren würde. Der Samstagabendzug war nur mäßig gefüllt. Alfred hatte ein Sechser-Abteil für sich alleine. Gegenüber saßen noch zwei Teenager, ein paar Fenster weiter ein älteres Ehepaar mit Rucksäcken, Wanderer vermutlich. Die nächsten Fahrgäste waren dann schon außerhalb von Alfreds Sichtweite. Wenn der Zug überall nur so halb voll war, hatte der Schaffner bis Kirchzarten den nächsten Wagen durch, bis Himmelreich den übernächsten. Zwischen Himmelreich und Hinterzarten würde er also Alfred erwischen, es sei denn, Alfred stieg in Himmelreich um, wie er es immer tat. Vom letzten in den vordersten Waggon.

Doch an diesem Tag verlief die Zugfahrt anders als geplant. In Kirchzarten stieg Sven ein. Alfred sah ihn bereits heranhetzen, als der Zug noch langsam in den Bahnhof einrollte. Was war denn das? Das konnte jedenfalls kein Zufall sein. Sven wollte zu Alfred. Welchen Grund sollte er sonst gehabt haben, dem Zug aus Freiburg hinterher zu fahren, um hier in Kirchzarten einzusteigen. Wie hatte er das geschafft? Mit dem Taxi? Oder besaß Sven ein eigenes Auto? Falls ja, so wusste Alfred nichts davon.

Der Zug fuhr wieder an. Sven war im vordersten Wagen eingestiegen, aber Alfred musste nicht lange warten. Auf halber Strecke bis Himmelreich tauchte der Eichhörnchenschwanz in Alfreds Wagen auf. Sven wirkte gehetzt, fast panisch, auf unwirkliche Art entschlossen. Bislang hatte sich Alfred eher über Svens Auftauchen amüsiert, nun aber, da er den Kahlkopf mit wehendem Pferdeschwänzchen heranstürmen sah, suchend die Sitzreihen abgehend, mit einem Blick, als habe man einem Irren Stacheldraht in die Unterhose eingenäht, da wurde Alfred plötzlich mulmig.

Alfred versuchte erst gar nicht, sich vor Sven zu verstecken. Der hatte ihn auch bereits erspäht. Mit verkniffenem Gesicht, einem vor Anstrengung geröteten Hals und fiebrigem Blick näherte Sven sich. Er sah sich um, als fürchtete er Verfolger. Was war los mit Sven? Der sonst so blasse Bubi, der seine Unscheinbarkeit mit einem bizarren Haarbüschel am Hinterkopf und einem peinlichen Piercingknopf in der Nase zu übertünchen suchte, wirkte nun wie ein rasender Amokläufer. Fast rechnete Alfred damit, dass Sven, als dieser sich nun mit einem aggressiven Schnauben auf den Sitz neben Alfred fallen ließ, nun gleich eine Schusswaffe unter seinem Blouson hervorziehen und damit um sich ballern würde. „Da bist du ja!", krächzte Sven erleichtert. Seine Pupillen wanderten unruhig hinter den Brillengläsern hin und her, und er wandte den Kopf von links nach rechts, von rechts nach links, so als müsse er die gesamte Umgebung abscannen. Svens ganze Haltung und sein ganzes Gebaren strahlten Unruhe, hektische Nervosität und eine diffuse Aggressivität aus. Er rückte Alfred unangenehm nahe auf die Pelle: „Wir müssen reden!", sagte er gepresst.

„Deswegen musst du mir nicht auf den Schoß sitzen", erwiderte Alfred genervt. Er rückte weiter zum Fenster und versuchte, Sven auf Distanz zu halten. Aber Sven rückte nach. Er atmete heftig und bekam einen seltsam harten, steinernen Blick, der Alfred Unbehagen einflößte. Hätte er es nicht besser gewusst, so hätte er geglaubt, bei Sven handle es sich um einen durchgeknallten Schwulen, der ihm nun vor Hormonen überquellend auf den Leib rücken wollte. Alfred versuchte, Sven mit dem Ellbogen auf Distanz zu halten. Aber Sven, größer und deutlich stärker als Alfred, ließ sich nicht abhalten. „Raus mit der Sprache, was hast du mit meinem Handy gemacht?"

„He, mach mal langsam Sven. Was ist denn in dich gefahren ...?", so versuchte Alfred abzuwehren. Aber Sven war nicht zu bremsen: „Mein Handy! Raus damit!"

Was war mit Sven geschehen? Die Verwandlung war rätselhaft. Plötzlich flößte der große Glatzkopf Alfred sogar Angst ein.

„Hier, hier hast du dein Handy", beeilte sich Alfred, den aufdringlichen Sven zu beschwichtigen. Schnell zog er Svens Handy aus dem Waschbeutel. „Hier! Ich hab gar nichts damit gemacht."

„Gib her!" Sven riss Alfred das Handy aus der Hand, schaltete es ein und kontrollierte kurz die Funktionen. Alfred ließ er dabei nicht aus den Augen. Er rückte auch nicht von ihm ab, sondern zwängte sich weiter so dicht auf ihn, dass Alfred sich jetzt zur Fensterseite hin auf seinem Sitz eingeklemmt fühlte.

„Du hast da rumgeschnüffelt?" Sven stellte es kalt fest. Fast klang er wie ein strenger Vater, der einen Sprössling maßregelt.

„He, was soll der Quatsch, Sven?" Alfred versuchte immer noch, durch einen möglichst saloppen Tonfall wieder Oberwasser zu bekommen. „Ich habe nur ein bisschen durchgescrollt. Das würde doch jeder machen ..."

„Ja?" Sven näherte sich Alfred mit seinem verzerrten Gesicht, so dass sie Auge in Auge saßen. Wieviel Hass sprühte aus Svens Blicken? „Man muss das Passwort knacken, wenn man herumscrollt. Wie hast du das gemacht?"

Alfred musste unbedingt aus dieser beklemmenden Defensive heraus. „Sven ist ein Arschloch, eine Niete, ein Versager", so sagte er sich. „Ich lass mir von ihm nichts gefallen." Aber Sven saß drohend über ihm und wirkte keineswegs wie ein Versager. Er wirkte wie ein Irrer, der Alfred gleich die gefletschten Zähne in die Gurgel schlagen würde.

„Gonni hat dich in der Mordnacht angerufen", sagte Alfred vorsichtig. „Und du hast der Polizei erzählt, dass das ein Versehen war. Aber das stimmt nicht. Du und Gonni, ihr habt die ganze Zeit gemeinsame Sache gemacht."

Svens Gesicht verzerrte sich nun endgültig zur Fratze. Plötzlich zog er unter seinem Blouson tatsächlich eine Waffe hervor. Nicht die Amokläuferpistole, an die Alfred zuvor noch hatte denken müssen, sondern ein langes Stilett, dessen Spitze er mit wenig Feingefühl direkt gegen Alfreds Bauch drückte. „Ich steche zu, du elender Schnüffler. Was hast du der Polizei erzählt? Was hast du rausgefunden?", zischte Sven. Die übrigen Fahrgäste im Zug bekamen nichts von der Zuspitzung der Situation mit.

„Bist du verrückt geworden?", zischte Alfred zurück. „Nimm das Ding weg!"

Sven fletschte diabolisch die Zähne. „Was hast du der Polizei erzählt?"

„Nichts. Ich schwöre es." Alfred versuchte, Svens Arm wegzudrücken, doch war er selbst so eingeklemmt, dass er keinen

Druck ausüben konnte. Und Sven presste sich noch näher an ihn, bohrte mit der Spitze seines Stiletts durch Alfreds dünnes T-Shirt, ritzte bereits die Haut.

„Hey, du tust mir weh. Du spinnst ja!"

„So, so, ich spinne also. Du auch! Du glaubst das auch." Er lachte, wie nur ein tatsächlicher Spinner lachen konnte. Böse und bizarr. „Gonni hat das auch geglaubt." Der Druck der Klinge auf Alfreds Bauch verstärkte sich. Alfred hielt die Luft an und versuchte, den Bauch einzuziehen. Sven ließ um keinen Millimeter nach. Mit der freien Hand drückte Sven jetzt Alfreds Gesicht gegen die Fensterscheibe. „Und jetzt? Und jetzt? Denkst du immer noch, das ist ein Spinner, der Sven? Hä! Denkst du das immer noch? Du Schlaumeier! Du Klugscheißer? Du Arschloch?" Und dann, in einer überraschenden Wendung: „Was hast du mit Rita gehabt?"

„N...n...nichts", stammelte Alfred, hilflos gegen die Zugfensterscheibe gepresst. Sie fuhren in den Bahnhof Himmelreich ein. Am Bahndamm stand eine Kolonne von Gleisarbeitern, Werkzeug in den Händen, blaue Helme auf den Köpfen. Sie standen da wie steife Playmobil-Männchen und ließen den Zug vorübergleiten, ehe sie sich wieder ihren Arbeiten zuwandten. Einer stützte sich auf einen großen Vorschlaghammer auf. Ein Vorschlaghammer wie ..."

Alfred spürte die harte Faust Svens, die gegen sein Ohr drückte wie ein Schraubstock. Vor Schmerz stöhnte er auf. Die Messerspitze ritzte seine Haut und bohrte sich in das Bauchfett. Alfred stöhnte: „Hör auf, hör auf, Sven. Ich habe nichts ... mit .... Rita ...."

„Nichts, nichts!", keifte Sven völlig abgedreht. „Nichts! Nichts, so wie Gonni? So nichts? Meinst du das mit nichts?"

Spätestens jetzt war Alfred überzeugt: Sven hatte den Verstand verloren. Er war tatsächlich verrückt. Ein Psychopath. Warum war er nicht früher darauf gekommen?

Immer noch gegen die Scheibe gepresst wie eine gefangene Fliege, sah Alfred Fahrgäste ein- und aussteigen. Der Schaffner stand am vorletzten Waggon. Wenn er nicht als Schwarzfahrer erwischt werden wollte, musste Alfred jetzt eigentlich umsteigen. Unmöglich. Sven verstärkte den Druck der Messerspitze. Alfred fühlte sein eigenes, warmes Blut rinnen.

„Hör auf Sven! Was ... was ... willst du von mir?"

Sven kicherte in Alfreds Ohr hinein: „Das wirst du schon noch sehen, hi, hi!"

Der Zug fuhr wieder an. Der Vorschlaghammer! Alfred musste an den Vorschlaghammer denken. Komisch. Er hatte doch gewiss jetzt andere Sorgen. Aber das Bild des Bautrupps ließ ihn nicht los. Der Mann mit dem Vorschlaghammer. Ein DB-Vorschlaghammer. Alfred kamen Junkels Worte über die Mordwaffe in den Sinn: „Wir vermuten, dass er bei Gleisbauarbeiten im Tunnel liegen geblieben ist. Harzer muss ihn dort gefunden und dann als Mordwaffe eingesetzt haben."

Das war unmöglich! Jetzt, während der Zug wieder Fahrt aufnahm und Sven kichernd und mit Hilfe seiner Messerspitze Alfred an seinem Sitzplatz festnagelte, hatte Alfred die Erleuchtung. Es war unmöglich, dass Harzer Gonni mit dem Vorschlaghammer ermordet hatte. Das ging nicht. Junkel lag falsch, die Polizei lag falsch. Harzer konnte gar nicht der Mörder sein. Denn dann hätte er ja Gonni im Geheimgang überholen müssen, an ihm vorbei als Erster den Falkensteintunnel erreichen müssen, dort hätte er dann den liegengebliebenen DB-Vorschlaghammer finden müssen, wieder durch den Gang zu Gonni zurückkehren müssen, um ihn dann von hinten zu erschlagen. So konnte es nicht gewesen sein.

Aber wie dann? Jemand musste Gonni mit dem Vorschlaghammer in der Hand erwartet haben. Jemand, der schon im Falkenstein Tunnel war und wusste, dass Gonni kommen würde.

„Du bist ein Scheißer! Ein Arschloch! Genau wie Gonni!“, hörte er Sven keuchen. „Rita ist mein Mädchen. Meins! Wer sich an ihr vergreift, der bekommt es mit mir zu tun.“ Mit seiner freien Hand fingerte Sven an seinem Handy herum, während er mit dem bloßen Gewicht seines Körpers und mit Hilfe seines bedrohlich scharfen Stiletts Alfred weiterhin im Sitz gegen die Fensterwand drückte.

„Hi Rita“, so sprach Sven in sein Handy. „Ich habe ihn erwischt!“ Er lauschte kurz einer Antwort. Alfred vermeinte, Ritas Stimme zu erkennen. Er verstand aber nicht, was sie sagte. „Ja, ja!“ antwortete Sven. „Wie abgemacht. Du wartest mit dem Auto in Hinterzarten. Da bringe ich ihn raus. Er kann nicht davonlaufen. Ich habe ihn unterm Messer!“

Sven sprach kalt und gefühllos, als beschreibe ein Leutnant einen bevorstehenden militärischen Einsatz. Alfred spürte Angst und Entsetzen aufsteigen. Was hatte Sven mit ihm vor?

Der Zug rauschte in schneller Folge durch die Tunnel des Höllentales: Falkenstein Tunnel, Unterer Hirschsprungtunnel, Oberer Hirschsprungtunnel, Kehretunnel. Vorbei am Geisterbahnhof Hirschsprung.

„Jemand zugestiegen? Die Fahrkarten bitte“, so hörte Alfred den Schaffner, der soeben am anderen Ende den Waggon betrat.

Sven zischte Alfred zu: „Gleich kommt der Zugschaffner. Ein falsches Wort und du hast einen Schlitz im Bauch. Ist das klar?“

„Was willst du noch von mir?“, unternahm Alfred einen neuerlichen Versuch, Sven zur Besinnung zu bringen. „Ich hab dir nichts getan. Ich will nichts von Rita, wenn es das ist ...“

„Halt's Maul!“, fauchte Sven böse. Seine Messerspitze fand neues Fleisch. Alfred blutete bereits so stark, dass sich ein roter Fleck auf seinem T-Shirt ausbreitete. „Rita hat mir alles erzählt. Du bist nicht besser als Gonni! Das gleiche Dreckschwein!“

280

Alfred stöhnte vor Schmerz, vor Entsetzen und vor Erkenntnis: Sven der Mörder! Sven der Psychopath.

„Er hat Gonni getötet", so schoss es Alfred durch den Kopf. „Sven ist der Mörder. Er hat Gonni im Falkensteintunnel erwartet. Er wusste ja, dass Gonni kommen würde. Er hatte den Hammer. Und Gonni war ahnungslos." Alfred schielte aus seiner eingeklemmten Lage zu Sven hinüber, sah das verzerrte Gesicht, die irren Blicke, den in grimmiger Wut zusammengepressten Mund.

„Du hast Gonni umgebracht!" Alfred konnte es nicht für sich behalten. Es musste hinaus. Er presste die Worte hervor, jederzeit darauf gefasst, eine Metallklinge in die Eingeweide gebohrt zu bekommen. „Weil du eifersüchtig auf ihn warst. Weil er mit Rita geschlafen hat. Nicht wahr? Deshalb bist du ausgeflippt?" Sven knurrte wie ein gereizter Bluthund. Seine Faust drückte wieder auf Alfreds Ohr. Er brachte seinen Mund ganz nahe heran und flüsterte die wahnsinnige Drohung: „Er hat es verdient. Genau wie du."

„Hier noch jemand zugestiegen?" Der Schaffner, ein Mann mittleren Alters mit Pausbacken und einem Bauch, der die Uniform blähte, stand jetzt unmittelbar vor Alfred und Sven, ignorierte die etwas seltsame Sitzhaltung der beiden und begnügte sich damit, obrigkeitliche Autorität auszustrahlen. Er war nicht der Jüngste, aber er wirkte auf beamtenmäßige Weise selbstsicher. Sven lockerte leicht den Griff und flüsterte drohend: „Mach bloß keinen Mucks, sonst bist du erledigt!" Sven hielt dem Schaffner seine Fahrkarte hin. Der studierte sie mit einer Gründlichkeit, als habe er noch nie in seinem Leben ein solches Dokument zu Gesicht bekommen, und reichte sie dann mit gütiger Miene wieder zurück.

„Und Sie?"

Das war der Augenblick der Wahrheit. Ein Moment, den Alfred sich schon häufig ausgemalt hatte, den er sich in allen

Szenarien vorgestellt hatte, nur nicht so, wie er jetzt eingetreten war.

„Vergessen! Hab meine Fahrkarte vergessen!", sagte Alfred hilflos. Er spürte, wie Svens Messer sich erneut tiefer in seinen Bauch bohrte. Er stöhnte. Sven bebte. Alfred spürte es neben sich.

„Sehr originell!", freute sich der Schaffner. „Dann müssen Sie erhöhtes Beförderungsgeld bezahlen. 60 Euro bitte! Sofort und in bar!"

„Hab ich nicht!", gestand Alfred. Das war die Wahrheit. Er hatte vorgehabt, sich in Neustadt am Geldautomaten mit Bargeld einzudecken. Das Konto gab es jetzt ja her. Aber im Augenblick saß er noch auf einem leeren Geldbeutel.

Der Schaffner seufzte gnädig. Wieder so ein Pappenheimer. Er klappte seine dickes Paragrafenbuch auf und sagte routiniert: „Dann mal die Personalien. Ihren Personalausweis bitte?"

„Hab ich nicht dabei!"

„Mach keinen Scheiß Alfred", zischte Sven böse. Aber irgendwie klang er auch hilflos. Alfred sprach die Wahrheit. Er hatte tatsächlich keinen Personalausweis dabei. Den trug er nie bei sich. Der Schaffner räusperte sich und alles in seiner Uniform schien sich zu straffen. Aus schmalen Augenschlitzen fixierte er Alfred: „Sie finden das lustig, nicht wahr?" Alfred beteuerte, dass er es nicht lustig finde, dass er die Wahrheit sage und dass er bereit sei, die Strafe zu bezahlen, man könne ihm jederzeit eine Zahlungsaufforderung zuschicken. Sven hingegen bebte vor unterdrückter Wut. Er wusste erkennbar nicht mehr, wie er reagieren sollte. Die Situation entglitt seiner Kontrolle, denn der Schaffner stand breitbeinig und bräsig vor ihrem Abteil und versperrte den Ausgang. Was immer Sven unternommen hätte, dem Schaffner wäre es nicht entgangen und am Schaffner wäre er nicht vorbei gekommen. Es war eine Falle, die gleichzeitig Alfreds Rettung war.

„So funktioniert das nicht", erklärte der Schaffner, während er bereits in sein Diensttelefon sprach: „Schwarzfahrer! Männlich, circa 30! Ja, weigert sich zu zahlen. Keine Personalien. Nächster Halt: Hinterzarten. In sieben Minuten!" Der Schaffner lächelte. Er hatte viele Konfliktseminare der DB besucht. Er blieb höflich. Er wusste, wie man sich in solchen Situationen verhält. Aber Sven wusste es nicht: „Das ist Kacke", platze es aus ihm heraus, und Alfred vermeinte erkennen zu können, wie Svens Augen von Sekunde zu Sekunde blutunterlaufener wurden. Der Druck auf Alfreds Ohr ließ nach. Sven versuchte zu verhandeln. „Ich zahle die 60 Euro für ihn", sagte er. „Er ist ein Freund von mir. Ich zahle die 60 Euro!"

„Das löst unser Problem nicht", lächelte der Schaffner. „Erschleichung einer Beförderungsleistung. Das ist ein Straftatbestand. Ihr Freund wird ein bisschen Ärger bekommen." Niemand hätte es freundlicher sagen können. „Wir werden am Bahnhof Hinterzarten von der Polizei erwartet. Dort können Sie beide den Sachverhalt gerne aufklären. Ich habe meine Vorschriften!"

Gott sei Dank, ein Beamter! Der lies nicht mit sich handeln. Alfred hätte nie geglaubt, dass er sich jemals so freuen würde, beim Schwarzfahren erwischt worden zu sein. Aber nun ging ihm auf, dass genau dies seine Rettung bedeutete. Geistesgegenwärtig nutzte er das Nachlassen von Svens Bedrängungen, um schnell den Sitzplatz zu wechseln und sich gegenüber auf der Sitzbank niederzulassen.

„Sie bleiben schön hier, bis wir in Hinterzarten sind", warnte der Schaffner in aller Höflichkeit. Sven hatte Mühe, sein Stillet wieder unter dem Blouson zu verstecken. Alfred bekam schon wieder Oberwasser, obwohl er am Bauch blutete wie eine zum Ausnehmen aufgeschlitzte Forelle. Er verkündete: „Dann werden wir uns mal zusammen in Hinterzarten der Polizei stellen. Nicht wahr, Sven? Mein Freund!" Aus Alfreds Stimme klang der Triumph. Er kostete ihn noch weiter aus. An die Adresse des Schaffner sagte er fröhlich: „Sie müssen nämlich wissen, mein Freund hier ist ein Mörder. Die Polizei wird sich brennend für ihn interessieren."

Der Zug verlangsamte seine Fahrt. Sie hatten die Höhe von Hinterzarten erreicht. Linkerhand tauchte die schwarze Dachlandschaft der Internatsschule Birklehof auf. Gleich würden sie in den Bahnhof einfahren.

Da sprang unvermittelt Sven von seinem Sitz auf, schob den Schaffner beiseite und sprintete durch den Mittelgang des Zugwaggons Richtung Ausgang. Der Schaffner verfolgte ihn verblüfft mit seinen Blicken, blieb aber bei Alfred stehen. Nachdem er seine erste Überraschung abgeschüttelt hatte, erklärte er lächelnd gegenüber Alfred: „Das ist ein cleverer Trick. Aber ich falle nicht darauf herein. Mörder, ha, ha! Sehr originell!"

Der Zug überquerte die Brücke beim Möbelschreiner Dreher. Das hell erleuchtete Schaufenster, vollgestellt mit Bettvarianten, huschte vorüber. Von Sven war nichts mehr zu sehen. Alfred hielt sich den Bauch. Das T-Shirt war blutgetränkt.

„Ich bin nämlich nur zuständig für Schwarzfahrer. Mörder gehen mich nichts an." Der Schaffner amüsierte sich immer noch, und er freute sich, dass er nicht hinter Sven hergerannt war. „Was ihr Kerle euch so einfallen lasst", schüttelte er den Kopf. „Mein Freund ist ein Mörder! Ha, ha! Man lernt doch nie aus."

KURZE NACHREDE

Alfred wurde am Bahnhof Hinterzarten von der Polizei in Empfang genommen. Weil er sich nicht ausweisen konnte, brachte die Streife ihn auf den Polizeiposten in Hinterzarten. Verhör. Warten. Abgleich der Personalien. Aha, Führerscheinentzug. Das bekamen die Beamten sofort heraus. Alfred musste viele Erklärungen abgeben. Der Abend schritt voran. Die Geschichte von Sven, dem Mörder. Erst glaubte ihm niemand. Anruf bei der Kripo in Freiburg. Oberkommissar Helmut Junkel. Endlich meldete er sich. Inzwischen waren Stunden vergangen. Alfreds Termin bei Anna drohte zu platzen. Er wollte ihr aber nicht anrufen. „Hi Anna, bin hier bei der Polizei und werde gerade verhört. Es kann länger dauern!" Nein, so durfte er Anna nicht kommen.

Schließlich packten die Beamten Alfred in einen kleinen Polizeibus und brachten ihn zurück nach Freiburg, zur Polizeidirektion, wo bereits Siegfried Junkel mit der Hälfte seiner zwanzigköpfigen Sonderkommission wartete.

Alfred erzählte die ganze Geschichte. Junkel glaubte jedes Wort. Eine Großfahndung wurde gestartet. Alfred blieb auch am Sonntag noch in Polizeigewahrsam.

Sven wurde in der Nacht zum Montag aufgegriffen. Er legte ein Geständnis ab.

Alfreds Wochenende mit Anna war gelaufen. Wie sollte er ihr je erklären, warum diesmal das Rendezvous geplatzt war?

Tatort Rothaus-Brauerei
Alfreds fünfter Fall

Dass irgendetwas nicht stimmte, bemerkte Max Sachs, Braumeister der Staatsbrauerei Rothaus, bei seinem morgendlichen Kontrollgang sofort. An einem der Braukessel stand die Luke ein wenig offen. Er schob sie auf, um einen Blick in den Kessel zu werfen. Ein schwarzer Schatten schimmerte vom Kesselboden durch den schaumigen Sud. Nur kurze Zeit später übernahmen die Beamten von der Kripo Waldshut das Regiment im Brauhaus. Im Braukessel lag der ermordete Betriebsrentner Heinz Böckler. Dieser hat historische Dokumente gesammelt, die Alfred zu einer Firmenchronik verarbeiten sollte. Und so kommt Alfred selbst in Gefahr…

ISBN 978-3-7930-5151-0
Paperback
12,00 €

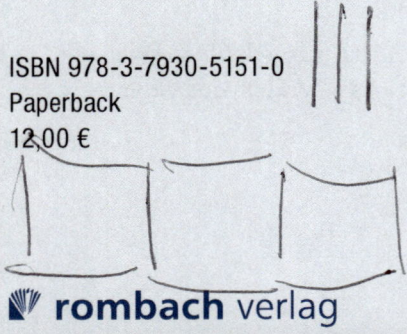

rombach verlag

Erhältlich in Ihrer Buchhandlung   www.rombach-verlag.de